古體小説叢刊

稗家粹編（修訂本）

〔明〕胡文焕 編
向志柱 點校

中華書局

圖書在版編目(CIP)數據

稗家粹編/(明)胡文焕編;向志柱點校.—2版(修訂本).—北京:中華書局,2024.1
(古體小説叢刊)
ISBN 978-7-101-16499-2

Ⅰ.稗… Ⅱ.①胡…②向… Ⅲ.古典小説-小説集-中國 Ⅳ.I242

中國國家版本館CIP數據核字(2024)第015898號

初版責編:俞國林
本版責編:李艽蓓
責任印製:陳麗娜

古體小説叢刊
稗家粹編(修訂本)
〔明〕胡文焕 編
向志柱 點校
*
中華書局出版發行
(北京市豐臺區太平橋西里38號 100073)
http://www.zhbc.com.cn
E-mail:zhbc@zhbc.com.cn
三河市宏盛印務有限公司印刷
*
850×1168毫米 1/32・17印張・2插頁・360千字
2010年10月第1版 2024年1月第2版
2024年1月第3次印刷
印數:4001-5500册 定價:68.00元

ISBN 978-7-101-16499-2

《古體小説叢刊》出版説明

中國古代小説的概念非常寬泛，内涵很廣，類别很多，又是隨着歷史的發展而不斷演化的。古代小説的界限和分類，在目録學上是一個有待研究討論的問題。古人所謂的小説家言，如《四庫全書》所列小説家雜事之屬的作品，今人多視爲偏重史料性的筆記，我們已擇要編爲歷代的史料筆記叢刊，陸續出版。現將偏重文學性的作品，另編爲《古體小説叢刊》，分批付印，以供文史研究者參考。所謂古體小説，相當於古代的文言小説。爲了便於對舉，把「五四」之前的白話小説稱爲近體，這是一種粗略概括的分法。本叢刊選收歷代比較重要或比較罕見的作品，采用所能得到的善本，加以標點校勘，如有新校新注的版本則優先録用。個别已經散佚的書，也擇要作新的輯本。古體小説的情況各不相同，整理的方法也因書而異，不求一律，詳見各書的前言。編輯出版工作中不够完善之處，誠希讀者批評指正。

中華書局編輯部

二〇〇五年三月

前言

一

晚明著名出版家胡文焕選編的《稗家粹編》八卷，是一部文言小説選集，各種文學史、小説史、小説書目以及研究論著都没有涉及。胡文焕，字德甫，一作德父，號全庵，别署抱琴居士、西湖醉漁、全道人等，錢塘人。生卒年月不詳，一般籠統認爲生活在萬曆中晚期，據其一五九三年之前所作【南大石調·催拍·落第】「三戰徒勞，半世羈遲，一事無成，兩鬢如絲」，大致可以推測胡文焕生於嘉靖三十七年（一五五八）前後。國子監監生，治《易經》。萬曆二十一年（一五九三）之前至少三次參加科舉並失利。萬曆四十一年（一六一三）任耒陽縣丞（［道光］《耒陽縣志》卷四），四十三年（一六一五）署興寧知縣（［光緒］《興寧縣志》卷十一），頗有政聲。著有雜劇《桂花風》和傳奇《奇貨記》、《三晉記》（以上俱佚）、《犀珮記》、《餘慶記》（僅存散齣見於《群音類選》）等，以及《文會堂琴譜》等。編選《群音類選》和《稗家粹編》等。曾建文會堂刻書、藏書，刻書以《格致叢書》和《百家名書》最爲有名。編次者莊汝敬和校正者胡光盛，分别係胡文焕的友人和侄兒，生平俱不詳。

《稗家粹編》八卷二十一部，共收文言小説一百四十六篇。其中鬼部、妖怪部和仙部三類共五十三篇。小説除二篇爲唐前外，所選都是從唐至明的小説。《稗家粹編》不題作者姓名和出處。據初步查勘，《稗家粹編》主要選録了《玄怪録》十一篇，《續玄怪録》四篇，《剪燈新話》十一篇，《剪燈餘話》三篇，《鴛渚誌餘雪窗談異》十三篇。與彙編類小説集等相比，《稗家粹編》與《太平廣記》同三十四篇，與《艶異編》同四十二篇，與《續艶異編》同十五篇，與《廣艶異編》同二十三篇，與《情史類略》同四十四篇，與《一見賞心編》同二十六篇，與《逸史搜奇》同二十一篇，與《古今奇聞類紀》同十三篇，與《國色天香》相關十二篇，與《繡谷春容》相關十八篇（含節選），與《萬錦情林》同十二篇，與林近陽編《燕居筆記》同十二篇，與何大掄編《燕居筆記》同十四篇，與余公仁編《燕居筆記》同二十四篇，與《緑窗女史》同二十五篇，與《古今清談萬選》同二十二篇（標題不同，文字近同），與《幽怪詩譚》同十三篇（標題和文字都有較大變化）。

儘管如此，《稗家粹編》還有四十多篇出處未明但同時見於他書，二十餘篇未見他書。

如《鍾節婦傳》、《吴貞女傳》、《孫氏孝感録》、《孔瓊英》、《嚴威誤宿天妃宮記》、《王喬二生》、《洞霄遇仙録》、《求仙記》、《錢益學佛》、《雲從龍溪居得偶》、《衛生悔酒》、《許慕潔失節》、《柏長春月下見妻》、《楊允和記》、《白犬報讐記》、《錢長者陰德傳》、《董生惡心》、《陳氏妬悍》等未見他書；《蔣婦貞魂》、《吴將忠魂》、《嚴景星逢妓》、《傒斯文遇》、《鄭榮見弟》、《孔淑芳記》、《公署妖狐》、《拜月美人》及《燈妖夜話》（《鴛渚誌餘雪窗談異》傳本已闕）等僅見於《古今清談萬選》或《幽怪詩譚》。《杜麗娘記》僅見余公仁本《燕居筆記》（但目録題《杜麗娘牡丹亭還魂記》），來源於《剪燈新話》的《永州野廟記》、《修文舍人傳》、《太虛司法傳》、《富貴發迹司志》等不見於國内其他選本，等等。

《稗家粹編》現僅存明文會堂萬曆二十二年（一五九四）序刻本，原由鄭振鐸珍藏，後轉歸國家圖書館[一]，堪稱海内孤本[二]。《稗家粹編》有二序一跋，分别爲胡文焕序、程思

[一] 今見於國家圖書館所藏《胡氏粹編》，包含《稗家粹編》八卷、《游覽粹編》六卷、《諧史粹編》二卷、《寸札粹編》二卷、《寓文粹編》二卷，共五編二十卷。現《北京圖書館古籍珍本叢刊》影印出版，編入第八〇册（書目文獻出版社一九八八年）。

[二] 《中國古籍善本書目》「叢部」卷三三（上海古籍出版社一九九〇年）和《北京圖書館古籍善本書目》「子部」叢書類（書目文獻出版社一九八七年）都予以著録。

忠（心父）序和莊汝敬跋。胡序主要闡述了胡氏對稗官小説的認識以及編選《稗家粹編》的目的：「余恐世之日加於偷薄也，日流入於淫鄙、誣誕也，不得已而有是選焉。乃始自『倫理』，終自『報應』，凡念有一部，其間無論其事之有無，不計其文之工拙，轉閲時俾知倫理之爲先，而報應之必在者，何莫而非勸懲也耶！」程序認爲：「凡天壤間神仙鬼怪、草木鳥獸之奇説，辭之可以資翰墨、事之可以供緩頰者，咸拔其萃，編爲一帙，此誠膏粱之薺鹽、紈綺之布褐也。」莊跋則認爲「稗官野史與夫諸家小説之流」，「足以婾心而昭世教也」，「蒐諸各集，得當意者若干篇，雖不無近於諧謔，然亦有即事垂戒、對景陶情、觸物寓勸者，又皆種種生益」。胡文焕爲《稗家粹編》所撰自序，明確標明了撰序時間是「萬曆甲午仲春望日」，萬曆甲午即萬曆二十二年（一五九四）。明代藏書家趙用賢（一五三五至一五九六）在其藏書目《趙定宇書目》中著録〔一〕。《稗家粹編》的出版應在一五九四年至一五九六年之間。

〔一〕《趙定宇書目》（上海古籍出版社，二〇〇五年）「稗統續編」類。

二

《稗家粹編》刻印清楚，保存完好，校對較精，具有較高的輯佚和校勘價值。

第一，有利於輯佚。如現存《鴛渚誌餘雪窗談異》中的《燈妖夜話録》有目無文。《稗家粹編》卷七「妖怪部」收有此文，題《燈妖夜話》，文字與《古今清談萬選》相同。另外，《稗家粹編》有二十多篇罕見，有助於輯佚。亦有與常見版本不同者，如《武媚娘傳》、《續天寶遺事傳》有較大的改動，前者就增加了作者和元人的多篇詩詞，應是明人所作；後者依次摘録《開元天寶遺事》，但以楊貴妃近侍韋月娥親歷者的叙事視角進行了重新編輯處理。《韋氏》、《裴珙》等也與習見本有很大不同。

第二，有利於校勘。《稗家粹編》主要收録唐、宋、明文言小説，那麽，我們就可以之爲參照來對唐以來小説進行文字補闕、校勘和釋疑。

其一，文字補闕。如《玄怪録》今存明陳應翔四卷本和崇禎年間高承埏《稽古堂群書秘簡》十一卷本，俱四十四篇。其中高本最完善，錯誤最少（程毅中新點校本《玄怪録》即以此爲底本，中華書局二〇〇六年版）。《稗家粹編》所收十二篇與高本文字最接近，且早出。如陳應翔本卷一《韋氏》：「惟妻與婦□死，配役掖庭十八年，則天因降誕日，大縱籍役者，得□例焉。」此處闕文，程毅中先生點校本（中華書局一九八二年版）、姜雲和宋平先生校注本（上海古籍出版社一九九五年版）、李時人先生編校本《全唐五代小說》（陝西人民出版社一九九八年版）、收入《唐五代筆記小說大觀》中的穆公先生點校本（上海古籍出版社二〇〇〇年版）都没有配補，然而《稗家粹編》本非常清晰，二闕字分別是「免」和「隨」，義通。再如《鴛渚誌餘雪窗談異》帙下《録事化犬記》中「今汝一旦窮困，我又以生前過惡，冥司罰我爲歇山寺犬」句，現有吉林大學出版社一九九五年徐野校點本與中華書局一九九七年和二〇〇八年于文藻點校本，都有程度不等之闕文，然《稗家粹編》無闕文。

其二，校勘。《稗家粹編》與高承埏本文字最接近，但是《稗家粹編》仍有文字特出之處。如卷一《裴諶》中「及京奏事畢，得歸私第，諸趙競怒」句，各本同，僅陳本「競」作「竟」。「諸趙競怒」讓人以爲有好幾個趙姓女子，但是文中無指。《稗家粹編》本作：「及京奏事畢，得歸私第，請趙，竟怒曰」，較合情理，且無歧義。另有《太平廣記》孫潛校本「請」字作「詣」，更切。卷二《郭代公》：「鄉人翻共相慶，會餞以酬公。」《太平廣記》、《艷異編》、《古今說海》、《逸史搜奇》等同。僅《稗家粹編》作：「鄉人治具相慶，會錢以酬公。」餞別乃禮儀常情，湊錢酬謝則事出非常，郭元振「不受」，與下文「吾爲人除害，非鬻獵者」獲利的理由聯繫起來，《稗家粹編》本更符合文意。《鴛渚誌餘雪窗談異》帙上《賣婦化蛇記》：「過江時，議欲賣與倡家。」《稗家粹編》本「欲」作「必」，此事發生在「妻」逃亡之後，「必」賣與倡家，更加體現出江南人的報復心理，《稗家粹編》本文字顯然較勝。

其三，釋疑。如陳本《韋氏》：「居之九年前從化。」現在普遍認爲此句有脱誤。《稗家粹編》本作：「居之九年，前後從化。」「從化」即去世之義，那麽本句言「居住九年，（妻、婦）先後去世」，就很好理解了。《掠剩使》：「璞曰：『本司廨署，置在汧隴，阻吐蕃，將來慮其侵軼，當與陰道京尹共議會盟。』」陰司之「廨署」「置在汧隴」與「阻吐蕃」，其關係殊是費解。但《稗家粹編》本爲「本司廨署，置在汧隴間。吐蕃將來慮其侵軼，當與陰道京尹共議會盟」，却無此疑義，「阻」與「間」形近而訛。

第三，有利於考察版本原貌。瞿佑《剪燈新話》現存正德辛未楊氏清江堂刊本、朝鮮《剪燈新話句解》本、日本《剪燈新話句解》本，文字一樣，基本上没有變化，應該是瞿佑爲胡子昂等人校正過的版本系統，時間在瞿佑七十多歲時，爲晚年定本。然而《稗家粹編》、《萬錦情林》、《燕居筆記》等所選編的文字却與《剪燈新話》全本系統有多達五百多處異文〔一〕。從異文的密度和難度來看，刻者（抄者）或者書坊既不必要也無須如此修改；刻者（抄者）或者書坊既無如此水平，也無如此時間和精力；而且異文普遍文義俱通，這些都表明，《稗家粹編》本和《剪燈新話句解》本異文都是作者所爲。另外，筆者還發現《稗家粹編》與《剪燈新話句解》本異文的形成實有多種原因：一是變動「或傳聞未詳，或鋪張太過」之處；二是塗抹因襲參考痕迹；三是源于重新構思和修改。《剪燈新話》的創作在洪武十一年（一三七八）的年初至六月間，時間大致半年左右。《稗家粹編》文字與古代小説多有相同和因襲之處，《剪燈新話句解》本則對此作了修訂，減少了對源文的依傍，似欲有所區分，有所避忌。異文較多且較大變化，主要源于瞿佑的重新構思和修改。一般來講，重新構思和修改的地方普遍較以前要好，但是隨著創作環境的喪失和作者本人年高的影響，亦有顧此失彼、前後失衡反而不及原先者，文字因而各有優劣。《剪燈新話》的早期刻本，

〔一〕參見拙文《〈稗家粹編〉本異文與〈剪燈新話〉的成書》（《中國古代小説研究》第三輯，人民文學出版社二〇〇八年）。關於《剪燈新話》版本的兩篇重要論文：日本學者市成直子《關於〈剪燈新話〉的版本》（《上海大學學報（社會科學版）》一九九五年第三期）和喬光輝《〈剪燈新話〉的版本流變考述》（《中國典籍與文化》二〇〇六年第一期），都没有論及到選編本。

瞿佑在序言中談到過：「蓋是集爲好事者傳之四方，抄寫失真，舛誤頗多；或有鏤版者，則又脱略彌甚。」《稗家粹編》本可能是這種「好事者」的鈔本，或者是「鏤版」本，應該出現於瞿佑爲胡子昂等人校正的鈔本以前，屬於早期版本。現所見《剪燈新話句解》本是瞿佑爲胡子昂等人校正過的版本系統，時間在瞿佑七十多歲時，可以定爲晚年本。也就是説，《稗家粹編》本所收《剪燈新話》小説，應該來自瞿佑晚年改定之前的刊本。對于《剪燈新話》的版本研究而言，不啻是一個突破。

再如《秋香亭記》，將《剪燈新話句解》本與《稗家粹編》進行比較，異文就多達五十多處，並且不乏重要異文。其中采采與商生的書信特别明顯（異文太多，兹照録以資比對）：

伏承來使，具述前因。天不成全，事多間阻。蓋自前朝失政，列郡受兵。大傷小亡，弱肉强食。薦遭禍亂，十載于此。偶獲生存，一身非故。東西奔竄，左右逃逋。祖母辭堂，先君捐館。避終風之狂暴，慮行露之沾濡。欲終守前盟，則鱗鴻永絶；欲徑行小諒，則溝瀆莫知。不幸委身從人，延命度日。顧伶俜之弱質，值屯蹇之衰年，往往對景關情，逢時起恨。雖應酬之際，勉爲笑歡；而岑寂之中，不勝傷感。追思舊事，如在昨朝。華翰銘心，佳音屬耳。半衾未煖，幽夢難通；一枕才攲，驚魂又散。視容光之減舊，知憔悴之因郎；悵後會之無由，嘆今生之虚度！豈意高明不棄，撫念過深。加沛澤以滂施，回餘光以反照。採葑菲之下體，記蘿蔦之微蹤。復致耀首之華、膏唇之飾，衰容頓改，厚惠何施？雖荷恩私，愈增慚愧！而況邇來形銷體削，食減心煩，知來日之無多，念此身之如寄。兄若見之，亦當賤惡而棄去，尚何矜恤之有焉！倘恩情未盡，當結伉儷於來生，續婚姻於後世爾！臨楮嗚咽，悲不能禁。復製五十六字，上瀆清覽。苟或察其辭而恕其意，使篋扇懷恩，綈袍戀德，則雖死之日，猶生之年也。（《剪燈新話句解》本）

伏承來使，具述綢繆。昔日歡情，一旦終阻。自遭喪亂，十載於兹。祖母辭堂，先君棄室。煢然形影，四顧無依。欲終守前盟，則鱗鴻永絶；欲逕行小諒，則溝瀆莫知。不幸委身從人，苟延微命。雖應酬之際，强爲笑歡，而岑寂之中，不勝傷感。追思舊事，恍若前朝。華翰銘心，佳音在耳。每孤燈夜永，落葉秋高，往往目斷遥天，情牽異域。半衾未煖，幽夢難通；一枕纔欹，驚魂又散。豈意高明不棄，撫念過深，加沛澤以旁施，廣餘光而下照。采葑菲之下體，託蘿葛之微蹤；復致耀首之華、膏唇之飾，衰容非故，厚惠何施？雖荷殊恩，愈懷深愧！蓋自近歲以來，形銷體削，面目可憎，覽鏡徘徊，自疑非我。兄若見之，亦將賤惡而棄去，尚何矜恤之有哉？倘恩情未盡，當結姻緣於來世矣。没身之恨，懊嘆何言。拜會無期，憂思靡竭，惟宜自保以冀遠圖，無以此爲深念也。臨楮嗚咽，情不能伸。復作律詩一章，上瀆清覽，苟或察其詞而恕其意，使篋扇懷恩，綈袍戀德，則雖死之日，猶生之年也。（《稗家粹編》本）

不同之處主要在兩個方面：一是文字替换，如：「捐館」與「棄室」都是去世之意，「復製五十六字」與「復作律詩一章」就是將一首七律替换成了字數而已，等等，意同而文字略有變化；二是文字增删，《剪燈新話》删掉了「宜自保以冀遠圖」等句子，增加了「顧伶俜之弱質，值屯蹇之衰年」、「悵後會之無由，嘆今生之虚度」、「知來日之無多，念此身之如寄」等内容。《秋香亭記》如此大的修改，並非原文訛誤，實是前後兩種不同的自傳心態所致〔一〕。如此修改事實上還有一段因緣。據唐岳永樂庚子秋八月即永樂十八年（一四二〇）所作《〈剪燈新話〉卷後誌》可知：

適以事移灤陽，先生亦繼至，朝夕請益。語及《剪燈新話》，云舊本失之已久，自

〔一〕詳見拙文《兩種〈秋香亭記〉不同自傳心態》（《社會科學研究》二〇〇七年第三期）。

恨終不得見矣。既而趙公由大宗伯轉夏官司馬，奉命同監察御史鄭君貴謨等按臨關外，因至瀼陽。公餘，談及先生《秋香亭記》，俾予求稿，先生書之以奉。

在「舊本失之已久」的情況下，瞿佑「書之以奉」，只能是憑記憶來重新書寫了。當時瞿佑七十三歲，距《剪燈新話》的成書已經相隔四十餘年。即使記憶再好，也肯定有異。瞿佑幾乎是在再創作了，存在很多異文，也在情理之中了。

再看《聯芳樓記》中的一處異文：

夏月於船首澡浴，二女於窗隙窺見之。（《剪燈新話句解》、《國色天香》、《繡谷春容》）

夏月於船首澡浴，二女在窗隙窺見嫪生之具。（《情史》）

夏月於船首澡浴，亭亭碧波中微露其私嫪生之具，二女於窗隙窺見之。（《艷異編》）

夏月於船頭澡浴，亭亭碧波中微露其私嫪生之具，二女在樓於窗隙窺見之。（《稗家粹編》、林近陽編《燕居筆記》）

其餘文字，《國色天香》、《繡谷春容》、《萬錦情林》與《剪燈新話句解》與之相同。《艷異編》、《情史》僅有二處不同〔一〕。很明顯，《艷異編》、《情史》是《剪燈新話句解》的删節本。《稗家粹編》有五處重要異文，屬於瞿佑早期刊本。這裏的嫪生就是歷史上與秦始皇母趙姬（趙太后）鬼混的嫪毐。據《史記》卷八十五《吕不韋傳》知嫪毐之陰特大：「吕不韋恐覺禍及己，乃私求大陰人嫪毐以爲舍人，時縱倡樂，使毐以其陰關桐輪而行，令太后聞之，以啖太后。」在後世的淫穢小説中，嫪毐也是陰大的典型。「嫪生之具」顯然突出了情欲本能特徵，有損才子佳人的浪漫情境。瞿佑改定時加以修改或者後來的選本可能因爲「亭亭碧波中微露其私嫪生之具」有淫穢之嫌而將之删去，確是明智之舉。

我們談到版本之異，一般指長篇小説的簡本、繁本，但是這種情況在文言短篇小説中也存在。唐薛用弱《集異記》卷一《裴珙》，今所見不同者有三〔二〕：《陽山顧氏文房小説》本五〇七字、《太平廣記》本四〇四字、《稗家粹編》本五〇七字。三者最重要的異文主要有兩段。第一段是：

甲．續有乘馬而牽一馬者，步驟極駿，顧珙有仁色。珙因謂曰：「子非投夕入都

〔一〕一處明顯是修改（見「夏月」句）；一處僅僅是删節，即删去了「已而就枕……遂足成律詩一篇」一大段。

〔二〕明汪雲程《逸史搜奇》壬一收録，文字與《文房小説》本同。《虞初志》亦收録，與《稗家粹編》本文字同。

哉？」曰：「然。」珙曰：「珙有懇誠，將丐餘力於吾子，子其聽乎？」即以誠告之。乘馬者曰：「但及都門而下，則不違也。」珙許約。（《稗家粹編》本、《顧氏文房小説》本）

乙：忽有少年，騎從鷹犬甚衆。顧珙笑曰：「明旦節日，今當蚤歸，何遲遲也。」乃以後乘借之。（《太平廣記》本）

第二段是：

甲：因思令僕馬宿竇氏莊，登即遽返。時夜已深，門闔盡閉，而珙意將往，身趣過矣。斯須而至，方見其形僵卧於地，二僮環泣呦呦焉。珙即舉衾以入，情意絶邈，終不能合。因出走，求人以告。所見過者，雖極請訴，而曾莫覽矣。珙徬徨憂撓，大哭於路。忽有老叟問曰：「子其何哉？」珙則具白以事。叟曰：「生魂馳鬼馬，禍非自掇耶！」因同詣竇門，令其閉目，自後推之，省然而蘇。（《稗家粹編》本）

乙：因出至通衢，徘徊久之，有貴人導從甚盛，遥見珙，即以鞭指之曰：「彼乃生者之魂也。」俄有佩橐鞬者，出於道左，曰：「地界啓事，裴珙孝廉，命未合終。遇昆明池神七郎子案鷹迴，借馬送歸以爲戲耳。今當領赴本身。」貴人微哂曰：「小兒無理，將人命爲戲。明日與尊父書，令答之。」既至，而橐鞬者招珙復出上東門，度門隙中，至竇莊。方見其形僵仆，二童環泣呦呦焉（筆者注：「方見」至「呦呦焉」十三字，《顧氏文房小説》本無）。橐鞬者令其閉目，自後推之，省然而蘇。（《顧氏文房小説》本、《太平廣記》本）

由於《稗家粹編》的闕如，《全唐五代小説》、《唐五代筆記小説大觀》的校注者往往只能發現第一處不同。但《稗家粹編》的出現，表明《裴珙》事實上還存在着構思（或者完全改寫）的不同。很明顯，《稗家粹編》、《太平廣記》、《顧氏文房小説》是兩個不同版本的三種類型：《稗家粹編》本是「甲＋甲」型，前後照應；《太平廣記》是「乙＋乙」型，前後照應；《顧氏文房小説》則是「甲＋乙」型，前後照應有欠缺。

另外，《稗家粹編》所選與《太平廣記》不同之處甚多，版本來源更早，無疑具有參校的價值。現僅見于《艷異編》、《廣艷異編》和《稗家粹編》者，僅《稗家粹編》保留了集句詩的作者和部分詩作的標題，顯然非編者所能添加和有意添加，更見出版本價值。後出之《虞初志》所收小説的文字與《稗家粹編》同，亦可見《稗家粹編》之影響。

三

《稗家粹編》是一個選本，其價值不僅在於其自身的豐富内涵，而且在於所涉及的廣闊世界。《稗家粹編》具有明確的出版時間，有二十餘篇珍稀資料，有許多重要的富有學術探討意義的異文，與文言小説的編選、通俗類書的編輯、話本小説和詩文小説改編、彙編型小説的創作有著千絲萬縷的關係，從而具有重要的小説研究價值。

一些小説的版本著録和較早的出處以及本事來源應上溯和歸於《稗家粹編》。現僅見於《廣艷異編》的《並蒂蓮花記》和《游會稽山記》等，《稗家粹編》亦已收録。《古今清談萬選》中《孔惑景春》、《旅魂張客》、《燈神夜話》、《綏德梅華》等亦見於《稗家粹編》。

《百家公案》多有本事來源，楊緒容女士在其專著《百家公案研究》（上海古籍出版社二〇〇五年版）中具體考述了七十四回共七十個故事的源流，但是仍有二十多回無考。如卷一的第三回《訪察除妖狐之怪》、第六回《判妒婦殺妾子之冤》、第七回《行香請天誅妖婦》就至今尚無人正確指出來源，事實上，它們現在分别見於（幾乎是照抄）《稗家粹編》卷七「妖怪部」《拜月美人》（亦見《古今清談萬選》）、卷八「報應部」《陳氏妬悍》、卷六「鬼部」

《雲從龍溪居得偶》〔一〕。

《牡丹亭》的藍本是話本小説《杜麗娘慕色還魂》，現在是學界定論。所見只有劉輝先生提出異議〔二〕，但並非學術意義上的「一家之言」，因缺乏版本依據而近二十年來没有回應者，甚至關於藍本問題的綜述文章也不提及。但是學界在藍本問題上却有疏忽和疏失。一直將何大掄編《燕居筆記》卷九的《杜麗娘慕色還魂》與余公仁編《燕居筆記》卷八的《杜麗娘牡丹亭還魂記》混爲一談。其實，《杜麗娘牡丹亭還魂記》僅是在目録上的標題，正文中題作《杜麗娘記》。現在《稗家粹編》收有《杜麗娘記》，就有利於這種區分。同時，也正好説明在一五九八年《牡丹亭》完稿之前，一五九四年就有文言小説《杜麗娘記》的存在，爲顛覆《杜麗娘慕色還魂》的藍本地位提供了版本依據，這就必將動摇現在學術界的普遍看法〔三〕。

〔一〕詳見拙文《〈百家公案〉本事考補》（《社會科學輯刊》二〇〇七年第二期）。

〔二〕可參見劉輝《題材内容的單向吸收與雙向交融——中國小説與戲曲比較研究之二》（《藝術百家》一九八八年第三期）和《中國古代小説百科全書》（中國大百科全書出版社一九九三年第一版和一九九八年修訂版）中「《杜麗娘慕色還魂》」條目。

〔三〕詳見拙文《〈牡丹亭〉藍本問題考辨》（《文藝研究》二〇〇七年第三期）。

《寶文堂書目》現在已經成爲古代小説研究的重要參考資料。我們往往直接指認現存所見的話本小説就是《寶文堂書目》著録的小説，如：《熊龍峰小説四種》中的《孔淑芳雙魚扇墜傳》，就是《寶文堂書目》所著録的《孔淑芳記》；《杜麗娘慕色還魂》就是《寶文堂書目》著録的《杜麗娘記》，等等。事實上，《稗家粹編》中收録的《孔淑芳記》、《杜麗娘記》都是文言小説。學界將話本《孔淑芳雙魚扇墜傳》和《杜麗娘慕色還魂》分别認定爲《寶文堂書目》著録的《孔淑芳記》和《杜麗娘記》，實際是在文言小説《孔淑芳記》、《杜麗娘記》被忽略的特殊情況下發生的。與其相信題名差異較大的《孔淑芳雙魚扇墜傳》、《杜麗娘慕色還魂》是《寶文堂書目》著録的《孔淑芳記》、《杜麗娘記》，還不如相信題目一致的文言小説體《孔淑芳記》、《杜麗娘記》。現在既然有文言和白話形式的兩種小説存在，我們就必須對《寶文堂書目》著録的小説進行重新認識〔一〕。

所以，新材料《稗家粹編》的發現勢必會引起原有定論的動摇和對原有觀點的一些糾正。

〔一〕詳見拙文《〈寶文堂書目〉著録與古代小説研究》（《南京師大學報》二〇〇九年第三期）。

在本書點校過程中，中華書局原副總編輯程毅中先生和原文學室編輯周旻女士熱情推薦本書出版，文學室主任俞國林先生提出具體的點校修改意見，湖南省社會科學院文學所申艷琴女士給予資料幫助，特此致謝！　點校者學識淺陋，疏漏不妥之處難免，敬希讀者批評指正！

向志柱

二〇一〇年三月於長沙雪藏齋，二〇二三年十月增訂

從二〇〇五年意外發現《稗家粹編》，到二〇一〇年出版點校整理本（二〇一二年重印），再到二〇一一年獲批國家社科基金項目從事專題研究，二〇一八年在商務印書館出版專著《〈稗家粹編〉與中國古代小説研究》，二〇一九年得到程毅中先生在《光明日報》專題評介，二〇二一年獲得第十五届湖南省社會科學獎二等獎，再到今年修訂再版，《稗家粹編》從海内孤本到化身千百，從不被人知到成爲大衆讀本和學術引證文獻，十八年一晃而過，我走過了一條十年磨劍、甘苦交織的學術道路。

在多年的研究中，我逐漸意識到了《稗家粹編》的小説研究價值。《稗家粹編》有明確的序刻時間和收録時間，有利於釐清許多小説編年及其本事來源變遷問題；《稗家粹編》的發現和引入，有利於建立新的參照系，使文言小説彙編和通俗類書的編輯、詩文小説和彙編型小説的創作、《牡丹亭》藍本問題等研究在科學意義上的探討成爲可能。新資料《稗家粹編》的發現，一定程度上也導致了我的治學路徑轉向。我開始崇尚問題意識和資料意識的有機結合，逐漸從宏觀的理論型研究轉向文獻資料型的基礎性研究。立足於《稗家粹編》新資料，我多次質疑學界定論，引發了新世紀《牡丹亭》藍本問題的討論熱潮。在此基礎上，我延伸拓展，整理出版了《剪燈新話》早期版本，目前正在進行《寶文堂書目》研究（二〇二一年獲批國家社科基金年度項目）和《剪燈新話》研究（二〇二一年獲批湖南省社科基金重大項目）。可以説，《稗家粹編》的意外發現和深入研究，是上天對我的學術眷顧！

二〇一〇年出版的《稗家粹編》點校本，主要着眼於提供新資料和可資學術研究，對底本文字擇善而從。本次修訂，主要集中在四個方面：一是重新校訂底本、糾正錯訛，二是對相關小説的原始出處和選載狀況進行全面修訂，三是對相關名物、具有較大版本價值的異文作重點關注，四是對異文較多的文本進行附録，意在揭明各種小説的版本變化、各種小説選本之間的影響關係等。

二〇一九年我以《剪燈新話》章甫言刻本爲底本，參校黄正位校本、虞淳熙序本、句解本、清江堂本、上海圖書館藏殘本以及《太平通載》、《稗家粹編》等選本，點校整理《剪燈新話》（中華書局二〇二〇年出版，納入《古體小説叢刊》）。其中十一篇被《稗家粹編》選入，而《稗家粹編》源於《剪燈新話》早期刊本，故本次未再更多參校，歡迎讀者參閲。

最後，責編李芃蓓女史心細如髮，對書中疏誤，多有匡謬，謹致謝忱！

向志柱

二〇二三年十一月於長沙補記

凡例

一、本次整理以國家圖書館藏文會堂萬曆二十二年序刻本爲底本。

二、本書係選本，底本存在較多的異體字、俗體字、簡體字，以及全篇混用或全書混用者。如窗窻牕窓、仙僊、迹跡蹟、墻牆、艷豔、踪蹤、鄰隣、吊弔、繡綉、碍礙、階堦、劍劒等等，混用不一。除特殊情況外，一般徑改爲規範繁體字；有研究價值的異體字和俗字等予以適當保留。通假字一律仍而不改；避諱字回改，並出校注；低格或頂格以示尊敬的空格，均删而不出校。底本出現的誤訛脱衍，則徑改正、補充，儘可能出校記。底本漫漶、刷印不清以及其它原因無法辨識者，或者底本本身爲□者，儘可能參照他書補足；無法補足者，按字數以□代替。

三、底本正文標題與目録所列篇名存在不一致者，以正文標題爲準。

四、爲保持底本的選本特點，對底本的删略，一般不增補，僅在校記中出校；校記中不便出注的，則在按語中加以説明。

五、點校時說明每篇的撰著、原始出處和選載、改編情況。「源出」者，標示該篇本事來源；「出」則指該篇的原始出處或直接來源；「又見」、「亦見」等俱指該篇的選載情況。改編情況則直接標明。

六、本書選文來源不一，點校時原則上與原始出處對校，但爲避繁瑣，重點參校人名地名、名物制度、歧異文字以及具有版本價值者。又考慮到《太平廣記》在古代小說研究史上的特殊地位，亦多與其對校。對選本和改編本，則酌情參校。對異文較多者予以附録，以便參閲。《龍威秘書》、《剪燈叢話》、《唐人說薈》、《合刻三志》、《晉唐小說六十種》等多有拼合，以及清代、近代相關選本，一般不取校。

七、本書各篇後按語所涉文獻，除原始出處外，參校書目中已經注明朝代和作者的，均省略。

八、書後僅列與點校相關的書目。借資前修時賢成果甚多，不再詳舉，在此謹表謝忱。

目録

稗家粹編卷五

稗家粹編卷六

鬼部

冥感部

稗家粹編序

稗官小說，古即有之，《齊諧》之類是也。至唐始甚盛，若《鶯鶯傳》，尚假託其名，而《周秦行紀》，牛僧孺則直當之，偷薄至此，蔑以加矣。然古之所謂稗官小說者，尤近夫正史，尤多夫實事，而今則不流於淫鄙，斯入於誣誕，較之牛僧孺之直當者，又爲何如哉？孟子曰：「盡信《書》，則不如無《書》。」噫！《書》且猶然，而謂稗官小說之足信，否矣。柰何晚近世之好尚者，日有盛於唐乎。此無他，鄭、衛之聲易於動人故耳。余恐世之日加於偷薄也，日流入於淫鄙、誣誕也，不得已而有是選焉。乃始自「倫理」，終自「報應」，凡念有一部，其間無論其事之有無，不計其文之工拙，轉閱時俾知倫理之爲先，而報應之必在者，何莫而非勸懲也耶！且是書，世既喜閱，則閱必易得，閱必易得，則感必易生，故因其喜與易也，藉是書以感之，又何莫非勸懲之一道也耶！若曰：「當挽之，不當導之；當禁之，不當縱之。」是烏得爲善誘！是烏得爲善誘！萬曆甲午仲春望日錢唐胡文焕撰。

稗家粹編序

四明程思忠心父撰

夫世所稱博雅君子者，寧獨徒能上窺左馬、下究子史已哉？謂其旁搜遠覽、目無遺見、耳無遺聞云爾，何也？亨膏粱之美者，不棄薺鹽，取其適口；被紈綺之麗者，不棄布褐，取其蔽體。柰之何獨於文藝而可偏廢乎哉？胡德父氏天才超卓，學問宏博，於書一覽，即無所遺。其舉子業既高雅不群，而古文辭又横絶一世，行將歷金門登紫闥矣。仍出其餘，旁及百家，凡天壤間神仙鬼怪、草木鳥獸之奇説，辭之可以資翰墨、事之可以供緩頰者，咸拔其萃，編爲一帙，此誠膏粱之薺鹽、紈綺之布褐也。且也分門別類，犂然便於覩記，謂非博雅君子好古一助也耶。苟或抱咫尺之見，而曰幽眇不經，以敝帚視之，則宣父游藝之訓，何爲也哉？何爲也哉？余嘉德父用意之美而爲序，其略如此。

稗家粹編卷一

倫理部

甘節樓記

嘉興姜儒之女，幼聰敏，長恭勤，親識卜其不凡。及笄，歸同邑之馬瑫。敬執婦禮，無可指議者。數年已而瑫病亟，召姜謂曰：「合巹之情，而今已矣，汝當自爲計，無勞傷念也。」姜掩淚曰：「事君以來，待罪房下，恨不得白首相從，敢萌他志？」瑫曰：「上喪翁姑，下無子嗣，何所憑依，而可自守？」姜曰：「夫者，婦之天也。君既不幸，吾安用生？君先之，妾當後也。」乃相對濠淘，親屬皆感泣。瑫遂卒於病，姜執喪甚哀。殮送事畢，即沐浴焚香，閉閨自縊。時閨中有聲轟然，縊帶自絶如剪。伴者排門而入，見姜頸擁白巾，墮地若醉。急扶寬解，運以腦頟〔一〕，執以指臂，灌以湯水。久之方甦，曰：「纔欲與先夫同遊地下，不料爲神人所援，斷吾縊，返吾精，不得遂吾之志。」言訖大慟。親屬恐生大變，勸還之父家。處一小樓，居臥其中，絶不飲食，餓及旬餘不死。親屬交慰之曰：「死生脩短，天也。今汝求死者屢矣，而卒不死，是天未欲亡汝也。合少食飲，爲天自愛。況奇節苦行，天人俱知，縱不死而芳操可汗青簡，何必狥溝瀆事耶？」姜乃勉强承命，但茹果飲水而已，終不粒食，延三十餘年而無恙。天之佑全節也如此，亦異矣哉！有司未上其事，得膺殊旌，惟邑令黄公訓者〔二〕，嘗表其樓曰「甘節」云。

按：本篇出明釣鴛湖客評述《鴛渚誌餘雪窗談異》帙上，據《嘉興府圖記》卷十九「絶粒節婦」改編。亦見《萬錦情林》卷三、林近陽編《燕居筆記》卷五、余公仁編《燕居筆記》卷七。

【校　記】

〔一〕「腦額」，原作「胸額」，據《鴛渚誌餘雪窗談異》改。

〔二〕「黄公訓」，即黄訓，字學古，徽州府歙縣人。嘉靖八年進士。曾任嘉興知縣，官至副都御史。《萬錦情林》、林近陽編和余公仁編《燕居筆記》均訛作「黄崇訓」。

名閨貞烈傳

貞烈姓項氏，秀里太學生道亨之女，襄毅公之雲孫也。生而淑婉，幼即自閑禮教，九歲許配於吴江周恭肅公玄孫應祈爲室。向從父宦而幼，及還且長，忽染癆瘵之疾。父母愛應祈厚，未欲議娶，意必求愈而後請吉也。不料遲留兩年，醫藥無効。父母復痛念曰：「病勢多難，佳期空待，不若先偕伉儷，付命于天。後縱應祈不起，或得嗣應祈者，亦可以延恭肅之祀也。」於是即欲擇吉邀媒，納采於項。應祈聞之，急止父母，曰：「吾病膏肓，諒在莫救。縱行合巹，終屬泉臺。甚不忍以殘弱之軀，而甘誤少年之質也。」父母再三勸慰，應祈堅執不從曰：「藍玉無瑕，可以别事君子，若鸞鳳一效，則嫠寡終身。吾何德於項，而肯負之乎！福既若斯，豈容再損！」父母亦不能强，但痛哭而已。越數月，應祈果殤没。周遣人以訃音報項，因得言存日尚義之事。貞烈聞變，即掩閨默坐，慘戚悲哀。及昏，自剪其紅染指甲。侍女怪問其故，貞烈以他事紿之。私自忖曰：「周郎不幸，正吾之不幸也。雖情未契合，而義則已夫婦矣，豈陌路恝然者例耶？況天地立身，剛常爲重，何忍繫名一姓，而又移質他人乎！不若以死相狥，縱不得携手於生平，猶可偕遊於地下，較之辱名玷節之爲愈也。」即脱彩衣素，屏飾洗粧，重理鬟雲，而束髮者皆易白練，箱奩之物，悉爲檢鎖。至更深，侍女催寢，貞烈諭之曰：「宵來心事未寧，不欲蚤就枕蓆。汝輩先寢，毋以吾爲意也。」侍者如命，皆自散息。貞烈自幸曰：「吾志可成矣。」遂以素帶懸之卧室桁問，自墜而盡。及明，侍伴起見，驚荒無措，急走報其父母，已氣絶而不可復甦矣。嗚呼，哀哉！及行斂浴，其内下裳盡以績麻縫固，牢不可解，貞烈之母成其志而不啓，但覆以素衾而已。踰三日入棺，見面如生色，頃之汗發澌流，如珠不斷，殆天有以顯貞烈乎！其舅聞之，哀傷過於己子，慨然治地迎柩，與兒應祈合就窀穸。又爲擇立其後，以永蒸嘗。禾城稚童孺婦〔一〕，莫不及門嘆賞。其達人文士，則争爲詩頌而拜吊之。鄰邦比邑，皆以爲禾城一美事也。嗚呼，異哉！大凡死生之際，事亦大矣。或迫於困窮無措者有之，或激於事勢顛沛者有之，或陷於狂蠱者有之，或溺於情欲者有之。今貞烈，語其家，宦胄也，非衣食不堪所迫；評其遇，從容可樂也，非不得已所激；論其人，敏慧也，非疾病無知所陷；言其時，童姿也，非曾經恩愛所溺。人情事變，一無有牽。況彼此相距，百有餘里，又非音問嘗通者比。其顔色未嘗瞻，其言語未嘗聆，輒能慷慨就死，不延時日，甘心於玉碎香塵，苟非看得剛常大義至精至徹，未有不存一毫畏惜之念也，豈能幹得此事乎！世有七尺丈夫，堂堂冠帶，而反俛首臣虜，及昏夜乞哀，略不以節義自重，含愧於貞烈多矣。予因有感，傳其事，以待秉史者筆之於千萬世。其吊貞烈詩一首，附録於左，以見其餘。

千古憐孤節，雙笄未醮身。縞衣懸夜月，青鬢棄芳春。

塚草含香媚，江流逐恨新。莫疑輕一死，媿殺二心人。

按：本篇出明釣鴛湖客評述《鴛渚誌餘雪窗談異》帙下。亦見林近陽編《燕居筆記》卷九、余公仁編《燕居筆記》卷九。

【校　記】

〔一〕「禾城」，《鴛渚誌餘雪窗談異》原作「吾郡」。

鍾節婦傳

節婦姓鍾氏，諱官姐，世家紹興之上虞士族，欽禮之季女也。世尚堅白，家傳詩禮。節婦生而姿色淑美，不妄言笑。父母鍾愛，幼令讀書，日記數千言，尤長於琴，女紅乃餘事也。鄉丈孫翁知其賢，年十六，聘以爲仲子庠生景雲之婦。節婦自歸孫室，孝舅姑，和妯娌，内外稱之，咸謂得賢内助焉。弘治中，其夫領鄉薦，官授江西廣信府玉山縣令。節婦與姑隨宦之任，常以廉勤爲勸，每曰：「學古入官，明體適用，古之道也。夫子幼而學之，壯而行之。今身爲命官，出宰百里，苟非其人，民受其殃，是宜上念朝廷之恩，下體斯民之意，克去己私，恒存天理，則讀聖賢書爲有用矣。妾見近來士大夫貪圖賄賂，置買田宅，遺不肖子蕩廢無餘，非天道之昭報邪？夫子其勉之！」景雲謝焉。每旦送夫至寢室中堂，及門而止。暮歸，迎亦如之，無或間者。結縭九載，春秋二十有四，因遘疾而少子，輒勸夫娶妾以昌宗嗣。且語人曰：「不孝有三，無後爲大，豈可爲我誤夫大事耶！」請之至再，因夫固執不可而止。弘治庚戌春，景雲述職去之京，在途罹恙，大漸而歸。節婦竭力奉侍湯藥，憂形於色，而夫疾革，卒於正寢。節婦哀毁骨立，絶而復蘇，乃親浴夫屍，掬其水飲之曰：「我終當以死從夫。」居常自念：「欲刎於刃則血污其身，將溺於江則水濕其衣，俱不免更易，吾豈忍以父母之遺體見辱於人乎！必不得已，惟自經，庶幾焉。程子有曰：『餓死事極小，失節事極大。』不如餓死爲上。」遂閉門不出，晝夜悲號，絶不飲食。因姑固命，乃復勉從，而香銷玉褪，僅存餘喘，無復舊時之容焉。專治心、董治喪事、殉夫之語，殆不虚口。是年秋九月八日，將舁夫旅櫬歸葬先塋。其諸所用官物及所署文卷，悉檢點交官。先是十數日内，預以紗絹裁製幡幢，并其身後合用衣衾，整理齊備而深藏之，舉家罔知所由。是夕，姑飲幕僚第，漏下二鼓始回。歸迎姑，與語一如平日，既而泣告曰：「若無伯叔，妾當終奉翁姑。今有伯叔，妾無慮矣。」語意有在，姑意弗悟。俟姑寢畢，侍妾悉屏，獨在房中，沐浴梳洗，以白綾帕裹其首，更以新衣，至如鞋韈，亦縫納整飾，乃以前幡幢布寘，秩然有序，前則蔽以衣架，後則自設靈位。左几則陳平日所用衣襦，右案則列舊時所臨粧鏡。焚爇香燭，燦若清晝。左袖藏白金一錠，封誌以爲棺槨之費，右袖藏夫小像及平日所珍玩扇二握，以夫所遺束足之帛於靈席前自縊而死。比曉，家人覺而解救，已無及矣。翌日收其屍，玉色如生，時年方二十五。聞者莫不嗟嘆，多有爲之流涕者。

按：本篇出處待考。明伍餘福撰《苹野纂聞》「蘭溪節婦」有簡短情節，但無節婦的姓名。

吴貞女傳

貞女，杭之海昌人，姓吴氏。父初以力田爲生業。女笄年，許同邑士族何謙。受聘未行，而謙卒。父母憐其少，欲改嫁之。一日謂女曰：「吾老矣！顧家計涼薄，無嬴資以養，汝身將安托？今汝之不幸，適足以重吾憂也。盍求良配將於汝，是汝能從吾命，即死瞑目也。」女聞其言，輒悲咽不自勝，答曰：「今爲未亡人，生雖不得履何氏之門，死而得入何氏鬼録，乃所願也。」誓不以身許二姓。父母見其志篤而言確，不忍强者久之。然爲身後慮，終不能釋然於懷也。復召里婦與族戚，相率喻之曰：「若與何，雖以禮幣交，顏面未覩，情款未通，一處子且未可以何婦稱也。曷不順情擇所從，以逭親憂乎？」女峻詞厲色，拒之益嚴。既而其兄、若嫂復勸之，曰：「守節固大事，如塵甑何？吾夫婦旦暮勤苦，僅免凍餒耳。私爲汝計，順父之命，得有所依，節義固未必虧，亦不爲失孝矣。不然，吾當各爨異居，庶幾他日姑嫂兩無責望焉。」貞女勃然若有不豫色，即移身往依幼弟。米薪之費，悉取辦於組織，恒恐乏絶弗繼，仍節縮其食用，不煩家人顧慮。歲時節序，必備旨甘以奉二親，洎及其昆季，一味之甘不忍獨享，務得其歡心，乃以寒燈孤幌，形影相吊。人見之，殆有不堪，而貞女泊然安之。如是者八年猶一日也。弘治丁巳季冬十有七日，謙始卜葬。先期來報，貞女偕兄具牲醴往奠，哭之盡哀，似有欲殉而得死所者。家人異之，謙母預知之，懼其或然也，不待葬而遽遣還母家。是夕沐浴更衣，果自經於閨榻中。明日走告謙父母，舉其柩，合葬於墓。時河南理問陳公懷玉致政家居，與之同里，目擊其事，舉呈本縣邵侯。覈實上聞，恩許旌表，將舉行，侯已代，未果。

按：本篇出處待考。

蔣婦貞魂

温州衛傑，文人也，業儒精舉子，故事補郡庠弟子員。妻蔣氏淑英，粗通經史。夫婦獨處，每相親敬，有古梁孟遺風。但傑以儒生事筆硯，既非貨殖之家，而蔣以裙布婦主中饋，又何以給饔飧之費？故其家業特窘甚，不能自存。有故人沈天錫爲福建路達魯花赤保。傑謀往謁之，欲行，慮空室；不行，又無以爲居養之資，行止交馳于胸次久之矣。淑英進曰：「窮必有達，否則復泰，自然之理。傅説未遇，潛身版築；膠鬲未遇，遁迹魚鹽。時焉既至，舉而用之，一則受武丁之尊禮，一則寄文王之股肱。正所謂『蛟龍得雲雨，終非池中物』也。今家私已窘，遠謁故人，苟得勺水，可延殘喘，況温、閩之程，不過半月，決然一往，何必狐疑？」生從之。時至正庚寅春三月，生治裝向閩〔一〕，口占四聲短律以自嘆，吟曰：

功名無分起鳴騶，空負儒官到白頭。爲問綈袍今在否，江湖權作子長遊。

蔣亦爲賦短韻曰：

蜂蝶紛紛逐隊忙，遊人身惹百花香。偕行縱爾無童冠，沂水春風任點狂。

詩罷分袂。生謂淑英曰：「善自重，予多一月必回矣。」生迺間關海道，念有一日始至福建。聞故人已往汀州審刑矣，生趨汀州，則故人又往泉州賑濟矣，生趨泉州，則故人又還福州蒞原職視事矣。生跋涉道途，即次不安，懷資已罄，三月備歷艱阻矣。及至福州，始得拜謁於公署。天錫爲喜，留住公館，日親厚焉。豈知温州爲方國珍破陷，賊將悅淑英色美，欲犯之。淑英怒曰：「吾家奕世衣冠，肯辱身於犬豕耶？」遂遇害。生於福州得報，知温陷，甚恐，辭天錫而歸。天錫厚遺之。舟次中途，是夜月明如晝。生坐無聊，忽淑英哭泣而前，且曰：「賊人陷郡，氣焰薰灼，妾寧碎身於鋒鏑，不敢同群乎馬牛。雨收雲散，恩情中輟矣。天長地久，怨恨何窮於！聊復一詞，君爲聽之。」詞名《西江月》，云：

殺氣騰空若霧，干戈密布如麻。鯨奔虎逐到吾家。欲遂百年姻婭。豈效隨風柳絮，甘爲向日葵花。當初恩愛總堪誇。一筆從今勾罷。

每歌一句，則哽咽不能成腔。生亦憤惋，泣下曰：「然則汝尸何存？」淑英曰：「妾死於節，鄉人義之，葬於後園柏樹下矣。」言訖不見。生抵温城，賊守衛甚嚴，不得入，生即以省妻之事紿之，賊憐而縱之。時兵燹之後，故宅無存，循址而至後園柏樹下，發其尸而視之，顔色如生。生哀毀骨立，終其身不復娶焉。

按：本篇亦見《古今清談萬選》卷二。《幽怪詩譚》卷一《途次悲妻》據此改編。

【校　記】

〔一〕「向閩」，《古今清談萬選》作「閩向」。

吴將忠魂

荆門統制吴源，忠孝人也。雖武士，尤嗜典籍。翻閲至夜分，且亹亹不釋卷。玩讀《漢書》，至伏波將軍「馬革裹尸」語，即掩卷嘆息曰：「是吾志矣。」故身居介胄之中，而事詩禮自閑，若趨庭而鯉對；丹心耿烈，似向日以葵傾。其妻盧氏又善詩文，以故夫妻相敬如賓，世稱鳥比翼、枝連理，不是過也。宋咸淳七年，元兵圍襄甚急，朝命敕源救之。源未即行，盧恐遲誤，乃諫曰：「臣事君以忠，古今之通義也。非遇盤根錯節，何以見利器？君勿逗遛以誤王事。」源謝曰：「謹聆若語。」於是即日啓行，盧口占一律以贈之，詩曰：

羡君家世舊簪纓，百戰常懷報主心。草檄有才追記室，築壇無路繼淮陰。
射雕紫塞秋雲黑，走馬黄河夜雪深。白首丹衷知未變，歸來雙肘印懸金〔一〕。

源率爾揮淚，親將兵至襄城下。遇元人，五戰皆捷，大震軍聲。元人麾集外軍，圍合夾擊，我軍孤弱不敵。源時掉臂一呼，士氣百倍，殺聲動天地，旌旗蔽日月。蓋主客之形既分，而强弱之勢不敵矣。源乃身被數鎗，力戰而死，部兵無一生還者。未幾，襄爲元有，道路始通。荆門士人柳春，時過襄陽，宿於官舍。夜出間行，時晝樓吹笛，調落梅花，殘月籠雲，塵埋粧鏡。行未三五步，但見悲風颯颯，殺氣漫漫。當先一員武士，仗劍披甲，從者數百人，其威可怖。春引避之。武士呼曰：「君尚不識耶！吾乃里人吴源是矣。兵救襄城，死於王事，弗克歸家。天曹以吾忠義，命爲本方土地神君。歸日幸以事白於家荆；不信，付此鐵券示。」遂按劍而吟一律，曰：

匹馬南歸望古城，半林殘雨夕陽明。雲邊岫接秦山色，樹裏河流漢水聲。墜淚有碑苔色古，欄街無曲酒旗横。那堪回首成陳迹，笳鼓西風愴客情〔二〕。

吟畢，陰霾頓掃清，而武士亦不見矣。春大驚異，而亦未之盡信也。歸至荆門，訪其家，得之，遂造其居，白其事，盧且疑之〔三〕。春即出所示鐵券，盧始信，撫券大慟，絶而復甦，自言曰：「吾夫死於王事，忠也；妾身死於夫難，義也。夫既盡忠，妾敢不義？願同遊於地下，足矣。」乃罄其資畜，爲夫作陰果，七晝夜不絶。所謂「紙灰蝴蝶白，淚血杜鵑紅」者，是也。處置家事，一無所遺，沐浴焚香，再拜泣曰：

夫爲忠孝死，妾因節義亡。夫妻相繼死，忠義兩無妨。

於是從容自縊而死，家人啓尸視之，氣絶久矣。鄉人義之，相與斂葬，立祠號曰「雙節」，至今存焉。

按：本篇亦見《古今清談萬選》卷一。《幽怪詩譚》卷三《鐵券投書》據此改編。

【校　記】

〔一〕此詩出《清風亭稿》卷六《送徐遵誨公子之邊》。

〔二〕此詩出《清風亭稿》卷六《襄陽懷古》。

〔三〕「之」，原作「二」，據文意改。

孫氏孝感録

孫應祥，名禎，慈湖之望族也。襁褓中失所天，母李氏確守貞節，雖家貧，衣食不足，恒績紡以度日。訓教應祥，必盡心力。然而簞瓢塵甑，人有不堪，而處之晏如也。應祥年逾弱冠，屹如老成，麤通經史，事其母以孝聞。母嘗苦痢增劇，應祥憂形於色，家貧無以供藥餌，旦夕焚香禱於天，願以身代。既而嘗糞以辯甜苦，竟忘寢食，幸而母疾少瘥。饘粥親煮以進，自食其餘糝、米湯而已。應祥傭舂於人以供母。有鄭叟者憐其賢孝，以女妻之。鄭氏亦賢淑，布裙椎髻，織作以助之，家業少腴。一子甫七歲。宋德祐初，江南大亂，盜賊蠭起，應祥負母并挈妻子以逃難，度不能全。與妻謀曰：「子可再有，母不可再得，寧棄其子，保全尊姑。」妻泣而從之，母弗覺也。應祥與妻更代背母，流汗終日，不以爲勞。其母泣曰：「今天下亂離，干戈極目，汝夫妻縱欲活我，將安施乎？不如我死溝壑，你夫妻庶幾各自逃生也。」應祥泣曰：「寧同患難，安忍相捨？」已而少憩道傍，將覓飲食，群盜數十人忽遇諸途，欲殺其母。應祥匍匐曰：「母子二人，更相爲命。寧殺我，乞全老母。」母曰：「吾夫早喪，止生此子。乞存之以奉蒸嘗，寧殺老身也。」鄭氏泣曰：「乞留夫子以奉老姑，妾不孝，願以身代也。」群盜相顧，感嘆曰：「孝順夫妻也。」遂捨之而去。應祥與妻負母於山谷間避之，俄而叢林中一虎咆哮而出，其母驚暈在地，應祥祝其虎曰：「吾母老且瘦，不堪汝食。汝寧食我也。」泣拜移時。虎俛首而逝。時斜陽在山，山鳥散亂。應祥扶携母妻，殆尋旅邸。柰山深地僻，蕩無人居。遥見林間一古廟，委身投之。至則頽垣敗壁，漫土堆塵，鳥迹獸蹄，交雜於内，土神祠也。應祥再拜，至祝之曰：「吾母子避難至此，干瀆神聰，幸惟垂祐。」頃之，月光穿户，淒風襲人，母心驚惶，寢不成寐。應祥與妻左右圍護，假宿待旦，時聞鵂鶹鳴屋，絡緯吟梁，不勝悽慘。夜半忽聽神人呼應祥，語之曰：「文山之地，乃汝安居，康寧富貴，福慶有餘。」比曉，應祥記神之語，迤逦訪文山之地而居焉。乃荆棘荒涼之處，應祥以隨身之貲，顧倩土民開基創屋，掘土三尺，錚然有聲，視之乃瘞銀一窖，每錠上有「孝子孫禎」四字，應祥以數錠餽土民。民不肯受，曰：「上天所賜，不敢妄取。」遂貿易大木，建置華居，買田立業，家益饒裕。應祥復生三子，皆聰明特達，朝廷舉以賢良方正，三徵七辟皆不就。事母李氏愈盡誠敬。雖隆冬大暑，必侍膳問安。常諭其子曰：「天經地義，莫先乎孝。然孝者，豈特服勞奉養而已邪？曾參養親之志，曾元但養口體。孟子曰：『事親若曾子者，可也。』慈烏有反哺之恩，羔羊有跪母之德，若禽與獸能全孝敬，可以人而不如禽獸哉？」三子再拜聽訓。或者勸其出仕顯親揚名者，應祥笑曰：「事親孝，則忠可移於君，吾事親未能盡孝，安能忠事其君乎？矧老母年高，勢猶風燭，所謂『事陛下之日長，報劉之日短也』，縱得富貴而違親養，雖萬鍾何加焉？」乃吟二律，以示之曰：

天經地義孝爲先，蓋世功名事枉然。玉食不如藜藿美，藍袍争似彩衣鮮。寸心瑩潔何須鏡，一念清明即是天。寄語青雲舊知己，才踈自合老林泉。

陟岵凄然一念深，忍聽反哺乳烏音。事親不盡恩和義，處世何如獸與禽。色養未全終歲敬，劬勞難答此生心。浮雲富貴成虛幻，耿耿靈臺照古今。

母李氏無齒不能食，其妻鄭氏三飡乳其姑，歲以爲常。一夕，母遘危疾，醫不能治，應祥衣不解帶，湯藥必親嘗。母泣謂曰：「汝夫妻孝敬，備經險阻，然天年有限，豈得不死之人耶？且人年五十不稱夭，吾年踰九旬，死亦何憾！汝勿哀傷過度，自貽伊慼也。」言訖瞑目而卒。應祥哀毀逾時，幾致殞絶，水漿不入口數日。其子泣諫曰：「死生常理，徒悲無益。經曰：『三日而食，教民無以死傷生。』今大人年踰耳順，血氣既衰，一旦内損致疾，將如之何？」應祥泣曰：「怙恃永訣，痛隔幽明。雖欲再見，不可得也。」言訖又哭，淚盡而繼之以血，雙目遂枯不能覩物。其三子焚香祝天，以舌舐之，其睛復明焉。既而扶柩，合葬先塋。應祥廬於墓側，三子亦往侍之。應祥泣吟一律於墓廬云：

痛隔音容不可知，傷心愁誦《蓼莪》詩。昊天罔極都成恨，風木蕭條總是悲。
霜露凄其明月夜，杜鵑啼血落花時。冥冥杳杳泉臺下，日用三牲已是遲。

其三子共賡之，曰：

分崩五内有誰知，覩景愁吟陟岵詩。烟暝草萋無限痛，水光山色總成悲。
秖堪春夏蒸嘗日，無復晨昏定省時。淚洒西風枯塚柏，月寒風冷夜遲遲。

詩傳士林，讀者無不悲哽，亦可以見其孝思之誠矣。應祥廬墓三年，自歲時祭奠之餘，未嘗輒出廬外。塚生連理木、白兔之祥，有司奏之，朝廷旌其門曰「孝義」。時大德十一年也。

按：本篇出處待考。

孔瓊英

天寶之末，禄山作亂，河北騷擾，而良家子女多被擄掠。真定有美婦，姓孔名瓊英者，年方十七，粗通經史。其夫被殺，獨俘軍中，每欲求死而不可得。賊悦其色，每欲犯之，瓊英且泣且罵，曰：「吾夫爲汝所殺，吾身爲汝所執，恨無上方之劍，得報切齒之讎，豈與汝犬彘爲偶耶？」賊怒，懼之以刃，瓊英曰：「死乃吾分，一身不可辱也。」賊刺殺之，暴尸於野，顏色如生，仗義者爲之斂葬焉。賊平之後，河北道通。鄉人嚴姓者，晚經其地，見道傍茅屋一椽，門壁頹圮，而瓊英倚立窗檻，若有所俟。見嚴過，曰：「鄉親何往？」嚴亦常識其面，訝曰：「娘子何爲在此？」瓊英語曰：「爲兵戈道梗，流落於斯，幸遇鄉親，乞爲附信。」嚴與之坐而問曰：「娘子獨處寂寥，奚以自資日用？」瓊英曰：「紡績易粟，苟且度時，北望庭闈，每增傷感，伏通信音，徐歸故里耳。」遂付書與嚴，再三叮囑，戒勿開拆，且以百錢聊爲路贐。嚴識其處，辭謝而歸。及抵家，以書呈父母，并述所見之由。舉家驚異，乃展書視之，其書曰：

劣女瓊英百拜父母大人膝下：竊念幼處深閨，叨蒙教育。及笄而嫁，爲人家婦。操彼井臼，供彼蘋蘩。敬事舅姑，無違夫子。三從之是遵，四德之是勉。所以然者，恐違庭訓，重增父母之憂也。不意國祚中微，逆胡犯順。城門失火，殃及池魚；楚國亡猿，禍延林木。骨肉拆散，各天一方。割斷父母之恩，打開夫妻之義，欲效三貞，須拼一死，寧可安身於珠碎，無庸役志於瓦全。故於干戈之下，玉墜花飄；鋒刃之中，烟消霧散。妾之捐生，非沽世譽，蓋所以警後世爲臣之不忠、爲婦之失節者也。雖體魄之已亡，而一靈之未泯。妾得與清風之王氏、奉天之竇氏，同遊於地下，足矣。所可憾者，父母不得終養，舅姑不得終奉，夫子不得終歡耳。雖然，妾死於節，方寸無愧，較諸自經於溝瀆而莫知之者，何可同日語哉！但骨沉異域，魂戀故鄉，每呻吟風雨之時，恒悲號星月之下。倘得遷回與夫合葬，則生順死安，無復遺恨。裁書涕零，不知所云。

又詩二律，録之如左：

其一：

守身不辱喪刀兵，不作閭閻苟賤情。自古爲人誰不死，從來取義必捐生。

貞心凜凜冰霜潔，正節堂堂日月明。堪愧人間無恥婦，少圖温飽一身輕。

其二：

不根富貴等浮雲，確守貞心殞亂軍。一死榮躋唐竇女，九泉羞殺卓文君。

剖開骨肉三方異，割斷恩情兩地分。艷質可憐埋淺土，尚遺青塚向斜曛。

父母讀其書，隨手隨滅，應手而碎，不知所在。舉家大慟，翌日倩人問嚴姓者，往所見處，發瘞取骨，扶柩而歸，與其夫共葬先塋，至今感嘆稱之。

按：本篇出處待考。

劉方三義傳

宣德間〔一〕，河西務之蒙村者，邊河爲市，舟楫聚泊之所也。居人近數百家，其家有劉叟者〔二〕，號稱長者，開酒肆於其間。茅屋數間，薄田十餘畝，衣食粗足。惟有夫妻兩口〔三〕，年各六旬餘，並無弟男之出〔四〕。是年，有京衛老軍姓方者，携一子，年約十二三，宿於叟店。及夕，偶得中風之疾，至曉不起〔五〕。其子悲咽〔六〕，叟夫妻爲之墮淚，遂養於其家。凡百事務〔七〕，叟皆爲之辦給。不半月，則老軍死矣。其子跪告於叟曰：「念兒亡父本是京衛軍〔八〕，於某年間母以先故，與父欲投原籍，取求盤纏爲辦母喪之資〔九〕。不料皇天弗祐，父更路亡，遺兒一身，囊無半錢之靠〔一〇〕，欲望大恩，借數尺之土，暫掩父骸，兒願終身爲奴，以償此德。如不見允，則將身投河〔一一〕，永爲不孝之鬼也。」言訖，放聲大慟。叟撫然流涕曰：「噫！是何言與！汝黄口孺子尚知孝道〔一二〕，予豈不知義者乎？汝無慮衣衾棺槨，我爲汝備焉。」遂葬於屋後空地〔一三〕，仍表額扁之曰「某衛軍士方某之墓」。又謂其子曰：「予欲令汝歸家，喚汝親故搬取二喪，恐汝幼弱不能自達。汝可暫住予家，待有熟識之人，方可與汝回籍，喚汝親故搬運父柩還鄉，方爲孝道〔一四〕。」兒復跪泣，指心而誓曰：「兒雖弱幼，豈不知恩！且亡父病時，深蒙不嫌污穢，湯藥依時。及至身死，棺衾喪事皆爲兒具〔一五〕，雖是至親骨肉未必及此。況兒生長京師，親故鄉曲一人不識，有恩未報，欲安歸乎？且見義丈夫婦亦無子姪，兒雖不才，倘蒙不棄，收充一奴，以供朝夕。萬一義丈百年，某豈不堪爲拜掃之人乎？然後赴京取回先母遺骨，同我故父葬於義丈墓道之側，則兒之負恩不孝之罪塞矣。」叟夫婦且悲且喜，曰：「真天賜之嗣也。」因不没其姓，名之曰劉方，恩養備至。方亦孝謹出常，勤業家事，不捨晝夜，常若不及者。是時秋風大作，上遊飄一敗舡，泊於門首岸下。船人呼號，死溺根籍，爲居人挽救得達岸者，有數十人。内一少年，約未二旬，氣息將絶，而手尚堅持一竹箱不捨，傍一少婦撫抱號叫不止。人或問其然，答曰：「此人吾夫也，此箱中妾舅姑之骨也。」時方從觀在側，及歸，將所溺之人告於父母，悲咽不能成語，曰：「此人之厄，正如兒向日之苦無異。」叟夫婦聞之，即奔赴扶携二溺人歸家，更以燥衣，哺以煖食，不遺日而甦矣。其人告曰：「小人姓劉名奇，山東張湫人也，此婦奇妻，李氏也。二年之前從父三考京師，不幸遇時疫，未易月父母俱喪，止有予之夫婦，無力奉柩還鄉，只得火化爲櫬，謀此歸計。豈料不孝又遭此險〔一六〕。過蒙老丈相濟，實乃再生之父母也。然李氏身孕六甲，遇此驚溺〔一七〕，胎已墮矣。」於是叟嫗及方嗟嘆不已，急爲洒掃暖室，置於寢睡〔一八〕，朝夕爲辦粥飲。不數日，李氏亦殞矣。叟爲之治棺具，亦葬于屋後之地。深爲劉奇解慰，勸令暫住於家，與方同其飲食，議待便船使謀歸計。凡經數十日，皆以骨殖在船多遭衝擊之患爲辭，久不果事。况奇於救溺之時爲拘挽所傷數處，潰瘡甚發，不能履者數月。然奇平數博學多文，見方聰敏出常，乘暇教以詩書作課。而方一誦即解，不旬月，凡經書詞翰，無不精通。一日，奇瘡少愈，告於叟曰：「奇疾全安〔一九〕，然一貧如此，思無他計，欲先負父母骨骸歸鄉〔二〇〕。義丈之恩〔二一〕，容奇喪完，別來報答。」叟曰：「噫！路遠孤行，難以前往〔二二〕，况子幼弱，安能涉萬里之程途〔二三〕？吾有一驢，久蓄無用，贈子駝歸二親，豈不代勞乎〔二四〕？」奇堅卻不敢受，遂不辭而往〔二五〕。忽一日，叟得重疾，纏綿數月，其方衣不解帶，藥必親嘗，銘心刻骨而侍立焉〔二六〕。忽奇來到，一家欣喜，叟謂奇曰：「曩者失待，子何責之深，不告而去耶？」奇跪而泣告曰：「奇蒙再生之恩，尚未報答，又贈驢駝之施，未及酧謝，念奇意欲潛歸〔二七〕，別謀濟事。不料至家，因前年黃河泛溢，鄉曲遠近，一望洪波，居人蕩盡，人畜田廬，漂溺無遺，極目白砂，蒿蓬百里。隻身無依，徬惶累月，進退計窮，寄食人店，靜思亡親之櫬〔二八〕，縱歸何處安居〔二九〕？義丈之恩雖宏，何時得報？莫若仍歸恩府，求尺寸之壤，葬久暴之喪。假便成仁，致身塞罪，以此生爲終身之質，奉宅上薪水之勞。未審義丈能從願否。」叟曰：「噫，異哉！予何幸乎，累感孝子同來！」遂與奇道劉方之本末，奇聞之，亦自驚悚。叟復曰：「若信然，奇爲兄，劉方爲弟，弟兄亦要同心，亦要共義〔三〇〕，守此薄產，足以業生矣。」於是奇、方再拜受教。二人互相推愛，極力養親，甘旨極一時之味，温清盡冬夏之勤。又一年，叟卒於前，媪殁於後。二子備盡人子之情，哀毀不堪，淚盡繼血。將葬，兄弟謀定兆域，遂迎方之母骸葬於都下〔三一〕，共築一塋，列三墳如連珠。二子同廬其次，不釋杖者三年。閭里感化，遠邇稱聞。及服除，兄弟勤業，生意驟盛，不數年間，富甲一鄉，人以爲孝義所致。一夕，兄弟夜酌於窗下。酒延將半，話及生平，因痛二人出處之危切，悲三父没身之恨，驚合義之奇異，喜成家之遂願，相視悲咽〔三二〕，淚不自止。奇曰：「此皆予二人微誠感格，實蒙天相。然予今年二十有二，弟一十有九，俱未議婚。況人之壽夭難期，萬一不諱，則三宗之祀絶淪矣。若乘時各求良配，或有所出之嗣，豈不美哉？」劉方愀然不答，良久徐曰：「兄忘之乎？初義父臨終時，弟與兄各有誓願，俱以不娶，今何更發此言？」奇曰：「不然。初因父母垂没，六喪未舉，家道貧薄，所以省輕藉重也。今則孝敬已伸，恩義已報，家資復充，況且『不孝有三，無後爲大』，決不可膠柱也。」而方展轉百辭，欲守前誓，奇亦無如之何。一日，奇與知厚者話及兹事，其友曰：「我知之矣。莫非令弟意謂彼與賢契立家在先，誠恐彼欲先娶耶？」奇曰：「吾弟端仁，決無此心。君既爲謀，試一驗之，何如？」遂密令二媒私見於方曰：「某家有女，年正與二官人同，良淑工容，絶於一時，實佳配也。某等敬議此婚，待别有年長者，然後再議大官人之婚未晚。」方勃然作色，曰：「無端老嫗〔三三〕，欲離間吾昆弟也耶？急去，勿令吾責。」二媒愧赧而去，密告於奇。奇等百方思度，終莫得其主意。是後奇因覩梁燕之勞，遂題一詞于壁上以探劉方之意。其詞曰：

營巢燕，雙雙雄，朝暮辛勤巢已成。若不尋思繼殼卵〔三四〕，巢成畢竟巢還空。

一日，方偶見其詞，笑誦數次，援筆亦題一篇於後。其詞曰：

營巢燕，雙雙飛，天設雌雄事久期。雌兮得雄願已足，雄兮將雌誰不知？

奇見而驚疑，不知所主，急謀於諸友曰：「予弟爲人形質柔弱，語音清麗，有婦人之態。況與予數年同榻，未嘗露其足，雖盛暑亦不袒坐。及欲議婚，彼各皆不聽，而詩中詞旨如此，恐有木蘭之隱乎？」衆曰：「噫，是矣。君當以實問之，何害？」奇垂涕曰：「予以恩義爲重，情如同生，安忍問之？」衆曰：「彼若實爲女子，與君成配，正所謂恩義之重得其所矣。」奇終以愧爲辭，衆以酒醉之，使深夜而歸。將寢，奇乘醉謂方曰：「我想賢弟《和燕子詩》甚佳，甚佳！然弟復能和乎？」方承命，笑而和之，其詞曰：

營巢燕，聲呷呷，莫使青年空歲月。可憐和氏忠且純，何事楚君終不納？

奇曰：「若然，賢弟實爲木蘭之隱，何不明言？」方乃低首而已〔三五〕。奇復曰：「既不成兄弟，當爲兄妹乎？而或爲夫婦乎？」方又不答，惟含淚而已。問之數次，方徐言曰：「若兄妹爲之，妾當適他人。妾父母之墳，永爲寄托之柩矣。妾初因母喪，同父還鄉，恐不便於途，故爲男扮。又因父沒，妾不敢改形，欲求致身之所，以安父母之靈。幸義父無兒，得彼遺下産業。與兄相遇〔三六〕，此非人謀，實天作合。倘兄不棄淺陋，使三家之後永續，三義之名不朽矣。」奇驚喜不已，遂揖方就寢。方曰：「非禮也。須待明日祀告三墳，爲妾辦粧物，請會親鄰〔三七〕，乃可爲親。」奇遂依言，拱坐待旦，依議而行。是後浸成巨族，子孫滿堂，號爲「劉方三義家」，至今誦之不朽云〔三八〕。

按：本篇出明陶輔撰《花影集》卷一。亦見林近陽編《燕居筆記》卷九、何大掄編《燕居筆記》卷七、余公仁編《燕居筆記》卷九；《情史類略》卷二節選，題《劉奇》。

【校　記】

〔一〕「間」，《花影集》作「初」。

〔二〕「家」，《花影集》作「間」。

〔三〕「惟有夫妻兩口」，《花影集》作「然止叟媪二人」。

〔四〕「出」，《花影集》作「依」。

〔五〕「曉」下《花影集》有「則頽然」三字。

〔六〕「悲咽」，《花影集》作「悲號近絶者數肆」。

〔七〕「事務」，《花影集》作「粥飲湯藥」。

〔八〕「京」，《花影集》作「某」。

〔九〕「取求盤纏」，《花影集》作「求少盤費」。

〔一〇〕「靠」，《花影集》作「資」。

〔一一〕「將身投河」，《花影集》作「投身此河」。

〔一二〕「孺子」，《花影集》作「兒」。

〔一三〕「遂」下《花影集》有「爲辦棺衾之具」六字。

〔一四〕《花影集》無「與汝回籍……方爲孝道」十八字。

〔一五〕「棺衾喪事皆爲兒具」，《花影集》作「棺衾葬具，所費不資」。

〔一六〕「孝」下《花影集》有「惡極」二字。

〔一七〕「溺」下《花影集》有「内損無任，不及辦蓐」八字。

〔一八〕《花影集》無「置於寢睡」四字。

〔一九〕「全安」，《花影集》作「雖痊」。

〔二〇〕「先負父母骨骸歸鄉」，《花影集》作「先負父歸，再負母去」。

〔二一〕「義丈之恩」四字，據《花影集》補。

〔二二〕《花影集》無「難以前往」四字。

〔二三〕「安能涉萬里之程途」，《花影集》作「非佳圖也」。

〔二四〕「勞」下《花影集》有「遂事」二字。

〔二五〕「遂不辭而往」，《花影集》作「一日，忽失奇所在，叟等惋嘆累日，亦無如之何。居頃」。

〔二六〕「銘心刻骨而侍立焉」，《花影集》作「憂勞骨立」。

〔二七〕「奇蒙再生之恩，尚未報答，又贈驢駝之施，未及酧謝，念奇意欲潛歸」句，《花影集》作「奇蒙再生之恩，未報萬一。及聞贈驢之言，出此拙算，意欲潛歸」。

〔二八〕「静」，原作「争」，據《花影集》改。

〔二九〕「何處安居」，《花影集》作「何所安厝」。

〔三〇〕「奇爲兄……亦要共義」，《花影集》作「爾奇爲兄，爾方爲弟，同乃心，共乃義」。

〔三一〕「骸葬」，《花影集》作「骨」。

〔三二〕「相視悲咽」，《花影集》作「相示悲惋」。

〔三三〕「無端」，《花影集》作「何物」。

〔三四〕「思」，《花影集》作「雌」。

〔三五〕「低」，《花影集》作「傾」。

〔三六〕「遇」下《花影集》有「復是仁人」四字。

〔三七〕「請」，《花影集》作「昭」。

〔三八〕《花影集》無「至今誦之不朽」六字。

義俠部

柳氏傳

天寶中，昌黎韓翊有詩名〔一〕，性頗落托，羈滯貧甚。有李生者，與翊友善，家累千金，負氣愛才。其幸姬曰柳氏，艷絶一時，喜譚謔，善謳詠。李生居之別第，與翊爲宴歌之地，而館翊於其側。翊素知名，其所候問，皆當時之彦。柳氏自門窺之，謂其侍者曰：「韓夫子豈長貧賤者乎！」遂適意焉。李生素重翊，無所悋惜。後知其意，乃具饍請翊飲，酒酣，李生曰：「柳夫人容色非常，韓秀才文章特異。欲以柳薦枕於韓君，可乎？」翊驚慄避席曰：「蒙君之恩，解衣輟食久之，豈宜奪所愛乎？」李堅請之。柳氏知其意誠，乃再拜，引衣接席。李生坐於客位，引滿極歡。李生又以資三十萬佐翊之費。翊悦柳氏之色，柳氏慕翊之才，兩情皆獲，喜可知也。明年，禮部侍郎楊度擢翊上第，屏居閒歲。柳氏謂翊曰：「榮名及親，昔人所尚。豈宜以濯浣之賤，稽採蘭之美乎？且用器資物，足以佇君之來也〔二〕。」翊於是省家於清池。歲餘乏食，鬻粧具以自給。天寶末，盜覆二京，士女奔駭。

柳氏以艷獨異，且懼不免，乃剪髮毁形，寄迹法靈寺。是時侯希益自平盧節度淄青，素藉翊名，請爲書記。洎宣皇帝以神武返正，翊乃遣使間行求柳氏，以練囊盛麩金，而題之曰：

章臺柳，章臺柳，昔日青青今在否？縱使長條似舊垂，也應攀折他人手。

柳氏捧金嗚咽，左右淒憫，答之曰：

楊柳枝，芳菲節，所恨年年贈離別。一葉隨風忽報秋，縱使君來豈堪折！

無何，有蕃將沙叱利者，初立功，竊知柳氏之色，劫以歸第，寵之專房。及希逸除左僕射入覲，翊得從行。至京師，延佇柳氏所止〔三〕，欽想不已。偶於龍首崗，見蒼頭以駁牛駕輜軿，從兩女奴。翊偶隨之。自車中問曰：「得非韓員外乎？某乃柳氏也。」使女奴竊言失身沙叱利，阻同車者，請詰旦幸相待於道政里門。及期而往，以輕素結玉合，實以香膏，自車中投之，曰：「當遂永訣，願寘誠慰。」乃迴車，以手揮之，輕袖揺揺，香車轔轔，目斷意迷，失於魂魄〔四〕，翊大不勝情。會淄青諸將合樂酒樓，使人請翊。翊彊應之，然意色皆喪，音韻悽咽。有虞候許俊者，以材力自負，撫劍言曰：「必有故，願一效用。」翊不得已，具以告之。俊曰：「請足下數字，當立致之。」乃衣縵胡，佩雙鞬，從一騎，徑造沙叱利之第。候其出行里餘，乃被衽執轡，犯關排闥，急趨而呼曰：「將軍中惡，使召夫人！」僕侍辟易，無敢仰視。遂昇堂，出翊札示柳氏，挾之跨鞍馬，逸塵斷鞅〔五〕，倏忽乃至，引裾而前曰：「幸不辱命！」四座驚歎。柳氏與翊執手涕泣，相與罷酒。是時沙吒利恩寵殊等，翊、俊懼禍，乃詣希逸。大驚曰：「吾平生所難事，俊乃能爾乎？」遂獻狀曰：「檢校尚書金部員外郎兼御史韓翊，久別參佐〔六〕，累彰勳効，頃從鄉賦。有妾柳氏，阻絶兇寇，依止名尼。今文明撫運，遐邇率化。將軍沙吒利兇恣撓法，憑恃微功，驅有志之妾，干無爲之政。臣部將兼御史中丞許俊，族本幽薊，雄心勇決，卻奪柳氏，歸於韓翊。義切中規，雖昭感激之誠；事不先聞，固乏訓齊之令。」尋有詔，柳氏宜還韓翊，許俊賜錢二百萬〔七〕。柳氏歸翊，翊後累遷至中書舍人。然即柳氏，志防閑而不克者；許俊，慕感激而不達者也。向使柳氏以色選，則當熊辭輦之誠可繼；許俊以才舉，則曹柯澠池之功可建。夫事由迹彰，功待事立，惜鬱堙不偶，義勇徒激，皆不入於正。斯豈變之正乎？蓋所遇然也〔八〕。

按：本篇出唐孟棨撰《本事詩·情感第一》。亦見《太平廣記》卷四八五，署許堯佐撰；《艷異編》卷二三、《虞初志》卷五、林近陽編《燕居筆記》卷九、余公仁編《燕居筆記》卷九、《一見賞心編》卷十一。陳翰《異聞集》輯録，《類説》卷二八節選，題《柳氏述》。《緑窗女史》卷十一，題《章臺柳傳》。《新編醉翁談録》癸集卷二，題《韓翃柳氏遠離再會》。

【校　記】

〔一〕「韓翃」，《本事詩》、《類説》等作「韓翊」。

〔二〕「佇」，《太平廣記》作「待」。

〔三〕「延佇」，《太平廣記》作「已失」。

〔四〕「魂魄」，《太平廣記》作「驚塵」。

〔五〕「鞅」字原闕，據《太平廣記》補。「斷鞅」，《類説》作「而奔」。

〔六〕「別」，《太平廣記》作「列」。

〔七〕「許俊」，《太平廣記》作「沙吒利」。

〔八〕「然即柳氏志防閑而不克者也」以下至文末文字據《太平廣記》補。

俠客傳

宋忠獻張魏公浚，綿竹人，舉建炎間進士，官秀州諸路軍馬副使。時苗傅、劉正彦作亂，逼遷帝位，勢劫太后垂簾，矯詔監兵〔一〕，聲威大振。朝廷無計下之。忠獻首倡勤王，貽書李頤浩，復結張俊，約韓世忠，使會舟師於秀，哭饗將士，撫諭多方，誓欲紓國艱而吊民命。將志軍心，亦感奮奉義。苗、劉聞舉，方懼無以應待。有客進曰：「嘗聞兵義者無敵，今義聲已屬彼矣。況堅鋭驟合，勢迅氣揚，群策相加，勝敗可判。此欲恃兵刃而圖一倖逞，何異驅羊搏虎、放鴿逐鷹者哉？急爲今計，當如此如此。吾知倡義者既亡，從盟者必怠，乘其怠而躡其隙，則韓、李之頭，且旦夕有懸麾下，他何能爲？是僅賞一夫之勞，而徐退數萬之甲，功豈不偉乎？」苗、劉稱善，曰：「可謂勝筭矣。」即募勇捷之士，受計往焉。是夜，忠獻晏坐私堂，密籌軍國重務。及二鼓，從衛皆寢，時露冷月明，風清雲净，忽見一壯男子從空庭中下，由階升堂，作半跽而言曰：「公知天下孰至險乎？」忠獻心已識其刺客矣。乃從容應曰：「羊腸之峻坂九折，仰睇則頭目迴旋，俯矙則心神驚戰，雖飛輪、逸足不能循軌舒轡以馳，斯不亦險乎？」曰：「險矣，而非至也。」忠獻曰：「太行之絶壁千尋，虎狼則待人以充腹，盜賊則礪刃以劫財，而怪孽虺蛇，又且鼓妖揚毒以逞，斯不亦險乎？」曰：「亦險矣，而非至也。」忠獻曰：「吕梁之巨瀉，溟渤之洪波，濤驚則矢激劍攖，浪怒則春天浴日，鵾鵬睥睨其前，蛟龍辟易於後，力可湧山，而勢能裂地，縱以堅檣輕楫之舟，加以羿、奡、賁、育之勇，自料點雪於紅爐，吹毛於赤焰，怯手足而不敢前矣，斯不亦險之至乎？」客曰：「公知其一，不知其二，胡然乎論險於山水間哉！夫巉岏猶可梯其巔，江淮猶可航其派。又不然併梯航而棄之，則險無能加我矣。豈若比奸植黨，設機穽以陷忠良爲至險也；

弄柄竊權，假威福以倒殺僇爲至險也；鬼設神施，乘幽暗以摧兵刃爲至險也；闢途啓户，張網罟以弋賄財爲至險也？又有盃盤日藉、握手論歡，反面則斧鉞潛加矣，其險矣夫！又有其腹若刺、其容若飴，狐媚人心情，而蠹遊人囊橐，及其脂膏既飽，事去家空，則禍括反嫁，其險矣夫！又有掉三寸之舌，噓焰生波，假薰以蕕，遷白於皂，譖毁可鑠人肌骨者，其險矣夫！之數者，事雖不同，要皆起干戈於造次，變生死於須臾，陰中陽傷，墮術者且莫之覺。試觀天下比比滔滔，是人心尤甚於山川也。公知之乎？」忠獻因詰曰：「信子言，情變多矣。但暮夜無知而襲人不備，子不可謂非險也，自悟而復自蹈焉，意者苗、劉遺子來耶？」客曰：「然也。」忠獻曰：「既爾，何不取我頭去？」客曰：「噫！公誤矣！決鄙人之技，豈不能挾匕首以加公之頸？然鄙人雖魯，粗知順逆。當苗、劉募勇時，恐公危於他人之手，鄙人所以先身應命者，豈爲賊用哉，爲公計耳。況公忠勤動日〔二〕，何忍相加〔三〕？倘公防虞不嚴，脱有嗣鄙人而至者，公誠危矣。故來相告。」公乃下執其手，急問姓名，俛而不答，公即謝曰：「君義人也。國家方徵羅豪傑，以圖恢復，君可留此共事，事定奏封，何如？」客曰：「老母衰居河北，形命相依，豈忍私己棄親，釣榮僭禄？」公曰：「然則少待，當以金帛壽令母，亦足以表吾報義之微也。」客笑曰：「公以我爲金帛來與？得公之首，何患無金？鄙人誠貧，決不敢要賢者之賜〔四〕。不然，忠義兩虛，是累公之名，而重鄙人之罪也。烏可乎？」公謹戒之，鄙人從此逝矣！」即振衣躍而登屋，屋瓦無聲，步捷身輕，雖狼馳隼擲，不足以喻其便急也。忠獻日送久之，稱歎不已。詰旦，取郡獄死囚，斬以狗於軍曰：「夜獲奸細，故號令之。」及苗、劉就擒，國步已定，公於河北物色求之，竟莫能得，此又賢於鉏麑多矣。孰謂世間無奇男子乎？殆唐劍客之流匹也。

按：本篇出明鈞鴛湖客評述《鴛渚誌餘雪窗談異》，據《嘉興府圖記》改編。亦見《鶴林玉露》甲篇卷三，《劍俠傳》卷四《秀州刺客》，然都較簡單。

【校記】

〔一〕「監兵」，《鴛渚誌餘雪窗談異》作「奸兵」，誤。

〔二〕「忠勤動日」，《鴛渚誌餘雪窗談異》無「忠」字，《劍俠傳》作「忠義如此」。

〔三〕「相加」，《鴛渚誌餘雪窗談異》作「相知」，《劍俠傳》作「害公」。

〔四〕「賜」，原作「士」，據《鴛渚誌餘雪窗談異》改。

虬鬚叟傳

呂用之在維揚日，佐渤海王擅政害人。中和四年秋，有商人劉損，挈家乘巨船，自江夏至揚州。用之凡遇公私來，悉令偵覘行止。劉妻裴氏有國色，用之以陰事下劉獄，納裴氏。劉獻金百兩免罪，雖脱非横，然亦憤惋，因成詩三首，曰：

寶釵分股合無緣，魚在深淵日在天。得意紫鸞休舞鏡，斷踪青鳥罷銜箋。
金盃倒覆難收水，玉軫傾欹懶續絃。從此蘼蕪山下過，祇應將淚比黄泉。

其二：

鸞辭舊伴知何止，鳳得新梧想稱心。紅粉尚存香幕幕，白雲將散信沉沉。
已休磨琢投泥玉，嬾更經營買笑金。願作山頭似人石，丈夫衣上淚痕深。

其三：

舊嘗游處徧尋看，覩物傷情死一般。買笑樓前花已謝，畫眉窗下月空殘。
雲歸巫峽音容斷，路隔星河去住難。莫道詩成無淚下，淚如泉滴亦須乾〔一〕。

詩成吟詠不輟。因一日晚凭水窗，見河街上一虬鬚老叟，行步迅速，骨貌昂藏，眸光射人，彩色晶瑩，如曳冰雪，跳上船來，揖損曰：「子衷心有何不平之事，抱鬱塞之氣？」損具對之。客曰：「祇今便爲取賢閤及寶貨，回即發，不可更停於此也！」損察其意，必俠士也。再拜而啓曰：「長者能報人間不平，可不去蔓除根，豈更容奸黨？」叟曰：「呂用之屠割生民，奪君愛室，若令誅殛，固不爲難。寔愆過已盈，神人共怒，祇候冥靈聚録，方合身首支離，不唯難及一身，須殃連七祖。且爲君取其妻室，未敢遒越神明。」乃入吕用之家，化形於斗拱上，叱曰：「吕用之背違君親，時行妖孽，以苛虐爲志，以婬亂律身，仍於喘息之間，更慕神仙之事。冥官方録其過，上帝即議行刑。吾今録爾形骸，但先罪以所取劉氏之妻并其寶貨，速還前人。倘更悦色貪金，必見頭隨刀落！」言訖，鏗然不見所適。用之驚懼，遽起焚香再拜，夜遣幹事併齎金及裴氏還劉損。損不待明，促舟子解維。虬鬚亦無迹矣。

按：本篇亦見《廣艷異編》卷十三、《續艷異編》卷七、《國色天香》卷九、《劍俠傳》卷三、《情史類略》卷四等。亦見《説郛》卷一一《燈下閒談》，無題。

【校　記】

〔一〕此三詩與《太平廣記》卷二七三《李逢吉》中劉禹錫所吟詩四首之前三首近。

俠婦人傳

董國度〔一〕，字元卿，饒州人〔二〕，宣和六年進士第，調萊州膠水簿〔三〕。會北兵動〔四〕，留家於鄉，獨處官所。中原陷，不得歸，棄官走村落，頗與逆旅主人相得。念其羈窮，爲買一妾。不知何許人也。性慧解，有姿色，見董貧，則以治生爲己任。罄家所有，買磨驢七八頭，麥數十斛，每得麵，自騎入市鬻之，至晚負錢以歸〔五〕。如是三年，獲利益多，有田宅矣。董與母、妻隔别滋久，消息皆不通，居常戚戚，意緒無聊。妾叩其故。董嬖愛已深，不復隱，爲言：「我故南官也。一家皆在鄉里，身獨漂泊，茫無歸期。每一想念，心亂欲死。」妾曰：「如是，何不蚤告我？我兄善爲人謀事，旦夕且至，請爲君籌之。」數日，果有客，長身虬髯，騎大馬，驅車十餘乘過門。妾曰：「吾兄至矣。」出迎拜，使董相見，叙姻戚之禮，留飲。至夜，妾始言前事以屬客。是時虜令：「凡宋官亡命，許自陳，匿不言而被首者〔六〕，死。」董業已漏泄，又疑兩人欲圖己，大悔懼，乃紿曰：「無之。」客忿然怒且笑曰：「以女弟托質數年，相與如骨肉，故冒禁欲致君南歸，而見疑如此，倘中道有變，且累我。當取君告身與我，以爲信。不然，天明執告官矣。」董亦懼，自分必死，探囊中文書，悉與之，終夕涕泣，一聽於客。客去。明日，控一馬來，曰：「行矣。」董請妾與俱。妾曰：「適有故，須少留。明年當相尋。吾手製一衲袍贈君，君謹服之，唯吾兄馬首所向。若返國，兄或舉數十萬錢相贈，當勿取。如不可却，則舉袍示之。彼嘗受我恩，今送君歸，未足以報德，當復護我去，萬一受其獻，則彼責已塞，無復顧我矣。善守此袍，亡失也。」董愕然，怪其語不倫，且慮鄰里知覺，輒揮涕上馬，疾馳到海上，有大舟臨，解維，客麾使登楫而別。舟遽南行，略無資糧道路之費，茫不知所爲。舟中奉侍甚謹，且食不相問訊。纔達南岸，客已先在水濱，邀詣旗亭相勞苦，出黄金二十兩，曰：「以是爲太夫人壽。」董憶妾語，力辭之。客不可，曰：「赤手還國，欲與妻子餓死耶？」强留金而出。董追挽之，示以袍。客曰：「吾智果出彼下，吾事殊未了，明年挈君麗人來。」徑去不返顧。董至家，母、妻、二子俱無恙。取袍示家人，縫綻處黄色隱然。拆視之，滿中皆箔金也〔七〕。踰年，客果以妾至，偕老焉〔八〕。

按：本篇出宋洪邁撰《夷堅乙志》卷一。亦見《逸史搜奇》庚集五；《國色天香》卷九、《劍俠傳》卷四、《奇女子傳》卷四、《情史類略》卷四，俱題《董國度妾》。《夷堅志》末注「范至能説」，至能即范成大。本篇結尾存在較大區分，《稗家粹編》、《國色天香》、《劍俠傳》、《奇女子傳》、《情史類略》等明人選本均作大團圓結局，與宋本的負心報應類型不同。

【校　記】

〔一〕「董國度」，《夷堅志》何卓點校本作「董國慶」。

〔二〕「饒州」下《夷堅志》、《逸史搜奇》有「德興」二字。

〔三〕「簿」上《夷堅志》、《逸史搜奇》有「縣主」二字。

〔四〕「北兵動」，《夷堅志》、《逸史搜奇》作「北邊動兵」。

〔五〕「歸」下《夷堅志》、《逸史搜奇》有「卒數日一出」五字。

〔六〕「被」，原作「彼」，據《夷堅志》、《國色天香》、《逸史搜奇》等改。

〔七〕「也」下《夷堅志》、《逸史搜奇》有「既詣闕自理，得添差宜興尉」。

〔八〕「偕老焉」，《夷堅志》、《逸史搜奇》作「[董妻余氏故妬悍，雖知其夫以妾力獲反，不暇恤。遇之多亡狀，或加箠掠不少貸。董不能制，而自痛負妾，怏怏成疾。同年故人問其病，具以本末言。同年曰：『君亦不義矣！客與妾，豈世間庸常人哉！殆書傳所載俠士也。受人恩能爲盡死，人或負之，則飛劍報仇，如殺狐兔耳。爲君計，獨有置諸別館，待之如二妻。君婦復不容，則以情白於朝，臨以君命，宜不敢。』董牽拘未決。妾一旦不告去，董喜且懼，常忽忽若有所亡。]秦丞相與董同有陷虜之舊，爲追叙向來歲月，改京秩，幹辦諸軍審計。纔數月，忽病[瘰癧繞項如循環。因大咳，頭忽墜地，距妾去日曾不一年]卒。秦令其母江氏哀訴於朝，自宣教郎特贈朝奉郎，而官其子仲堪。時紹興十年五月云。」加[ ]部分，據祝允明抄《夷堅丁志》補。

崑崙奴傳

唐大曆中有崔生者，其父爲顯僚，與勳臣一品者熟〔一〕。生是時爲千牛，其父使往省。適一品疾〔二〕。生少年，容貌如玉，性稟孤介，舉止安詳，發言清雅。一品命妓而侍〔三〕，是時邀生入室〔四〕。生拜傳父命，一品忻然慕愛，命坐與語。時三妓人艷皆絶代，居前。以金甌貯緋桃而擘之，沃以甘酪而進。一品遂命衣紅綃妓者，擎一甌於生食。生少年，赧妓輩，終不食。一品用紅綃妓以匙而進之，生不得已而食，妓哂之，遂告辭而去。一品曰：「郎君閒暇，必須一相訪，無間老夫也。」命紅綃送出院。時生回顧，妓立三指，又反掌者三〔五〕，然後指胸前小鏡子，云：「記取。」餘更無言。生歸，達一品意，返學院，神迷意奪，語減容沮，恍然凝思，日不暇食，但吟詩曰：

誤到蓬山頂上遊，明璫玉女動星眸。朱扉半掩深宫月，應照瓊芝雪艷愁。

左右莫能究其意。時家中有崑崙磨勒，顧瞻郎君曰：「心中有何事，如此抱恨不已，何不報老奴？」生曰：「汝輩何知，而問我襟懷間事？」磨勒曰：「但言，當爲郎君釋解，遠近必能成之。」生駭其言異，遂具告知。磨勒曰：「此小事耳，何不早言之而自苦耶？」生又白其隱語。磨勒曰：「有何難會？立三指者，一品宅中有十院歌姬，此乃第三院耳；反掌三者，數十五日之數〔六〕；胸前小鏡子，十五夜月圓如鏡，令郎君來耳。」生大喜，不自勝，謂勒曰：「何計而能達我鬱結耶？」磨勒笑曰：「後夜乃十五夜，請得青絹兩匹〔七〕，爲郎君製束身之衣。一品宅有猛犬守歌妓院門外〔八〕，常人不得輒入，入必噬殺之，其警如神，其猛如虎，即曹孟海州之犬也〔九〕。世間非老奴不能斃此犬耳。今夕當爲郎君撾殺之。」遂宴犒以酒肉，至三更，携鍊椎而往，食頃而回，曰：「犬已斃訖，固無障塞耳。」是夜三更，與生衣青衣，遂負而逾十重垣，乃入歌妓院内，止第三門。綉户不扃，金釭微明，惟聞妓長嘆而坐，若有所伺〔一〇〕。翠環初墜，紅臉纔舒，幽恨方深〔一一〕，殊愁轉結〔一二〕，但吟詩曰：

深谷鶯啼恨院香〔一三〕，偷來花下解珠璫。碧雲飄斷音書絶，空倚玉簫愁鳳凰。

侍衛皆寢，鄰近闃然。生遂掀簾而入〔一四〕。姬默然良久，躍下，且執生手曰〔一五〕：「知郎君穎悟，必能默識，所以手語耳，又不知郎君有何神術，而至此？」生具告磨勒之謀，負荷而至。姬曰：「磨勒何在？」曰：「簾外耳。」遂召入，以金甌酌酒而飲之。姬白生曰：「某家本居朔方〔一六〕，主人擁旄，逼爲姬僕。不能自死，尚且偷生，臉雖鉛華，心頗鬱結。縱玉筯舉饌，金鑪泛漿〔一七〕，雲屏而每近綺羅，綉被而常眠珠翠，皆非所願，如在桎梏。賢爪牙既有神術，何妨爲脱狴牢？所願既伸，雖死不悔。請爲僕隸，願侍光容。又不知郎君高意如何。」生愀然不語。磨勒曰：「娘子既堅確如是，此亦小事耳。」姬甚喜。磨勒請先爲姬負其囊橐粧奩，如此三復焉。然後曰：「恐遲明。」遂負生與姬，而飛出峻垣十餘重。一品家之守禦，無有警者，遂歸家院匿之〔一八〕。及旦，一品家方覺，又見犬已斃，一品大駭曰：「我家門墻，從來邃密，扃鐍甚嚴，勢似飛蹻，寂無形迹，此必是一大俠矣〔一九〕。無更聲聞，徒爲患禍耳。」姬隱崔家二歲，因花時駕小車而遊曲江，爲一品家人潛誌認，遂白一品。一品異之，召崔生而詰之。生懼而不敢隱，遂細言端由，皆因磨勒負荷而去。一品曰：「是姬大罪過，但郎君驅使踰年，即不能問是非，某須爲天下人除害。」命甲士五十人，嚴持兵仗圍崔生院，使擒磨勒。磨勒遂持匕首，飛出高垣，瞥若鳥翅，翎同鷹隼〔二〇〕。攢矢如雨，莫能中之。頃刻之間，不知所向。然崔家大驚愕。後一品悔懼，每夕多以家童持劍戟自衛，如此周歲方止。十餘年，崔家有人見磨勒賣藥於洛陽市，容髮如舊耳。

按：本篇出唐裴鉶撰《傳奇》。《太平廣記》卷一九四注引《傳奇》。亦見《艷異編》卷二四、《情史類略》卷四、《古今説海》説淵五、《逸史搜奇》丁集十、《劍俠傳》卷三、《删補文苑楂橘》卷一、《緑窗女史》卷九；《一見賞心編》卷十一，題《紅綃妓》；《古今奇聞類紀》卷七，題《磨勒》。《類説》卷三二《傳奇》節選，題《崔生》。

【校記】

〔一〕「與」下《太平廣記》有「蓋代之」三字，《文苑楂橘》有「蓋天之」三字。

〔二〕《太平廣記》無「適」字。

〔三〕「而侍」，《太平廣記》作「軸簾」。

〔四〕「是時邀」，《太平廣記》作「召」。

〔五〕「反掌者三」，《太平廣記》作「反三掌者」。

〔六〕「數十五日之數」，《太平廣記》作「數十五指，以應十五日之數」。

〔七〕「得」，《太平廣記》、《一見賞心編》、《逸史搜奇》、《劍俠傳》作「深」。

〔八〕「外」，《太平廣記》作「非」，屬下讀。

〔九〕「曹孟海州」，《太平廣記》作「曹州孟海」。

〔一〇〕「伺」，《太平廣記》作「俟」。

〔一一〕「幽恨方深」，《太平廣記》作「玉恨無妍」。

〔一二〕「結」，《太平廣記》作「瑩」。

〔一三〕「谷」，《太平廣記》作「洞」。「院香」，《太平廣記》作「阮郎」。

〔一四〕「掀簾」，《太平廣記》作「綏搴簾」。

〔一五〕「姬默然良久躍下且」，《太平廣記》作「良久，驗是生，姬躍下榻」。

〔一六〕「某家本居朔方」，《太平廣記》作「某家本富，居在朔方」。

〔一七〕「漿」，《太平廣記》作「香」。

〔一八〕「家院」，《太平廣記》、《逸史搜奇》、《劍俠傳》作「學院」，《一見賞心編》無「家院」二字。

〔一九〕「此必是一大俠矣」，《太平廣記》作「此必俠士而挈之」。

〔二〇〕「瞥若鳥翅翎同鷹隼」，《太平廣記》作「瞥若翅翎，疾同鷹隼」。

紅線傳

潞州節度使薛嵩家有青衣紅線者〔一〕，善彈阮咸，又通經史，嵩召俾其掌牋表，號曰「内記室」。時軍中大宴，紅線謂嵩曰：「羯鼓之聲頗甚悲切，其擊者必有事也。」嵩素曉音律，曰：「如汝所言。」乃召而問之，云：「某妻昨夜身亡，不敢求假。」嵩遽令歸。是時至德之後，兩河未寧，以滏陽爲鎮〔二〕，命嵩固守，控壓山東。殺傷之餘，軍府草創。朝廷命嵩遣女嫁魏博節度使田承嗣男，又遣嵩男娶滑臺節度使令狐章女〔三〕。三鎮交爲姻婭，使使日浹往來〔四〕。而田承嗣常患肺氣，遇熱增劇，每曰：「我若移鎮山東，納其涼冷，可以延數年之命。」乃募軍中武勇十倍者，得三千人，號「外宅男」，而厚其廩給。常令三百人夜直州宅中。卜選良日，將併潞州。嵩聞之，日夜憂悶，咄咄自語，計無所出。時夜漏將傳〔五〕，轅門已閉，杖策庭除，唯紅線從焉。紅線曰：「主自一月，不遑寢食，意有所屬，豈非鄰境乎？」嵩曰：「事繫安危，非爾能料。」紅線曰：「某誠賤品，亦能解主憂者。」嵩聞其語異，乃曰：「我不知汝是異人，我暗昧也。」遂具告其事，曰：「我承祖父遺業，受國家重恩，一日失其疆土，數百年勳伐盡矣。」紅線曰：「此易與耳，不足勞主憂焉。暫放某一到魏城，觀其形勢，覘其有無。今一更首途，二更可以復命，請先定一走馬使具寒暄書，其他則待某却迴也。」嵩曰：「倘事或不濟，反速其禍，又如之何？」紅線曰：「某之此行，無不濟也。」乃入闈房，飭其行具，乃梳烏蠻髻，貫金雀釵，衣紫綉短袍，繫青絲輕履，胸前佩龍文匕首，額上書太一神名。再拜而行，倏忽不見。嵩乃返身閉户，背燭危坐。常時飲酒不過數合，是夕舉觴十餘，不醉。忽聞曉角吟風，一葉墜落，驚而起問，即紅線迴矣。嵩喜而慰勞，問：「事諧否？」紅線曰：「不敢辱命。」又問曰：「無傷殺否？」曰：「不至是。但取床頭金合爲信耳。」紅線曰：「某子夜初三刻即達魏城，凡歷數門，遂及寢所。聞外宅兒止於房廊，睡聲雷動，見中軍卒步於庭下，傳叫風生，某乃發其左扉，抵其寢帳。田親家翁止於帳内，鼓趺酣眠，頭枕文犀，髻包黄縠，枕前露七星劍，劍前仰開一金合，合内書生身甲子與北斗神名；復以名香美珠，散覆其上。然則揚威玉帳，坦其心豁於生前；熟寢蘭堂，不覺命懸於手下。寧勞擒縱，只益傷嗟。時則蠟炬煙微，爐香燼委；侍人四布，兵仗交羅。或頭觸屏風，鼾而嚲者；或手持巾拂，寢而伸者。某乃拔其簪珥，褰其襦裳，如病如酲〔六〕，皆不能寤。遂持金合以歸。出魏城西門，將行二百里，見銅臺高揭，漳水東流；晨鷄動野〔七〕，斜月在林。忿往喜還，頓忘於行役；感知酹德，聊副於咨謀。所以當夜漏三時，往返七百里。入危邦一道，經過五六城，冀減主憂，敢言其苦？」嵩乃發使入魏，遺田承嗣書曰：「昨夜有客從魏中來，云自元帥牀頭獲一金合，不敢留駐，謹却封納。」專使星馳，夜半方到。見搜捕金合，一軍憂疑。使者以馬箠撾門，非時請見。承嗣遽出，使者乃以金合授之，捧承之時，驚怛絶倒。遂留使者止於宅中，狎以宴私，多其賜賚。明日專遣使齎帛三百匹〔八〕，名馬二百匹，雜珍異等，以獻於嵩，曰：「某之首領，繫出恩私。便宜知過自新，不復更貽伊戚。專膺指使，敢議親姻。往當捧鼓後車，來在麾鞭前馬。所置紀綱『外宅兒』者，本防他盜，亦非異圖，今並脱其甲裳，放歸田畝矣。」由是一兩箇月内，河北河南，信使交至。忽一日，紅線辭去。嵩曰：「汝生我家，今於安往？又方賴於汝，豈可議行？」紅線曰：「某前本男子，遊學江湖間，讀神農藥書而救世人災患。時里有孕婦，忽患蠱癥，某以芫花酒下之，婦人與腹中二子俱斃，是某一舉殺其三人。陰力見誅，蹈爲女子，使身居賤隸，氣稟凡俚，幸生於公家，今十九年矣。身厭羅綺，口窮甘鮮，寵待有加，榮亦甚矣。況國家治慶且無疆，此即違天，理當盡彌。昨至魏邦，以是報恩。今兩地保其城池，萬人全其性命。使亂臣知懼，列士謀安，在某一婦人，功亦不小，固可贖其前罪，遂其本形〔九〕，便當遁迹塵中，棲心物外，澄清一氣，生死長存。」嵩曰：「不然，以千金爲居山之所。」紅線曰：「事關來世，安可預謀？」嵩知不可留，乃廣爲餞別，悉集賓僚，夜宴中堂。嵩以歌送紅線酒，請座客冷朝陽爲詞，詞曰：

採菱歌怨木蘭舟，送客魂消百尺樓。還似洛妃乘霧去，碧天無際水空流。

歌竟，嵩不勝其悲。紅線拜且泣，因僞醉離席，遂亡所在。

按：本篇出唐袁郊《甘澤謡》。亦見《艷異編》卷二四、《劍俠傳》卷二、《虞初志》卷二、《緑窗女史》卷九；《一見賞心編》卷十一，題《紅線女》；吴震元輯《奇女子傳》卷三、《删補文苑楂橘》卷一，題《紅線》。

【校記】

〔一〕《唐詩紀事》卷三〇《冷朝陽》有「手紋隱起如紅線，因以名之」十一字，可釋「紅線」得名之由。

〔二〕「滏陽」，《劍俠傳》作「塗陽」，《奇女子傳》作「涂陽」，誤。

〔三〕「令狐章」，《太平廣記》、《虞初志》、《緑窗女史》等同，《艷異編》、《劍俠傳》、《删補文苑楂橘》譌作「胡章」，新、舊二《唐書》作「令狐彰」。

〔四〕「使使日浹往來」，《艷異編》、《劍俠傳》、《奇女子傳》作「使蓋相接」。

〔五〕「將傳」，《艷異編》作「方深」。

〔六〕「酲」，原作「醒」，據《劍俠傳》改。

〔七〕「鷄」,《艷異編》作「鐘」。

〔八〕「百」,《虞初志》、《删補文苑楂橘》作「萬」。

〔九〕「遂」,《太平廣記》談愷本作「還」。

稗家粹編卷二

徂異部

尼妙寂

尼妙寂，姓葉氏，江州潯陽女也。初嫁任華，潯陽之大賈也。父昇與華往復長沙、廣陵間。貞元十一年春之潭州不復〔一〕。過期數月，妙寂忽夢父被髮裸形，流血泣曰〔二〕：「吾與汝夫湖中遇盜，皆已死矣。以汝心似有志者，天許復讎，但幽冥之意，不欲顯言，故吾隱語報汝，誠能思而復之，吾亦何恨！」妙寂曰：「隱語云何？」昇曰：「殺我者，車中猴，門東草。」俄而見其夫，形狀若父，泣曰：「殺我者，禾中走，一日夫。」妙寂撫膺而哭，遂爲女弟所呼覺。泣告其母，闔門大駭，念其隱語，杳不可知。訪於鄰叟及鄉閭之有知者，皆不能解。乃曰〔三〕：「上元縣，舟楫之所交者，四方士大夫多憩焉。而邑有瓦棺寺，寺上有閣，倚山傍江，萬里在目，亦江湖之極境，遊人弭棹，莫不登眺。吾將緇服其間，伺可問者，必有省吾惑矣。」於是褐衣之上元，捨力瓦棺寺，日持箕箒洒掃閣下，閑則徙倚欄檻，以伺識者。見高冠博帶吟嘯而來者，必拜而問。居數年，無能辯者。十七年歲在辛巳，有李公佐者，罷嶺南從事而來，攬衣登閣，神彩俊逸，頗異常倫。妙寂前拜泣，且以前事問之，公佐曰：「吾平生好爲人解疑，況子之寃懇，而告神如此，當爲汝思之。」默行數步，喜招妙寂曰：「吾得之矣。殺汝父者申蘭，殺汝夫者申春耳。」妙寂悲喜嗚咽，拜問其說。公佐曰：「夫猴，申生也，車去兩頭而言猴，故『申』字耳。草而門，門而東，非『蘭』字耶？『禾中走』者，『穿田過』也，此亦『申』字也。『一日』又加『夫』，蓋『春』字耳。鬼神欲惑人，故交錯其言。」妙寂悲喜若不自勝，久而掩涕拜謝曰：「賊名既彰，雪寃有路，苟獲釋憾，誓報深恩，婦人無他，唯潔誠奉佛，祈增福海耳。」乃再拜而去。貞元初〔四〕，泗州普光王寺有梵氏戒壇，人之爲僧者必由之，四方輻輳，僧尼繁會，觀者如市焉。公佐自楚之秦，維舟而往觀之。有一尼眉目朗秀，若舊識者，每過必凝視公佐，若有意而未言者。久之，公佐將去，其尼遽呼曰：「侍御貞元中不爲南海從事乎？」公佐曰：「然。」「然則記小師乎？」公佐曰：「不記也。」妙寂曰：「昔瓦棺寺閣求解『車中猴』者也。」公佐悟曰：「竟獲賊否？」對曰：「自悟夢言，乃男服，易名士寂，泛傭於江湖之間。數年，聞蘄黃之間有申村，因往焉。流轉周星，乃聞其村西北隅有申蘭者，默往來傭，輒賤其價，蘭喜召之。俄又聞其從弟有名春者〔五〕，於是勤恭執事，晝夜不離。凡其可爲者，不顧輕重而爲之，未嘗待命，蘭家器之。晝與群傭共作，夜寢他席，無知其非丈夫者。逾年，益自勤幹，蘭愈敬念〔六〕，視士寂即自視其子不若也。蘭或農或商，或畜貨於武昌，關鎖啓閉悉委焉。因驗其櫃中，半是己物，亦見其父及夫常所服者，垂涕而記之。而蘭、春，叔出季處，未嘗偕在，慮其擒一而驚逸也，銜之數年。永貞年重陽，二盜飲既醉，士寂奔告於州，乘醉而獲。一問而辭伏就法，得其所喪以歸，盡奉母而請從釋教，師洪州之天宫寺尼洞微，即昔時授教者也。妙寂，一女子也，血誠復讎，天亦不奪。遂以夢寐之言，獲悟於君子，與其讎者，得不同天，碎此微軀，豈酬明哲。梵宇無他，唯虔誠法像以報効耳。」公佐大異之，遂爲作傳〔七〕。

按：本篇出唐牛僧孺撰《玄怪録》。亦見《太平廣記》卷一二八（注出《續幽怪録》）、《逸史搜奇》辛集六；陳翰《異聞集》輯録，題《謝小娥傳》；吴震元輯《奇女子傳》卷三、陸采輯《虞初志》卷四、《緑窗女史》卷九，俱題《謝小娥》；《類説》卷十一節選，題《申蘭申春》。

【校記】

〔一〕「貞元」，原作「元和」，與下文「十七年歲在辛巳」紀年不合，實從宋人避「貞」字改「貞元」作「元和」而未回改。今改，下同。

〔二〕「血」下《太平廣記》有「滿身」二字。

〔三〕「乃曰」，《太平廣記》作「秋詣」。

〔四〕《太平廣記》無「元和」二字。

〔五〕「從弟」，《太平廣記》作「從父弟」。

〔六〕「敬」，底本作「欽」字，乃是底本來源爲避翼祖趙敬正諱而改，今回改。

〔七〕「遂爲作傳」下《太平廣記》有「太和庚戌歲，隴西李復言遊巴南，與進士沈田會於蓬州。田因話奇事，持以相示，一覽而復之。録怪之日，遂纂於此焉」等文字。

章子厚

章子厚惇，初來京師赴省試。年少，美丰姿。當日晚，獨步御街，見雕輿數乘，從衛甚都。最後一輿，有一婦人美而艶，揭簾以目挑章。章因信步隨之，不覺至夕。婦人以手招與同輿，載一甲第，甚雄壯。婦人者蔽章，雜衆人以入一院，甚深邃，若無人居者。少選，前婦人始至，備酒饌甚珍，章因問其所，婦人笑而不答。自是婦人引儕輩，迭相往來甚衆，俱亦姝麗。詢之，皆不顧而言他。每去，則以巨鎖扃之。如是累日夕，章爲之體敝，意甚徬徨。一姬年差長，忽發問曰：「此豈郎所遊之地，何爲至此耶？我主翁行迹，多不循道理，寵婢多而無嗣息。每鉤致年少之徒，與群婢合，久則斃之，此地數人矣！」章惶駭曰：「果爾，爲之柰何？」姬曰：「觀子之容，蓋非碌碌者，似必能脱。主人翌日入朝甚早，今夕解我之衣以衣子，我且不復鎖門。俟至五鼓，吾來呼子，亟隨我登廳事，我當以廝役之服被子，隨前騶以出，可以無患矣！爾後慎勿以語人，亦勿復由此街。不然，吾與若皆禍不旋踵。」詰旦，果來叩户。章用其術，遂免於難。及既貴，始以語族中所厚善者云。後得其主翁之姓名，但不欲曉於人耳。少年不可不知誡。

按：本篇出宋王明清《投轄録》，但異文甚多。亦見《艷異編》卷二五、《情史類略》卷十八；《宋人小説類編》卷四之九，題《禁街遇麗》。

狄氏

狄氏者，家故貴，以色名動京師。所嫁亦貴家，明艷絶世。每燈夕及西池春游，都城士女讙集，自諸王邸第，及公侯戚里中貴人家，帟幕車馬相屬。雖歌姝舞姬，皆飾璫翠，佩珠犀，覽鏡顧影，人人自謂傾國。及狄氏至，靚粧却扇，亭亭獨出，雖平時妬悍自衒者皆羞服〔一〕，至相忿詆，輒曰：「若美如狄夫人邪？乃敢淩我！」其名動一時如此。然狄氏資性貞淑，遇族遊群飲，澹如也。有滕生者，因出游，觀之駭慕，喪魂魄歸，悒悒不聊。生訪狄氏所厚善者，或曰：「尼慧澄與之習。」生過尼，厚遺之。日日往，尼愧謝問故。生曰：「極知不可，幸萬分一耳。不然，且死。」尼曰：「試言之。」生以狄氏告。尼笑曰：「大難！大難！此豈可動耶？」具道其決不可狀。生曰：「然則有所好乎？」曰：「亦無有，唯旬日前，屬我求珠璣頗急。」生大喜曰：「可也。」即索馬馳去，俄懷大珠二囊，示尼曰：「直二萬緡，願以萬緡歸之。」尼曰：「其夫方使北，豈能遽辦如許價耶！」生亟曰：「四五千緡，不則千緡、數百緡皆可。」又曰：「但可動，不願一錢也！」尼乃持詣狄氏。果大喜，玩不已。問須直幾何，尼以萬緡告。狄氏驚曰：「是纔半直爾！然我未能辦，柰何？」尼因屏人曰：「不必錢，此一官欲祝事耳！」狄氏曰：「何事？」曰：「雪失官耳。夫人弟兄夫族，皆可爲也。」狄曰：「持去，我徐思之。」尼曰：「彼事急，且投他人，可復得邪？姑留之，明旦來問報。」遂辭去，且以告生，生益厚餉之。尼明日復往，狄氏曰：「我爲營之，良易。」尼曰：「事有難言者，二萬緡物付一禿媼，而客主不相問，使彼何以爲信？」狄氏曰：「柰何？」尼曰：「夫人以設齋來院中，使彼若邂逅者，可乎？」狄氏頳面搖手曰：「不可。」尼慍曰：「非有他，但欲言雪官事，使彼無疑耳！果不可，亦不敢强也。」狄氏乃徐曰：「後二日，我亡兄忌日，可往。然立語亟遣之。」尼曰：「固也。」尼歸及門，生已先在。詰之，具道本末。拜之曰：「儀、秦之辨，不加於此矣。」及期，尼爲齋具，而生匿小室中，具酒殽俟之。晡時，狄氏嚴飾而至〔二〕。屏從者，獨擕一小侍兒，見尼曰：「其人來乎？」曰：「未也。」唄祝畢，尼使童子主侍兒，引狄氏至小室，搴簾見生及飲具，大驚，欲避去。生出拜，狄氏答拜。尼曰：「郎君欲以一巵爲夫人壽，願勿辭。」生固頎秀，狄氏頗心動，睇而笑曰：「有事第言之。」尼固挽使坐，生持酒勸之，狄氏不能却爲釂巵，即自持酒酧生。生因徙坐，擁狄氏曰：「爲子且死，不意果得子。」擁之即幃中，狄氏亦歡然，恨相得之晚也。比夜散去，猶徘徊顧生，挈其手曰：「非今日，幾虚作一世人，夜當與子會。」自是夜輒開垣門召生，無闕夕。所以奉生者，靡不至，惟恐毫絲不當其意也。數月，狄氏夫歸。生，小人也，陰計已得狄氏，不能棄重賄。伺其夫與客坐，遣僕入白曰：「某官嘗以珠直二萬緡賣第中，久未得直，且訟於官。」夫謂貽，入詰。狄氏語塞，曰：「然。」夫督取還之。生得珠，復遣尼謝狄氏〔三〕：「我安得此？貸於親戚以動子耳！」狄氏雖恚甚，終不能忘生，夫出輒召與通〔四〕。逾年夫覺〔五〕，閉之嚴。狄氏以念生，病死〔六〕。

按：本篇出宋廉布《清尊録》。亦見《艷異編》卷二五、《古今説海》説略部雜記家十七、《説郛》卷一一、《繡谷春容》卷八、重編《説郛》卷三四、《情史類略》卷三、《一見賞心編》卷十一、《緑窗女史》卷十一；《宋人小説類編》卷四之九，題《狄氏求珠遭局騙》等。

【校　記】

〔一〕「服」，《説郛》作「伏」。
〔二〕「嚴」，《説郛》作「潒」。
〔三〕「復」，《説郛》作「後」。
〔四〕「通」，《説郛》作「處」。
〔五〕「逾」，《説郛》作「數」。
〔六〕「死」下《説郛》有「予在太學時親見」七字。

王生

崇寧中，有王生者，貴家之子也，隨計至都下。嘗薄暮被酒，至延秋坊，過一小宅，有女子甚美，獨立於門，徘徊徙倚，若有所待者。生方注目，忽有騶騎呵衛而來，下馬於此宅，女子亦避去。匆匆遂行，初不暇問其何姓氏也。抵夜歸，復過其門，則寂然無人聲。

循墻而東數十步，有隙地丈餘，蓋其宅後也。忽自内擲一瓦出，拾視之，有字云：「夜於此相候。」生以墻上剥粉戲書瓦背云：「三更後宜出也。」復擲入焉。因稍退十餘步伺之。少頃，一男子至，周視地上，無所見，微歎而去。既而三鼓，月高霧合，生亦倦睡，欲歸矣。忽墻門軋然而開，一女子先出，一老媪負笥從後。生遽就之，乃適所見立門首者。熟視生，愕然曰：「非也。」回顧媪，媪亦曰：「非也。」將復入。生攙而劫之，曰：「汝爲女子，而夜與人期至此。我執汝詣官，醜聲一出，辱汝門户。我邂逅遇汝，亦有前緣，不若從我去。」女泣而從之。生携歸逆旅，匿小樓中。女自言曹氏，父早死，獨有己一女，母鍾愛之，爲擇所歸。女素悦姑之子某，欲嫁之，使乳媪達意於母。母意以某爲官〔一〕，弗從，遂私約相奔，墻下微歎而去者，當是也。生既南宫不利，遷延數月，無歸意。其父使人詗之，頗知有女子偕處。大怒，促生歸，扃之别室。女所賫甚厚，大半爲生費，所餘與媪坐食垂盡。使人訪其母，則以亡女故，抑鬱而死久矣。女不得已，與媪謀，下汴訪生所在。時生侍父官閩中。女至廣陵，資盡不能進，遂隸樂籍，易姓名爲蘇媛〔二〕。生游四方，亦不知女安否。數年自浙中召赴闕，過廣陵，女以倡侍燕，識生。生亦訝其似女，屢目之。酒半，女捧觴勸，不覺兩淚墮酒中。生悽然曰：「汝何以至此？」女以本末告。淚隨雨零，生亦媿歎流涕。

不終席，辭疾而起。密召女，納爲側室。其後生子，仕至尚書郎，歷數郡〔三〕。

按：本篇出宋廉布《清尊録》。亦見《説郛》卷一一、《艷異編》卷二五、《情史類略》卷三；《宋人小説類編》卷四之九，題《王生拾瓦錯姻緣》。

【校記】

〔一〕「爲官」，《艷異編》等均作「無官」。

〔二〕「蘇媛」，《説郛》作「妓」，無姓名。

〔三〕「郡」下《説郛》、《艷異編》、《宋人小説類編》有「生表弟臨淮李從爲予言」句。

李將仕

李生將仕者，吉州人。入粟得官，赴調臨安，舍於清河坊旅館。其相對小宅，有婦人常立簾下閱市。每聞其語音，見其雙足，着意窺覷，特未嘗一覿面貌。婦好歌「柳絲只解風前舞，誚繫惹那人不住」之詞。生擊節賞咏，以爲妙絶。會有持永嘉黄柑過門者，生呼而撲之，輸萬錢，愠形於色曰：「壞了十千，而柑不得到口。」正嗟恨不釋，青衣童從外捧小盒至，云：「趙縣君奉獻。」啓之，則黄柑也。生曰：「素不相識，何爲如是，且縣君何人也？」曰：「即街南所居趙大夫妻，適在簾間，聞官人有所不得柑之嘆。偶藏此數顆，故以見意，愧不能多矣。」因扣趙君所在。曰：「往建康謁親舊，兩月未還。」生不覺情動，返室發篋，取色綵兩端，致答。辭不受，至於再，始勉留之。由是數以佳饌爲餽，生輒倍酹土宜。且數飲此童，聲迹益洽。密賄童欲一見。童曰：「是非所得專，當歸白之。」既而返命，約於廳上相見。欣躍而前，繼此造其居者四五。婦人姿態既佳，而持身甚正，了無一語及於鄙媟。生注戀不捨旦暮，向雖遊倡家，亦止不往。一夕，童來告：「明日吾主母生朝，若致香幣爲壽，則於人情尤美。」生固非所惜，亟買縑帛、果實、官壺遣送，及旦往賀〔一〕。童忽來邀致，前此所未得也。承命即行，似有繾綣之興。少頃登床，未安席，驀聞門外馬嘶，從者雜沓。一妾奔入曰：「官人歸也！」婦失色惴惴，引生匿於内室。趙君已入房，詬罵曰：「我去幾時，汝已辱門户如此。」揮鞭箠其妾，妾指示李生處。擒出持之〔二〕，而具牒將押赴廂。生泣告曰：「儻到公府，爲一官累。荏苒雖久，幸不及亂，願納錢五百千自贖。」趙陽怒曰：「不可。」又增至千緡，妻在傍立勸曰：「此過自我，不敢飾辭。今此子就逮，必追我對鞫，我將不免，且重貽君羞，幸寬我。」諸僕皆受生餌，亦羅拜爲言。卒捐二千緡，乃解縛，使手書謝拜，而押回邸取賂，然後呼逆旅主人付之。生得脱自喜，獨酌數盃就睡。明望其店，空無人矣。予邑子徐正封亦參選，與生鄰舍，目擊其事。所齎既罄，亟垂翅西歸。

按：本篇出宋洪邁撰《夷堅志補》卷八，亦見《艷異編》卷二五、《情史類略》卷十八。

【校　記】

〔一〕「賀」下，《夷堅志》有「乃升堂會飲，晡時席罷，然於心終不愜。後日薄晚」十九字。

〔二〕「持」，《夷堅志》作「縛」。

幽期部

潘用中奇遇記

嘉熙丁酉，福建潘用中隨父候差於京邸。潘喜笛，每父出，必於邸樓凭欄吹之。隔墻一樓，相距二丈許，畫欄綺窗，朱簾翠幕，一女子聞笛聲垂簾窺望；久之，或揭簾露半面。潘問主人，知爲黄府女孫也。若是月餘，潘與太學彭上舍聯輿出郊。值黄府十數轎乘春遊歸，路窄，過時相挨。其第五轎乃其女孫也〔一〕，轎窗皆半推，四目相視，不遠尺餘。潘神思飛揚，若有所失，作詩云：

誰教窄路恰相逢，脉脉靈犀一點通。最恨無情芳草路，匿蘭含蕙各西東。

暮歸吹笛，時月明，見女捲簾凭欄，潘大誦前詩數過。適父歸，遂寢。黃府館賓晏仲舉，建寧人也。潘明往訪，邀歸邸樓，縱飲横笛。見女復垂簾，潘因曰：「對望誰家樓也？」晏曰：「即吾館寓。所窺，主人女孫，幼從吾父學，聰明俊爽，且工詩詞。」潘愈動念。晏去，女復揭簾半露。潘醉狂，取胡桃擲去。女用帕子裹桃復擲來，帕子上有詩云：

欄干閑倚日偏長，短笛無情苦斷腸。安得身輕如燕子，隨風容易到君傍〔二〕。

潘亦用帕子題詩裹胡桃復擲去，云：

一曲臨風直萬金，奈何難買玉人心。君如解得相如意，比似金徽更恨深。

女子復以帕子題詩裹胡桃擲來，擲不及樓，墜於簷下。潘亟下樓取之，爲店婦所拾矣。潘以情告，懇求得之。帕上詩云：

自從聞笛苦匆匆，魄散魂飛似夢中。最恨粉墻高幾許，蓬萊弱水隔千重。

遂令店婦往道慇懃。女厚遺婦，至囑勿泄，且曰：「若諧，當厚謝婦〔三〕。」未幾，潘父遷去，與鄉人同邸。潘惚惚不樂，厭厭成疾。父爲問藥，凡更十數醫，展轉兩月，不愈。一日，語彭上舍曰：「吾其殆哉！吾病非藥石能愈。」乃告以故。曰：「即某日郊遊所遇者也。」彭告之父，父憂之。既而，店婦訪至潘寓，曰：「自官人遷後〔四〕，女病垂死。母於枕中得帕子，究明知其故，今願以女適君，如何？」潘不敢諾。未幾，晏仲舉至，具道女父母真意。適彭亦至，遂語潘父，潘父欣悦〔五〕。竟諧伉儷，奩具巨萬焉。前詩喧傳都下，達於禁中，理宗以爲奇遇。時潘與黄，皆年十六也。

按：本篇亦見《萬錦情林》卷四、何大掄編《燕居筆記》卷一；《艷異編》卷一八，題《潘用中奇遇》；余公仁編《燕居筆記》卷一，題《用中奇遇》；《情史類略》卷三，題《潘用中》；《一見賞心編》卷三，題《黄女傳》等。《百家公案》第五十四回《潘用中奇遇成姻》、周清源《西湖二集》第十二卷《吹鳳簫女誘東牆》均據此改編。

【校　記】

〔一〕「轎」，原作「輪」，據《艷異編》、《一見賞心編》改。

〔二〕「容易」，《一見賞心編》作「飄颻」。

〔三〕「當厚謝婦」，《一見賞心編》「謝」作「遺」，《情史》作「酬更不薄」，《萬錦情林》作「更當厚謝」。

〔四〕「遷」，原作「過」，據《艷異編》、《情史》、《萬錦情林》、《一見賞心編》改。

〔五〕「潘父欣悦」四字據《一見賞心編》補。

蘭蕙聯芳記

吴郡有薛氏者，其家頗富〔一〕，元至正初居於閶闔門，公以糶米爲業。有二女，長曰蘭英，次曰蕙英，皆聰明秀麗，能爲詩賦。遂於宅後建一樓以處之，名曰「蘭蕙聯芳之樓」。適承天寺僧雪窗善以水墨寫蘭蕙〔二〕，乃以粉塗四壁，邀其繪畫於上，登之者藹然如入春風之室矣。二女日夕於間吟咏不輟，有詩數百篇，號《聯芳集》，好事者往往傳誦。時會稽楊鐵崖作《西湖竹枝詞》，和之者百餘家，鏤板書肆。二女見之，笑曰：「西湖有《竹枝曲》，東吴獨無《竹枝曲》乎？」乃效其體製《蘇臺竹枝曲》十章〔三〕。曰：

其一：

姑蘇臺上月團圓，姑蘇臺下水潺潺。月落西邊有時出，水流東去幾時還？

其二：

館娃宫裏麋鹿遊，西施去泛五湖舟。香魂玉骨歸何處，不及真娘葬虎丘。

其三：

虎丘山下塔層層，夜静分明見佛燈。約半燒香寺中去，自將釵釧施山僧。

其四：

門泊東吴萬里船，烏啼月落水如烟。寒山寺裏鐘聲早，漁火江風惱客眠。

其五：

洞庭金橘三寸黄，笠澤銀魚一尺長。東南佳味人知少，玉食無緣進上方。

其六：

荻芽抽笋楝花開，不見河豚石首來。早起腥風滿城市，郎從海口販鮮回。

其七：

楊柳青青楊柳黄，青黄變色過年光。妾似柳絲易憔悴，郎如柳絮太顛狂。

其八：

翡翠雙飛不待呼，鴛鴦並宿幾曾孤？生憎寶帶橋頭水，半入吴江半太湖。

其九：

一緺鳳髻亂如雲，八字牙梳白似銀。斜倚朱門翹首立，往來多少斷腸人？

其十：

百尺高樓倚碧天，闔門曲曲畫屏連〔四〕。儂家自有《蘇臺曲》，不去西湖唱採蓮。

他作亦皆稱是，觀此，其才可知矣。鐵崖見其藁，手寫二詩於後曰：

又：

錦江只説薛濤箋，吴郡今傳蘭蕙篇。文采風流知有自，連珠合璧照華筵。

難弟難兄並有名，英英端不讓瓊瓊。好將箏底春風句，譜作瑶箏絃上聲。

由是名聞遠近〔五〕，咸以爲班姬、蔡女復出，易安、淑真而下不論也。其樓下瞰官河，舟楫多經過焉。崑山有鄭生者，亦甲族，其父與薛素厚，乃令生興販於郡，至則舟泊樓下，依薛爲主。薛以其父之故，待之如戚屬〔六〕，往來無間也。生少年〔七〕，氣韻温和，質性俊雅。夏月於船頭澡浴，亭亭碧波中微露其私媵生之具，二女在樓於窗隙窺見之〔八〕，以荔枝一雙投下。生雖會其意，然仰視飛甍峻宇，縹緲於霄漢，自非身具羽翼，莫能至也。既而更深漏静，月墮河傾，萬籟俱寂，生企立舡舷，如有所俟。忽聞樓窗啞然有聲，顧盻頃刻，則二女以鞦韆絨索垂一竹兜，墜於其前。生得以乘之而上。既見，喜極不能言，乃相携入寢，盡繾綣之意焉。蘭英口占一詩贈生曰：

國色天香花兩枝，芳心猶是未開時。嬌容尚未經風雨，全仗東君好護持〔九〕。

蕙英亦吟一絶：

簾外風微月色低，懽情摇動帳帷垂。輕狂好似鶯穿柳，過了南枝又北枝〔一〇〕。

至曉，復乘之而下，自是無夕而不會。二女吟咏頗多，不能盡記。生自覺恥無以答。一夕，見女書匣内有剡溪玉葉箋，遂濡毫題一詩於上曰：

誤入蓬萊頂上來〔一一〕，芙蓉芍藥兩邊開。此身得似偷香蝶，遊戲花叢日幾迴。

二女得詩喜甚，藏之篋笥。已而就枕，生復索其吟咏。蘭英即唱之曰：

連理枝頭並蒂花，明珠無價玉無瑕。

蕙英續曰：

合歡幸得逢蕭史，乘興難同訪戴家。

蘭英續曰：

羅襪生塵魂蕩漾，瑶釵墜枕鬢鬖髿。

蕙英結曰：

他時漏泄春消息，不悔今宵一念差。

遂足成律詩一篇。又一夕中夜之後，生忽悵然曰：「我本羈旅〔一二〕，托迹門下，今日之事，尊人罔知。一旦事迹彰聞〔一三〕，恩情間阻，則樂昌之鏡或恐從此而遂分，延平之劍不知何時而再合也。」因哽咽淚下。二女曰：「妾之鄙陋，自知甚明。久處閨闈，薄通書史，非不知鑽穴之可醜、韞匵之可佳也。然而秋月春花，每而虛度；雲情水性，失於自持。曩者偷窺宋玉之牆，自獻卞和之璧。感君不棄，特賜俯從，雖六禮之未行，諒一言之已定。方欲同歡枕席，永奉衣巾，柰何遽出此言〔一四〕，自出疑阻？妾雖女子〔一五〕，計之審矣。他日機事彰聞，親庭譴責，若從妾之所請，則終箕箒於君家；如不遂所圖，則索我於黄泉之下矣〔一六〕，必不再登他門也。」生聞此言，不勝感激。未幾，生之父以書督生還家。女之父見其盤桓不去，亦頗疑之。一日登樓，於篋中得生所爲詩，大駭，然事已如此，無可柰何，顧生亦少年標致，門户亦甚相敵，乃以書抵生父，喻其意。生父如其所請，仍命媒氏通二姓之好，問名納采，贅以爲壻。是時，生年二十二，蘭英年二十，蕙英年十八。吴下多知之，録爲掌記傳誦焉〔一七〕。

按：本篇出明瞿佑著《剪燈新話》卷一，題《聯芳樓記》。亦見《艷異編》卷一八、《繡谷春容》卷二、《萬錦情林》卷三、林近陽編《燕居筆記》卷五、何大掄編《燕居筆記》卷五、《緑窗女史》卷四，俱題《聯芳樓記》；《情史類略》卷三，題《薛氏二芳》；《一見賞心編》卷三，題《蘭蕙傳》。

【校　記】

〔一〕「吴郡有薛氏者其家頗富」，《剪燈新話句解》作「吴郡富室有姓薛者」。

〔二〕《豔異編》、《一見賞心編》無「雪窗」二字。按：雪窗，史有其人，畫蘭高手，王冕《明上人畫蘭圖》、張渥《題明雪窗蘭》、童軒《清風亭稿》卷四《雪窗上人蘭蕙圖》等詩都涉及。

〔三〕「效其體」三字據《剪燈新話句解》補。

〔四〕「閶門」，《剪燈新話句解》、《一見賞心編》作「闌干」。

〔五〕「名聞遠近」，《剪燈新話句解》、《一見賞心編》作「名播遠邇」。

〔六〕「待之如戚屬」，《剪燈新話句解》、《一見賞心編》作「待以通家子弟」。

〔七〕「少年」，《剪燈新話句解》、《一見賞心編》作「以青年」。

〔八〕「夏月於船頭澡浴亭亭碧波中微露其私嫪生之具二女在樓於窗隙窺見之」，《稗家粹編》、《艷異編》、《萬錦情林》、《緑窗女史》、林近陽編《燕居筆記》、《剪燈叢話》（十二卷本）同，《情史類略》作「夏月於船首澡浴，二女在窗隙窺見嫪生之具」，《一見賞心編》有「亭亭碧波中微露其私」句；《剪燈新話》章甫言本、黄正位本、虞淳熙序本、句解本、清江堂本及《國色天香》、《繡谷春容》、何本《燕居筆記》作「夏月於船首澡浴，二女於窗隙窺見之」。《古今圖書集成·閨媛傳》删「夏月澡浴」句，作「生青年，氣韻温和，性質俊雅。二女在樓窺見」。按：「微露其私」或「嫪生之具」者，見於《萬錦情林》、《緑窗女史》、《艷異編》、《情史類略》、《剪燈叢話》（十二卷本）和林本《燕居筆記》等六種。《聯芳樓記》最初很可能有「嫪生之具」等内容，否則各種版本當不會如此一致添加。嫪生即嫪毐，據《史記》卷八五《吕不韋列傳》：「吕不韋恐覺禍及己，乃私求大陰人嫪毐以爲舍人，時縱倡樂，使毐以其陰關桐輪而行，令太后聞之，以啖太后。」在後世小説中，嫪毐成了陰大的典型。「嫪生之具」顯然突出了情欲本能特徵，但有損才子佳人的浪漫情境。二女在樓窺見後，「以荔枝一雙投下」。據胡文焕《游覽粹編》卷六「寄物啞謎」：「荔枝者，亂如麻也。」蘭英、蕙英的少女之心「亂如麻」與生船首「澡浴」的刺激相關。「亭亭碧波中微露其私嫪生之具」有淫穢之嫌，瞿佑晚年定稿將之删去，確是明智之舉。

〔九〕「國色天香」一詩，《剪燈新話句解》等諸本作「玉砌雕欄花兩枝，相逢恰是未開時。嬌姿未慣風和雨，吩咐東君好護持」。按：《鍾情麗集》有：挽生就寢，因謂生曰：「妾年殊幼，枕席之上，漠然無知，正昔人所謂『嬌姿未慣風和雨，分付東君好護持』。望兄見憐，則大幸矣。」

〔一〇〕「簾外風微」一詩，《剪燈新話句解》等諸本作「寶篆煙消燭影低，枕屏摇動鎮帷垂。風流好似魚游水，纔過東來又向西」。按：「國色天香」和「簾外風微」二詩又見於《傳奇雅集》(《萬錦情林》卷六)。

〔一一〕「蓬萊」，《剪燈新話句解》作「蓬山」。

〔一二〕「羈旅」下《一見賞心編》多「江河」二字。

〔一三〕「一旦事迹彰聞」，《一見賞心編》作「恐日久彰聞」。

〔一四〕「遽出此言」，《一見賞心編》作「遽效參商」。

〔一五〕「妾」前《剪燈新話句解》有「鄭君鄭君」四字。

〔一六〕「索我」，《一見賞心編》作「永賚骸骨」；《剪燈新話句解》「索」作「求」。

〔一七〕「吴下」二句，《剪燈新話句解》作「吴下人多知之，或傳之爲掌記云」，「録爲掌記傳誦焉」《一見賞心編》作「至正初居閶闔門外云」。

嚴威誤宿天妃宮記

泰定初，臨清有天妃宮，香火甚盛。往來仕宦，必停驂躬謁焉。東昌嚴威，字肅夫，飽學士也。聰明秀麗，獨步一時。年方二十，因遊學至臨清。聞天妃宮清致，率蒼頭行李於彼訪焉。時當朔旦焚脩，群尼誦經禮佛，鐘磬之聲嚮徹雲際。生於窗隙窺之，見一尼儀容俊雅，相貌端嚴，迥出人表，不能定情。趨入叙禮，群尼俱各稽首。惟一尼名净真者，目生才貌，亦頗留心。老尼孔妙常詢以居止姓名。生答曰：「生姓嚴名威，東昌儒者。久聞上方幽雅，欲假温習經書，倘得寸進，當效銜環。」妙常有難色，群尼亦邈然無延接之意。净真遽曰：「三教一家，彼儒生，又何疑焉？」孔妙常始許之，遂指以東廊静室，可以暫息霜蹄。生大喜過望，乃携行李，卜日僑居。生自見净真之後，梵宇深沉，無由可達，徒付諸長太息耳。净真時遣小尼法慧數餽茶果，日相親昵。生潛脩書緘，浼法慧附去，乃集古絶句一首，云：

謾吐芳心説向誰，欲於何處寄相思。相思有盡情難盡，一日都來十二時〔一〕。

净真得詩，勃然變色，復書答生，其畧曰：「素昧平生，相逢邂逅，若不容留，是見溺而不援也。因以斯文雅意，特垂盍簪之情。遽發狂吟，甚非忠厚。予豈路柳墻花，易於攀折邪？鄙句復酬，請從茲絶。」其詩曰：

自入玄門歲月深，謹防六賊守貞心。託身好是天邊月，不許浮塵半點侵。

自此數月絶無往來。生衷情鬱結，恨不得插翅會晤於左右也〔二〕。浄真口雖拒絶，心實眷戀。春心蕩漾，道性荒唐。復命法慧奉琴一張與之，曰：「操之可以解鬱陶。」生悟其意，乃以眠獅玉鎮紙相酧，兼寄《如夢令》詞云：

春曉調絃轉軸，流水高山意足。指下韻清新，絶勝鏗金戛玉。三復，三復，彈出《鳳求凰》曲。

浄真得詞，沉吟許久，情思蕩然。是夕月明如晝，萬籟俱寂，浄真獨步花陰，寢不成寐，將欲乘興訪生，又恐衒玉求售。躊躕之頃，乃徐吟曰：

獨立花陰下，香消午夜天。月光無我意，偏向別人圓。

生已得法慧指示赴約之路，殆至浄真寢室，忽聞吟詠之聲，默已聽之，深解其味，乃踵韻以吟之曰：

人静風生户，雲消月滿天。嫦娥應有約，今夕許團圓。

净真聞之，諒其爲生也，乃啓户出迎，延入私室。净真曰：「不約而來，其心何也？」生跪答曰：「『窈窕淑女，君子好逑』耳。」彼此興濃，解衣就寢。净真以白綾帕授生曰：「妾雖下賤尼姑，元是含花處子，驗之明白，當交始終，勿以容易得而作等閑看也。」生以帕拭海棠，果有新紅數點，乃矢之曰：「僕年二十，亦未諧婚。倘遂功名，必成伉儷。有違此言，明神是殛。」净真藏其帕，曰：「留以爲他日之徵也。」遂相交會，極盡幽情。雲雨佳期，非紙筆所可罄。已而歡足，净真即枕上吟之曰：

一見風流可意人，忘飡廢寢減精神。

生續曰：

久勞巫峽臺中夢，今得桃源洞裏春。

净真續曰：

蝴蝶粉粘身上汗，麝蘭香散枕邊塵。

生結曰：

要知此段真消息，數點猩紅帕上新。

自此旦去暮來，略無間阻。一夕，净真曰：「夫婦之情已遂，功名之念難忘。君宜努力青雲，潛心黄卷，如詩所謂『衾煖不如桃浪煖，衣香争似桂花香』。今秋大比，鏖戰文場，取青拾紫，在此時也。」生亦感悟，遂辭歸鄉試，果登高選。明年進士及第，授陜西行省參政，娶黄御史女爲妻。既之任所，亦無片言隻字以及净真。净真知其負心，追悔無及，乃倩人寄詩一首，以爲永訣之意云。詩曰：

一笑投機身自輕，空聞花下誓山盟。只期崔氏逢張珙，誰料王魁負桂英。
歡喜冤家從此始，風流話本自今成。信知覆水難收取，瓶墜銀牀怨月明。

生知其以死自許，但以其事爲恥，秘不答書。謂去人曰：「厚擾上宫，未遑酬謝。他日自當補報也。」净真既聞其言，又無回簡，心大悔恨，是夕沐浴更衣，焚香再拜，將日常往來書柬并綾帕，悉投之於火以滅迹。痛哭移時，幾至垂絶。乃以匹帛懸梁，自縊而死。比曉，尼衆覺而救之，死已久矣，遂置棺安厝。知其事者，惟法慧一人而已。嗚呼！負心之漢，從古有之；癡心之婦，至今不少。若嚴生之與净真，事在苟合，緣非正配，固不足取。然能自悔捐生，庶可滌其舊染，蓋所以愧夫世之淫奔不悛也。是用録出，以爲世警云。

按：本篇出處待考。

【校記】

〔一〕此詩亦見張竹坡批評本《金瓶梅》第二十八回《陳敬濟徼幸得金蓮　西門慶糊涂打鐵棍》。

〔二〕「晤」，原作「悟」，據文意改。

林士登

戴伯齡，福州良家女，與兄友林士登通。與士登書曰：齡獨處閨中，寢食俱廢，思慕之情，無時不在郎之左右也。兹值三五元宵，且父兄大小俱出觀燈，務期一會，幸勿負約。獨坐搜腸，偶成鄙句，聊以寄衷懷之意耳。詩云：

寫罷佳音又寫詩，情郎莫負枕邊時。元宵移玉臨蓬舍，重語燈前話是非。

且一日士登失約，伯齡又寄以詩云：

憶昔當初錯認君，妾今輕賤染紅塵。雲情雨意深如夢，海誓山盟總不真。
柳毅不傳空口信，王魁元是負心人。好花自有欄杆主，亂蝶狂蜂枉費神。〔一〕

見士登不至，親製鞋一雙，并寄以詩云：

與君結髮未知心，别後如何絶信音？枕上相思情默默，閨中渴想意沉沉。

遺懷窗下吟新句，拭淚燈前刺綉針。做就雙鞋今寄去，不知何日共鴛衾。

士登竟絶期約。伯齡又寄詩二絶云：

潛步下高堂，凭欄凝望郎。薄情人不至，空惹一身霜。

默默倚欄干，無緣對面看。若逢元宵夜，便可到巫山。

後爲父母所覺，自縊而死。

按：本篇亦見《萬錦情林》卷四、何大掄編《燕居筆記》卷一、余公仁編《燕居筆記》卷一、《繡谷春容》卷一《戴伯齡私通士登》，均述戴伯齡與兄友林士登私好，後林負心。事發後，戴伯齡自縊而死。另《廣艷異編》卷十、《續艷異編》卷五《雙鴛塚志》、《情史類略》卷十八《林澄》、徐㶿《榕蔭新檢》卷十五《西軒密約》（注出《戴林記》），寫林澄與同里戴貴之妹戴伯璘相愛，林澄被誤殺後，戴自縊殉情，二人合葬。《雙鴛塚志》是相愛故事，《林士登》是負心情節，但是主人翁姓名極其相近，俱爲「兄友」，俱能詩，結局都是戴氏自縊而死。二者似有淵源。《載花船》第五回將《雙鴛塚志》全文鈔入。

【校記】

〔一〕本詩亦見於《榕蔭新檢》卷十五《西軒密約》（注出《戴林記》）。

附：《廣艷異編》卷十《雙鴛塚志》

林澄，字太清，侯官人。年十七，與同里戴貴共學，館於戴之西軒。一日，購得佳書，期貴分録。澄匝旬猶未卒業，而貴五日已繕寫成帖，且點畫媚人。澄心異之，徵其故。貴曰：「余女弟伯璘，素閑翰墨，爲我分其任，故速成耳。」時生未議聘，而女亦未字人。因陰有所屬，不敢白之父母耳！一日，適貴它往，女刺繡簾中，窺生容顔韶秀，相視目成者久之。生歸西軒，情不自禁，乃題一詩於團扇之上。云：

目似秋波鬢似雲，繡簾深處見紅裙。東風嫋嫋吹香氣，夢裏猶聞百和薰。

女有侍兒名壽娘者，頗亦解事。值以他故，之西軒，而見生所題之扇，因携以示女。女見詩，知生之屬意有在也。乃密賦古風一章，命壽娘以寄生。云：

妾本葑菲姿，青春誰爲主？欲結箕箒緣，嚴親猶未許。
憐君正年少，胸中富經史。相逢荷目成，愁緒千萬縷。
咫尺隔重簾，脈脈不得語。願君盟勿渝，蚤諧鸞鳳侣。
莫學楚襄王，夢中合雲雨。

自後，書札往還，無間晨夕。

上元之夜，女至西軒，赴生期約，鷄鳴而別，且訂偕老之期。生因賦詩云：

四鄰歌吹玉缸紅，始信藍橋有路通。無賴汝南鷄唱曉，驚回魂夢各西東。

女亦有詩云：

風透紗窗月影寒，鬢雲撩亂晚粧殘。胸前羅帶無顔色，盡是相思淚染班。

［時戴氏父母欲爲女議婚他姓，女鬱鬱不樂，作詩寄生。云：

憶昔當初錯認君，妾身輕賤染紅塵。雲情雨意深如夢，海誓山盟總未真。

柳毅不傳空口信，王魁元是負心人。好花自有欄杆主，亂蝶狂蜂枉費神。］

踪迹由是益密，家人莫之覺也。

中秋之夕，生復會女於繡房。枕席綢繆，極其款曲，漏下四鼓，甫畢餘歡。而貴之家奴貴郎，陰知其事，因持斧突入，意有所挾。而生急奔出，不謂觸斧遽殞。女見生氣絶，乃取羅帕自經，雙手抱生屍而死。兩家父母聞之，無不嗟悼。檢其篋，得詩數十首，皆情至之語，不忍讀，竟焚之。女兄貴素與生深交，議爲合葬。因殯於東郊清貴里，題曰「雙鴛塚」云。

時有文士吳子明爲之銘。曰：

璧碎珠沉，蘭摧玉折。生願同衾，死期共穴。塚號鴛鴦，魂爲蝴蝶。

華山畿，英臺墓。連理枝，合歡樹。古有之，今再遇。

時正德三年事也。

（據《古本小説集成》本《廣艷異編》校録。加［］部分據《四庫存目叢書》本徐㶿《榕蔭新檢》補；「佳書」，《榕蔭新檢》作「名文二卷」；「偕老之期」，《榕蔭新檢》作「生諧伉儷死瘞同穴」；「繡房」至「觸斧遽殞」，《榕蔭新檢》作「忽忽不樂，女亦無所驚訝。枕席之歡，極其繾綣，漏下四刻。貴有家奴安郎者，探知生在繡房，持斧突入，殺生仆地，惶急報省父母」。）

金釧記

天曆己巳，建康有竇時雍者，家素寒微而驟富。一女名羞花，年已及笄，風流俊雅，尤長於詩。溧水士人章文焕與竇爲中表親，然亦才貌出類，人以「聰俊章郎」稱之。自幼每過竇家，時雍甚愛重之，嘗戲指女曰：「長必以妹配汝。」生、女亦各留意，乃私爲之詩，曰：

春風連理兩枝梅，曾向羅浮夢裏來。分付東君好調護，莫教移傍別人開。

羞花踵韻答之，曰：

庾嶺清香一樹梅，凌寒不許蝶蜂來。料應一點春消息，留向孤山處士開。

生、女情好甚勤，或與之對酌燈下，或與之吟眺花前，時雍不之禁也。一日，文焕、羞花會於迎暉軒下，相與弈棊。文焕吟之曰：

紛紛車馬渡河津，黑白分明目下真。

羞花續曰：

莫使機關争勝負，兩家人是一家人。

生、女大笑。又鋪紫氍毹於中庭，攤牌較勝。文焕笑曰：「但要合着油瓶蓋。」羞花笑曰：「只恐貪花不滿三十耳。」文焕興濃，求與之合。羞花變色曰：「既爲正配，豈效鶉奔？妾雖至愚，决非見金夫而不有躬也。兄何忽略如此？」文焕跽而言曰：「人心翻覆，勢若波瀾。倘他日以兄妹爲辭，將如之何？」羞花語塞，遂相交會。既而柳眉半蹙，玉笋微寒，有體弱不勝之狀，兩情繾綣，極盡淫樂。文焕低吟曰：

鸞鳳相交顛倒顛，武陵春色會神仙。輕回杏臉金釵墜，淺蹙蛾眉雲鬢偏。

羞花續曰：

衣惹粉花香雪散，帕沾桃浪嫩紅鮮。迎暉軒下情無限，絶勝人間一洞天。

兩情歡足，羞花脱臂上金釧一雙與生，曰：「好掌此釧，是即主盟。」文煥拜而受之。未幾，時雍知覺，恐終敗露，召生謂曰：「汝宜速回，倩媒求聘也。」文煥拜謝將行，羞花私遺餽贐，且叮嚀「早來」，飲泣而别。文煥回見父母，備陳其情，父母悦從，卜日下禮。羞花因念生之故，尋命家人致緘，文煥啓視，乃集古絶句十首。

其一：

綉户紗窗北里深楊巨源，燈昏香燼擁寒衾朱淑真。
故園書動經年别崔塗，滿地月明何處砧薛能。

其二：

嗟君此别意何如高適，閑看江雲思有餘李郢。
愁傍翠蛾分八字薛逢，酒醒孤枕鴈來初李郢。

其三：

風帶潮聲枕簟涼許渾，江流曲似九迴腸柳子厚。

朱門深閉烟霞暮曹唐，一點殘燈伴夜長朱淑真。

其四：

亂愁依舊鎖眉峰朱淑真，爲想年來顦顇容柳子厚。

離別幾宵魂耿耿韓偓〔一〕，碧霄何路得相逢楊巨源。

其五：

雙垂別淚越江邊柳子厚，待月東林月正圓許渾。

雲鬢罷梳還對鏡薛逢，恐驚顦顇入新年李益。

其六：

欲於何處寄相思詩選，懶對粧臺拂畫眉朱淑真。

咫尺烟江幾多地李後主，好風偏自送佳期陸龜蒙。

其七：

强拂愁眉下小樓朱淑真，感時傷別思悠悠許渾。

同來不得同歸去杜牧，幾度高吟寄水流。

其八：

百憂如草雨中生薛逢，十指寬催玉筯輕曹唐。
惆悵溪頭從此别宋邕，子規枝上月三更韓致堯。

其九：

寒窗燈盡月斜輝許渾，桃李陰陰柳絮飛王維。
春色惱人眠不得王介甫，高樓獨上思依依皇甫丹。

其十：

緑楊紅杏滿城春楊巨原，不見當時勸酒人宋邕。
聞説鶯啼却惆悵王表，帶圍寬盡小腰身朱淑真。

文焕得詩，不勝欣悦。隨即備禮，倩媒求聘，擇期入贅。合巹之夕，時雍欲試生才，即席上宣言曰：「門闌撒帳不必舊詞，今要新人口占爲之，毋容思索可也。」文焕作催粧詩二絶，云：

紅摇花燭二更過，粧就風流體態多。織女莫教郎待久，速乘鶴駕渡銀河。

笙歌鼎沸滿華堂，深院佳人尚晏粧。願得早乘雲馭降，張郎久待杜蘭香。

時雍、賀客大奇其才，贊之不容口。生、女會晤，重整新歡，而佳人才子之情遂矣。好事者皆作詩紀之，裒而成帙〔二〕，號《金釧集》，行於世云。

按：本篇亦見《廣艷異編》卷八、《續艷異編》卷四；《情史類略》卷三，題《章文煥》。

【校　記】

〔一〕該句見於《全唐詩》卷五九〇李郢《秦處士移家富春發樟亭懷寄》。

〔二〕「裒」，原作「褎」，據文意改。

張幼謙記

浙東張忠父與羅仁卿鄰居，張宦族而貧，羅崛興而富。宋端平間，兩家同日生産。張生子名幼謙，羅生女名惜惜。稍長，羅女寄學於張。人常戲曰：「同日生者，合爲夫婦。」張子、羅女私以爲然，密立券約，誓必偕老。兩家父母罔知也。年十數歲，嘗私合於齋東石榴樹下，自後無間。明年，羅女不復來學。張子雖屢至羅門，閨門深邃，終不見女。至冬，張子書詞名《一剪梅》云：

同年同日又同窗。不似鸞凰，誰似鸞凰。石榴樹下事匆忙。驚散鴛鴦，拆散鴛鴦。　一年不到讀書堂。教不思量，怎不思量。朝朝暮暮只燒香。有分成雙，願早成雙。

伺其婢，連日不至。又成詩云：

昔人一别恨悠悠，猶把梅花寄隴頭。咫尺花開君不見，有人獨自對花愁。

一日，婢至，語之云：「齋前梅花已開，可托折梅花遞回信來。」去無報音。明年，隨父忠父館寓越州太守齋，兩年方歸。羅女遣婢餽餞，篋中有金錢十枚、相思子一粒。張大喜，語婢，欲得一會期。且復書一詩云：

一朝不見似三秋，真個三秋愁不愁？金錢難買尊前笑，一粒相思死不休。

嘗擲金錢爲戲，母見詰之，云「得之羅女」。母覺其意，遣里嫗問婚。羅父母以其貧，不許，曰：「若會及第做官，則可。」明年，張又隨父同越州太守候差於京，又兩年方歸，而羅氏受里富室辛氏聘矣。張大恨，作詞名《長相思》云：

天有神，地有神。海誓山盟字字真，如今墨尚新。過一春，又一春。不解金錢變作銀，如何忘却人。

遣里嫗密送於女。女言：「受聘乃父母意。但得君來會面，寧與君俱死，永不願與他人俱生也。」羅屋後墻内有山茶數株，可以攀緣及墻。約張候于墻外，中夜令婢登墻，用竹梯置墻外以度。凡伺候二夕而失期〔一〕。吟詩云：

山茶花樹隔東風〔二〕，何啻雲山萬萬重。銷金帳煖貪春夢，人在月明風露中。

復遣里媼遞去。女言：「三夕不寐，無間可乘。」約以今夕燈燭後爲期。至期，果有竹梯在墻外，遂登墻緣樹而下。女延入室登閣，極其繾綣，遂訂後期，以樓西明三燈爲約。如至，墻外止一燈，不可候也。自後無夕不至，或一二夕，或三四夕，明二燈〔三〕，則墻外亦有竹梯矣。月餘，又隨父館寓湖北帥廳。先數夕，相與泣别。女遺金帛甚厚，曰：「幸未即嫁，則君北歸，尚有會期。否則，君其索我于井中，緒來世姻矣。」其年，張赴湖北留寓，試畢歸里，則女亦擬是冬出適。聞張歸，即遣婢訂約今夕，且書《卜筭子》詞一闋云：

幸得那人歸，怎便教來也。一日相思十二辰，直是情難捨。本是好姻緣，又怕姻緣假。若是教隨别箇人，相看黄泉下。

張如約至。女喜且怨，曰：「幸有會期，子何爲又去湖北，去又不務早歸。從今若無夜不會〔四〕，亦秖兩月餘矣。當與君極歡，雖死無恨。君少年才俊，前程未可量。妾不敢以世俗兒女態，邀君俱死也。」相對泣下。久之，張索筆，和其《卜筭子》云：

去時不由人，歸怎由人也。羅帶同心結到成，底事教拚捨。心是十分真，情没些兒假。若是歸遲打棹篦，甘受三千下。

自是遂無夜不至。半月有餘，乃爲羅父母所覺，執送有司。女投井不果，令人日夕隨之。張到官，歷歷具實供答。宰憐其才，欲貸其罪，而辛氏有巨貲，必欲究罪〔五〕。張母遺信報其父，父懇湖北帥關節本郡太守。未幾，湖北帥寓試揭曉，張作《周易》魁，旗鈴就圄中報捷。宰大喜，延至公廳賀之，送歸拜母。申州請旨，邑方逮女出官，中途而返。太守得湖北帥使書，而本縣申文亦至。辛氏以本縣擅釋張子，赴州陳訴。太守曉辛氏曰：「羅氏不廉女也，天下多美婦人，汝烏用泥是爲哉〔六〕？當令羅氏還爾聘財。」辛辭塞。太守命吏取辛情願休親狀一帋，行移本縣，追理聘財。密書與宰，令爲張、羅了此一段姻緣。宰具札招羅仁卿公廳相見，即賀其得佳壻，盛禮特筵，具導守意。羅歸，招張來贅〔七〕。張明年登科，仕至倅〔八〕。夫婦偕老焉。

按：本篇亦見《情史類略》卷三，題《張幼謙》；《一見賞心編》卷三，題《惜惜傳》；《緑窗女史》卷四，題《桃帕傳》。《百家公案》第五十七回《續姻緣而盟舊約》、《初刻拍案驚奇》卷二九《通閨闥堅心燈火　鬧囹圄捷報旗鈴》等據此改編。

【校記】

〔一〕「二夕」，《情史類略》、《一見賞心編》作「三夕」。

〔二〕「隔」，《一見賞心編》作「更」。
〔三〕「二」，《情史類略》、《一見賞心編》作「三」。
〔四〕「若」，《一見賞心編》作「縱」。
〔五〕「罪」，原作「竟」，據《一見賞心編》改。
〔六〕「烏用泥是爲哉」，《情史類略》作「焉用此爲」。
〔七〕「招」，原作「之」，據《情史類略》改。
〔八〕「登科仕至倅」，《一見賞心編》作「登甲第至膴仕」。

金指環篇

永春潘公女英奴，美如仙姝，父母擇對，年二十，未許人。同安苗生，字德純，販苧，主潘家。生俊秀，已娶一年，與妻嫌忌，詐言未配。英奴窺之，時露半面或身全出。一日，父不在，摺紙方寸，外包裹傘紙，置飯中。生得之，開則有詩，曰：

天生一對兩嫣然，司馬文君宿世緣。欲遣中書傳好信，幾回未易到君邊。

是夜潛至生卧邸，告以宜遂琴瑟。生一見携手，魂飛神蕩，遂求以人道。英奴不肯，曰：「人有禮義，聘幣未將，不可苟就。」遂解所帶金指環一枚與生，囑曰：「幸勿爽約，憑此爲信。」深拜而去。生還，出其妻，欲聘潘氏，無媒未果，遷延半載。父命發布鳳陽，時沙縣鄧茂七擾亂，生四春不得歸。景泰三年，道路始通。生歸至潘家，聞女嫁縣東林氏矣。生以貨絲爲由往訪，因宿林家。英奴潛書《鷓鴣天》貽生，云：

欲待鴛幃奉枕衾，誰知薄倖苦相凌。移花却向他人主，狂蝶無情莫再尋。君負信，妾傷心，魚沉鴈斷杳無音。如今追憶前時事，剩得潸然淚滿襟。

明日，生鬱然而歸，及再娶姚氏，容貌殆不如前妻，生惆悵不能忘情。其友爲作《指環篇》，曰：

金指環，金指環，看汝徒心酸。猶記相攜處，羅帶結同歡。態濃語巧美無極，未行雲雨情先密。好懷豁然開，驀地成遼絶。撩人嬌思撥不平，一團和氣迴春情。廣寒姮娥初會遇，又如君瑞見崔鶯。自别佳人冰雪面，寤思寤想深相戀。千山萬水阻塵紛，歸鴻難託張生怨。指環本黄金，解贈注意深。安知物理多遷變，似此堅固肯負心。因叙指環事，勸人夫與婦：赤繩繫足親，何必輕拋負。苗生本期得芳妍，豈圖再娶不如前。我聞在德不在色，請君讀此《指環篇》。

按：本篇亦見《國色天香》卷二、余公仁編《燕居筆記》卷二。文中《指環篇歌》被胡文焕編《游覽粹編》收録。

鳳尾草記

洪武中，有龍生者，本建康人。遠祖仕宋爲京官，從隆祐孟太后南遷，留家江右，子孫蕃衍，世守詩書。生行第八。六七歲時，長者教以詩，輒能成誦；九齡曉屬對，作五七言絶句詩，皆可觀，衆以聰明許之。生有姑適祖氏者，特愛生，生往來姑家甚熟。祖有異母兄弟，同居各爨。兄没，惟嫂練氏及二子三女存。長女、次女皆適人，惟幼女在室，絶有姿容，長生三歲。生雖少年，穎敏而馴謹，不好頑弄，且善伺人意。故祖氏一家聞生來，莫不歡喜，女亦視生如弟兄，不復迴避。女母聞生姑稱生長進好學，深欲壻生，女亦眷眷屬目。祖中庭植鳳尾一株，已百年，生吟嘯其側，女窺無人，出就生鳳尾下，謂生曰：「老母聞令姑説子聰明，欲以我結好，我亦願爲子妻，託令姑主張〔一〕，第未審子父母之意然否。儻姻緣會合，得爲夫婦，雖死無憾！不然，我之嫁人，非商家郎，則耕家子，縱金玉滿堂，田連阡陌，不願也。」生應曰：「得渠爲配，足慰平生。」因指鳳尾誓之曰：「若余事成，開花結子；事若不成，根枯葉死。」誓畢散去。生盤桓。祖氏大小悦之，女尤敬慕焉，至親捧茶與生，生取茶回，女戲曰：「茶已喫矣，不患不成。」家人聞之，亦不問也。會生姑與練妯娌參商，陽爲慫恿〔二〕，陰實沮之，故生父母猶豫，女未知也。生以告女曰：「子既未便開親，我亦不即納聘，當與老母謀，必得子爲婦，然後已。」女家貧，未嘗有繒纊之飾、粉黛之施，而荆釵布裙，略無垢汙，下至足纏，亦潔白如雪，兼之賦性和柔，婉娩特甚，機杼之精，剪製之巧，爲一族冠。二嫂酷妬之，女不較也。生重其爲人，愈有伉儷意。然藉得良媒，姑又不力贊，兩下遷延，遲遲歲月。生既冠，去事舉子業，女家蹤迹稀矣。然女念生未嘗去懷，惟母知其情，喻之曰：「吾又遣人往彼，談汝姻事，早晚當有定議，汝勿煎熬，徒損容貌。」逾時生至，雖主姑家，而意在於女。留數日，二嫂俱歸寧，女獨紡小樓上。樓下一深巷通後園，巷半磚砌磴道以登。生從園中還，聞女車聲，徑奔女所。女見生來，喜氣溢面，輟紡叙禮，與生對坐，且紡且談。因以己年庚告生，使生推筭，卜其諧否。又與生話家事甚悉。生感其意，口占一詩贈之。詩曰：

曲闌深處一枝花，穠艷何曾識露華？素質白攢千瓣玉，香肌紅映六銖紗。
金鈴有意頻相護，繡幄無情苦見遮。憑仗東皇須着力，向人開處莫教差。

女不甚讀書，識字而已，語生曰：「子宜解説，俾我聞之。」生一一敷繹其義。女笑曰：「他日得侍幃房，子必教我，我雖愚暗，久當能之。」生曰：「婦人女子，偏是聰明，以子慧心，學之易易。」因代爲答詩曰：

深謝韶光染色濃，吹開準擬倩東風。生愁夕露凝珠淚，最怕春寒損玉容。
嫩蕋折時飄蝶粉，芳心破處點猩紅。金盤華屋如堪薦，早入雕闌十二重。

生復縷縷爲詳詩意。女曰：「嘗聞子才調敏捷，今觀信然，使我傾仰彌切！」因目生久之，曰：「子精神意氣，决非庸人，後當貴顯，我欲以蒲柳之質爲託者，非有他也。以父早亡，母年漸老，長兄書寫公門，次兄陷身吏役，二嫂婞惡，子所深知。但得遠離兇獷，獲託絲蘿，子縱無官，不得命婦，亦不失爲士大夫妻。萬一流落俗子手中，有死而已，惟子念之圖之。」生自初悦其貌，不料其淑懿有識若此，自是拳拳婚議，惟恐蹉跎。俄而女兄果以吏敗，家事亦落。生父母無意締盟，謝而辭之，遂觖望矣。生私作長歌一篇寄焉，歌曰：

我昔正髫年，笑騎竹馬君床邊；手持青梅共君戲，君身似玉顔如蓮。愛我聰明耽筆硯，鸑鷟文章紫騮健。風鬟霧鬢緋染唇，鳳尾叢邊幾回見。層樓窈窕洞房深，春纖縷縷抽冰綫。蹇脩不來奈若何？羅帶同心竟乖願。綉襦甲帳隔天涯，未解離魂學張倩。君知許嫁誰人家，我行射策黃金殿。回首清湖夢寐中，目斷巫山淚如霰。

一日，女母留姻戚家，二嫂尋釁，與女大鬧。女深處閨閣，性復善良，莫敢出言，又不能罵，然不勝憤，兼之晉約秦盟遽然斷絶，淒涼憔悴，踽踽無聊，是夕竟縊死樓上。母歸，哭之慟，手自洗殮，於胸前得一綉囊，密貯杏牋一幅，視之乃生所寄之詩也。母不違其意，仍寘棺中。生聞女死，託以省姑，走弔焉。至則珠沉璧碎，玉殞花飛，將入木矣。生涕淚如雨，悲不能堪，送歸葬所，掩壙成墳而歸。後數年，生果高科要職，烜赫於時，雖别娶妻妾，意不忘女。常與天師無爲張真人論鬼神，偶及女事。真人見生切切，爲飛章拔之。載數日，生夢女曰：「妾從辭世二十餘年，陰府查籍，以妾當生三子，壽至六十，數未克終，卒於非命，俾再爲女人，了其夙業。而昨蒙真人道力，天符忽下，今往河南府洛陽縣在城胡氏家爲男子矣。感君深愛，生死不忘，但恨無以奉報耳。然君方當富貴，位極人臣，福壽豐隆，子孫昌盛。」言訖，拜謝而去。行數步，復回顧云：「郎善自珎，妾永逝矣。」倏然而滅。生既覺，殆無以爲懷，遣人往女家視鳳尾，枯死已數年矣。生遂作《哀鳳尾歌》傳於世云：

有草有草名鳳尾，仙人種在丹山裏。世間百卉避芳菲，珊瑚寶樹差堪比。
鬖髿絶似鳳凰翎，號以佳名同鳳稱。海上行遲珠露濕，洞簫品徹綵雲停。
娟娟旎旎猶貞靜，琉璃刻葉琅玕柄。九苞健翮時下來，五色奇文爛相映。
日影照耀晴篩金，盛夏翛翛風滿林。豔陽不作桃李態，晚歲實堅松栢心。

華堂清處搖新翠，曾與飛瓊翠陰會。倚叢未許覂偷香，指樹惟期終作配。那知萬事總非真，幽芳淑質俱成塵。綺檻靈根凋百歲，綉房麗色殞三春。鳳兮偶昨來過此，弄玉臺傾鳳尾死。鴛鴦瓦落野棠青，孔雀屏攲土花紫。感時撫舊恨悠悠，碧羽瓊蕤萬古休。敗砌頹垣蛩弔目〔三〕，荒煙老樹鳥歸秋〔四〕。花草重栽春又綻，鏡破釵離永分散。因歌鳳尾寓深衷，留與多情後人嘆。

按：本篇出明李昌祺著《剪燈餘話》卷三。亦見何大掄編《燕居筆記》卷六。

【校記】

〔一〕「託」，原訛作「記」，據《剪燈餘話》改。

〔二〕「慫恿」，原作「從臾」，據《剪燈餘話》改。

〔三〕「目」，《剪燈餘話》作「月」。

〔四〕「歸」，《剪燈餘話》作「啼」。

並蒂蓮花記

揚州有張姓者，富冠郡邑。家有一女，小字麗春，年十有七歲。美姿容，善詩賦，人咸稱之。遠近締姻者，其門如市。張翁不之許，嘗曰：「相女配夫，古之道也。吾惟得佳婿，貧富有不較焉。」同里曹姓者，家雖貧窶，一子聰俊，名璧，尤工於文詞。年方十六，未有室也。張固垂意於彼，彼以貧富自量，不敢啓齒。張一日開塾於家，令人招生過塾讀書。生果負笈而至，麗春於花下窺之，見生儀容清雅，舉止端詳，竊念曰：「必得此郎，平生願足矣。」張亦暗喜，尋命生宿於西軒静室，以便肄業。時值菊節，張拉師出外登高暢飲。生兀坐書齋，不勝岑寂，乃長吟一絶，以遣悶云：

時值重陽令節邊，滿城風雨寂寥天。可憐不帶登高興，孤負黄花又一年。

麗春潛聽，情不能已，乃於窗外踵韻，繼吟之曰：

月光空照兩人邊，安得團圓共一天。可惜風流人未會，錯教烏兔送青年。

生聽其詩，趨出相見，麗春亦不迴避。彼此交會，其禮甚恭。麗春笑曰：「子知家君館穀之意乎？東牀之選，其在兹矣。子宜鄭重，妾亦忍死以待，不爲他人婦也。」生曰：「第恐大齊之不偶，而爲《春秋》之所譏耳。」麗春曰：「人定者勝天，又何疑焉？」正叙話間，侍婢報曰：「家主回矣。」遂各散去。翌日，麗春命侍兒蘭香以薛濤箋，染蒙恬筆，書懷素字〔一〕，作詞一闋以寄生，詞名《清朝幔》，云：

翠幙香凝，羅幃夢杳，深閨翡翠衾寒。可是一春憔悴，倦倚欄干。最恠好花無主，狂蜂浪蝶幾翩翻。傷情處，枝頭杜宇，血淚成丹。蕩游絲，舞飛絮，柰芳心牽引，更有多般。嘆香銷玉減，愁鎖朱顔。顒望赤繩繫足，定應合浦珠還。洞房内，紅摇花燭，魚水同歡。

生得詞，喜不自勝，審知女有相從之意，乃吟詩一律，書以復之，云：

曲欄深處遇嬌姿，一日相思十二時。自是琴中逢卓女，何須畫裏見崔徽。繩牽絲幕應留意，腹袒東牀定有期。昨夜嫦娥降消息，廣寒已許折高枝。

麗春得詩，衷情悒怏，第恐失此才郎也。一夕，生明燭獨坐，如有所俟，忽聞剥啄叩門聲。生啟視之，乃麗春也。延入寢室，揖遜而坐。麗春曰：「子讀何書？」生曰：「《孟子》。」麗春曰：「孟子義利之辯，其説甚詳，無非欲人之趨於正道也。」生曰：「既欲人趨於正道，何以曰『踰東家墻而摟其處子則得妻，不摟則不得妻』乎？」麗春曰：「此設譬之詞耳。苟不待父母之命，媒妁之言，鑽穴隙相窺，踰墻相從，寧有是禮哉？」生曰：「食、色，天性也，人所不免耳。」麗春袖中出花箋一幅，上書詩四絶，笑曰：「妾效唐人，作迴文四時詞，請君爲我改教之。」

其一：

花枝幾朶紅垂檻，柳樹千絲緑遶堤。鵶鬢兩蟠烏裊裊，徑苔行步印香泥。

其二：

高梁畫棟棲雙燕，葉展荷錢小疊青。腰細褪裙羅帶緩，銷魂暗淚滴圍屏。

其三：

明月晚天清皎皎，凜霜晴霧冷悠悠。情傷暗想閑長夜，淚血垂胷鎖恨愁。

其四：

天冷雪花香墮指，日寒霜粉凍凝腮。懸懸意想空吁氣，夜月閑庭一樹梅。

生誦畢，深贊其妙，將欲賡韻，麗春遽曰：「不必和也。家君新構別墅，已狀四景，士夫題詠甚富，但無作迴文者。敢請不吝珠玉，光輝蓬蓽，是所願也。」生按題揮筆，亦作迴文體四絶云。

其一《小橋斜徑》〔二〕：

東西岸草迷煙淡，近遠汀花逐水流。虹跨短橋横曲徑，石粼粼砌路悠悠。

其二《短墻喬木》：

墻矮築軒當緑野，樹高連屋近青山。香清散處殘紅落，酒興詩懷遣日閑。

其三《曲溪活水》：

溪曲繞村流水碧，小橋斜傍竹居清。啼烏月落霜天曉，岸泊閑舟兩葉輕。

其四《幽境近山》：

岐路曲盤蛇裊裊，亂山群舞鳳層層。枝封雪蕋梅依屋，獨坐閑窗夜伴燈。

麗春誦之，嘆曰：「下筆立成，才高七步也。」時漏下二鼓，生懇欲求合，麗春正色曰：「夫婦，人倫之大綱，豈真苟合邪？所謂歸妹愆期，遲歸有待，君姑視之，終有結褵之會耳。」遂各歸寢。張公倩媒，擇日下聘，贅生入門。花燭洞房，鸞交鳳友，其樂可知矣。已而與生交會，極盡綢繆。麗春謂生曰：「曩夕之會，非逆君情，第以妾非桑間之婦，君非棄金之夫，終爲鶉奔之誚耳。今日名正言順，其樂豈不宏長乎哉！」生曰：「高見也。」自此，兩情愈密，歡愛殊深。咸淳末，海寇犯揚州，官軍敗績，城遂陷。賊衆大掠，市肆一空。殆至張宅，家人奔竄，生、女卧榻，適臨大池，倉卒無避，恐致辱身，乃相摟共溺池中而死。踰年，其中忽生並蒂蓮花，紅香可愛，人争以爲異，觀之者如歸市。士大夫題詠甚多，録其尤者於左：

佳人才子是前緣，不作天仙作水仙。白骨不埋黄壤土，清魂長浸碧波天。

生前曾結同心帶，死後仍開並蒂蓮。千古風流千古恨，恩情不斷藕絲牽。

詩裒成帙，名之曰《並蒂蓮集》，至今傳誦不絕。

按：本篇亦見《廣艷異編》卷九、《續艷異編》卷五；《情史類略》卷十一，題《並蒂蓮》。

【校　記】

〔一〕「以薛濤箋染蒙恬筆書懷素字」十二字，《廣豔異編》、《續豔異編》、《情史》俱作「持彩箋」。

〔二〕此四首迴文詩題，他本俱無。

秋香亭記

至正間，有商生者，隨父宦遊浙江〔一〕，寓居吴郡〔二〕，其鄰則弘農楊氏宅也。楊氏乃延祐大詩人浦城公之裔。浦城娶於商，其孫女名采采，與生姑表兄妹也〔三〕。浦城已没，商氏尚存。生自幼以聰敏爲戚黨所稱〔四〕。商氏即生之祖姑也〔五〕，嘗撫生指采采謂曰：「汝宜益加進脩，吾孫女誓不適他族，當令事汝，蓋欲繼二姓之歡〔六〕，永以爲好也。」其父母樂聞此語，喜而從命，即欲歸之。而生嚴親以生年幼，恐其怠於筆硯〔七〕，請俟他日。是時生始弱冠，女年及笄，日相嬉戲於宅中秋香亭上〔八〕。有二大桂樹，垂陰娑婆。中秋之夕，家人會飲〔九〕，生、女私於其下誓心焉〔一〇〕。自後女年稍長，不復至宅，每歲時伏臘，僅以兄妹禮見於中堂而已。閨閤深邃，莫能致其情。後一歲，亭前桂花盛開〔一一〕，女以折花爲名，以碧瑶牋書絶句二首，令侍婢香香持以授生〔一二〕，屬生繼和，詩曰：

秋香亭上桂花香〔一三〕，幾度風吹在繡房〔一四〕。自恨人生不如樹，朝朝腸斷屋西墻！

秋香亭上桂花舒，用意慇懃種兩株。願得他年如此樹，錦裁步障護明珠。

生得之，驚喜，遂口占二首，書以奉答，付婢持去。詩曰：

深盟密約兩情勞，猶有餘香惹翠袍〔一五〕。記得去年携手處，秋香亭上月輪高。

高栽翠柳隔芳園〔一六〕，牢織金籠貯彩鴛〔一七〕。忽有書來傳好語，秋香亭上鵲聲喧。

生始慕其色而已，不知其才華之若是也。既見二詩，驚喜欲狂。但翹首企足以待結縭之期耳，不記其他也。女後以多情致疾，恐生不知其眷戀之誠〔一八〕，乃以吴綾帕題一絶於上，令婢持以贈生。詩曰：

羅帕薰風病裏頭〔一九〕，眼波嬌溜滿眶秋。風流不與愁相約，纔到風流便有愁。

生感歎再三，未及一和。適高郵張氏兵起，三吴擾亂，生父挈家南歸錢唐〔二〇〕，展轉會稽、四明以避難；女家亦北徙金陵，音耗不通者十載〔二一〕。洪武初，國朝統一，區夏道途，行李往來無阻〔二二〕。時生父已没，獨奉母居錢唐故址，遣舊使蒼頭往金陵物色之，則女已適太原王氏〔二三〕，生一子矣。蒼頭回報，生雖悵然絶望，然終欲一致款曲於女，以道達其情，遂市剪綵花二盝、紫綿脂百餅。以其負約，不復作書，止令齎二物往，以通音問。蒼頭至門，趦趄進退，未敢遽入也。值女垂簾獨立，見其行止，亦頗識之，遽搴簾呼問曰：「得非商兄家舊人也？」蒼頭曰「諾」。遂以二物進，并致生意。女動問良久，淚數行下。乃剪烏絲襴爲簡回生〔二四〕，曰：

伏承來使，具述綢繆〔二五〕。昔日歡情，一旦終阻。自遭喪亂，十載於兹〔二六〕。祖母辭堂，先君棄室〔二七〕；煢然形影，四顧無依〔二八〕。欲終守前盟，則鱗鴻永絶；欲逕行小諒，則溝瀆莫知。不幸委身從人，苟延微命〔二九〕。雖應酬之際〔三〇〕，强爲笑歡；而岑寂之中，不勝傷感。追思舊事，恍若前朝。華翰銘心，佳音在耳。每孤燈夜永，落葉秋高，往往目斷遥天，情牽異域〔三一〕。半衾未煖，幽夢難通；一枕纔欹，驚魂又散〔三二〕。豈意高明不棄，撫念過深，加沛澤以旁施，廣餘光而下照〔三三〕。采葑菲之下體，託蘿葛之微蹤。復致耀首之華、膏唇之飾，衰容非故，厚惠何施？雖荷殊恩，愈懷深愧〔三四〕！蓋自近歲以來〔三五〕，形銷體削，面目可憎，覽鏡徘徊，自疑非我〔三六〕。兄若見之，亦將賤惡而棄去，尚何矜恤之有哉？倘恩情未盡，當結姻緣於來世矣〔三七〕。没身之恨，懊嘆何言。拜會無期，憂思靡竭，惟宜自保以冀遠圖，無以此爲深念也〔三八〕。臨楮嗚咽，情不能伸〔三九〕，復作律詩一章〔四〇〕，上瀆清覽，苟或察其詞而恕其意，使箧扇懷恩，綈袍戀德，則雖死之日，猶生之年也〔四一〕。詩曰：

好因緣是惡因緣，只怨干戈不怨天。兩世玉簫思再合，何時金鏡得重圓？
彩鸞舞後腸空斷，青雀飛來信不傳。安得神靈如倩女，芳魂容易到君邊！

生得書，置之巾箱，每一展玩，則鬱鬱不樂者累日，遂次其詩韻以見意云〔四二〕：

秋香亭上舊因緣，長記中秋半夜天。鴛枕沁紅粧淚濕，鳳衫凝碧唾花圓。
斷弦無復鸞膠續，舊盒虛勞蝶使傳。惟有當時端正月，清光能照兩人邊。

生之友山陽瞿祐〔四三〕，與生同里，往來最熟〔四四〕，備知其詳，既以理諭之，復作《滿庭芳》一闋以釋其情云〔四五〕。詞曰：

月老難憑，星期易阻，御溝紅葉堪摽〔四六〕。辛勤種玉，擬弄鳳凰簫。可惜國香無主，儘零落、路口山腰〔四七〕。尋春晚，緑陰清晝〔四八〕，鶗鴂已無聊。藍橋雖不遠，世無磨勒，誰盜紅綃〔四九〕？悵歡蹤永隔，離恨難消！回首秋香亭上，雙桂老，落葉飄飄。相思債，還他未了，腸斷可憐宵！

又叙其始終離合之迹〔五〇〕，以附於古今傳記之末〔五一〕，使多情者覽之，則章臺柳折，佳人之恨無窮；仗義者聞之，則茅山藥成，俠士之心有在，又安知其終如此而已也！

按：本篇出明瞿佑著《剪燈新話》附録。亦見《萬錦情林》卷二、林近陽編《燕居筆記》卷七、余公仁編《燕居筆記》卷七。本篇出現早期抄刻本與晚年重校本兩種不同版本，體現出瞿佑早年和晚年不同的自傳心態。洪武十一年（一三七八），瞿佑完成《剪燈新話》，時年三十二歲。永樂十七年（一四一九），兵部尚書趙玨「按臨關外」時，委托唐岳索要《秋香亭記》，瞿佑時已七十三歲。在「舊本失之已久」、距《剪燈新話》成書四十二年的情況下，瞿佑「書之以奉」，只能是憑記憶來重寫了。永樂十九年正月，瞿佑時年七十五歲，爲胡子昂重校《剪燈新話》時，毫無疑問會將永樂十七年的「修改」保存到晚年定本中。《剪燈新話》其他篇目多有語句變動，但是沒有《秋香亭記》的力度大，原因就是永樂十七年的重寫，事實上形成了「兩種《秋香亭記》」。

【校記】

〔一〕「浙江」，《剪燈新話句解》作「姑蘇」。

〔二〕「寓居吴郡」，《剪燈新話句解》作「僑居烏鵲橋」。

〔三〕「姑表」，《剪燈新話句解》作「中表」。

〔四〕「生自幼以聰敏爲戚黨所稱」句，《剪燈新話句解》作「生少年，氣稟清淑，性質温粹，與采采俱在童丱」。

〔五〕「也」下《剪燈新話句解》有「每讀書之暇，與采采共戲於庭，爲商氏所鍾愛」十八字。

〔六〕「蓋欲繼二姓之歡」，《剪燈新話句解》作「以續二姓之親」。

〔七〕「筆硯」，《剪燈新話句解》作「學業」。

〔八〕「是時……宅中」句，《剪燈新話句解》作「生、女因商氏之言，倍相憐愛。數歲，遇中秋月夕，家人會飲沾醉，遂同游於生宅」。

〔九〕《剪燈新話句解》無「中秋之夕家人會飲」八字，有「花方盛開，月色團圓，香氣穠馥」十二字。

〔一〇〕「誓心」，《剪燈新話句解》作「語心」。

〔一一〕「盛」，《剪燈新話句解》作「始」。

〔一二〕「香香」，《剪燈新話句解》作「秀香」。

〔一三〕「香」，《剪燈新話句解》作「芳」。

〔一四〕「在」，《剪燈新話句解》作「到」。

〔一五〕「惹翠」，《剪燈新話句解》作「在舊」。

〔一六〕「栽」，原作「裁」，據《剪燈新話句解》改。

〔一七〕「鴛」，原作「姸」，據《剪燈新話句解》改。

〔一八〕「誠」，《剪燈新話句解》作「情」。

〔一九〕「風」，《剪燈新話句解》作「香」。

〔二〇〕「錢唐」，《剪燈新話句解》作「臨安」。

〔二一〕「十載」，原作「二載」，據《剪燈新話句解》改。

〔二二〕「洪武初國朝統一區夏道途行李往來無阻」，《剪燈新話句解》作「吴元年，國朝混一，道路始通」。

〔二三〕「已」，《剪燈新話句解》作「以甲辰年」四字。

〔二四〕「以其負約……爲簡回生」，《剪燈新話句解》作：「遣蒼頭賫往遺之。恨其負約，不復致書，但以蒼頭己意，託交親之故，求一見以覘其情。王氏亦金陵巨室，開綵帛鋪於市。適女垂簾獨立，見蒼頭趑趄於門，遽呼之曰：『得非商兄家舊人耶？』即命之入，詢問動静，顔色慘怛。蒼頭以二物進，女怪其無書，具述生意以告。女吁嗟抑塞，不能致辭。以酒饌待之，約其明日再來叙話。蒼頭如命而往。女剪烏絲襴，修簡遺生。」「襴」，原作「欄」，據《剪燈新話》清江堂本、句解本改。

〔二五〕「具述綢繆」，《剪燈新話句解》作「具述前因」。

〔二六〕「昔日歡情」下四句，《剪燈新話句解》作：「天不成全，事多間阻。蓋自前朝失政，列郡受兵，大傷小亡，弱肉强食，荐遭禍亂，十載于此。偶獲生存，一身非故，東西奔竄，左右逃遁。」

〔二七〕「棄室」，《剪燈新話句解》作「捐館」。

〔二八〕「煢然形影」二句，《剪燈新話句解》作「避終風之狂暴，慮行露之沾濡」。

〔二九〕「苟延微命」，《剪燈新話句解》作「延命度日」。

〔三〇〕「雖」上《剪燈新話句解》有「顧伶俜之弱質，值屯蹇之衰年，往往對景關情，逢時起恨」二十二字。

〔三一〕《剪燈新話句解》無「每孤燈夜永」至「情牽異域」十九字。

〔三二〕「散」下《剪燈新話句解》有「視容光之減舊，知憔悴之因郎；悵後會之無由，嘆今生之虚度」二十四字。

〔三三〕「廣餘光而下照」，《剪燈新話句解》作「回餘光以反照」。

〔三四〕「雖荷殊恩愈懷深愧」，《剪燈新話句解》作「雖荷恩私，愈增慚愧」。

〔三五〕「蓋自近歲以來」，《剪燈新話句解》作「而況邇來」。

〔三六〕「面目……非我」，《剪燈新話句解》作「食減心煩，知來日之無多，念此身之如寄」。

〔三七〕「當結」句下《剪燈新話句解》有「續婚姻於後世爾」七字。

〔三八〕《剪燈新話句解》無「没身之恨……深念也」三十一字。

〔三九〕「情不能伸」，《剪燈新話句解》作「悲不能禁」。

〔四〇〕「復作律詩一章」，《剪燈新話句解》作「復製五十六字」。

〔四一〕采采與商生的修書，受到元稹撰《鶯鶯傳》（《太平廣記》卷四八八，以談愷本爲準）中崔氏與張生書信的影響：「捧覽來問，撫愛過深。兒女之情，悲喜交集。兼惠花勝一合，口脂五寸，致耀首膏唇之飾。雖荷殊恩，誰復爲容？睹物增懷，但積悲歎耳。伏承使於京中就業，進修之道，固在便安。但恨僻陋之人，永以遐棄。命也如此，知復何言！自去秋已來，常忽忽如有所失。於諠譁之下，或勉爲語笑，閒宵自處，無不淚零。乃至夢寐之間，亦多感咽。離憂之思，綢繆繾綣，暫若尋常。幽會未終，驚魂已斷。雖半衾如暖，而思之甚遥。一昨拜辭，倏逾舊歲。長安行樂之地，觸緒牽情。何幸不忘幽微，眷念無斁。鄙薄之志，無以奉酬。至於終始之盟，則固不忒。鄙昔中表相因，或同宴處，婢僕見誘，遂致私誠。兒女之心，不能自固。君子有援琴之挑，鄙人無投梭之拒。及薦寢席，義盛意深。愚陋之情，永謂終託。豈期既見君子，而不能定情，致有自獻之羞，不復明侍巾幘。没身永恨，含歎何言！倘仁人用心，俯遂幽眇，雖死之日，猶生之年。如或達士略情，捨小從大，以先配爲醜行，以要盟爲可欺，則當骨化形銷，丹誠不泯，因風委露，猶託清塵。存没之誠，言盡於此。臨紙嗚咽，情不能申。千萬珍重，珍重千萬！玉環一枚，是兒嬰年所弄，寄充君子下體所佩。玉取其堅潤不渝，環取其終始不絕。兼亂絲一絇，文竹茶碾子一枚。此數物不足見珍，意者欲君子如玉之真，弊志如環不解。淚痕在竹，愁緒縈絲。因物達情，永以爲好耳。心邇身遐，拜會無期。幽憤所鍾，千里神合。千萬珍重！春風多厲，强飯爲嘉。慎言自保，無以鄙爲深念。」

〔四二〕「置之巾箱……見意云」，《剪燈新話句解》作「雖無復致望，猶和其韻以自遣云」。
〔四三〕「生」上《剪燈新話句解》有「併其書藏巾笥中，每一覽之，輒寢食俱廢者累日，蓋終不能忘情焉爾」二十七字。「瞿祐」，今學界通作「瞿佑」。
〔四四〕《剪燈新話句解》無「與生同里往來最熟」八字。
〔四五〕「釋其情」，《剪燈新話句解》作「著其事」。
〔四六〕「摽」，《剪燈新話句解》作「燒」。
〔四七〕「路口山腰」，《剪燈新話句解》作「露蘂烟條」。
〔四八〕「清晝」，《剪燈新話句解》作「青子」。
〔四九〕「綃」，原訛作「銷」，據《剪燈新話句解》改。
〔五〇〕「又叙其始終離合之迹」，《剪燈新話句解》作「仍記其始末」。
〔五一〕「傳記」，《剪燈新話句解》作「傳奇」。

杜麗娘記

宋光宗間，廣東南雄府尹姓杜，名寶，字光輝。生女爲麗娘，年一十六歲，聰明伶俐，琴棋書畫，嘲風咏月，靡不精曉。忽值季春天色，喚侍婢春香同往府堂後花園遊賞，不免觸景傷情。心中不樂，急回香閣。獨坐無聊，俛首沉吟而嘆曰：「春色惱人，信有之乎？可惜妾身顏色如花，豈料命如一葉！」遂憑几晝眠。纔方合眼，忽見一書生，年方弱冠，丰姿俊秀，於園中折楊柳一枝，笑謂小姐曰：「姐姐既能通書史，可作詩以咏此柳乎？」小姐欲答，又驚又喜，不敢輕言。心中自忖：「素昧平生，不知姓名，何敢輒入於此？」正如此思間，只見一生向前，將麗摟抱去牡丹亭畔、芍藥架邊，共成雲雨之歡娛，兩情和美。忽值母甄氏至房中喚醒，一身冷汗，乃是南柯一夢。忙起身參母，禮畢，夫人問曰：「我兒或事針指，或翫書史，消遣亦可，因何晝寢於此？」麗曰：「兒適花園遊玩，忽值春意惱人，故此回房，無可消遣，不免困倦少息。有失迎接，望母恕罪。」甄氏曰：「後花園中冷静，可同回至中堂。」麗雖身行，心内思想夢中之事，未嘗放懷。行坐間，如有所失。至次早，獨步後花園中，閒看夢中所遇書生之處，冷静寂寥，杳無人迹。忽見一株大梅，梅子磊磊可愛，其樹矮如傘蓋。麗至樹下，甚喜而言曰：「我若死後得葬於此，幸矣。」及臨鏡梳粧，自覺容顏清減。命春香取文房四寶，至鏡臺邊自畫一小影。紅裙緑襖〔一〕，環佩玎璫，翠釵金鳳，宛然如活。自成詩一絶以題之：

近覩分明是儼然，遠觀自在若飛仙。他年得伴蟾宫客，不在梅邊在柳邊。

詩罷，思慕夢中相遇書生曾折柳一枝，莫非所適之夫姓柳乎？自此麗娘思慕之甚，懨懨成病。父母求醫治罔効。麗亦自料不久，令春香請母至床前，含淚痛泣曰：「不孝逆女，不能奉父母養育之恩，想壽數難逃〔二〕，如兒死後，望即葬於梅樹之下〔三〕。」言畢而卒。其母依其言，遂令葬之。父母哀痛，朝夕思之。不覺光陰迅速，三年任滿。新府尹代任，姓柳，名思恩，止生一子，名柳夢梅，隨父同來上任。之後夢梅收拾後房，於雜紙之中獲小畫一幅，展看乃是美人圖，詳所題詩句，乃知是人間女子行樂圖〔四〕。「何言『不在梅邊在柳邊』，真奇哉怪事也。」亦題一絶以和其韻：

貌若嫦娥出自然，不是天仙是地仙。若得降臨同一宿，海誓山盟衾枕邊〔五〕。

題罷，嘆賞久之，心志交馳〔六〕，精神飛蕩，懶觀經史。至夜則明燭和衣而卧，番來覆去，細聽樵樓已打三更，自覺寒風習習，香氣襲人。柳生披衣而起。忽聞門外有人叩門。問之，不答，少頃又扣，如此者三次。柳遂開門，見一女子，雲鬢輕梳，斂袵向前。生驚而問曰：「粧前誰氏？何夤夜至此？」答曰：「妾乃居府西鄰家女也〔七〕。慕君丰彩，切欲成秦晉之交，未知肯容納否。」柳遂與女解衣滅燈，效夫婦之禮，盡魚水之歡。少頃，雲散雨收，曙色將分，女整衣而出，如此凡十餘夜。一夜，柳生詰其姓氏，女笑而不言。生强之至再，女含淚曰：「君勿驚。」具述其死没之由。「明早可急告於父母，即往梅樹下發之〔八〕，則事可和諧。不然，妾不得復生，必痛恨於九泉之下也。」言訖而去。次早，生以事告于父母，府尹曰：「要知明白，詢諸舊吏人等，便分曉矣。」及門吏所述，悉如女之所言。一同遂喚人夫掘之，揭開棺蓋，女子面貌如活。尹令移屍於密室之中，用香沐浴，霎時間身體微動，漸漸甦醒。良久，取安魂定魄散服之，少頃〔九〕，便能言語。即扶入卧房。少時夫人安排酒席，對府尹曰：「令小姐天賜還魂，擇吉日與孩兒成親。」相公允之。過旬内，擇十月十五吉日，大排筵會。麗娘與柳生合巹交盃，並枕同衾，極盡人間之樂。明日，令人持報杜府尹。時杜授江西參政，上任兩載，忽見來者持書至案下。公問：「何處來？」答曰：「是廣東柳府差來。」公取書覽之，即以麗娘復生、成親之事報於甄氏。甄氏曰：「真奇事也。宜修書回復，令彼朝覲時，可往臨安府相會。」是時柳生聞春榜已動，選場弘開，遂拜别父母妻子，前往臨安府上京應舉。别時麗作一詞以贈之：

方解同心結〔一〇〕，又爲功名别。郎君去也，愁無竭。枕上樂，何時合？蟾宫第一枝，願郎早攀折。記取折柳情，衾上盟。好成朱陳同偕老，歡如昔。最苦行囊發，從此相思結。安得此魂隨去，處處伴郎歇〔一一〕。

生亦作一詞以和云：

唱且隨，心甚悦。秋闈阻隔心益裂。夫妻須有相逢期。悲出陽關淚滴滴。山可盟，海可竭。人生不可輕離別。別時容易見時難，長嘆一回一哽咽。〔一二〕

夫妻含淚而別。生到臨安，投店安下，徑入試院。三場已畢，擢中二甲進士〔一三〕，除授臨安府推官。柳生馳僕報知父母妻子，合家歡樂。府尹任滿，帶家小往京朝覲，將夫人與麗娘回柳衙投下。生正排酒宴以待。杜參政夫婦見麗娘，悲喜不勝，遂以此事奏光宗皇帝，遂轉封柳生爲臨安府尹〔一四〕。後麗娘生有二子，爲顯宦。夫榮妻貴，享天年而終。

按：本篇出處未詳。亦見余公仁編《燕居筆記》卷八，目録題《杜麗娘牡丹亭還魂記》，正文題《杜麗娘記》。主要内容又見於何大掄編《燕居筆記》卷九《杜麗娘慕色還魂》和卓發之《漉籬集》卷一二《杜麗娘傳》。此前學界普遍認同《杜麗娘慕色還魂》爲湯顯祖撰傳奇《牡丹亭》的藍本，本篇爲重新討論《牡丹亭》的藍本問題提供了新依據。《杜麗娘慕色還魂》應據本篇和傳奇《牡丹亭》而敷衍成篇。

【校　記】

〔一〕「緑」，原訛作「禄」，據余公仁編《燕居筆記》改。

〔二〕「逃」，余公仁編《燕居筆記》作「延」。

〔三〕「梅」，原作「柳」，據文意和余公仁編《燕居筆記》改。

〔四〕「人間」，余公仁編《燕居筆記》作「人家」。
〔五〕「衾枕邊」，余公仁編《燕居筆記》作「在枕邊」。
〔六〕「心志交馳」，余公仁編《燕居筆記》作「心志怡情」。
〔七〕「答曰妾乃」，原作「妾乃答曰乃」，據余公仁編《燕居筆記》乙轉。
〔八〕「發」，余公仁編《燕居筆記》作「痊」。
〔九〕「少頃」下余公仁編《燕居筆記》有「口内吐出水銀數斤」八字。
〔一〇〕「解」，余公仁編《燕居筆記》作「綰」。
〔一一〕此詞仿《天緣奇遇》（《國色天香》本）中《陽關引》：「纔綰同心結，又爲功名别。一聲去也，愁千結，心如割。願月中丹桂，早被郎攀折。莫學前科，誤盡了良時節。　記取枕邊情，衾上血。定成秦晉同偕老，歡如昔。最苦征鞍發，從此相思急。安得魂隨去，處處伴郎歇。」《天緣奇遇》在「早被郎攀折」之後尚有「莫學前科，誤盡了良時節」十字，乃祁生赴試途中因救嬌元後滯留道院而誤了試期之故實。《杜麗娘記》中無此句，並非一闋完整的詞。
〔一二〕此詞亦仿《天緣奇遇》（《國色天香》本）中《長相思》：「長相思，心不絶，思到相思心欲裂。羅幃素月清不眠，淚如懸河積成血。　山可崩，海可竭，人生不可輕離别。别時容易見時難，長歎一回一嗚咽。」而該詞完全照抄陸采《懷香記》第三十三齣《夜香祈佑》中《長相思》。

〔一三〕「二甲進士」，何大掄編《燕居筆記》作「一甲進士」。
〔一四〕「封」，余公仁編《燕居筆記》作「陞」。

重逢部

分鏡記

陳太子舍人徐德言之妻，後主叔寶之妹，封樂昌公主，才色冠絕。時陳政方亂，德言知不相保，謂其妻曰：「以君之才容，國亡必入權豪之家，斯永絕矣。倘情緣未斷，猶冀相見，宜有以信之。」乃破一鏡，人執其半，約曰：「他日必以正月望日賣於都市，我當在，即以是日訪之。」及陳亡，其妻果入越公楊素之家，寵嬖殊厚。德言流離辛苦，僅能至京。遂以正月望日，賣於都市。有蒼頭賣半照者，大高其價〔一〕。德言直引至居，設食。具言其故，出半照以合之，仍題詩曰：

照與人俱去，照歸人不歸。無復嫦娥影，空留明月輝。

陳氏得詩，涕淚不食。素知之，悽然改容，即召德言，還其妻，仍厚遺之。聞者無不感歎。

仍與德言、陳氏偕飲，令陳氏爲詩，曰：

今日何遷次，新官對舊官。笑啼俱不敢，方驗作人難〔二〕。

遂與德言歸江南，竟以終老。

按：本篇出唐孟棨撰《本事詩·情感第一》。亦見宋羅燁《新編醉翁談録》癸集卷一，題《樂昌公主破鏡重圓》；《艷異編》卷二三，題《樂昌公主》；《情史類略》卷四，題《楊素》；何大掄編《燕居筆記》卷一，題《樂昌合鏡》；《一見賞心編》卷四，題《德言妻》；《太平通載》卷二九題《樂昌公主》，注出《新編醉翁談録》；《緑窗女史》卷三，題《樂昌公主傳》。

【校　記】

〔一〕「價」下《本事詩》有「人皆笑之」四字。

〔二〕「難」下《醉翁談録》有「飲酒訖，陳氏泣與素别」九字。

鞦韆會記

元大德二年戊戌，孛羅以故相齊國公子拜宣徽院使，奄都剌爲僉判，東平王榮甫爲經歷。三家聯住海子橋西。宣徽生自相門，窮極富貴，第宅宏麗，莫與爲比。然讀書能文，敬禮賢士，故時譽翕然稱之。私居後有「杏園」一所，取「春色滿園關不住，一枝紅杏出墻來」之意。花卉之奇，庭榭之好，冠於諸貴家。每年春，宣徽諸妹諸女邀院判、經歷宅眷於園中，設鞦韆之戲，盛陳飲宴，歡笑竟日。各家亦隔一日設饌，自二月末至清明後方罷，謂之鞦韆會。適樞密同僉帖木耳不花子拜住過園外，聞笑聲，於馬上欠身望之，正見鞦韆競就，歡閧方濃，潛於柳陰中窺之，覩諸女皆絶色，遂久不去，爲閽者所覺，走報宣徽，索之亡矣。拜住歸，具白於母。母解意，乃遣媒於宣徽家求親。宣徽曰：「得非窺墻兒乎？吾正擇壻，可遣來一觀。若果佳，則當許也。」媒歸報，同僉飾拜住以往。宣徽見其美少年，心稍喜，但未知其才學，試之曰：「爾喜觀鞦韆，以此爲題，《菩薩蠻》爲調，賦南詞一闋，能乎？」拜住揮筆，以國字寫之，曰：

紅繩畫板柔荑指，東風燕子雙雙起。誇俊要争高，更將裙繫牢。牙床和困睡，一任金釵墜。推枕起來遲，紗窗月上時。

宣徽雖愛其敏捷，恐是預構，或假手於人，因盛席待之，席間再命作《滿江紅》詠鶯。拜住拂拭剡藤，用漢字書，呈宣徽。宣徽喜曰：「得壻矣。」遂面許第三夫人女速哥失里爲姻，且召夫人并呼女出，與拜住相見。他女亦於窗隙中窺之，私賀速哥失里曰：「可謂『門闌多喜氣，女婿近乘龍』也。」擇日遣聘，禮物之多，詞翰之雅，喧傳都下，以爲盛事。并住鶯詞附録於此：

嫩日舒情，韶光艶，碧天新月〔一〕。正桃腮半吐，鶯聲初試。孤枕乍聞絃索悄，曲屏時聽笙簧細。愛綿蠻，柔舌韻東風，逾嬌媚。　幽夢醒，閑愁泥。殘香褪，重門閉，巧音芳韻，十分流麗。入柳穿花來又去，欲求好友真無計。望上林，何日得雙棲，心迢遞。

既而同僉豪宕，簠簋不飾，竟以墨敗，繫御史臺獄，得疾囹圄間，以大臣例蒙疏放，回家醫治。未逾旬，竟爾弗起，闔室染疾，盡爲一空，獨拜住在。然冰消瓦解，財散人亡。宣徽將呼拜住回家，教而養之，三夫人堅然不肯。蓋宣徽内嬖雖多，而三夫人者獨秉權專寵，見他姬女皆歸富貴之門，獨己壻家反凋弊如此，决意悔親。速哥失里諫曰：「結親即結義，一與訂盟，終不可改。兒非不見諸姊妹家榮盛，心亦慕之。但寸絲爲定，鬼神難欺，豈可以其貧賤而棄之乎？」父母不聽，别議平章闊闊出之子僧家奴。儀文之盛，視昔有加，暨成婚，速哥失里行至中道，潛解脚紗縊於轎中，比至而死矣。夫人以其愛女輿回，悉傾家奩及夫家聘物殮之，蹔寄清安僧寺。拜住聞變，是夜私往哭之，且扣棺曰：「拜住在此。」忽棺中應曰：「可開柩，我活矣。」周視四隅，漆釘牢固〔二〕，無由可啓。乃謀於僧曰：「勞用力，開棺之罪，我一力承之，不以相累，當共分所有也。」僧素知其厚殮，亦萌利物之意，遂斧其蓋。女果活。彼此喜極，乃脱金釧及首飾之半謝僧。計其餘，尚直數萬緡，因託僧買漆整棺，不令事露。拜住遂挈速哥失里走上都。住一年，人無知者。所携豐厚，兼拜住又教蒙古生數人，復有月俸，家道從容。不期宣徽出尹開平，下車之始，即求館客。而上都儒者絶少。或曰：「近有士自大都挈家寓此，亦色目人。設帳民間，誠有學問。府君欲覓西賓，惟此人爲稱。」亟召之，則拜住也。宣徽意其必流落死矣，而人物整然。恠之，問：「何以至此，且娶誰氏？」拜住實告。宣徽不信，命舁至，則真速哥失里。一家驚動，且喜且悲。然猶恐其鬼假人形，幻惑年少，陰使人詣清安詢僧，其言一同。及發殯，空櫬而已。歸以告，宣徽夫婦愧歎，待之愈厚，收爲贅壻，終老其家。拜住三子，長教化，仕至遼陽等處行中書省左丞，早卒。次子忙古歹、幼子黑厮俱爲内怯薛帶御器械。忙古歹先死，黑厮官至樞密院使。天兵至燕，順帝御清寧殿，集三宫后妃、皇太子同議避兵。黑厮與丞相失列門哭諫曰：「天下者，世祖之天下也，當以死守。」不聽，夜半開建德門而遁。黑厮隨入沙漠，不知所終。

按：本篇出明李昌祺著《剪燈餘話》卷四。亦見《廣艷異編》卷九、《續艷異編》卷五、《緑窗女史》卷七；《情史類略》卷十，題《速哥失里》。凌濛初《初刻拍案驚奇》卷九《宣徽院仕女鞦韆會 清安寺夫婦笑啼緣》據此改編。

【校記】

〔一〕「月」，《廣艷異編》、《續艷異編》作「霽」。

〔二〕「漆釘」，《剪燈餘話》作「鐵釘」。

芙蓉屏記

至正辛卯，真州有崔生名英者，家極富。以父蔭，補浙江温州永嘉尉，携妻王氏赴任。道經蘇州之圌山，泊舟少憩，買紙錢牲酒，賽於神廟。既畢，與妻小飲舟中。舟人見其飲器皆金銀，遽起惡念。是夜，沉英水中，并婢僕殺之，謂王氏曰：「爾知所以不死者乎？我次子尚未有室，今與人撑船往杭州，一兩月歸來，與汝成親，汝即吾家人，第安心無恐。」言訖，席捲其所有，而以新婦呼王氏。王氏佯應之，勉爲經理，曲盡慇懃。舟人私喜得婦，然漸稔熟，不復防閑。將月餘，值中秋節，舟人盛設酒殽，雄飲痛醉。王氏伺其睡沉，輕身上岸，走二三里，忽迷路，四面皆水鄉，惟蘆葦菰蒲，一望無際；且生自良家，雙彎纖細，不任跋涉之苦，又恐追尋者至，於是盡力而奔。久之，東方漸白，遥望林木中有屋宇，急往投之。至則門猶未啓，鐘梵之聲隱然。少頃開關，乃一尼院。王氏徑入，院主問所以來故，王氏未敢以實對，紿之曰：「妾真州人，阿舅宦遊江浙，挈家皆行，抵任而良人亡矣。孀居數年，舅以嫁永嘉崔尉次妻，正室悍戾難事，箠辱萬端。近者解官，舟次於此，因中秋賞月，命妾取酒杯，不料失手墜金盞於江，必欲寘之死地，遂逃生至此。」尼曰：「娘子既不敢歸舟，家鄉又遠，欲别求配偶，卒乏良媒，孤苦一身，將何所託？」王惟涕泣而已。尼又曰：「老身有一言相勸，未審尊意如何。」王曰：「若吾師有以見處，即死無憾！」尼曰：「此間僻在荒濱，人迹不到，茭葑之與鄰，鷗鷺之與友，幸得一二同袍，皆五十以上，侍者數人，又皆淳謹。娘子雖年芳貌美，柰命蹇時乖，盍若捨愛離痴，悟身爲幻，披緇削髮，就此出家，禪榻佛燈，晨飡暮粥，聊隨緣以度歲月，豈不勝於爲人寵妾，受今世之苦惱，而結來世之仇讎乎？」王拜謝曰：「是所志也。」遂落髮於佛前，立法名慧圓。王讀書識字，寫染俱通，不期月間，悉究内典，大爲院主所禮待。凡事之巨細，非王主張，莫敢輒自行者。而復寬和柔善，人皆愛之。每日於白衣大士前禮百餘拜，密訴心曲，雖隆寒盛暑弗替。既罷，即身居奥室，人罕見其面。歲餘，忽有人至院隨喜，留齋而去。明日，持畫芙蓉一幅來施，老尼張於素屏。王過問之，識爲英筆，因詢所自。院主曰：「近日檀越布施。」王問：「檀越姓名？

今住甚處？以何爲生？」曰：「同縣顧阿秀兄弟以操舟爲業，年來如意，人頗道其劫掠江湖間，未知誠然否。」王又問：「亦嘗往來此中乎？」曰：「少到耳。」即默識之。乃援筆題於屏上曰：

少日風流張敞筆，寫生不數今黄筌。芙蓉畫出最鮮妍。豈知妖艷色，翻抱死生冤！　粉繪凄涼餘幻質，只今流落有誰憐！素屏寂寞伴枯禪。今生緣已斷，願結再生緣。

其詞蓋《臨江仙》也。尼皆不曉其所謂。一日，忽在城有郭慶春者，以他事至院，見畫與題，悦其精緻，買歸爲清玩。適御史大夫高公納麟退居姑蘇，多慕書畫，慶春以屏獻之，公置於内館，而未暇問其詳。偶外間忽有人賣草書四幅，公取觀之，字格類懷素而清勁不俗。公問：「誰寫？」其人對：「是某學書。」公視其貌非庸碌者，即詢其鄉里姓名，則蹙額對曰：「英姓崔，字俊臣，世居真州，以父蔭補永嘉尉，挈累赴官，不自慎重，爲舟人圖，沉英水中，家財妻妾，不復顧矣。幸幼時習水，潛泅波間，度既遠，遂登岸投民家，而舉體沾濕，了無一錢在身。賴主翁善良，易以衣裳，待以酒飯，贈以盤纏，遣之曰：『既遭寇劫，理合聞官，不敢奉留，恐相連累。』英遂問路出城，陳告於平江路，今聽候一年，杳無音耗，惟賣字以度日，非敢謂善書也。不意惡札，上徹鈞覽。」公聞其語，深憫之，曰：「子既如斯，付之無柰！且留吾西齋，訓諸孫寫字，不亦可乎？」英幸甚。公延入内舘，與飲。英忽見屏間芙蓉，泫然垂淚。公恠問之。曰：「此舟中失物之一，英手筆也。何得在此？」又誦其詞，復曰：「英妻所作。」公曰：「何以辨識？」曰：「識其字畫，且其詞意有在，真拙婦所作無疑。」公曰：「若然，當爲子任捕盗之責。子姑秘之。」乃舘英於門下。明日，密召慶春問之。慶春云：「買自尼院。」公即使宛轉詰尼：「得於何人？誰所題詠？」數日報云：「同縣顧阿秀捨，院尼慧圓題。」公遣人説院主曰：「夫人喜誦佛經，無人作伴，聞慧圓了悟，今禮爲師，願勿却也。」院主不許。而慧圓聞之，深欲一出，或者可以藉此復讎，尼不能拒。公命舁至，俾夫人與之同寢處。暇日，問其家世之詳。王飲泣，以實告，且白題芙蓉事，曰：「盗不遠矣，惟夫人轉以告公，脱得罪人，洗刷前恥以下報夫君，則公之賜大矣！」而未知其夫之故在也。夫人以語公，且云其讀書貞淑，决非小家女。公知爲英妻無疑，屬夫人善視之，略不與英言。公廉得顧居址出没之迹，然未敢輕動。惟使夫人陰勸王畜髮返初服。又半年，進士薛理溥化爲監察御史，按郡。溥化，高公舊日屬吏，知其敏手也。且語溥化，掩捕之，敕牒及家財尚在，惟不見王氏下落。窮訊之，則曰：「誠欲留以配次男，不復防備，不期當年八月中秋逃去，莫知所往矣。」溥化遂寘之於極典，而以原贓給英。英將辭公赴任，公曰：「待與足下作媒，娶而後去，非晚也。」英謝曰：「糟糠之妻，同貧賤久矣。今不幸流落他方，存亡未卜，且單身到彼，遲以歲月，萬一天地垂憐，若其尚在，或冀伉儷之重諧耳。感公陰德，乃死不忘，别娶之言，非所願也。」公悽然曰：「足下高誼如此，天必有以相祐，吾安敢苦逼。但容奉餞，然後起程。」翌日，開宴，路官及郡中名士畢集。公舉杯告衆曰：「老夫今日爲崔縣尉了今生緣。」客莫諭。公使呼慧圓出，則英故妻也。夫婦相持大慟，不意復得相見於此。公備道其始末，且出芙蓉屏示客，方知公所云「了今生緣」，乃英妻詞中句，而慧圓則英妻改字也。滿座爲之掩泣，歎公之盛德爲不可及。公贈英奴婢各一，津遣就道。英任滿，重過吴門，而公薨矣。夫婦號哭，如喪其親，就墓下建水陸齋三晝夜以報而後去。王氏因此長齋念觀音不輟。真之才士陸仲暘作《芙蓉屏歌》，以紀其事，因録以警世。云：

畫芙蓉，妾忍題屏風，屏間血淚如花紅。敗葉枯梢兩蕭索，斷縑遺墨俱零落。去水奔流隔死生，孤身隻影成飄泊。成飄泊，殘骸向誰託？泉下游魂竟不歸，圖中艷姿渾似昨。渾似昨，妾心傷，那禁秋雨復秋霜！寧肯江湖逐舟子，甘從寶地禮醫王。

醫王本慈憫，慈憫憐群品。逝魄願提撕，縈𦮙賴將引。芙蓉顏色嬌，夫婿手親描。花萎因折蒂，幹死爲傷苗。蘗乾心尚苦，根朽恨難消。但道章臺泣韓翊，豈期甲帳遇文簫。芙蓉良有意，芙蓉不可棄。幸得寶月再團圓，相親相愛莫相捐。誰能聽我《芙蓉篇》？人間夫婦休反目，看此芙蓉真可憐。

按：本篇出明李昌祺著《剪燈餘話》卷四。亦見《萬錦情林》卷一、林近陽編《燕居筆記》卷六、何大掄編《燕居筆記》卷六、余公仁編《燕居筆記》卷七；《情史類略》卷二，題《崔英》。凌濛初《初刻拍案驚奇》卷二十七《顧阿秀喜舍檀那物　崔俊臣巧會芙蓉屏》據此改編。

稗家粹編卷三

宫掖部

武媚娘傳

武媚娘名曌，荆州都督士彠女也。其母夢妖狐據腹而生，顔色絶美，故小字稱爲媚娘。聰慧能詩，性復忌刻。幼年有胡僧見而異之，曰：「此女他日當主天下。」父母秘愛之。十二三，唐太宗選爲宫人，悦其色美，數臨幸焉。及笄，陞爲才人，寵幸無比，冠絶後宫。太史令李淳風嘗言：「女主昌民間。」太宗固問之，淳風對曰：「臣仰觀天象，俯察曆數，其人已在陛下宫中爲宫人，不出三十年當主天下，殺唐子孫殆盡。」太宗曰：「疑似者皆殺之，如何？」淳風曰：「王者不死，徒多殺無辜。」一日會宴群臣，上命各言小名。有左武衛將軍李君羨，自稱五娘。上大笑曰：「何物女子乃爾勇健？」遂以事誅之，蓋疑秘記所云也。當時有詩譏之曰：

秘記傳聞女主昌，太宗宵旰謹隄防。不知晨牝生宮掖，屈殺將軍李五娘。

貞觀末，太宗有疾，高宗入侍，悦武氏之貌，將欲私之。彼此以目送情，而未得其便。未幾高宗起如廁，武氏捧水盆跪進。高宗盥手，以水洒之，戲吟之曰：

乍憶巫山夢裏魂，陽臺路隔豈無門。

武氏續：

未全錦帳風流約，先沐金盆雨露恩。

高宗大悦，遂與武氏私通於宮門小軒，極盡繾綣。武氏執御衣而泣曰：「妾雖微賤，久侍至尊，欲全殿下之情，冒犯私通之律，倘他日嗣登大寶，置妾身於何地耶？」高宗矢之曰：「俟宮車晏駕，即册汝爲后。有違此言，天厭絶之。」武氏曰：「出語無憑，當留表記。」高宗解碧玉寶帶畀之，武氏頓首拜謝。自是以來，略無間阻。厥後太宗崩，高宗即位，欲納武氏而畏人議己，乃諷其出爲尼。數月，上幸寺行香，命載之以歸。當時有詩誚之曰：

長髮尼容百媚生，等閑一見便淫烝。高宗百二山河主，貽臭千年污汗青。

時王皇后與武昭儀争寵，而高宗不能□，陰有廢立之意。武氏泣訴曰：「陛下尊居九五，獨不念玉帶之記乎？」高宗臨朝，宣諭長孫無忌、褚遂良等曰：「皇后無子，武昭儀有子，朕欲廢后而立昭儀，卿意何如？」無忌不敢言，遂良諫曰：「皇后六禮所聘，先帝臨崩，執陛下手謂臣等曰：『朕佳兒、佳婦，咸以付卿。』言猶在耳，不敢忘也。皇后未聞有過，陛下何以廢之？陛下必欲易后，伏請妙選天下令族，何必武氏？且武氏經事先帝，人所共知，天下耳目不可掩也。臣忤陛下意，罪當誅。」乃免冠，叩頭流血，曰：「還陛下笏，乞放歸田里。」武氏在屏後大言曰：「何不撲殺此獠？」上大怒，將加極刑，無忌等力救之，尋貶爲潭州都督。予讀史至此，有詩詠之曰：

蹇蹇王臣不有躬，直言上踵比干風。笏還螭陛心終赤，額叩龍墀血任紅。
威鳳無情迷國紀，聚麀有語亂天聰。聖朝厚錫春秋祀，千古重昭社稷忠。

遂良被貶〔一〕，朝廷囊括，而李勣、許敬宗復贊成之，由是王后廢而武后立焉。威權出人主之右，嘗與帝同御殿以聽政，中外謂之二聖。上時感風眩，后獨臨朝。高宗既崩，中宗即位，未踰年安置房州，遂自稱制，改國號周，更易制度。唐之宗支剪滅殆盡，立武氏七廟。淫亂無節，後宮日易男子數人。嬖臣張昌宗、張易之，用事任酷吏周興、來俊臣，天下之事日紊矣。予詠史詩云：

牝鷄啼處紫宸空，幾處飛花滿地紅。當代媚娘居北闕，一朝天子寓東宮。
椒房倡亂由張豎，社稷中興賴狄公。人事未形先有數，至今追憶李淳風。

后姪武三思營求爲太子，后將許之。狄仁傑從容諫曰：「大帝櫛風沐雨以得天下，將傳之子孫。陛下立子，則千秋萬歲後廟食無窮；立姪，則未聞姪爲天子而祔姑於廟者也。」太后可其奏，召中宗還，復爲太子，居之東宮。故元人有詩題狄梁公之墓云：

牝鷄聲裏紫宸寒，神器皆歸竊弄間。一語喚回鸚鵡夢，九霄奮得鳳雛還。
荒墳寂寞臨官道，孤節嵬峩重泰山。爲問模稜蘇相國，當年相見一何顔。

太后嘗以季秋出梨花以示宰相群臣，皆以爲祥。杜景倫獨曰：「季秋草木黃落，而此花獨與之抗，陰陽不和，咎在臣等，請黜之。」太后曰：「真宰相也！」后年齒彌高，而淫心益侈，乃偏選天下男子之强健者入宫侍寢，少不如意即捶殺之。有内臣薦薛敖曹者，太后聘之。既與之交會，極盡淫樂，雖白晝亦無間焉。勅封敖曹爲如意君，賜賚甚厚。當時有詩誚之曰：

六六巫峰會雨雲，九重穢德日彰聞。顛鸞倒鳳恩情合，錫爵榮封如意君。

既而蘇安恒請讓位太子，其略曰：「陛下日夜積慮，不知鐘鳴漏盡，臣愚以爲，天命人事，還歸李家。即令太子追回，年德俱盛，陛下何故久戀大位而不欲傳之乎？」太后不聽。一日得疾，諒弗克起，詔傳位於皇太子，中宗復位。武后篡立，凡十有八年而殂。其後黄巢入長安，發掘諸陵，盜竊寶玉。至武后陵，剖棺暴屍，顔色如生。巢恠之，尋令群盜裸體淫戲，備極醜惡而罷。嗚呼！武氏之淫亂，死生無替，亦可知矣！

按：本篇出處待考。關於武則天的内容較常見，但增加了元人或作者的多篇詩。《闇娱情傳》承襲甚多。

【校　記】

〔一〕「被」，原文爲「彼」，據文意改。

長恨傳

唐開元中，泰階平，四海無事。玄宗在位歲久，勌於旰食宵衣，政無小大，始委於丞相，稍深居遊宴，以聲色自娱。先是元獻皇后、武淑妃皆有寵，相次即世。宮中雖良家子千萬數，無悦目者。上心忽忽不樂，時每歲十月駕幸華清宮，内外命婦焜燿景從，浴日餘波，賜以湯沐，春風靈液，澹蕩其間。上心油然，恍若有遇，顧左右前後，粉色如土，詔高力士潛搜外宮，得弘農楊玄琰女於壽邸，既笄矣。鬢髮膩理，纖穠中度，舉止閑冶，如漢武帝李夫人。别疏湯泉，詔賜澡瑩。既出水，體弱力微，若不任羅綺，光彩焕發，轉動照人。上甚悦。進見之日，奏《霓裳羽衣》以導之；定情之夕，授金釵鈿合以固之。又命戴步摇，垂金璫，明年册爲貴妃，半后服用。繇是冶其容，敏其詞，婉孌萬態，以中上意。上益嬖焉。時省風九州，泥金五嶽，驪山雪夜，上陽春朝，與上行同輦，止同室，宴專席，寢專房。雖有三夫人、九嬪、二十七世婦〔一〕、八十一御妻，曁後宫才人、樂府妓女，使天子無顧盼意〔二〕。自是六宫無復進幸者。非徒殊艷尤態，獨能致是〔三〕，蓋才知明惠，善巧便佞，先意希旨，有不可形容者焉。叔父、昆弟皆列在清貴，爵爲通侯；姊妹封國夫人，富埒王室，車服、邸第與大長公主侔，而恩澤勢力，則又過之，出入禁門不問，京師長吏爲之側目。故當時謡詠有云：「生女勿悲酸，生男勿喜歡。」又曰：「男不封侯女作妃，君看女却爲門楣〔四〕。」其爲人心羨慕如此〔五〕。天寶末，兄國忠盜丞相位，愚弄國柄。及安禄山引兵向闕〔六〕，以討楊氏爲辭，潼關不守，翠華南幸，出咸陽道，次馬嵬亭。六軍徘徊，持戟不進。從官郎吏伏上馬前，請誅錯以謝天下。國忠奉氂纓盤水，死於道周。左右之意未愜，上問之。當時敢言者，請以貴妃塞天下之怒〔七〕。上知不免，而不忍見其死，反袂掩面，使牽而去之。蒼黄展轉，竟就絶於尺組之下。既而玄宗狩成都，肅宗受禪靈武。明年，大兇歸元〔八〕，大駕還都。尊玄宗爲太上皇，就養南宫。自南宫遷於西内，時移事去，樂盡悲來。每至春之日，冬之夜，池蓮夏開，宫槐秋落，梨園弟子，玉管發音，聞《霓裳羽衣》一聲，則天顔不怡，左右欷歔。三載一意，其念不衰。求之夢魂，杳杳而不能得。適有道士自蜀來，知皇心念楊妃如是，自言有李少君之術。玄宗大喜，命致其神。方士乃竭其術以索之，不至；又能遊神馭氣，出天界，没地府以求之，又不見；又旁求四虚上下，東極絶天涯〔九〕，跨蓬壺，見最高仙山，上多樓閣，西廂下有洞户東向，闔其門，署曰「玉妃太真院」。方士抽簪扣扉，有雙鬟童出應門。方士造次未及言，而雙鬟復入。俄有碧衣侍女至，詰其所從來〔一〇〕。方士因稱唐天子使者，且致其命。碧衣云：「玉妃方寢，請少待之。」於時雲海沉沉，洞天日晚〔一一〕，瓊户重闔，悄然無聲。方士屏息斂足，拱手門下。久之，而碧衣延入，且曰：「玉妃出。」見一人冠金蓮，披紫綃，珮紅玉，曳鳳履〔一二〕，左右侍者七八人，揖方士，問「皇帝安否」，次問天寶十四載已還事。言訖憫然。指碧衣女取金釵鈿合，各折其半，授使者曰：「爲謝太上皇，謹獻是物，尋舊好也。」方士受辭與信，將行，色有不足。玉妃因徵其意。復前跪致詞：「乞當時一事，不聞於他人者，驗於太上皇。不然，恐鈿合金釵負新垣平之詐也。」玉妃茫然退立，若有所思，徐而言曰：「昔天寶十年，侍輦避暑驪山宫。秋七月，牽牛織女相見之夕，秦人風俗，夜張錦綉，陳飲食，樹花燔香於庭〔一三〕，號爲『乞巧』。宫掖間尤尚之。時夜始半，休侍衛於東西廂，獨侍上。上憑肩而立，因仰天感牛女事，密相誓心，願世世爲夫婦。言畢，執手各嗚咽。此獨君王知之耳。」因自悲曰：「由此一念，又不復居此，復於下界且結後緣。或爲天或爲人〔一四〕，决再相見，好合如舊。」因言：「太上皇亦不久人間，幸唯自安，無自苦耳。」使者還奏太上皇，皇心嗟悼久之。餘具國史〔一五〕。

按：本篇有《太平廣記》和《文苑英華》兩種版本。《太平廣記》卷四八六題《長恨傳》，署陳鴻撰，附《長恨歌》。《文苑英華》卷七九四題《長恨歌傳》，無歌。《艶異編》卷一一、《虞初志》卷二、重編《説郛》卷一一一等，俱依《太平廣記》。亦見《一見賞心編》卷九《貴妃傳》、《緑窗女史》卷三。本篇與《文苑英華》近同。

【校記】

〔一〕「二」字，原爲□，據《太平廣記》等補。

〔二〕「使天」二字，原爲□□，據《太平廣記》等補。

〔三〕《文苑英華》無「獨能」二字。

〔四〕「君看女却爲門楣」，《文苑英華》作「看女卻爲門上楣」。

〔五〕《文苑英華》無「爲」字。

〔六〕「關」，《太平廣記》、《文苑英華》作「闕」，誤。

〔七〕「之怒」，《文苑英華》作「怨」。
〔八〕「大兇歸元」，《文苑英華》作「大赦改元」。
〔九〕「絶天涯」，《文苑英華》作「天海」。
〔一〇〕《文苑英華》無「來」字。
〔一一〕「晚」，《文苑英華》作「曉」。
〔一二〕「履」，《太平廣記》、《文苑英華》作「舄」。
〔一三〕「花」，《文苑英華》作「瓜華」。
〔一四〕二「爲」字，《太平廣記》作「在」。
〔一五〕「國史」下《太平廣記》有「至憲宗元和元年，盩厔縣尉白居易爲歌以言其事，並前秀才陳鴻作傳，冠於歌之前，目爲《長恨歌傳》。居易歌曰（下略）」。《文苑英華》異文甚多，不録。

續天寶遺事傳

韋月娥，字雲卿者，長安宦族女。天寶初以才貌選入掖庭爲宫人，玄宗賜作楊妃侍兒。貴寵用事，善詞令，通詩書，妃嬖愛之。值禄山亂，上與貴妃出走，六宫大擾，月娥得隱身村落間，時春秋二十有二，依母舅常保正以度日。未幾，肅宗即位靈武，郭子儀帥師討平僭叛，恢復兩京。有士人雲從龍者，東京舊族，聰明才藝爲衆所推，年踰弱冠，未有妻室。因遊學至長安，議婚媒妁。或以月娥爲言，生亦素耳其名，倩媒納聘。常保正素欲爲甥擇佳配，見生舉止温柔，言詞巽順，且聞其讀書知禮，慨然許諾。卜日爲合巹之期，花燭交輝，洞房歡會，雖比目魚、交頸鳥不是過也。月娥吟曰：

春色融和至武陵，雲情雨意杳難憑。

生曰：

合歡幸得隨紅葉，繫足應須仗赤繩。

月娥曰：

羅襪生塵魂縹緲，鳳釵墮枕鬢鬔鬆。

生曰：

要知一段真消息，桃浪翻紅體戰兢。

雲生與月娥成婚之後，恩愛日深，不可殫絶。一日夫妻共酌，談及開元之事。月娥顰蹙，乃徐言曰：妾記開元間，上在便殿，甚思姚元之論政務。七月十五日，苦雨不止，泥濘盈尺。上令侍御擡鳳輦召學士來。時元之爲翰林學士，中外榮之。自古急賢待士，帝王如此者，未之有也〔一〕。宋璟爲宰相，朝野歸心。方春御宴，上以所用金筯令内臣賜璟。璟莫知其由，未敢陳謝。上曰：「所錫之物，皆賜卿之筯，表卿之直也。」璟遂拜謝〔二〕。上一日於勤政樓，以七寶粧成山，座高七尺。召諸學士講議經旨及時務者得升焉。惟張九齡論辯風生，升此座，餘人不可階也，時論美之〔三〕。嘗記都中名姬楚蓮香者，國色無雙。貴門子弟，争相詣之。蓮香每出處之間，則蜂蝶相隨，蓋慕其香也〔四〕。又龜兹國進奉枕一枚，其色如瑪瑙，温潤如玉。其製作甚樸素。若枕之，則十洲、三島、五湖、四海盡在夢中所見。上因名爲「遊仙枕」，後賜楊國忠〔五〕。開元末，上每遇春時旦暮，宴於宫中，使嬪妃輩争插艶花。上親捉粉蝶放之，隨蝶所止，遂加臨幸。後因楊妃專寵，不復作此戲焉〔六〕。又内庫有一酒杯，青色而有紋，如亂絲，其薄如紙。杯足上有縷金字，名曰「自煖杯」。上令取酒注之，温温然有氣相次如沸湯，命收於内藏〔七〕。開元二年交趾國進犀一株，色黄如金。時值冬至，使者請以金盤置於殿中，温温然有煖氣襲人。上問其故，使者對曰：此「辟寒犀」也。上甚悦，厚賜之〔八〕。又西涼國進炭百條，各長尺餘，其炭青色，堅硬如鐵，名曰「瑞炭」。燒於爐中，無焰而有光。每條可燒十日，其熱氣逼人，敻不可近〔九〕。初有木芍藥，植於沉香亭。每日其花忽開一枝兩頭，朝則深碧，午則深紅，暮則深黄，夜則粉白，晝夜之内，香艷各異。上曰：「此花木之妖，不足訝也〔一〇〕。」天寶初，寧王日侍，好聲樂，風流醞藉，諸王弗如也。至春時，於後園中，紉紅絲爲繩，密綴金鈴於花梢之上。每禽鳥翔集，則令園吏掣繩索以驚之，蓋惜花之故也，諸宮皆傚之〔一一〕。又好聲色，有獻燭百炬，似蠟而膩，似脂而硬，每至夜筵，賓妓座間酒酣作狂，其燭則昏昏然，如物所掩，罷則復明，不知何物所造〔一二〕。又内庫中有「七寶研鑪」，曲盡其巧。每至冬寒，研凍，寘於鑪上，硯冰自消，不勞寘火，冬月上常用之〔一三〕。内苑有千葉桃花，上親折一枝插於貴妃髻上，曰：「此花尤能助嬌態也〔一四〕。」上嬖寵貴妃，不視朝政。安禄山初承聖眷，因進助情花香百粒，大小如粳米而色紅。每當寢處之際，則含香一粒，助情發興，觔力不衰〔一五〕。常遇秋時宮中妃妾輩皆以小金籠捉蟋蟀，閉於籠中，置之枕函畔，夜聽其聲，庶民之家皆效之〔一六〕。又岐王少惑女色，每至冬寒，手冷不近於火，惟揣手於妙妓懷中，名曰「暖手」，常日如是〔一七〕。苑中初有千葉桃盛開，上與妃子日逐宴於樹下，上曰：「不獨萱草忘憂，此花亦能消恨。」〔一八〕又申王每醉，即使宮妓將綵結一兜子，令宮妓輩舁擡歸寢室，呼爲「醉輿」。每至冬月苦寒之際，使宮妓密圍於坐側以禦寒氣，自呼爲「妓圍」〔一九〕。上遭禄山之亂，鑾輿西幸，禁林中枯松復生枝葉，葱蒨宛若新植者。後肅宗平内難，重興唐祚，枯松再生，祥不誣矣〔二〇〕。楊國忠子弟富而且驕，每春至之時，求名花異木，植於檻中，以板爲底，以木爲輪，使人牽之自轉，所至之處，檻在目前，便即歡賞，名之爲「移春檻」〔二一〕。又每至伏中，取大冰使匠琢爲山，周圍於筵席間座右，雖酒酣而各有寒色，亦有挾纊者〔二二〕。上與貴妃每至七月七夕，在華清宫遊宴時，宫女輩陳瓜花果饌列於庭中，求恩於牛女，又各取蜘蛛閉小盒中，至曉開，視蛛絲之稀密，驗得巧之多寡〔二三〕。五月五日，上避暑興慶池，與貴妃寓水殿中，嬪妾凭欄倚檻，争看雌雄二鸂鶒戲於水中。上時擁貴妃於綃帳内，謂宫嬪曰：「爾等愛水中鸂鶒，争如我被底鴛鴦〔二四〕。」貴妃初承恩召，與父母相别，涕泣登車，而天寒，淚結爲紅水〔二五〕。又宫中妃嬪輩施素粉於兩頰，相號爲「淚粧」，識者以爲不祥，後應禄山之亂〔二六〕。仲秋太液池有千葉白蓮盛開，上與貴妃宴賞。上指妃示左右曰：「争如我解語花〔二七〕。」貴妃至夏苦熱，常有肺渴。每日含一玉魚兒在口中，蓋藉其涼津沃肺也。嘗衣輕綃，每有汗出，紅膩而多香，或拭之巾帽之上，其色如桃紅〔二八〕。上酒酣，每與貴妃排陣相鬪，號「風流陣」，議者以爲不祥之兆〔二九〕。妾記應制作《木蘭花謾》詞一闋，爲君誦之云：

向華清宫裏，綺羅席，會群仙。傍柳榭花臺，輕舒玉手，争拾金錢鞦韆。笑聲墻畔，看玉釵斜墜，鬢雲偏。上苑小桃醉露，禁門新柳拖烟。金鷄障隔艷陽天，春夢竟難圓。歎暑氣薰蒸，紅流香汗，賜浴温泉。平生偎紅倚翠，執綵繩，隨伴扯龍船。
對鏡重添螺黛，倩人笑整花鈿。

此其大略，不能備述。妾傷離亂，有《感懷詩》二絶云：

萬井蕭條冷爨烟，鷄人不唱禁宫前。翠華遥隔蠶叢國，凝碧池頭絶管絃。

烽火滔天半夕陽，早朝庭燎久無光。宫娥掩耳愁鼙鼓，懊恨當年學淚粧。

自是夫妻偕老，求效于飛，庶不負佳人才子之心矣。因併志其事，總名之曰《續天寶遺事》，用傳於世焉。

按：本篇出處待考。依次摘録五代王仁裕《開元天寶遺事》，但以楊妃近侍韋月娥的親歷者叙事視角進行了重新編輯處理。

【校　記】

〔一〕出《開元天寶遺事》卷上「步輦召學士」。

〔二〕出《開元天寶遺事》卷上「賜筯表直」。

〔三〕出《開元天寶遺事》卷上「七寶山座」。

〔四〕出《開元天寶遺事》卷上「蜂蝶相隨」。

〔五〕出《開元天寶遺事》卷上「遊仙枕」。

〔六〕出《開元天寶遺事》卷上「隨蝶所幸」。

〔七〕出《開元天寶遺事》卷上「自煖杯」。

〔八〕出《開元天寶遺事》卷上「辟寒犀」。

〔九〕出《開元天寶遺事》卷上「瑞炭」。

〔一〇〕出《開元天寶遺事》卷上「花妖」。

〔一一〕出《開元天寶遺事》卷上「花上金鈴」。

〔一二〕出《開元天寶遺事》卷上「妖燭」。

〔一三〕出《開元天寶遺事》卷上「七寶硯罏」。

〔一四〕出《開元天寶遺事》卷上「助嬌花」。

〔一五〕出《開元天寶遺事》卷上「助情花」。

〔一六〕出《開元天寶遺事》卷上「金籠蟋蟀」。

〔一七〕出《開元天寶遺事》卷上「香肌暖手」。

〔一八〕出《開元天寶遺事》卷上「銷恨花」。

〔一九〕出《開元天寶遺事》卷上「醉輿」和「妓圍」。

〔二〇〕出《開元天寶遺事》卷上「枯松再生」。

〔二一〕出《開元天寶遺事》卷上「移春檻」。

〔二二〕出《開元天寶遺事》卷上「冰山避暑」。

〔二三〕出《開元天寶遺事》卷下「蛛絲才巧」。

〔二四〕出《開元天寶遺事》卷下「被底鴛鴦」。

〔二五〕出《開元天寶遺事》卷下「紅冰」。疑「紅水」爲「紅氷」之譌。

〔二六〕出《開元天寶遺事》卷下「淚粧」。

〔二七〕出《開元天寶遺事》卷下「解語花」。

〔二八〕出《開元天寶遺事》卷下「含玉嚥津」和「紅汗」。

〔二九〕出《開元天寶遺事》卷下「風流陣」。

戚里部

館陶公主

漢武帝姑館陶公主，號竇太主，堂邑侯陳午尚之。午死，主寡居，年五十餘矣，近幸董偃。始偃與母以賣珠爲事。偃年十三，隨母出入主家，左右言其姣好，主召見曰：「吾爲母養之。」因留第中，教書計、相馬、御射，頗讀傳記。至年十八而冠，出則執轡，入則侍内。爲人温柔愛人。以主故，諸公接之，名稱城中，號曰董君。主因推令散財交士，令中府曰：「董君所發，一日金滿百斤，錢滿百萬，帛滿千匹，乃白之。」安陵爰叔者，爰盎兄子也，與偃善。謂偃曰：「足下私侍漢主，挾不測之罪，將欲安處乎？」偃懼曰：「憂之久矣，不知所以。」爰叔曰：「顧城廟遠，無宿宫，又有荻竹籍田，足下何不白主獻長門園，此上所欲也。如是，上知計出於足下也，安枕而卧，長無慘怛之憂。久之，不然，上且請之於足下，何如？」偃頓首曰：「敬奉教。」入言之主，主立奏書獻之。上大悦，更名竇太主園爲「長門宫」。主大喜，使偃以黄金百斤爲爰叔壽。叔因是爲董君畫求見上之策，令主稱疾不朝。上往臨，候問所欲，主辭謝曰：「妾幸蒙陛下厚恩，先帝遺德，奉朝請之禮，備臣妾之列，使爲公主，賞賜邑入，隆天重地，死無以塞責。一日卒有不勝灑掃之職，先狗馬填溝壑，竊有所恨，不勝大願。願陛下時忘萬事，養精游神，從中掖庭回輿枉路，臨妾山林，得獻觴上壽，娱樂左右，如是而死，何恨之有？」上曰：「主何憂？幸得愈。恐群臣從官多，大爲主費。」上還有頃，主疾愈，起謁，上以錢千萬，從主飲。後數日，上臨山林，主自執宰敝膝道入，登階就坐。坐未定，上曰：「願謁主人翁。」主迺下殿，去簪珥，徒跣頓首謝曰：「妾無狀，負陛下，身當伏誅，陛下不致之法，頓首死罪。」有詔謝，主簪履，起之東廂，自引董君。董君緑幘傅韝，隨主前伏殿下。主迺贊「館陶公主庖人臣偃昧死再拜謁」，因叩頭謝。上爲之起，有詔賜衣冠。主自奉食進觴。當是時，董君見尊不名，稱爲主人翁，飲大驩樂。主乃請賜。將軍、列侯、從官，金錢、雜繒各有數。於是董君貴寵，天下莫不聞。郡國狗馬蹴鞠劍客輻湊。董氏常從遊戲北宫，馳逐平樂，觀鷄鞠之會，角狗馬之足。上大歡樂之。於是上爲竇太主置酒宣室，使謁者引内董君。是時東方朔備戟殿下，辟戟而前曰：「董偃有斬罪三，安得入乎？」上曰：「何謂也？」朔曰：「偃以人臣，私侍公主，其罪一也。敗男女之化，而亂婚姻之禮，傷王制，其罪二也。陛下富於春秋，方積思於六經，留神於王事，馳騖於唐虞，折節於三代，偃不遵經勸學，反以靡麗爲右，奢侈爲務，盡狗馬之樂，極耳目之欲，行邪枉之道，徑淫辟之路，是乃國家之大賊，人主之大蜮也。偃爲淫首，其罪三也。昔伯姬燔而諸侯憚，柰何乎陛下！」上默然不應，良久曰：「吾業以設飲，後而自改。」朔曰：「不可！夫宣室者，先帝之正處也，非法度之政，不得入焉。放淫亂之漸，其變爲篡，是以豎貂爲淫，而易牙作患。慶父誅而魯國全，管蔡誅而周室安。」上曰：「善！」有詔止，更置酒北宫，引董君從東司馬門。東司馬門更名東交門。賜朔黄金三十斤。董君之寵，由是日衰，至年三十而終。後數歲，竇太主卒，與董君會葬於霸陵。是後公主貴人多踰禮制，自董偃始。

按：本篇亦見《艷異編》卷十五、《情史類略》卷十七。

孫壽

梁冀妻孫壽，以冀恩封襄城君，兼食陽翟租，歲入五千萬，加賜赤紱，比長公主。壽色美而善爲妖態，作愁眉啼粧，墮馬髻，折腰步，齲齒咲，以爲媚惑。冀亦易輿服之制，作平上軿車埤幘狹冠，折上巾，擁身扇狐尾單衣。壽性鉗忌，能制御冀，冀甚寵憚之。初，父商獻美人友通期於順帝。通期有微過，帝以歸商，商不敢留而出嫁之。冀即遣客盜還通期。會商薨，冀行服於城西，私與之居。壽伺冀出，多從蒼頭篡取通期歸，截髮刮面，笞掠之，欲上書告其事。冀大恐，頓首請於壽母。壽亦不得已而止。冀嬖愛監奴秦宫，官至太倉令，得出入壽所。壽見宫輒屏御者，托以言事，因與私焉。宫内外兼寵，威權大震，刺史二千石皆謁辭之。冀大起第舍，而壽亦對街爲宅。殫極土木，互相誇競。堂寢皆有陰陽奥室連房洞户。柱壁雕鏤，加以銅漆。窗牖皆有綺疏青瑣，圖以雲氣仙靈。臺閣周通，更相臨望。飛梁石磴，陵跨水道。金玉珠璣，異方珍怪，充積私室，遠致汗血名馬。又廣開園囿，採土築山，十里九坂，以象二崤，深林絶澗，有若自然，奇禽馴獸，飛走其間。冀、壽共乘輦車，張羽蓋，飾以金銀，游觀第内，多從倡伎，鳴鐘吹管，酣謳竟路，或連繼日夜以騁娱恣。客到門不得通，皆請謝門者，門者累千金。後事敗，皆自殺。財貨縣官斥賣，合三十餘萬萬，以充王府用，減天下租税之半。

按：本篇亦見《艷異編》卷十五。

蕭宏

梁太尉臨川王宏，長八尺餘，白皙，美容止，而縱恣不悛，奢侈過度，修第擬於帝宫，後庭數百千人，皆極天下之選。所幸姬江無畏，服玩侔於齊東昏潘妃，寶珥直千萬。好食鯖魚頭，常日進三百，其他珍膳盈益後房，食之不盡，棄諸道路。江本吴民女也，世有國色。親從子女，偏游王侯後宫。宏以介弟之貴無他量能，恣意科斂。庫室垂有百間，在後堂之内，關鑰甚嚴，有疑是鎧仗者，密以聞武帝。帝於友于甚厚，殊不悦。宏愛妾江氏寢膳不能暫離，上一日送盛饌與江曰：「當來就汝懽宴。」唯携布衣之舊射聲校尉丘佗卿往，與宏及江大飲。半醉後謂曰：「我今欲履行汝後房。」便呼後閤輿，徑往屋所。宏恐上見其賄貨，顏迹怖懼。上意彌信是仗屋。屋既檢視，宏性愛錢，百萬一聚，黄榜標之；千萬一庫，縣一紫標，如此三十餘間。帝與佗卿屈指計，見錢三億餘萬。餘屋貯布絹絲綿、漆蜜紵蠟、朱砂雜貨，但見滿庫，不知多少。帝始知非仗，大悦謂曰：「阿六，汝生活大可。」劇飲至夜乃還，兄弟更睦。

按：本篇亦見《艷異編》卷十六。

韓侂胄

韓侂胄有愛姬，小過被譴。錢唐令程松壽亟召女儈，以八百千市之，舍之中堂。旦夕夫妻上食，事之甚謹。姬惶恐，莫知所由。居數日，侂胄意解，復召之，知爲松壽所市矣，大怒。松壽聞之，亟上謁獻之曰：「頃有郡守辭闕者，將挾市去外郡，某忝赤縣，恐忤鈞顏，故爲王匿之舍中耳。」侂胄意猶未平，姬既入，具言松壽謹待禮。侂胄大喜，即日躐除太府寺丞，旬遷監御史，踰年進右諫議大夫，猶怏怏不滿。乃更市一美人獻之，名曰松壽。侂胄追問之：「柰何與大諫同名？」答曰：「欲使賤名常達鈞聽耳。」侂胄憐之，即除同知樞密院事。侂胄有四妾，皆郡夫人。其三夫人號滿頭花，新進者號四夫人，尤寵幸，通籍宮中。慈明嘗詔入賜坐，四夫人即與慈明偶席。其次有十婢均寵。有獻北珠冠四枚者，侂胄喜，以遺四夫人。十婢者皆愠，曰：「等人耳，我輩不堪戴耶？」侂胄患之。時趙師睪以列卿守臨安，聞之，亟出十萬緡，市北珠冠十枚，瞰侂胄入朝，獻之。十婢者大喜，分持以去。侂胄歸，十婢咸來謝。翌日，都市行燈，十婢皆頂珠冠而出，觀者如堵，歸語侂胄曰：「我輩得趙大卿光價十倍，王何吝酬一官耶？」侂胄喜之，遂進師睪工部侍郎。侂胄又嘗與客飲南園，師睪與焉。過山莊竹籬茅舍，曰：「此真田舍境，但欠鷄鳴犬吠耳。」少焉，有犬嘷叢薄間。視之，乃師睪也。侂胄大悦，益親愛之。太學諸生有詩曰：

堪笑明庭鴛鷺，甘作村莊犬鷄。一日冰山失勢，湯燖鑊煮刀刲。

按：本篇亦見《艷異編》卷十八。

妓女部

楊娼傳

楊娼者，長安里中之殊色也。態度甚都，復以冶容自喜。王公鉅人享客，競邀至席上。雖不飲者，必爲之引滿盡歡。長安諸兒，一造其室，殆至亡生破産而不悔。由是娼之名冠諸籍中，大售於時矣。嶺南帥甲，貴遊子也。妻本戚里女，遇帥甚悍。先約：「設有異志者，當取死白刃下。」帥幼貴，喜淫，内苦其妻，莫之措意。乃陰出重賂，削去娼之籍，而挈之南海，館之他舍。公餘而同，夕隱而歸。雅有惠性〔一〕，事帥尤謹。平居以女職自守，非其理不妄發。復厚帥之左右，咸能得其歡心，故帥益嬖之而無歇〔二〕。間歲，帥得病，且不起。思一見娼，而憚其妻。帥素與監軍使厚，密遺導意，使爲方略。監軍乃紿其妻曰：「將軍病甚，思得善奉侍煎調者視之，瘳當速矣。某有善婢，久給事貴室，動得人意。請夫人聽以婢安將軍四體，如何？」妻曰：「中貴人言仁也〔三〕，果然，於吾無苦耳。可促召婢來。」監軍即命娼冒爲婢以見帥。計未行而事洩。帥之妻乃擁健婢數十，列白梃，熾膏鑊於廷而伺之矣。須其至，當殁之沸鬲。帥聞而大恐，促命止娼之至，且曰：「此自我意，幾累於渠，今幸吾之未死也，必先脱其虎喙。不然，且無及矣。」乃大遺其奇寶，命家僮榜輕舠，衛娼北歸。自是帥之憤益深〔四〕，不踰旬而物故。而娼之行適及洪矣。問至，娼乃盡返帥之賂，設位而哭曰：「將軍由妾而死，將軍且死，妾安用生爲？妾豈孤將軍者耶！」即撤奠而死。贊曰〔五〕：「夫娼，以色事人者也，非其利則不合矣。而楊能報帥以死，義也；却帥之賂，廉也。雖爲娼，差足多乎！」

按：本篇見《太平廣記》卷四九一（題下注「房千里撰」）。亦見《艷異編》卷二九、《虞初志》卷四（注李群玉撰，誤）、《情史類略》卷一、《青泥蓮花記》卷四、《緑窗女史》卷十二。

【校記】

〔一〕「雅有惠性」，《太平廣記》作「娼有慧性」。

〔二〕「而無歇」，《太平廣記》作「會」，屬下讀。

〔三〕「言仁」，《太平廣記》作「信人」。

〔四〕「深」，原作「振」，據《太平廣記》改。

〔五〕《太平廣記》、《艷異編》無「贊曰」二字。

盼盼守節

張建封官至尚書〔一〕，有舞妓名盼盼〔二〕，居燕子樓。公薨，誓不他適。嘗有詩云：

樓上殘燈伴曉霜，孤眠人起合歡床〔三〕。相思一夜情多少，地角天涯不是長。

北邙松柏鎖愁烟，燕子樓中思悄然。自埋劍履歌塵散，紅軟香消一十年。

適看鴻鴈岳陽回，又覩玄禽逼社來〔四〕。瑶瑟玉簫無意緒，任從蟲網任從灰〔五〕。

白樂天次其韻，和之曰：

滿窗明月滿簾霜，被冷香消拂綉床〔六〕。燕子樓中更漏永〔七〕，秋來秖爲一人長。

鈿暈羅衫色似烟〔八〕，一回看罷一潸然〔九〕。自從不舞霓裳曲，疊在空箱經幾年〔一〇〕。

今年有客洛陽回〔一一〕，曾到尚書墳上來〔一二〕。見説白楊堪作柱，争教紅粉不成灰〔一三〕。

樂天復以詩嘲之云：

黄金不惜買蛾眉〔一四〕，揀得如花四五枝〔一五〕。歌舞教成心力盡，一朝身去不相隨〔一六〕。

盼盼得詩，泣曰：「妾非不能死，恐後人以我公重於色也。」乃次其韻而和云：

自守空樓斂恨眉，形同春後牡丹枝。舍人不會人深意，訝道泉臺不去隨〔一七〕。

後遂不下樓，旬日不食而死〔一八〕。

按：本篇出處未詳。亦見何大掄編《燕居筆記》卷一、余公仁編《燕居筆記》卷一；《繡谷春容》卷一，題《盼盼燕子樓述懷》；《萬錦情林》卷四，題《燕樓死節》；《艷異編》卷二七，題《張建封妓》；《情史類略》卷一，題《關盼盼》；《青泥蓮花記》卷四，題《張建封妾盼盼》；《奇女人傳》卷三，題《張建封妓》。相關内容又見於宋計有功《唐詩紀事》卷七十八，曾慥《類説》卷二九引張君房《麗情集》節選，題《燕子樓》，皇都風月主人《緑窗新話》引《麗媚記》、蔣一葵《堯山堂外紀》、陳耀文《天中記》卷十九《妾侍·關盻盻》等亦有記載，文字大同小異，但都源於白居易《燕子樓》詩序而有所增飾。《警世通言》卷十《錢舍人題詩燕子樓》據此演繹。

【校記】

〔一〕「封」，底本原闕，何本、余本《燕居筆記》同，據《唐詩紀事》、《類説》、《艷異編》等補。張建封，字本立。鎮徐州十年。新、舊《唐書》均有傳。但據白居易《燕子樓三首》序，貞元十六年至元和元年間，節制徐州軍者，應爲張建封之子張愔；宴請白居易者，亦是張愔。盻盻應爲張建封之子張愔妾。

〔二〕「盻盻」，或作「盼盼」，或作「眄眄」，《唐詩紀事》、《類説》、《堯山堂外紀》、《艷異編》、《情史類略》、何本《燕居筆記》、余本《燕居筆記》、《長慶集》等不一。

〔三〕「孤」，《類説》、《唐詩紀事》作「獨」。

〔四〕「逼」，《類説》、《唐詩紀事》作「過」。

〔五〕「蟲」，《唐詩紀事》作「蛛」。該詩見於《全唐詩》卷三六七，題張仲素《燕子樓詩三首》。詩題下有注：「一作關盼盼詩。」據白居易《燕子樓詩》長序所言「昨日司勳員外郎張仲素繪之訪予，因吟新詩，有《燕子樓》三首，詞甚婉麗。詰其由，爲盻盻作也」，應是張仲素感懷盻盻而作。非關盻盻所作。但《唐詩紀事》改作「詰其由，乃盻盻作也」，則附會爲關盻盻所作。

〔六〕「被冷」句，「香消」，《長慶集》、《唐詩紀事》作「燈殘」；「拂綉床」，《長慶集》、《唐詩紀事》作「拂卧床」，《類説》作「獨卧床」。

〔七〕「燕子樓中更漏永」句，《長慶集》作「燕子樓中霜月夜」，《類説》作「燕子樓前清月夜」，《唐詩紀事》作「燕子樓中寒月夜」。

〔八〕「鈿暈」，《唐詩紀事》、《艷異編》作「鈿帶」，《類説》作「屢慰」。

〔九〕「一回看罷」句，《長慶集》作「幾回欲看一潸然」，《類説》作「一回看著一潸然」，《唐詩紀事》作「幾回欲起即潸然」。

〔一〇〕「經幾年」，《類説》作「得幾年」，《長慶集》作「一十年」，《唐詩紀事》、《艷異編》、《情史類略》作「二十年」。

〔一一〕「年」，《長慶集》、《唐詩紀事》作「春」。

〔一二〕「墳」，《長慶集》、《唐詩紀事》作「墓」，《類説》作「塚」。

〔一三〕該詩題《燕子樓三首》，載《白氏長慶集》卷十五。

〔一四〕「買」，《長慶集》、《類説》作「賣」。

〔一五〕「四五枝」，《類説》作「五四枝」，《長慶集》作「三四枝」。

〔一六〕該詩題《感故張僕射諸妓》，載《白氏長慶集》卷一三，不在卷一五《燕子樓三首》之後，非同時所作；

且兼及諸妓，非盼盼一人。所以白居易贈詩諷盼盼死，不確。

〔一七〕關盼盼在《全唐詩》中存四首又二句，本詩非其奉和之作，當係僞作。按試作時間推算，距白居易爲中書舍人尚有五年，盼盼和詩中稱白居易爲「舍人」，當屬宋人附會。

〔一八〕「旬日不食而死」，未見於《長慶集》，當係《麗情集》、《唐詩紀事》附會。

附：《唐詩紀事》卷七十八《張建封妓》

白樂天有《和燕子樓詩》，其序云：徐州故張尚書有愛妓眄眄，善歌舞，雅多風態。予爲校書郎時，遊淮（《長慶集》作「徐」）、泗間。張尚書宴予，酒酣，出眄眄佐歡。予因贈詩，落句云：「醉嬌聲（《長慶集》作「勝」）不得，風嫋牡丹花。」一歡而去，爾後絶不復知，兹一紀矣。昨日司勳員外郎張仲素繪之訪余，因吟詩，新有《燕子樓詩》三首，辭甚婉麗。詰其由，乃眄眄所作也（《長慶集》作「爲眄眄作也」）。繪之從事武寧累年，頗知眄眄始末。云：「張尚書既殁（「殁」下《長慶集》多「歸葬東洛」四字），彭城有張氏舊第，中有小樓，名『燕子』。眄眄念舊愛而不嫁，居是樓十餘年（「年」下《長慶集》多「幽獨塊然」四字），于今尚在。」眄眄詩云：

又云：

樓上殘燈伴曉霜，獨眠人起合歡床。相思一夜情多少，地角天涯不是長。

又云：

北邙松柏鎖愁烟，燕子樓中思悄然。自埋劍履歌塵散，紅袖香消一十年。

又云：

適看鴻雁岳陽迴，又覩玄禽逼社來。瑶瑟玉簫無意緒，任從蛛網任從灰。

余嘗愛其新作，乃和之（《長慶集》作「予愛繢之新詠，感彭城舊遊，因同其題，作三絶句」）。云：

滿窗明月滿簾霜，被冷燈殘拂卧床。燕子樓中寒月夜，愁來祇爲一人長（《長慶集》作「秋來只爲一人長」）。

又云：

鈿帶羅衫色侣烟，幾回欲起即潸然。自從不舞霓裳袖，疊在空箱二十年。

又云：

今春有客洛陽回，曾到尚書墓上來。見説白楊堪作柱，忍教紅粉不成灰。

（以下文字《長慶集》無）又贈之絶句：

黄金不惜賣娥眉，揀得如花四五枝。歌舞教成心力盡，一朝身去不相隨。

後仲素以余詩示眄眄，乃反覆讀之，泣曰：「自公薨背，妾非不能死，恐百載之後，人以我公重色，有從死之妾，是玷我公清範也。所以偷生爾。」乃和白公詩云：

自守空樓斂恨眉，形同春後牡丹枝。舍人不會人深意，訝道泉臺不去隨。

眄眄得詩後，往往（《天中記》作「快快」）旬日，不食而卒。但吟詩云：

兒童不識沖天物，謾把青泥污雪毫。

出《長慶集》。

（據張子立嘉靖間校本《唐詩紀事》校録。原注出《長慶集》，實係出《麗情集》。今據《白氏長慶集》略作校補。引詩較多異文，不再標注。）

嚴景星逢妓

徽州嚴景星，字天瑞，詞章士也。天順己巳間，一日駕舟訪友。放於中流，任其所之，天漸暝矣。時聞巨鱗跳躍於波間，宿鳥飛鳴於岸際。景星慷慨悲歌，若有所失。忽一舟蕩波而來，中坐一妓。景星艤舟避之。妓笑曰：「天瑞何拒妾也？」即促舟相聯，過嚴舟而拜曰：「今夕有緣與君一晤。」遂命婢設酒對酌，景星意妓之誤認，不與分辯，唯唯而已。酒數行，妓曰：「君素善詩者，毋庸自作。各集唐人之句，以十首爲率，何如？」景星曰：「然。」妓先吟曰：

芙蓉肌肉緑雲鬟，幾許幽情話欲難。聞説春來倍惆悵，莫教長袖倚欄干。

嚴曰：

雲想衣裳花想容，未知何日得相從。身無彩鳳雙飛翼，只有襄王憶夢中。

妓曰：

萬轉千回懶下床，門前月色映横塘。無情不似多情苦，一曲伊州淚數行。

嚴曰：

粉霞紅綬藕絲裙，倏忽還隨霖雨分。一自《高唐賦》詞後，夢來何處更爲雲？

妓曰：

潯陽南上不通潮，却筭遊程歲月遥。明月斷魂清靄靄，玉人何處教吹簫。

嚴曰：

南陌愁爲落葉分，陰蛩切切不堪聞。晚來風落花如雪，忽到窗前疑是君。

妓曰：

愁心一倍長離憂，紅樹青山水急流。門外晚晴秋色老，不堪吟已夕陽樓。

嚴曰：

真成薄命久尋思，野寺尋花春已遲。何處相思不相見，九嶷雲盡緑參差。

妓曰：

與君相見即相親，默默無言度幾春。别恨轉深何處寫，晚來幽獨恐傷神。

嚴曰：

愁聽寒蛩淚濕衣，嗟君此別意何如。相思莫道無來使，雙鯉迢迢一紙書〔一〕。

吟畢鼓掌大咲，解衣就寢，已而樂極。妓復言曰：「再以浪花爲題，各吟一句，輳成一律，君意何如？」嚴曰：「得之矣。」妓先吟曰：

不欲天邊帶露栽。

嚴曰：

只憑風信幾番催。

妓曰：

嚴曰：　一枝纔見逶迤動。

妓曰：　萬朶俄經頃刻開。

嚴曰：　溢浦秋容如雨亂。

妓曰：　鏡湖春色逐人來。

嚴曰：　分明好幅西川錦。

安得并刀爲剪裁〔二〕。

妓起而拊其背曰：「奇才也。」嚴亦嘆曰：「卿之才亦可肩白雲而駕薛濤矣。予雖駑鈍，敢不效颦一律，以贊其美乎？」妓曰：「不敢請耳，固所願也。」嚴吟曰：

盈盈仙子不尋常，絶勝當年黄四娘。眉黛乍描欺柳葉，朱唇半啓破榴房。

吟風醉月情何厚，握雨携雲趣更長。分付傍人須着眼，蘇州曾斷使君腸。

妓笑而謝曰：「蒙君過美，何以克當？此意此情，深銘肺腑。」未幾，狂風大作，雲霧晦暝，失妓所在，竟不知其爲何異也。

按：本篇亦見《古今清談萬選》卷二，題《妓逢嚴士》。《幽怪詩譚》卷二《放流遇妓》據此改編。

【校記】

〔一〕此十詩出童軒《清風亭稿》卷八《無題（集唐句十首）》。「芙蓉」篇中，「話」，《清風亭稿》作「畫」；「粉霞」篇中，「霖」，《清風亭稿》作「靈」，「詞」，《清風亭稿》作「成」；「潯陽」篇中，「南」，《清風亭稿》作「向」；「與君」篇中，「即相親」之「即」，《清風亭稿》作「不」，「默默」，《清風亭稿》作「脉脉」。

〔二〕此詩出《清風亭稿》卷六《浪花》。「并刀」原作「冰刀」，據《清風亭稿》改。

王喬二生

平城王、喬二生，曠達士也。二生相交，情踰手足。粗通詩書，家頗殷富。琴棋書畫，無所不通。卧柳眠花，乃所夙願也。一日二生會飲，喬生謂王生曰：「人生如白駒過隙，光陰幾何？此年力富强而不爲遊樂之計，倘朱顏日減，華髮漸生，悲嘆窮廬，何可及也？不若多賫金帛，商賈淮浙，覽勝四方，窮耳目之所好，極心志之所樂，豈不美哉，豈不快哉！」王生鼓掌曰：「得兄清訓，如醉復醒。」乃各率蒼頭一人，咸携囊橐，買舟起行。雖父母妻子，有弗顧也。二生徑至武林，館於朋橋前。翌日盛飾衣冠，遨遊市陌，柴垛橋、十坊寺、鹽橋、翠館青樓，靡不經歷。飲酒濡首，亦不知節。有好事者謂二生曰：「東巷有顧曉棠、林曉蘭者，善歌舞，能詩詞，容貌絶倫，規模壓衆，乃出色妓也。君何不顧之？」二生欣然偕往，至則翠幙低垂，蘭香噴鼻，朱欄綉閣，縹緲如畫。未幾，二妓齊出，輕盈態度，真國色也。二生自以爲奇遇，揮金賓席，略無少吝。二妓亦見二生之倜儻，甚禮重之。是夕宿於其家，與之狎，情好甚蜜，燃香剪髮，倒鳳顛鸞，極盡憂歡。時時敲檀板，撫銀箏，歌金縷，舞纖腰，飲食若，流連而忘返。二生留戀二妓之家，倏經二載，盤纏罄盡，行李蕭然。二妓相待之，懶浸不如昔。王氏謂喬生曰：「人情如此，何必遲留。且暫歸寧，別作後會。」乃辭二妓，飄然北返。妻子怪而問之，二生曰：「貨物賒與人，上待來春復往取索也。」明歲仍悉輸金帛而去。迨至妓家，先饋土宜，後獻錙物。二妓闔門羅拜，喜悦相敬甚恭，言笑慰勞，過於曩時。喬生笑而吟曰：

相逢原是舊時人，昔日何疎今日親。莫怪嫌貧偏重富，都緣送舊與迎新。
桃腮獻笑愁爲喜，柳眼含顰假作真。寄與武陵賢子弟，莫耽情性戀風塵。

王生亦踵前韻，吟曰：

座擁東西南北人，等閑一笑便相親。綺筵賓客時時易，羅帳夫妻日日新。

馬首歡迎終是詐，庭前泣别豈爲真。何當的假天風便，刮盡迷魂陣内塵。

二生吟畢，相顧大笑。二妓曰：「何見誚之深耶？」二生曰：「道其實耳。」乃相歡謔，恩情愈濃。二生費出如土苴，未及二年，而貲財又耗矣。二生延捱妓館，又經兩月，而虔婆作色曰：「小女與君交愛，將有年矣。月下花前，心孚意契，柰烟花之門面，惟錢與鈔是圖。雖然費用不貲，實是肉身抵當。倘念從前之義，尚期以後相逢，明日遂行，請從兹絶。」二生慙，忿然而去。相與謀曰：「吾輩蕩廢貲財本罄盡，迷戀賤妓之家，今一加薄情如是，揣意何堪，不若殺之，以雪怨恨。」遂買利刃各一，潛插靴中，俟至夜深，至於妓館門首。柰何重門擊柝〔一〕，無由可入，惆悵而返。翌日急整行粧，蕭然而北歸。時遇炎天，途中飲食不節，又況羞還故里，在路得病，相繼而死。固知色慾害身，烈於湯火，誤喪身軀，妻子懸望，良可嘆也。可惡烟花潑賤，惟錢是圖，人面獸心，狗肺狼肝，背恩忘義，非有真情，可不戒哉！可不戒哉！

按：本篇出處待考。

【校　記】

〔一〕「奈」，原作「夫」，據文意改。

王魁負約

昔王魁者，黄榜下第失意〔一〕。有友人招游北市小宅。有婦絶艷〔二〕，酌酒曰：「某名桂英。酒乃天之美禄。足下得桂英而飲天禄，明春登第之兆。」乃取羅巾請詩〔三〕。生題曰：

謝氏筵中聞雅唱，何人戛玉在簾幃。一聲透過秋空碧，幾片行雲不敢飛〔四〕。

桂曰：「君但爲學，四時所需，我爲辦之。」由是魁朝去暮歸。踰年，有詔求賢，桂爲辦西遊之用。將至州北望海神廟，盟曰：「吾與桂，誓不相負。若生離異，神當殛之〔五〕。」魁至京門，寄詩曰：

琢月磨雲輸我輩，都花占柳是男兒。前春我若功成去，好養鴛鴦作一池。

後唱第爲天下第一。魁私念：「科名若此，苟以一娼玷辱，是污名也〔六〕。」不復與書。桂寄詩四首，賀之曰：

人來報喜敲門急，賤妾初聞喜可知。天馬果然先驟躍，神龍不肯後蛟螭。
海中空却雲鰲窟，月裏都無丹桂枝。漢殿獨成司馬賦，晉廷惟許宋君詩〔七〕。
身登龍首雲雷疾，名落人間霹靂馳。一榜神仙隨御出，九衢卿相盡行遲。
烟霞路穩休回首，舜禹朝清正得時。夫貴妻榮千古事，與君才貌各相宜。
上都梳洗逐時宜，料得良人見即思。早晚歸來幽閣内，須教張敞畫新眉。

上國笙歌錦綉鄉〔八〕，仙郎得意正踈狂。誰知憔悴幽閨客，日覺春衣絲帶長。

殊不知魁父已約崔氏爲親。生授徐州僉判。桂喜曰：「徐州此去不遠，當使人迎我矣。」遂遣僕持書去見生。魁方坐廳决事，大怒，叱書不受。僕回報桂。桂曰〔九〕：「魁負我如此，當以死報之。」遂揮刀自刎。後魁自南都試院觀書，有人自燭下出，乃桂英也。魁問曰：「汝固無恙乎？」桂英曰：「妾待君不爲不厚，養君不爲不多。今君輕恩薄義，負誓渝盟，使我至於此極，汝將何爲？」魁曰：「此則我之罪也！待我爲汝飯僧，誦佛，多焚紙錢於汝，汝其赦我之罪，可乎？」桂英曰：「得君之命方解妾之恨，君其知乎？」魁欲自刺。母在傍止之曰：「汝何悖亂如此？」魁曰：「日與冤會，逼迫以死。」母即召道士馬守素設醮以禳之〔一〇〕。守素夢至官府，魁與桂英結髪相繫而立。傍有人語曰：「汝知之乎？此則桂、魁前世業報，尚可以復醮乎？」後數日，魁竟死。

按：本篇宋夏噩著，但宋人刊刻唐陳翰《異聞集》時竄入。《類説》卷三四《摭遺》、《緑窗女史》卷五《王魁傳》、《侍兒小名録拾遺》、《艷異編》卷三十、《萬錦情林》卷四、何大掄編《燕居筆記》卷一、余公仁編《燕居筆記》卷一、《青泥蓮花記》卷五《桂英》、《情史類略》卷十六《王魁》，俱節選。《新編醉翁談録》辛集卷二題《王魁負心桂英死報》最詳。《永樂大典》卷二六〇五「夢人跨龍」條，引出《摭遺新説》，爲他本所無。

【校　記】

〔一〕「昔王魁者黄榜下第失意」，《醉翁談録》作「王魁者，魁非其名也。以其父兄皆名宦，故不書其名。魁學行有聲，因秋試觸諱，爲有司擠，失意浩歎，遂遠遊山東萊州。萊之士人素聞魁名，日與之遊。……因相邀而入。婦人開樽，酌獻於魁」等句。

〔二〕「有婦絶艷」，《醉翁談録》作「年可二十餘，姿色絶艷。言曰：『昨日得好夢，今日果有貴客至。』」

〔三〕「取」下《類説》、《情史類略》有「擁項」二字。

〔四〕「謝氏」詩以下，《醉翁談録》有：桂英乃再拜。酒罷，桂英獨留魁宿。夜半，魁問：「娘子何姓？顔貌若此，反居此道，何也？」桂英曰：「妾姓王，世本良家。」復謂魁曰：「君獨一身，囊無寸金，倦遊閭里，君但日勉學，至於紙筆之費，四時之服，我爲君辦之。」由是魁醮止息於桂之館。

〔五〕「桂曰」以下，《醉翁談録》有：桂曰：「妾家所有，不下數百千，君持半爲西遊之用。」魁乃長吁曰：「我客寓此踰歲，感君衣食之用，今又以金帛佐我西行之費，我不貴則已，若貴，誓不負汝。」魁將告行，桂曰：「州北有望海神，我與君對神痛誓，各表至誠而別。」魁忻然諾之。乃共至祠下，魁先盟曰：「某與桂英，情好相得，誓不相負，若生離異，神當殛之。神若不誅，非靈神也，乃愚鬼耳。」桂大喜曰：「君之心可見矣。」又對神解髮，以綵絲合爲雙髻。復用小刀各刺臂出血盈盃，以祭神之餘酒和之而交飲。至暮，連騎而歸。魁行，桂爲祖席郊外，仍贈以詩云云：「靈沼文禽皆有匹，仙園美木盡交枝。無情微物猶如此，因甚風流言別離？」魁覽之，愕然。桂曰：「以君才學，當首出群公，但患不得與君偕老！」魁驚曰：「何言之薄也？盟誓明如皎日，心誠固若精金，雖死亦相從於地下。」桂（以下文字原闕，據《永樂大典》補）語魁曰：「妾未遇君前，一夕得夢，夢有人跨一龍，纔高數丈，仰望跨龍者，狀貌甚大。跨龍者執一鞭，鞭絲拂地，旁觀者皆曰：『此神仙也。』少頃，龍驤首欲上，我既執其鞭絲，升未數丈，鞭絲中斷，而我墮地，仰望龍已不見，而微見其尾。忽然雷雨大作，望見一處有林木，欲休於其下。至則有一人亦欲避雨，顧其木曰：『此白楊木，不可止。』其人遂去，妾則竟避下，雨勢甚急，而妾獨不濡。不久睡覺，意思恐非吉兆也。洎此日見君狀貌，乃夢中跨龍者也。乃自解曰：『鞭斷則我墮，君當升騰而去，妾不得同處矣。』妾不識白楊木何物也，常詢人皆曰：『人塋墓間多有此木。』

吁！妾不久其死乎？雨澤萬物而我不濕，是知非善夢也。」魁曰：「夢何足遽信，但無慮，非久復相會。」於是執手大慟。移刻魁上馬，桂祝之：「得失早還，無負約也。」

〔六〕「是污名也」四字，《類説》作「況家有嚴君不容也」。

〔七〕「晉」，原作「留」，誤，據《情史》改。

〔八〕「上國」，《類説》作「陌上」。

〔九〕「桂曰」以下，《醉翁談録》作：謂侍兒曰：「今王魁負我盟誓，必殺之而後已，然我婦人，吾當以死報之。」遂同侍兒乃往海神祠中，語其神曰：「我初來，與王魁結誓於此。魁今辜恩負約，神豈不知？既有靈通，神當與英決斷此事，吾即自殺以助神。」乃歸家，取一剃刀，將喉一揮，就死於地，侍兒救之不及。桂英既死，數日後，忽於屏間露半身，謂侍兒曰：「我今得報魁之怨恨矣！今以得神以兵助我，我今告汝而去。」侍兒見桂英跨一大馬，手持一劍，執兵者數十人，隱隱望西而去。遂至魁所，家人見桂英仗劍，滿身鮮血，自空而墜，左右四走。桂曰：「我與汝它輩無冤，要得無義漢負心王魁爾！」或告之曰：「魁見在南京爲試官。」桂忽不見。

〔一〇〕「馬守素」，《類説》作「高守素」。

湯賽師

湯賽師居抱劍營，擅譽行首。艷麗絶倫，慧而黠巧吻。負色寡合，非豪俊不肯破顔。

猥客恐有所侮〔一〕，不敢登門。時師畜邸第中，奩資極厚。有惡少詭爲外方富民部綱者，僦館其鄰。其南有酒館曰「花月樓」，密賽師之室〔二〕。惡少日飲樓中。酒家因徵酒，逋至其所館，見其行李焜燿，騶從甚都，意必是宦富豪也〔三〕。且年少，美丰姿。因誘之曰：「郎君何爲時時獨酌，而不呼侑尊者？」惡少曰：「非汝所知也。吾觀都城，未有絶色當吾意者。若淡粧濃抹、獻笑倚門者，且狐群耳〔四〕。」酒家曰：「君特未之見耳。樓北湯氏姊妹曰賽師、春春者，當今第一流也，春春已爲他邸所畜，獨賽師在。郎君若欲見之，當爲道意也。」惡少曰：「子姑詢之。」良久，復命曰：「事諧矣，約來日相候。」蓋酒家極譽其富盛、容止之詳，賽師已動心矣。至期，惡少盛飾而往。一見交歡，呼酒酣飲，出歌婢佐之。惡少揮金不少吝，且能調弄風月，舉家大喜。頃之，惡少復舁釵鐶條脱一巨篋，草草視之，皆燦然精金也，可指萬緡〔五〕。娼家愈大喜，不復細察，受而緘之。留連踰月，惟恐其去也。一夕，惡少謂其家曰：「來日當往部中料理某事，欲夙起。」賽師唯唯。黎明飲食之，遣僕隨往。惡少以計賺其僕，至晚不復來矣。往館中覘之，寂無踪迹。啓篋視之，則燦然者皆僞物也。舉家恚恨。賽師素有血疾，愧鬱而死。

按：本篇亦見《艷異編》卷二五、《緑窗女史》卷十一、田汝成撰《西湖遊覽志餘》卷十六。

【校　記】

〔一〕「侮」，底本作「悔」，據《艷異編》、《西湖遊覽志餘》改。
〔二〕「密」下《西湖遊覽志餘》有「邇」字。
〔三〕「是」，《西湖遊覽志餘》作「仕」。
〔四〕「且」，《西湖遊覽志餘》作「直」。
〔五〕「指」，《西湖遊覽志餘》作「值」。

男寵部

鄧通

鄧通，蜀郡南安人也，以濯船爲黄頭郎。文帝嘗夢欲上天不能，有一黄頭郎推上天。顧見其衣尻帶後穿。覺而之漸臺，以夢中陰目求推者郎，見鄧通其衣後穿，夢中所見也。召，問其名姓。姓鄧名通。鄧猶登也。文帝甚説，尊幸之，日日異。通亦愿謹，不好外交，雖賜洗沐，不欲出，於是文帝賞賜通萬以十數，官至上大夫。文帝時間如通家游戲。然通無他技能，不能有所薦達，獨自謹身以媚上而已。上使善相人者相通，曰：「當貧餓死。」上曰：「能富通者在我，何説貧？」於是賜通蜀嚴道銅山。嘗自鑄錢，鄧氏錢布天下，其富如此。文帝嘗病癰，鄧通常爲上嗽吮之。上不樂，從容問曰：「天下誰最愛我者乎？」通曰：「宜莫若太子。」太子入問疾，上使太子齰癰，太子齰而色難之。已而，聞通嘗爲上齰之，太子慚，繇是心恨通。及文帝崩，景帝立，鄧通免，家居。居無何，人有告通盜出徼外鑄錢，下吏驗問，頗有，遂竟案，盡没入之，通家尚負責數鉅萬。長公主賜鄧通，吏輒没入之，一簪不得著身。於是長公主乃令假衣食，竟不得名一錢，寄死人家。

按：本篇出《漢書》卷九三《佞幸傳》，文字略異。又見《艷異編》卷三一、《情史類略》卷二二。

陳子高

陳子高，會稽山陰人也。世微賤，業織履爲生。侯景亂，子高從父寓都下。是時子高年十六，尚總角，容貌艷麗，纖妍潔白如美婦人。螓首膏髮，自然蛾眉，見者靡不嘖嘖。即亂卒揮白刃，縱揮間噤不忍下，更引而出之數矣。陳司空霸先時平景亂，其從子蒨以將軍出鎮吴興，子高於淮諸附部伍寄載求還鄉。蒨見而大驚，問曰：「若不欲富貴乎，盍從我？」子高許諾。子高本名蠻子，蒨嫌其俗，改名之。蒨本偉於器。既作幸，子高不勝，囓被，被盡裂。蒨欲且甚，曰：「得無創巨汝耶？」子高曰：「身是公身也，死耳亦安敢愛！」蒨愈益愧憐之。子高膚理色澤，柔靡都曼，而猿臂善騎射，上下若風。性恭謹，恒執佩身刀及侍酒炙。蒨性急，有所恚，目若虓虎，啖啖欲啖人，見子高則立解，子高亦曲意傳會得其懽。蒨常爲詩贈之，曰：

昔聞周小史，今歌明下童。玉塵手不別，羊車市若空。

誰愁兩雄並，金貂應讓儂。

且曰：「人言吾有帝王相，審爾當册汝爲后，但恐同姓致嫌耳。」子高叩頭曰：「古有女主，當亦有男后。明公果垂異恩，奴亦何辭作吴孟子耶！」蒨大笑。日與狎，未嘗離左右。既漸長，子高之具尤偉。蒨嘗撫而笑曰：「吾爲大將，君副之，天下女子兵不足平也。」子高對曰：「政慮粉陣饒孫吴，非奴鐵纏矟，王江州不免落坑塹耳。」其善酬接若此。蒨夢騎馬登山，路危欲墮，子高推捧而升。將仕用之，亦願爲將，乃配以寶刀，備心腹。王大司馬僧辯下京師〔一〕，功爲天下第一，陳司空次之。僧辯留守石頭城，命司空守京口，推以赤心，結廉、藺之分。且爲第三子頠約娶司空女。頠有才貌，嘗入謁司空，女從隙窗窺之，感想形於夢寐。謂其侍婢曰：「世寧有勝王郎子者乎？」婢曰：「昨見吴興東閣日直陳某，且數倍王郎子。」蓋是時蒨解郡，佐司空在鎮，女果見而悦之。喚欲與通。子高初懼罪，謝不可，不得已，遂私焉。女絶愛子高，嘗盜其母閤中珠寶與之，價直萬計。又書一詩白團扇，畫比翼鳥其上，以遺子高，曰：

　　人道團扇如圓月，儂道圓月不長圓。願得炎州無霜色，出入歡袖百千年。

事漸泄，所不知者司空而已。會王僧辯有母喪，未及爲頠禮娶。子高嘗恃寵凌其侶，因爲竊團扇與頠，且告之故，頠忿恨以語僧辯，用他事停司空女婚。司空怒，且謂僧辯之見圖也，遂發兵襲僧辯併其子，縊殺之。蒨率子高實爲軍鋒焉。自是子高引避不敢入。蒨知之，仍領子高之鎮，女以念極結氣死。司空爲武帝，崩，蒨後從猶子入嗣大統〔二〕。子高爲右衛將軍散騎常侍，積功封文招縣子。廢帝時，坐誣謀反誅。人以爲隱報焉。

按：本篇亦見《艷異編》卷三一、《情史類略》卷二二；《緑窗女史》卷五，題《陳子高傳》。

【校　記】

〔一〕「僧辯」，原作「僧辨」，且前後不一，今統改。

〔二〕「後」，原訛作「從」，據《緑窗女史》、《情史類略》改。

夢遊部

枕中記

開元七年〔一〕，道者吕翁〔二〕，經邯鄲道上邸舍中〔三〕，設榻施席〔四〕，擔囊而坐。俄有邑中少年盧生，衣短裘〔五〕，乘青駒，將適於田，亦止邸中，與翁接席，言笑殊暢。久之，盧生顧其衣裝弊褻，乃歎曰：「大丈夫生世不諧，而困如是乎？」翁曰：「觀子膚極腧，體胖無恙，談諧方適，而歎其困者，何也？」生曰：「吾此苟生耳，何適之爲？」翁曰：「此而不適，於何爲適？」生曰：「當建功樹名，出將入相，列鼎而食，選聲而聽，使族益茂而家用肥，然後可以言其適。吾志於學而遊於藝，自惟當年朱紫可拾，今已過壯室，猶勤田畝，非困而何？」言訖，目昏思寐，是時主人蒸黄粱爲饌〔六〕，翁乃探囊中枕以授之曰：「子枕此，當令子榮適如志。」其枕瓷而竅其兩端，生俛首就之。寐中，見其竅大而明朗可處〔七〕，舉身而入，遂至其家，娶清河崔氏女，女容甚麗而産甚殷。由是衣裘服御，日以華侈。明年，舉進士，登甲科，解褐授校書郎，應制舉，授渭南縣尉，遷監察御史、起居舍人，爲制誥。三年即真，出典同州，尋轉陝州。生好土功，自陝西開河八十里以濟不通。邦人賴之，立碑頌德。遷汴州，領河南道採訪使〔八〕，入京爲京兆尹。是時神武皇帝方事夷狄，吐蕃新諾羅、龍莽布攻陷瓜、沙〔九〕，節度使王君㚟新被殺〔一〇〕，河隍戰恐，帝思將帥之任，遂除生御史中丞、河西隴右節度使，又破戎虜七千級〔一一〕，開地九百里，築三大城以防要害，北邊賴之，以石紀功焉〔一二〕。歸朝策勳，恩禮極崇，轉御史大夫、吏部侍郎。物望清重，群情翕習，大爲當時宰相所忌，以飛語中之，貶端州刺史，三年徵還，除户部尚書〔一三〕。未幾，拜中書侍郎同中書門下平章事，與蕭令嵩、裴侍中光庭同掌大政十年。嘉謀密命，一日三接，獻替啓沃，號爲賢相。同列者害之，遂誣與邊將交結，所圖不軌，下獄，府吏引徒至其門，追之甚急，生惶駭不測。泣謂妻子曰：「吾家本山東，良田數頃，足以禦寒餒，何苦求禄，而今及此，思復衣短裘，乘青駒，行邯鄲道中，不可得也。」引刀欲自截，其妻救之得免。共罪者皆死，生獨有中人保護，得減死論，出授驩牧。數歲，帝知其冤，復起爲中書令，封趙國公〔一四〕，恩旨殊渥，備極一時。生有五子：傳、倜、儉、位、倚。傳爲考功員外；儉爲侍御史；位爲太常丞；季子倚最賢，年二十四，爲右補闕〔一五〕。其姻媾皆天下族望。有孫十餘人。凡兩竄嶺表，再登台鉉，出入中外，迴翔臺閣三十餘年間〔一六〕，崇盛赫奕，一時無比。末節頗奢蕩，好逸樂，後庭聲色皆第一。前後賜良田甲第，佳人名馬，不可勝數。後年漸老，屢乞骸骨，不許，及病，中人候望，接踵於路，名醫上藥畢至焉。將終，上疏曰：「臣本山東書生，以田圃爲娱。偶逢聖運，得列官序。過蒙榮獎，特受鴻私。出擁旄鉞，入昇鼎輔。周旋中外，綿歷歲年。有忝恩造，無裨聖化。負乘致寇，履薄臨兢，日極一日，不知老之將至。今年逾八十，位歷三公。鐘漏並歇，筋骸俱弊。彌留沉困，殆將溘盡，顧無誠効，上答休明，空負深恩。永辭聖代，無任感戀之至。謹奉表稱謝以聞。」詔曰：「卿以俊德，作朕元輔，出雄藩垣，入贊緝熙，昇平二紀，寔卿是賴。比因疾累，日謂痊除，豈遽沉頓，良深憫然。今遣驃騎大將軍高力士就第候省，其勉加針灸，爲朕自愛，讌冀無妄，期丁有喜〔一七〕。」其夕卒。盧生欠伸而寤，見方偃於邸中，顧呂翁在傍，主人蒸黄粱尚未熟，觸類如故，蹶然而興曰：「豈其夢寐邪！」翁笑謂曰：「人世之事，亦猶是也。」生然之，良久謝曰：「夫寵辱之數，窮達之運〔一八〕，得喪之理，生死之情，盡知之矣。此先生所以窒吾欲也，敢不受教。」再拜而去。

按：本篇亦見《文苑英華》卷八三三，注沈既濟撰。《太平廣記》卷八二題《呂翁》，注出《異聞集》。《太平通載》卷九題《呂翁》，係殘本。亦見《虞初志》卷三；《類説》二八、《三洞群仙傳》卷十四、《我儂纂削》節選。

【校　記】

〔一〕「七」，原作「十九」，據《文苑英華》改。

〔二〕「翁」下，《文苑英華》有「得神仙術」四字。

〔三〕「經邯鄲道上邸舍中」，《文苑英華》作「行邯鄲道中，息邸舍」。

〔四〕「設榻施席」，《文苑英華》作「攝帽弛帶」。

〔五〕「裘」，《文苑英華》作「褐」。下同。

〔六〕「黄粱」，《文苑英華》作「黍」。下同。

〔七〕「朗」，原作「若」，據《太平廣記》、《文苑英華》改。

〔八〕「領河」，原作「嶺」，不合文意，據《文苑英華》改。

〔九〕「吐蕃新諾羅龍莽布」，《文苑英華》作「會吐蕃悉抹邏及燭龍莽布支」。

〔一〇〕「殺」，原作「敘投」，據《文苑英華》改。

〔一一〕「七千級」，原作「七十級」，據《太平廣記》《文苑英華》改。

〔一二〕「以石紀功焉」，《文苑英華》作「邊人立石於居延山以頌之」。

〔一三〕「三年徵還除户部尚書」，《文苑英華》作「三年徵爲常侍」。

〔一四〕「趙國公」，《文苑英華》作「燕國公」。

〔一五〕「生有五子」至「爲右補闕」，《文苑英華》作「生五子：曰儉、曰傳、曰位、曰倜、曰倚。皆有才器。儉進士登第，爲考功員外；傳爲侍御史；位爲太常丞；倜爲萬年尉；倚最賢，年二十八，爲左襄」。五子姓名和職位有變化，但小説家言，不必拘泥。

〔一六〕「三十」，《文苑英華》作「五十」，《類説》作「五六十」。

〔一七〕「譏冀無妄期丁有喜」，《文苑英華》作「猶冀無妄，期於有瘳」。

〔一八〕「窮達之運」，據《文苑英華》補。

王生渭塘奇遇記

至順中，有王生者，本仕族子，居於金陵。貌瑩寒玉，神凝秋水，姿狀甚美，衆以奇俊王家郎稱之。年二十，未娶。有田在松江，因往收租，回舟過渭塘，見一酒肆，青旗出於簷外；朱欄曲檻，縹緲如畫；衰柳枯槐〔一〕，黄葉交墜；芙蓉數十本，顔色或深或淺，紅葩緑水，高下相映；白鷺一群〔二〕，游泳其下。主泊其舟岸側，登肆沽酒〔三〕，斫巨螯之蟹，鱠細鱗之鱸，果則緑橘丹橙〔四〕，蓮塘之藕，松坡之栗，以花磁盞酌真珠紅酒而飲之。肆主亦富家，其女年十八，知音識字，態度不凡，見生在座，頻於幕下窺之，或出半面，或露全體，去而復來，終莫能捨。生亦留神注意，彼此目視者久之〔五〕。已而酒盡出肆，怏怏發舟，如有所失。是夜遂夢至肆中，入門數重，直抵屋後，始至女室，乃一小軒也。軒之前有葡萄架，下鑿池，方圓盈丈，以石甃之〔六〕，養金鯽其中；池左右植垂絲檜二株，緑陰婆娑，靠牆結一翠柏屏，屏下設石假山二峰〔七〕，岌然競秀；草皆金絲線、綉墩之屬，霜露不能凋〔八〕。窗間掛一雕花籠，籠内畜一緑鸚鵡，見人能言。軒下垂小木鶴二，銜線香而焚之。案上立一古銅瓶，插孔雀尾數根，其傍則筆硯之類，皆極濟楚。架上横一碧玉簫，女所吹也。壁上貼金花牋四幅，題詩於上，詩體則效蘇東坡《四時詞》〔九〕，字畫則似趙松雪〔一〇〕，不知是何人所作。

第一幅云：

春風吹花落紅雪，楊柳陰濃啼百舌。東家蝴蝶西家飛，前歲櫻桃今歲結。
鞦韆蹴罷鬢鬖髿，粉汗凝香沁緑紗。侍女亦知心内事，銀瓶汲水煮新茶。

第二幅云：

芭蕉葉展青鸞尾，萱草花含金鳳嘴。一雙乳燕出雕梁，數點新荷浮緑水。
困人天氣日長時，針線慵拈午漏遲。起向石榴陰下立，戲將梅子打鶯兒。

第三幅云：

鐵馬聲喧風力緊，雲窗夢破鴛鴦枕〔一一〕。玉爐燒麝有餘香，羅扇撲螢無定影。

洞簫一曲是誰家？河漢西流月半斜。要染纖纖紅指甲，金盆夜搗鳳仙花。

第四幅云：

山茶未開梅半吐，風動簾旌雪花舞。金盤冒冷塑狻猊，綉幕圍春護鸚鵡。

倩人呵筆畫雙眉，脂水凝寒上臉遲。粧罷扶頭重照鏡，鳳釵斜亞瑞香枝。

女見生至，與之呼迎〔一二〕，握手入室，極其歡謔，會宿之寢。已而遂覺〔一三〕，乃困於蓬底爾。是後歸家，無夕而不夢焉。一夕，見架上玉簫，索女吹之。女爲吹《落梅風》數闋，音調瀏滸，響徹雲際。一夕，女於燈下綉紅羅鞋，生剔燈花，誤落於上，拂之不去，遂成油暈。一夕，女將所帶紫金碧甸指環贈生，生解水晶雙魚扇墜酬之，既覺，指環果在手，急取扇墜，視之無矣。生大以爲奇，遂效元稹體，續賦《會真詩》三十韻〔一四〕，曰：

有美閨房秀，天人謫降來。風流原有種，慧黠更多才。

碾玉成仙骨，調脂作艷胚。腰肢風外柳，標格雪中梅。

合置千金屋，宜登七寶臺。嬌姿應自許，妙質孰能陪？

小小乘油壁，真真醉綵灰。輕塵生洛浦，遠道接天台。

放燕簾高捲，迎人户半開。菖蒲難見面，荳蔲易含胎。

不待金屏射，何勞玉手裁〔一五〕。偷香渾似賈，待月又如崔。
簫許秦宫奪〔一六〕，琴從卓氏猜。鶯聲傳縹緲〔一七〕，燭影照徘徊。
窗薄涵魚魫，爐高噴麝煤〔一八〕。眉横青岫遠，鬢嚲緑雲堆。
釵玉輕輕製，衫羅窄窄裁。文鴛遊浩蕩，瑞鳳舞毰毸。
恨積鮫綃帕，歡傳琥珀杯。孤眠憐月姊，多忌笑河魁。
花蝶能通夢，遊蜂浪作媒。雕欄行共倚，綉縟坐相偎。
啖蔗逢佳境，留環獲異財〔一九〕。緑陰鶯並宿，紫氣劍雙埋。
良夜難虚度，芳心未肯摧。殘粧猶在臂，别淚已凝腮。
漏點何須促，鐘聲且莫催。峽中行雨過，陌上看花回。
才子能知爾，愚夫可語哉！多生曾種福，親得到蓬萊。

詩訖，好事者多傳誦之。明年，再往收租，復過其處，則肆翁大喜，延之入室。生僞爲不解意者〔二〇〕，逡巡不敢進〔二一〕。翁乃告曰〔二二〕：「某有一女〔二三〕，未曾適人，去歲君子於此飲酒，偶有所見，不能定情，因遂成疾，長眠獨話，如醉如癡，昨日忽言：『明日郎君至矣，宜往候之。』初以爲狂，言之不信〔二四〕，今日君子果跡吾地，是天假其靈而賜之便也。」因問生娶未，生對「未娶」〔二五〕，又問生門閥世族，甚喜。即引生入室〔二六〕，至女所居軒下，門窗户檻〔二七〕，則皆夢中所歷也；草木池沼、器用什物，又皆夢中所見也。女聞生至，盛粧而出，衣服之華〔二八〕，簪珥之飾〔二九〕，又皆夢中所飾也〔三〇〕。女言：「去歲自君去後，思念至切，每夜夢中與君相會，不知何故。」生曰：「我夢亦如之。」女遂述吹簫之曲〔三一〕、繡鞋之事，無不脗合者。又出水晶雙魚扇墜以示生，生亦舉紫金碧甸指環以問之。彼此大驚，以爲神契。遂與生爲夫婦，于飛而還，終以偕老，可謂奇遇矣！

按：本篇出明瞿佑著《剪燈新話》卷二，原題《渭塘奇遇記》。亦見《艷異編》卷二二，題《渭塘奇遇》；《情史類略》卷九，題《王生》；《繡谷春容》卷四，題《王生渭塘得奇遇》；《萬錦情林》卷二、林近陽編《燕居筆記》卷七、余公仁編《燕居筆記》卷七、《一見賞心編》卷四，俱題《渭塘女》；《緑窗女史》卷六，題《渭塘奇遇傳》。

【校記】

〔一〕「衰柳枯槐」，《剪燈新話句解》作「高柳古槐」。

〔二〕「鷺」，《剪燈新話句解》作「鵝」。

〔三〕「酒」下《剪燈新話句解》有「而飲」二字。

〔四〕「丹」，《剪燈新話句解》作「黄」。

〔五〕「視者」，《剪燈新話句解》作「成」。

〔六〕「以石甃之」，《剪燈新話句解》作「甃以文石」。
〔七〕「二」，《剪燈新話句解》作「三」。
〔八〕「能凋」，《剪燈新話句解》作「變色」。
〔九〕此《四時詞》，《御選元詩》題作者爲元鄭奎妻詩，分別爲《春詞》、《夏詞》、《秋詞》、《冬詞》。
〔一〇〕「似」，《剪燈新話句解》作「師」。
〔一一〕「枕」，《剪燈新話句解》作「冷」。
〔一二〕「呼」，《剪燈新話句解》作「承」。
〔一三〕「已而遂覺」，《剪燈新話句解》作「鷄鳴始覺」。
〔一四〕「韻」下《剪燈新話句解》有「以記其事」。
〔一五〕「手」，《剪燈新話句解》作「子」。
〔一六〕「簫」，此處應是蕭史、弄玉故事，《剪燈新話句解》疑作「篦」。
〔一七〕「鶯」，《剪燈新話句解》作「簫」。
〔一八〕「高」，《剪燈新話句解》作「深」；「媒」，《剪燈新話句解》、《一見賞心編》作「煤」。
〔一九〕「獲」，原作「夜」，據《剪燈新話句解》改。
〔二〇〕「生僞爲不解意者」，《剪燈新話句解》作「生不解意」。

〔二一〕「不敢進」，《剪燈新話句解》作「辭避」。
〔二二〕「乃告」，《剪燈新話句解》作「以誠告之」。
〔二三〕「某有」，《剪燈新話句解》作「老拙惟」。
〔二四〕「狂」，《剪燈新話句解》作「妄」；「言之不信」，《剪燈新話句解》作「固未信之」。
〔二五〕《剪燈新話句解》無「生對未娶」四字。
〔二六〕「引生入」，《剪燈新話句解》作「握生手入於内」。
〔二七〕「檻」，《剪燈新話句解》作「闌」。
〔二八〕「華」，《剪燈新話句解》作「麗」。
〔二九〕「飾」，《剪燈新話句解》作「富」，《一見賞心編》作「華」。
〔三〇〕「飾」，《剪燈新話句解》作「識」。
〔三一〕「遂述」，《剪燈新話句解》作「歷叙」。

韋氏

京兆韋氏女者，既笄二年，母告之曰：「有秀才裴爽者，欲聘汝。」女笑曰：「非吾夫也。」母記之，雖媒媪日來，盛陳裴之才，其家甚慕之，然終不諧。又一年，母曰：「有王悟者，前參京兆軍事，其府之司録張審約者，汝之老舅也，爲王媒之，將聘汝矣。」女亦曰：「非也。」母又曰：「張既熟我，又爲王之媒介也，其辭不虚矣。」亦終不諧。又一年〔一〕，進士張楚金求之。母以告之，女笑曰：「吾之夫乃此人也。」母許之，遂擇吉焉。既成禮訖，因其母徐問之，對曰：「吾此乃夢徵矣。然此生之事皆見矣，豈獨適楚金之先知乎！某既笄，夢年二十適清河楚金，以尚書節制廣陵，在鎮七年而楚金伏法。闔門皆死，惟某與新婦一人，生入掖庭，蔬食而役者十八年。蒙詔放出，自午承命，日暮方出宮闕。與新婦渡水，迨暗及灘，四顧將昏然，不知所往，因與新婦相抱於灘上，掩泣相勉曰：『此不可久立，宜速渡。』遂南行。及岸數百步，有壞坊焉。自入西門，隨垣而北，其東大門屋，因造焉，又無人而大開，遂入。及壞戟門，亦開，又入。踰屏迴廊四合，有堂既扃。堦前有四大櫻桃樹林，花發正茂。及月色滿庭，似無人居，不知所告。因與新婦對卧堦下。未幾，有老人來訴逐，告以前情，遂去。又聞西廊步履之聲〔二〕，有一少年郎來訴，且呼老人令逐之。苦告之，少年郎低首而走，徐乃白衫素履，哭拜堦下，曰：『某尚書之姪也。』乃慟哭曰：『無處問耗，不知阿母與阿嫂在此〔三〕，乃自天降也。此即舊宅，堂中所鏁，無非舊物。』慟哭開户，宛如故居之地，居之九年，前後從化。」其母大奇之。且人之榮悴，無非前定，素聞之矣，豈夢中之信，又如此乎？乃心記之。俄而楚金授鉞廣陵，神龍中以徐敬業有興復之謀〔四〕，連坐伏法，惟妻與婦免死，配役掖庭十八年，則天因降誕日，大縱籍役者，得隨例焉。午後受詔，及行，總監緋閹走留食，候之。食畢，實將暮矣。其褰裳涉水而哭，及宅所在，無差夢焉。噫！夢信足徵也，則人所敘，凡夢中之見〔五〕，又何以諧焉〔六〕。

按：本篇出唐牛僧孺撰《玄怪録》。亦見《逸史搜奇》癸集十，題《張楚金》。

【校記】

〔一〕「又一年」，《玄怪録》高承埏本、《逸史搜奇》作「又二年」。

〔二〕「聞」，原作「開」，據《玄怪録》高承埏本、《逸史搜奇》等改。

〔三〕「在」，《玄怪録》高承埏本、《逸史搜奇》作「至」。

〔四〕「敬」，原作「恭」，乃避宋翼祖趙敬正諱而改，今回改。

〔五〕「凡夢中」，《玄怪録》高承埏本和陳應翔本、《逸史搜奇》作「扶風公」。按：「凡夢中」疑爲編者所改，非原文。

〔六〕「諧」，《玄怪録》高承埏本爲墨釘，《玄怪録》陳應翔本和《逸史搜奇》作「偕」。

薛偉

薛偉者，乾元二年〔一〕，任蜀州青城縣主簿〔二〕，與丞鄒滂、尉雷濟、裴察同時〔三〕。其秋，偉病七日，忽奄然若往者，連呼不應，而心頭微暖。家人不忍即殮，環而伺之。經二十日，忽長吁起坐〔四〕，謂家人曰〔五〕：「吾不知人間幾日矣！」曰：「二十日矣。」「與我覘群官方食鱠否。言吾已蘇矣，甚有奇事，請諸公罷筯來聽也。」僕人走示群官，實欲食鱠，遂以告，皆停飡而來。偉曰：「諸公勑司户僕張弼求魚乎？」曰：「然。」又問弼曰：「漁人趙幹藏巨鯉，以小者應命，汝於葦間得藏，携之而來。方入縣也，司户吏某坐門東，糾曹吏坐門西，方弈碁。入及堦，鄒、雷方博，裴啗桃實。弼言幹之藏巨魚也，曰五鞭之〔六〕。既付食工王士良者，喜而殺之〔七〕，皆然乎〔八〕？」遞相問，誠然。衆曰：「子何以知之？」曰：「向殺之鯉，我也。」衆駭曰：「願聞其説。」曰：「吾初疾困，爲熱所逼，殆不可堪。忽悶忘其疾，惡熱求涼，策杖而行〔九〕，不知其夢也。既出郭，其心欣欣然，若籠禽檻獸之得逸，莫我知也。漸入山，山行益悶，遂下遊於江畔。見江潭深静，秋色可愛；輕漣不動，鏡涵遠空〔一〇〕。忽有思浴意，遂脱衣於岸，跳身便入。自幼狎水，成人以來，絶不復戲，遇此縱適，實契宿心。且曰：『人浮不如魚快也，安得攝魚而健游乎？』傍有一魚曰：『顧足下不願耳。正授亦易，何況求攝？當爲足下圖之。』快然而去。未頃，有魚頭人長數尺，騎鯢來導，從數十魚，宣河伯詔曰：『城居水遊，浮沉異道，苟非其好，則昧通波。薛偉意尚浮深〔一一〕，迹思性廣〔一二〕。樂浩汗之域，放懷清江；厭巇崿之情，授簪幻世〔一三〕。暫從鱗化，非遽成身。可權充東潭赤鯉。嗚呼！恃長波而傾舟，得罪於晦；昧纖約而貪餌，見傷於明。無或失身，以羞其黨，爾其勉之。』聽而自顧，即已魚服矣〔一四〕。於是放身而游，意往斯到；波上潭底，莫不從容；三江五湖，騰躍將遍。然配留東潭，每暮必復。俄而饑甚，求食不得，循舟而行，忽見趙幹垂鈎，其餌芳香，心亦知戒，不覺近口。曰：『我，人也，暫時爲魚，不能求食，乃吞其鈎乎？』捨之而去。有頃，饑益甚，思曰：『我是官人，戲而魚服。縱吞鈎，趙幹豈殺我？固當送我歸縣耳。』遂吞之。趙幹收綸以出。幹手之將及也，偉連呼之，幹不聽之，而以繩貫我腮，乃繫於葦間。既而張弼來曰：『裴少府買魚，須大者。』幹曰：『未得大魚，有小魚十餘斤。』弼曰：『奉命取大魚，安用小者？』乃自於葦間尋得而提之。又謂弼曰：『我是汝縣主簿，化形爲魚游江河〔一五〕，得不拜我？』弼不聽，提之而行。罵亦不已，幹終不顧〔一六〕。入縣門，見縣吏坐者弈碁，皆大聲呼之，略無應者，唯笑曰：『可長魚〔一七〕，直三四斤餘。』既而入階，鄒、雷方博，裴啗桃實，皆喜魚大。促命赴廚〔一八〕。弼言幹之藏巨魚，以小者應命。裴怒，鞭之。我叫諸公曰：『我是公同官，今而見擒〔一九〕，竟不相捨，從殺之〔二〇〕，仁乎哉？』大叫而泣，三君不顧，而付鱠手王士良者，方持刃〔二一〕，喜而投我於机上〔二二〕。我又叫曰：

「王士良，汝是我之常使鱠手也，因何殺我？何不執我白於官人？』士良若不聞者，按吾頸於砧上而斬之。彼頭適落，此亦醒悟〔二三〕，遂奉召爾。」諸公莫不大驚，心生愛忍。然趙幹之獲，張弼之提，縣司之弈吏，三君之臨堦，王士良之將殺，皆見其口動，實無聞焉。於是三君並捉鱠〔二四〕，終身不食。偉自此平愈，後華陽丞，乃卒。

按：本篇出唐李復言撰《續玄怪録》。亦見《太平廣記》卷四七一、《逸史搜奇》庚集一、《删補文苑楂橘》卷二；《古今説海》説淵部三五，題《魚服記》。

【校　記】

〔一〕「二年」，宋尹家書籍鋪本《續玄怪録》、《太平廣記》作「元年」。

〔二〕「蜀州」，原作「涇州」，據《太平廣記》改。

〔三〕「察」，尹家本《續玄怪録》、《太平廣記》作「寮」。

〔四〕「坐」，原作「生」，據尹家本《續玄怪録》、《太平廣記》、《逸史搜奇》改。

〔五〕「家」，原作「其」，據明鈔本《太平廣記》改。

〔六〕「五鞭之」，《太平廣記》作「裴五令鞭之」，《逸史搜奇》作「曰鞭之」。

〔七〕「殺」，原作「煞」，尹家本《續玄怪録》同，據《太平廣記》、《逸史搜奇》等改。下同。

〔八〕《太平廣記》無「皆然」二字。

〔九〕「行」，《太平廣記》作「去」。

〔一〇〕「空」，《太平廣記》作「虚」，尹家本《續玄怪録》作「靈」。

〔一一〕「薛偉」，尹家本《續玄怪録》作「薛掌」，《太平廣記》作「薛主簿」。

〔一二〕「性廣」，《太平廣記》、《逸史搜奇》作「閑曠」。

〔一三〕「授」，尹家本《續玄怪録》、《太平廣記》作「投」。

〔一四〕「服」，原訛作「腹」，據尹家本《續玄怪録》、《太平廣記》等改。下同。

〔一五〕「河」，尹家本《續玄怪録》、《太平廣記》作「何」，屬下句。

〔一六〕「幹」，明鈔本《太平廣記》作「弼」。《逸史搜奇》無「不已，幹終」四字。

〔一七〕「可長」，明鈔本《太平廣記》作「好大」，尹家本《續玄怪録》作「可畏」。

〔一八〕「赴」，尹家本《續玄怪録》、《太平廣記》作「付」。

〔一九〕「今而見擒」，《太平廣記》作「而今見殺」。

〔二〇〕「從」，尹家本《續玄怪録》、《太平廣記》、《逸史搜奇》作「促」。

〔二一〕「持」，《太平廣記》作「礪」。

〔二二〕「杌」，《太平廣記》作「几」，尹家本《續玄怪録》、《逸史搜奇》作「机」。

〔二三〕「醒」，原作「惺」，據尹家本《續玄怪録》、《太平廣記》改，《逸史搜奇》作「省」。

〔二四〕「捉」，《太平廣記》作「投」，《逸史搜奇》作「棄」。

吴全素

吴全素，蘇州人，舉孝廉，五上不第。元和十二年，寓居長安永興里。十二月十三日夜既卧，見二人白衣執簡，若貢院引榜來召。全素曰：「禮闈引試，分甲有期，何煩夜引？」使者固邀，不得已而下床隨行，不覺過子城，出開遠門二百步，正北行，有路闊二尺已來，此外盡目深泥。見丈夫婦人，捽之者、拽倒者、枷杻者、鎖身者、連裾者、僧者、道者、囊盛其頭者、面縛者、散駐行者數百輩，皆行泥中，獨全素行平路。如數里，入城郭見官府，同列者千餘人，軍吏佩刃者分部其人，率五十人爲一引，引過，全素在第三引中。其正衙有大殿，當中設床几，一人衣緋而坐，左右立吏數十人，衙吏點名，便判付司獄者、付磑獄者、付鑊獄者、付湯獄者、付火獄者、付案者。聞其付獄者，方悟身死。見四十九人皆點付訖，獨全素在，因問其人曰：「當衙者何官？」曰：「判官也。」遂訴曰：「全素忝履儒道，年禄未終，不合死。」判官曰：「冥司案牘，一一分明。據籍帖追，豈合妄訴！」全素曰：「審知年命未盡，今請對驗命籍。」乃命取吴郡户籍到，檢得吴全素，元和十三年明經出身，其後三年衣食〔一〕，亦無官禄。判官曰：「人世三年，纔同瞬息，且無榮禄，何必却迴！既去復來，徒煩案牘。」全素曰：「辭親五載，得歸即榮，何況成名尚餘三載，伏乞哀察。」判官曰：「任歸。」仍誡引者曰：「此人命薄，宜令速去。稍似遲延，即突明矣。」引者受命，即與同行。出門外，羨而泣者不可勝紀。既出其城，不復見泥矣。復至開遠門，二吏謂全素曰：「君命甚薄，突明即歸不得，見判官之命乎？我皆貧，各惠錢五十萬，即無慮矣。」全素曰：「遠客又貧，如何可致？」吏曰：「從母之夫居宣陽爲户部吏者，甚富，一言可致也。」既同詣其家，二吏不肯上堦，令全素先至。其家方食煎餅，全素至燈前拱曰：「阿姨萬福！」不應。又曰：「姨夫安和！」又不應。乃以手籠燈，滿堂皆暗。姨夫曰：「何不拋少物？夜食香物，鬼神便合惱人。」全素既憾其不應，又因爲鬼神〔二〕，意頗忿之。青衣有執食者，其面正當，因以力掌之，應手而倒，家人競來拔髮噴水，呼唤良久方悟。全素既言情不得，下堦問二吏，吏曰：「固然，君未還生，非鬼而何？鬼語而人不聞，籠燈行掌，誠則以駭人。」曰：「然則何以言事？」曰：「以吾唾塗人大門，一家睡；塗人中門，門内人睡；塗堂門，滿堂人睡。可以手承吾唾而塗之。」全素掬手，二吏交唾，逡巡掬手以塗堂門。纔畢，滿堂欠伸，促去食器，遂入寢。二吏曰：「君入，去床三尺立言之。慎勿近床，以手摇動，則魘不悟矣。」全素依其言之，其姨驚起，泣謂夫曰：「全素晚來歸宿，何忽致死。今者見夢求錢，言有所遺，如何？」其夫曰：「憂念外甥，偶爲熱夢，何足遽信！」又寢，又夢，驚起而泣，求紙於櫃，適有二百幅，乃令遽剪焚之，火絶，則千緡宛然在地矣。二吏曰：「錢數多，固其不能勝。而君之力，生人之力也。可以盡舉，請負以致寄之。」全素初以爲難，試以兩手上承，自肩挑之，巍巍然極高，其實甚輕，乃引行寄介公廟，主人者紫衣腰金，勑吏受之。寄畢，二吏曰：「君之還生必矣，且思便歸，爲亦有所見耶？今欲取一人送之受生，能略觀否？」全素曰：「固所願也。」乃相引入西市絹行南人人家，燈火熒煌，嗚嗚而泣，數僧當門讀經，香煙滿户。二吏不敢近，乃從堂後簷上，計當寢床，有抽瓦折椽，開一大穴。穴中下視，一老人氣息奄然，相向而泣者周其床。一吏出懷中繩，大如指，長二丈餘，令全素安坐執之，一頭垂於穴中，誡全素曰：「吾尋取彼人，人來當掣繩。」全素尋出，遂出繩下之，而以右手捽老人，左手掣繩，全素遽尋出之，拽於堂前，以繩囚縛。二吏更荷而出，相顧曰：「何處有屠案最大？」其一曰：「布政坊十字街南王家案最大。」乃相與往焉。既到，投老人於案上，脱衣纏身，更上推撲。老人曰苦，其聲感人，全素曰：「有罪當刑，此亦非法，若無罪責，何以苦？」二吏曰：「訝君之問遲也〔三〕。凡人有善功清德，合生天堂者，仙樂綵雲霓旌鶴駕來迎也，某何以見之？若有重罪及穢惡，合墮地獄者，牛頭奇鬼鐵叉枷杻來取，某又何以見之？此老人無生天之福，又無入地獄之罪，雖能修身，未離塵俗，但潔其身，浄無瑕穢，既捨此身，只合更受男子之身。當其上計之時，其母已孕，此命既盡，彼命合生，今若不團撲，令彼婦人何以能産？」又盡力揉撲，實覺漸小，須臾，其形才如拳大，百骸九竅，莫不依然。於是依依提行，踰子成大勝業坊西南下東迴第二曲北壁，入第一家，其家復有燈火，言語切切，沙門三人當窗讀《八陽經》〔四〕。此因吉來，不敢逼僧，直上階，見堂門斜掩，一吏執老人投於中堂，才以到床，新子已啼矣。二吏曰：「事畢矣，送君去。」又偕入永興里旅舍，到寢房，房内尚黑，略無所見。二吏自後乃推全素，大呼曰：「吴全素！」若失足而墜，既甦〔五〕，頭眩苦，良久方定。而衙鼓方動〔六〕，姨夫者自宣陽來，則已蘇矣，其僕不知覺也。乘肩輿憩於宣陽，數日復故，再由子城入勝業生男之家，歷歷在眼。自以明經中第不足爲榮，思速侍親。卜得行日，或頭眩不果去，或驢來脚損，或雨雪連日，或親故往來，因循之間，遂逼試日，入場而過，不復以舊日之用意，俄而成名，笑别長安而去。乃知命當有成，棄之不可；時苟未會，躁亦何爲？舉此端，足可以誡其知進而不知退者。

按：本篇出唐牛僧孺撰《玄怪録》。亦見《逸史搜奇》己集六；《古今説海》説淵部五九，題《知命録》。

【校　記】

〔一〕「衣食」，《玄怪録》高承埏本作「卒」。
〔二〕「因」，《玄怪録》高承埏本作「目」。
〔三〕「問」下《玄怪録》陳應翔本多「何」。
〔四〕「三人」，《玄怪録》高承埏本作「二人」。
〔五〕「若失足而墜既甦」原作「若到而」三字，據《古今説海》、《逸史搜奇》補。
〔六〕「衕」，《玄怪録》陳應翔本同，《古今説海》、《逸史搜奇》作「街」。

荔枝入夢

閩越舊産荔枝，品奇絶。至六月成熟，味美可嘉，色紅可愛，世珍異之。元符末，建寧有譚徽之，文士也。一日，拉友人同遊附郭諸名山。攀梯逐磴，深入幽岑。至一谷，見石床坦峭，溪澗迂迴。友人曰：「此商山乎？」徽之感懷，遂占一律詩曰：

南入商山松路深，石床溪水晝陰陰。雲中採藥隨旄節，洞裏耕田映緑林。
直上烟霞空舉手，迴經丘隴自傷心。武陵花木應長在〔一〕，願與門人更一尋〔二〕。

詩成，謂友人曰：「君無言乎？」友人亦占一律曰：

危岑百尺樹森森，雖有山光未有陰。鶴侶正宜芳景引，玉人那爲簿書沉。

山含瑞氣偏當日，鳥逐輕風不在林。更有阮郎迷路處，萬株紅樹一谿深〔三〕。

詩畢，二人携手而歸。載歌載笑，亦云樂矣。友人先別，獨徽之迤逗而行。至近郊見一園，荔枝垂熟，纍纍然紅鮮足愛。徽之採之食，覺倦，遂少憩樹下。朦朧中，夢至一室，一美人盛服出迎，曰：「辱大君子垂一盻，已切感佩矣，敢屈少叙。」遂携手入，行夫婦之禮。徽之問其姓，美人吟曰：

妾生原自越閩間，六月南州始薦盤。肉嫩色苞丹鳳髓，皮枯稜澁紫鷄冠。

咽殘風味消心渴，嚼破天心濺齒寒。却憶當年妃子笑，紅塵一騎過長安。

吟已而寢，情極委婉。美人又於枕上吟《古意》二首：

君好桃李姿，妾好松柏老。桃李摇春風，飄零委芳草。

不如松柏枝，青青長自好。

君好紅螺杯，妾好青鸞鏡。螺杯泛香醪，飲之亂人性。

不如鏡生光，可以照攲正〔四〕。

翌日，徽之求去，美人泣曰：「恩情易阻，會晤難期，君何言去之速耶？」徽之曰：「固知情稠而意密，亦恐樂極以悲生，此予之所以欲去也。」美人不得已，爲設酒以餞。肴無所治，惟一具盤列席中。見其果，紅色，顆顆如珠。徽之亦不暇食，惟沉吟而已。美人爲慰解，拭淚復吟曰：

相見更何日，相思洵獨悲。紅顏奉中帚，白髮滿路岐。
別來曾幾何，霜露忽淒其。仰見明月光，衆星羅參差。
熠耀已宵飛，蜫蟀鳴庭幃。感之不成寐，淚下那可揮。
西風吹羅幕，念子寒無衣。豈不盛嬌愛，知者當爲誰。
願君成令德，努力愛容輝。棄捐勿復道，沉憂令人老〔五〕。

吟罷，送徽之行至門外，涕泣不已。徽之亦爲之動情。彼此繾綣，帶淚而别。才移數步，亟回首，不覺傾跌而驚醒矣。張目視之，乃偃卧于荔枝樹下，心始悟其感妖，甚驚嘆之。

按：本篇亦見《古今清談萬選》卷四，題《荔枝入夢》；《廣艷異編》卷一〇、《續艷異編》卷七，題《荔枝夢》。陳耀文撰《天中記》卷五二、《淵鑑類函》卷四〇三「果部」五，俱節題。《佩文齋廣群芳譜》卷六〇「果譜」中「荔支一」條、清鄭方坤撰《全閩詩話》卷十二「荔支神」條，均注出《廣異記》。《幽怪詩譚》卷二《荔枝分愛》據此改編。

【校　記】

〔一〕「武陵」，《廣豔異編》作「武林」。

〔二〕此詩見《唐詩拾遺》李端作《送馬尊師》；又見《全唐詩》卷二八六，題《送馬尊師》，一作《送侯道士》。

〔三〕此詩見《全唐詩》卷二七七盧綸作《酬金部王郎中省中春日見寄》，首聯作「南宮樹色曉森森，雖有春光未有陰」，其餘略同。

〔四〕此詩出《清風亭稿》卷二《古意》。

〔五〕此詩出《清風亭稿》卷三《秋閨吟别》。

永州野廟記

永州之野，有神廟，背山臨水〔一〕，川澤陰險〔二〕，黄茅緑蔓〔三〕，一望無際，大木參天而蔽日者，不知其數，風雨往往生於其上〔四〕，人皆畏而事之，過者必以牲牢獻於殿下，始克往來〔五〕，如或不然，則風雨暴至，雲霧晝暝〔六〕，咫尺不辨，隨失其人〔七〕。如是者有年矣。大德間，書生畢應祥有事之衡州〔八〕，道由廟下，囊橐貧匱，不能設奠，但致敬而行。未及數里，大風振作，吹砂走石，玄雲黑霧，自後擁至。回顧，見甲兵甚衆，追者可千乘萬騎。自分必死，平日能誦《玉樞經》，事勢既迫，且行且誦，不絶於口。須臾，則雲收風止，天地開朗〔九〕。所追兵騎不復有矣。僅而獲全，得達衡州，過祝融峰，謁南岳祠，偶憶前事，具狀焚訴。是夜，夢駛卒來邀〔一〇〕，與之俱行，至一宫殿〔一一〕，侍衛羅列，司局分布〔一二〕。駛卒引立大庭下，見殿上掛玉珊簾〔一三〕，簾内設黄羅帳，燈燭熒煌，恍若白晝，嚴邃整肅，寂而不譁。應祥莫敢仰視〔一四〕，屏息候命。俄有一吏朱衣角帶〔一五〕，自内而出，傳呼曰：「得旨問與何人有訟？」伏而對曰：「身爲寒儒，性又愚拙。不知名利之可求，豈有田宅之足競！布衣蔬食，守分而已。且又未嘗一入公門，無以仰答威問。」吏曰：「日間投狀，理會何事？」應祥始憶其故〔一六〕，稽首而白曰：「實以貧故，出境投人，道由永州，過神祠下，行囊空竭，不能以牲醴祭饗，觸神之怒，風雨暴起，甲兵追逐，狼狽顛踣，幾爲所及，驚怖不已〔一七〕，無處申訴，以致搪突聖靈，誠非獲已。」吏入，少頃復出，言曰：「得旨追對。」即見吏士數人，騰空而去。未幾〔一八〕，押一白鬚老人，烏帽道服〔一九〕，跪於階下。吏宣旨責之曰〔二〇〕：「爾爲一方神祇，衆所敬奉，奈何輒以威禍恐人，求其祭享，迫此儒士，使幾陷死地，貪婪若此，何所逃刑！」老人拜而告曰：「某實永州野廟之神也，然而廟爲妖蛇所據〔二一〕，已有年矣，力不能制，廢職已久。向者驅駕風雨，邀求奠酹，皆此物所爲。非某之罪。」吏復責之曰：「事既如此，何不早陳？」對曰：「此物在世已及千年〔二二〕，興妖作孽，無與爲比。社鬼祠靈，承其約束；神蛟毒虺，受其指揮。每欲奔訴，及至中途〔二三〕，多方攔截，終不能焉〔二四〕。今者非神使來追，亦惡得而到此也〔二五〕！」即聞殿上宣旨，令吏士追勘。老人拜懇曰：「妖孽已成，輔之者衆，吏士雖往，終恐無益，非自神兵勦捕，不可得也。」殿上如其言，命一神將統兵五千而往。久之始回〔二六〕。見數十鬼卒，以大木舁一蛇首而至〔二七〕，乃一朱冠白蛇也。置於庭，若五石缸焉。吏顧應祥令還，欠伸而覺，汗流被體〔二八〕。及事畢回途，再經其處，則殿宇神像無存〔二九〕。問於村甿，則曰：「某夜三更後，雲霧晦冥，風雨大作〔三〇〕，殺伐之聲，震動遠近〔三一〕。明晨往視之，則神廟蕩爲灰燼〔三二〕，片瓦不遺矣〔三三〕。一巨蛇長數十餘丈〔三四〕，死於林木之下，而無其首。其餘小蛇死者無數〔三五〕。」考其日，正感夢時也。應祥歸家，白晝閒坐，忽見二鬼使逕前曰：「地府屈君對事。」即挽其臂而往。及至，見王坐於大廳，廳下以鐵籠罩一白衣絳幘丈夫〔三六〕，其形甚偉。自陳：「在世無罪，爲書生畢應祥枉告於南岳，以致神兵下伐，舉族誅夷，巢穴一空〔三七〕，含冤實甚〔三八〕。」應祥聞言，知其爲妖蛇挾仇捏訴〔三九〕，乃具述其害人禍物、興妖作孽之事，對辯於鐵籠之下，往返甚苦，終不肯服。王者命吏移關南岳衡山府及下永州城隍司〔四〇〕，照勘其事〔四一〕。已而衡山府回關城隍司牒申〔四二〕，與應祥所言略同，方始詞塞。王者大怒，叱之曰：「生既爲妖，死猶妄訴，押赴酆都，永不出世！」

即有鬼卒數人疾驅之去〔四三〕。王謂應祥曰：「勞君一行，無以相報。」命吏取畢姓籍簿來，檢應祥名姓，於下批八字〔四四〕：「除妖去害，延壽一紀。」應祥拜謝而返。及門而悟，乃曲肱几上爾。

按：本篇出明瞿佑著《剪燈新話》卷三。

【校記】

〔一〕「水」，《剪燈新話句解》作「流」。

〔二〕「陰」，《剪燈新話句解》作「深」。

〔三〕「蔓」，《剪燈新話句解》作「草」。

〔四〕《剪燈新話句解》無「於」字。

〔五〕「往來」，《剪燈新話句解》作「前往」。

〔六〕「晝」，《剪燈新話句解》作「晦」。

〔七〕「隨失其人」，《剪燈新話句解》作「人物行李皆隨失之」。

〔八〕「之」，《剪燈新話句解》作「適」。

〔九〕「朗」，原作「闞」，據《剪燈新話句解》改。

〔一〇〕「邀」，《剪燈新話句解》作「追」。

〔一一〕「一」，《剪燈新話句解》作「大」。
〔一二〕「司」，《剪燈新話句解》作「曹」。
〔一三〕「見」，《剪燈新話句解》作「望」。
〔一四〕《剪燈新話句解》無「莫敢仰視」四字。
〔一五〕《剪燈新話句解》無「有」字。
〔一六〕「憶其故」，《剪燈新話句解》作「悟」。
〔一七〕「不已」，《剪燈新話句解》作「急迫」。
〔一八〕「未幾」，《剪燈新話句解》作「俄頃」。
〔一九〕「帽」，《剪燈新話句解》作「巾」。
〔二〇〕「責」，《剪燈新話句解》作「詰」。
〔二一〕「蛇」，《剪燈新話句解》作「蟒」。
〔二二〕「及千年」，《剪燈新話句解》作「久」。
〔二三〕《剪燈新話句解》無「及至中途」四字。
〔二四〕「焉」，《剪燈新話句解》作「達」。
〔二五〕「惡」，《剪燈新話句解》作「焉」。

〔二六〕《剪燈新話句解》無「始回」二字。
〔二七〕「一蛇」，《剪燈新話句解》作「其」。
〔二八〕「被體」，《剪燈新話句解》作「浹背」。
〔二九〕「神像無存」，《剪燈新話句解》作「偶像蕩然無遺」。
〔三〇〕「雲霧晦冥風雨大作」，《剪燈新話句解》作「雷霆風火大作」。
〔三一〕「震動遠近」，《剪燈新話句解》作「驚駭叵測」。
〔三二〕「蕩」，《剪燈新話句解》作「已」；「灰爐」，《剪燈新話句解》作「煨燼」。
〔三三〕《剪燈新話句解》無「片瓦不遺矣」五字。
〔三四〕「巨蛇」，《剪燈新話句解》作「巨白蛇」。
〔三五〕「小蛇死者」，《剪燈新話句解》作「蚺虺膿蝮之屬」；「數」下《剪燈新話句解》有「腥穢之氣，至今未息」八字。
〔三六〕《剪燈新話句解》無「廳下」二字。
〔三七〕「一空」，《剪燈新話句解》作「傾蕩」。
〔三八〕「含冤」，《剪燈新話句解》作「冤苦」。
〔三九〕「挾仇捏訴」四字，據《剪燈新話句解》補。

〔四〇〕「下」，《剪燈新話句解》作「帖」。

〔四一〕「照勘」，《剪燈新話句解》作「徵驗」。

〔四二〕「衡山府回關城隍司牒申」，《剪燈新話句解》作「衡山府及永州城隍司回文」。

〔四三〕《剪燈新話句解》無「疾」字。

〔四四〕「檢應祥名姓於下」，《剪燈新話句解》作「於應祥姓名下」。

趙旭

天水趙旭，少孤介好學，有姿貌，善清言，習黄老之道。家於廣陵。嘗獨葺幽居，惟二奴侍側。嘗夢一女子，衣青衣，挑笑牖間。及覺而異之，因祝曰：「是何靈異？願覩仙姿，幸賜神契。」夜後忽聞窗外巧笑聲。旭知其神，復祝之。乃言曰：「吾上界［仙］女也。聞君累德清素，幸因寤寐，願託清風。」旭驚喜，披衣而起曰：「襄王巫山之夢，洞簫秦女之契，乃今知之。靈鑒忽臨，欣歎交集。」乃點燈拂席以延之。忽有清香滿室，有一女，年可十四五，容範曠代，衣六銖霧綃之衣，躡五色連文之履，開簾而入。旭再拜。女笑曰：「吾天上青童，久居清禁，幽懷阻曠，位居末品，時有世念，帝罰我人間隨所感配。以君氣質虚爽，體洞玄默，幸托清音，須諧神韻〔一〕。」旭曰：「蜉蝣之質，假息刻漏，不意高真俯垂濟度，豈敢妄興俗懷？」女乃笑曰：「君夙世有道骨，名存金榜〔二〕，當相與吹洞簫於紅樓之上，撫雲璈於碧落之中。」乃延坐，話玉皇内景之事。夜乃合〔三〕，施寢具。旭貧無可施。女笑曰：「無煩仙郎〔四〕。」乃命備寢内〔五〕。須臾霧暗，食頃方收，其室中施珍麗，非所識也。遂携手入内，其瓌姿發越，希世罕儔。夜深，忽聞外一女呼「青夫人」。旭驚以問之，答曰：「同宫女子相尋爾，且勿應。」乃扣柱歌曰：

月露飄飖星漢斜，獨行窈窕浮雲車。仙郎獨邀青童君，結情羅帳心蓮花〔六〕。

其歌甚長，旭惟記兩韻。謂青童君曰：「可延入否？」答曰：「此女多言，慮洩吾事於上界耳。」旭曰：「設琴瑟者，由人調之，何患乎？」乃起迎之。見一神女在空中，去地丈餘許，侍女六七人，建九明蟠龍之蓋，冠金精舞鳳之冠，長裙曳風，璀璨奪目。旭再拜邀之，乃下曰：「吾姮娥女也。聞君與青君會集，故捕逃耳。」便入室。青君笑曰：「卿何以知吾處也？」答曰：「佳期不相告，誰過耶？」相與笑樂。旭喜悦不知所裁，既同歡洽。將曉，侍女進曰：「鷄鳴矣，巡人案之。」女曰：「命車。」答曰：「備矣。」約以後期，答曰：「慎勿言之世人，吾不相棄也。」及出户，有五雲車二乘，浮於空中。遂各登車訣别〔七〕。旭怳然自失。

其後寤寐間，髣髴尚往來。旭大曆初猶在淮泗。或有人於益州見之，短小，美容範，多在市肆商貨，故時人莫得辨也〔八〕。

按：本篇出唐陳劭撰《通幽記》。亦見《太平廣記》卷六五；《一見賞心編》卷六，題《青童傳》；《情史類略》卷十九，題《青童君》（有删略）。《類説》卷六〇《拾遺總類》節選，題《天上青童》。《新編醉翁談録》己集卷二《趙旭得青童君爲妻》增益鋪飾較多。

【校 記】

〔一〕「須」，《太平廣記》作「願」。

〔二〕「君夙世有道骨，名存金榜」句，《太平廣記》、《情史類略》、《一見賞心編》作「君宿世有道骨，法應仙品，然已名在金格」。

〔三〕「乃合」，《一見賞心編》作「乃令」，《太平廣記》作「鼓乃令」，「乃令」屬下句。

〔四〕「無」，《一見賞心編》作「特」。

〔五〕《一見賞心編》無「乃命備寢内」五字。

〔六〕「心蓮花」，《太平廣記》、《類説》、《一見賞心編》作「連心花」。

〔七〕「别」下《太平廣記》、《一見賞心編》有：靈風颯然，凌虚而上，極目乃滅。旭不自意如此，喜悦交甚。但灑掃、焚名香、絶人事以待之。隔數夕復來，來時皆先有清風肅然，異香從之，其所從仙女益多，歡娛日洽。爲旭致行廚珍膳，皆不可識，甘美殊常。每一食，經旬不饑，但覺體氣沖爽。旭因求長生久遠之道，密受隱訣，其大抵如《抱朴子·内篇》修行，旭亦精誠感通。又爲旭致天樂，有仙妓飛奏簷楹而不下，謂旭曰：「君未列仙品，不合正御，故不下也。」其樂惟笙簫琴瑟，略同人間，其餘並不能識，聲韻清鏘。奏訖而雲霧霏然，已不見矣。又爲旭致珍寶奇麗之物，乃曰：「此物不合令世人見，吾以卿宿世當仙，得肆所欲。然仙道密妙，與世殊途，君若洩之，吾不得來也。」旭言誓重疊。後歲餘，旭奴盜琉璃珠鬻於市，適值胡人，捧而禮之，酬價百萬。奴驚不伏，胡人逼之而相擊。官勘之，奴悉陳狀。旭都未知。其夜女至，愴然無容曰：「奴洩吾事，當逝矣。」旭方知失奴，而悲不自勝。女曰：「甚知君心，然事亦不合長與君往來，運數然耳。自此訣别，努力修持，當速相見也。其大要以心死可以身生，保精可以致神。」遂留《仙樞龍席隱訣》五篇，内多隱語，亦指驗於旭，旭洞曉之。將旦而去，旭悲哽執手。女曰：「悲自何來？」旭曰：「在心所牽耳。」女曰：「身爲心牽，鬼道至矣。」言訖，竦身而上，忽不見，室中簾帷器具悉無矣。

〔八〕「也」下《太平廣記》有「《仙樞》五篇，篇後有旭紀事，詞甚詳悉」十四字。

沈亞之

元和十年〔一〕，沈亞之以記室從隴西公詣軍涇州〔二〕，昔見隴西公言：「少從邢鳳游〔三〕，鳳帥家子，無他能，後寓居長安平康里南，以錢百萬買故豪洞門曲房之弟〔四〕，即其寢而晝偃，夢一美人自西楹來，環步從容，執卷且吟。爲古粧，而高鬟長眉，衣方領綉帶，被廣袖之襦。鳳大悦，問：『麗人何自而臨我哉？』美人笑曰：『此妾家也。而君容于妾宇下，焉有所自〔五〕？』鳳曰：『麗人幸少留，得賜觀覽可矣。』美人遂授詩，坐西床。鳳發卷視其首篇，題之曰《春陽曲》，終四句。其後他篇，皆數十句〔六〕。美人曰：『君必欲傳之，無令過一篇。』鳳即起，從東廡下機上取綵牋，傳《春陽之曲》，其詞曰：

長安少女踏春陽〔七〕，何處春陽不斷腸。舞袖弓彎渾忘却〔八〕，羅幃空度九秋霜。

鳳吟畢，請曰：『何謂弓彎？』曰：『妾昔年父母教妾此舞。』美人乃起，整衣張袖，舞數次〔九〕，爲弓彎之狀以示鳳。既罷，美人低然良久，即辭去。鳳曰：『願復少從容。』須臾間，竟去。鳳覺昏然，忘昧所記。鳳更衣，即於懷袖中得其詞。驚視，方省所夢。時貞元中也。」又吴興姚合謂亞之曰〔一〇〕：「吾友王炎云〔一一〕，元和初，夕夢遊吴，侍吴王。久之聞宮中出輦，鳴簫擊鼓，言葬西施。王悲悼不止，立詔詞客作挽歌〔一二〕。炎遂應作《西施挽歌》，其詞曰：

西望吴王闕，雲書鳳字牌。連江起珠帳〔一三〕，擇土葬金釵。

滿地紅心草，三層碧玉堦。春風無處所，悽恨不勝懷。

進詞，王甚嘉之。乃悟，能記其實。炎，太原人也。」

按：本篇出唐沈亞之著《沈下賢文集》卷四，題《異夢録》。見《艷異編》卷二二、《情史類略》卷九、《顧氏文房小説》本《博異志》；《古今説海》説淵部三，題《邢鳳》；《太平廣記》卷二八二，題《邢鳳》，注出引《異聞集》（《太平廣記》卷二八二題《沈亞之》者，與本篇無關）。《類説》卷二四節選，引《博異志》，題《舞鞋弓彎》。

【校　記】

〔一〕「元和十年」，據《太平廣記》補。

〔二〕「沈亞之以記室從隴西公詣軍涇州」，《太平廣記》作「沈亞之始以記室事隴西公，軍涇州。而長安中賢士皆來客之。五月十八日，隴西公與客期宴於東池便館。既半」。

〔三〕「游」下《太平廣記》有「記得其異，請言之。客曰：願聽。公曰」。

〔四〕「買」，原作「貫」，據《太平廣記》改，《文房小説》作「賔」。

〔五〕「而君容于妾宇下焉有所自」，《太平廣記》作「妾好詩而常綴此」。

〔六〕「皆」，《太平廣記》作「類此」。

〔七〕「踏」，《太平廣記》作「翫」。

〔八〕「彎」，原作「鞋」，今據《太平廣記》、《文房小説》改。

〔九〕「次」，《太平廣記》、《文房小説》作「拍」。

〔一〇〕「又吴興姚合謂亞之曰」，《太平廣記》作「後鳳爲余言如是。是日，監軍使與賓府群佐及宴，隴西獨孤鉉、范陽盧簡辭、常山張又新、武功蘇滌皆嘆息曰：可記。故亞之退而著録。明日，客復有至者，渤海高元中、京兆韋諒、晉昌唐炎，廣漢李瓙、吴興姚合洎亞之，復集於明玉泉，因出所著以示之。於是姚合曰」。

〔一一〕「王炎云」，《太平廣記》作「王生者」。

〔一二〕「詞客」，《太平廣記》作「門客」。

〔一三〕「江」，原誤作「工」，據《太平廣記》改。

金馬緑衣記

陶生名其才，姑蘇人，舉於鄉，三入春試不偶。兀坐小樓爲歸謀亟也。僕者名睡眉，致款語於才曰：「武安王，燕地靈顯神也。禱之如應，可往卜之，以稽來事。」才雖悶悶，竟如僕語，遂叩神以筶，神不之許。乃坐，悶悶而入夢，神慰之曰：「其才君，緑衣郎也。何卜？何卜？且金陵文章府，宜往遊焉。」才俛首諾諾，豁目一驚，口津津云：「夢也，夢也。」歸謀其僕，浩然有金陵之思，遂束裝下金陵，館於國學。遇友人姓張名幟者，握手論交。一日縱遊入妓院，時有名妓號小芙蓉者，迎而款之。才遂倚芙蓉而盡日歌酌，妓不奇之。因徙倚於芭蕉亭，呼杯更酒。張私卜芙蓉，語令才詠此芭蕉。妓如言，即對才曰：「萬緑盈叢，妾非紅顏一點也。勞君詠之，以自試。」才感其言，即援筆濡墨，其詞曰：

蕉心捲，玉柱插天天際遠。蕉花赤，鐵膽銅肝當宁立。蕉葉長，仙姬羽扇擁霓裳。蕉葉片，旌旗暖動明飛電。蕉葉稀，飄飄百結山人衣。有時偃仰天風走，有時滴雨濯塵垢。有時移月過欄杆，有時驚霜心膽寒。雪隱梅花何處尋，當時歌舞今沉沉。直待陽和消息邇，依然掛緑春風裏。

咏成，張大異之。妓即下拜曰：「先生金馬緑衣郎也。」時金陵耆稺皆呼緑衣郎云。遊情既愜，不覺更歲。而禮闈棘院將試天下士焉。才亟扳巇，同抵燕國。三人試之，才占制科高等，巇亦同名春榜。比者往領宮袍，才袍色緑，巇大笑曰：「小芙蓉言緑衣郎，驗也。」才駭而笑歌云：

緑衣郎，緑衣郎。小芙蓉，不能忘。分明夢語在西廊，凜凜英風武安王。

按：本篇亦見《國色天香》卷二、何大掄編《燕居筆記》卷二。

稗家粹編卷四

星部

成令言遇織女星記

處士成令言，不求聞達，素愛岃乩山水〔一〕。天曆間，卜居鑑湖之濱，誦「千巖競秀，萬壑争流」之句，終日遊賞不絶〔二〕。常乘一葉小舟，不施篙櫓，風帆浪楫〔三〕，聽其所之。或觀魚水涯，或盟鷗沙際，或蘋洲狎鷺，或柳岸聞鶯。沿江三十里，飛者、走者、浮者、躍者，皆熟其狀貌，與之相忘，自去自來，不復疑懼。而樵翁、耕叟、漁童、牧豎遇之，不問老幼，俱得其歡心焉。初秋之夕，泊舟千秋觀下。金風乍起，白露未零。星斗交輝，水天一色。時聞蓮歌菱唱，恍惚在淵渚之間〔四〕。令言獨卧舟中，視天漢如白練，萬丈横亘於南北。纖雲掃迹，一塵不起。乃扣船舷歌宋之問《明河》之篇，飄飄然有遺世獨立羽化登仙之意。

舟忽自動，其行甚速，風水俱駛，一瞬千里，若有物引之者，令言莫測。須臾至一處，寒氣襲人，清光奪目。如玉田湛湛，琪花瑶草生其中；如銀海洋洋，異獸神魚隱其内〔五〕。鳥鵲群鳴，白榆亂植。令言度非人間，披衣而起，見珠宮岌然，貝闕高聳。有一仙娥自内而出，披冰綃之衣，曳霜紈之帔，帶翠鳳步摇之冠，躡瓊紋九章之履。侍女二人，一執金柄障扇，一捧玉環如意。星眸月貌，光彩照人。行至岸側，顧謂令言曰：「處士來何遲？」令言拱而言曰：「僕晦迹江湖，忘形魚鳥，素乏誠約，又昧平生，何以有來遲之問？」仙娥笑曰：「卿安得而識我乎？所以奉邀至此者，蓋以卿夙負高名，久存碩德，將有誠悃藉卿傳之於世耳。」乃請令言登岸〔六〕。入門行數十步，見一大殿，榜曰「天章之殿」；後有一閣，題曰「靈光之閣」。閣内設雲母屏，鋪玉華簟，四面皆水晶簾，以珊瑚鈎掛之，通明如白晝。梁間懸香毬二枚，蘭麝之氣，芬芬滿室〔七〕。請令言對席，坐而語之，曰：「卿識此地乎？即人世所謂天河，妾乃織女之神也。此去人間，已八萬餘里矣。」令言離席而言曰：「下土愚民，甘與草木同腐。今夕何幸，身遊天府，足踐神宮，獲福無量，受恩過望。然未知尊神欲託以何事，授以何言，願得一聞，以釋疑慮〔八〕。」仙娥乃低首斂躬，端肅而致詞，曰：「妾乃天帝之孫，靈星之女，夙稟貞性，離群索居。豈意下土無知，愚氓好誕，妄傳七夕之期，指作牽牛之配，致令清潔之操，受此污辱之名。開其源者，《齊諧》多詐之書；鼓其波者，楚俗不經之語。傅會其説而唱之者，柳宗元《乞巧》之文；鋪張其事而和之者，張文潛《七夕》之詠。强詞巧辯，無以自明；鄙句邪言，何所不至。往往形諸簡牘，播於篇章。有曰：『北斗佳人雙淚流，眼穿腸斷爲牽牛。』又曰：『莫言天上稀相見，猶勝人間去不回。』又曰：『未會牽牛意若何，須邀織女弄金梭。』又曰：『時人不用穿針待，那得心情送巧來〔九〕。』如此類者，不一而足。褻侮神靈，罔知忌諱，是可忍也，孰不可忍也！」令言問曰：「鵲橋之會，牛渚之遊，今聽神言，審亦誣矣！然如姮娥月殿之奔，神女高唐之夢，后土靈仇之事，湘靈冥會之詩，果有之乎？抑未然乎？」仙娥憮然曰：「姮娥者，月宫仙女；后土者，地祇貴神；大禹開峽之功，巫山實佐之；而湘靈者，堯之女，舜之妃也，是皆賢聖之倫，貞烈之輩〔一〇〕，烏有如世俗所謂哉？非若上元之降封陟〔一一〕，雲英之遇裴航〔一二〕，蘭香之嫁張碩，彩鸞之遇文簫，情慾易生，事迹難掩者也。世人詠月有曰：『姮娥應悔偷靈藥，碧海青天夜夜心。』題峽之詩曰：『一自《高唐賦》成後，楚鄉雲雨盡堪疑。』夫日月兩曜，混沌之際，開闢之初，既以具矣。豈有羿妻之説、竊藥之事，而妄以孤眠獨宿侮之乎？雲者，山川靈氣，雨者，天地沛澤，柰何因宋玉《高唐賦》之謬侮之哉〔一三〕？輒指爲房幃之樂，譬之衽席之歡，慢神瀆天，莫此爲甚！湘君夫人，賢聖之裔〔一四〕；李群玉者，果何人斯？敢以淫奔之詞，溷於黄靈之廟〔一五〕，曰：『不知精爽落何處，疑是行雲秋色中。』自述奇遇，引歸其身，誕妄矯誣，名檢掃地。后土之傳，唐人不敢指斥則天之惡，故借名以諷之耳。世俗不識，便謂誠然，至有『韋郎年少耽閑事，案上休看《太白經》』之句。夫慾界諸天，皆有配耦，其無耦者，則無慾者也。士君子於名教中自有樂地，何至造述鄙猥，誣謗高明，既以欺其心，又以惑於世，而自處於有過之域哉？幸卿至世爲一白之。無令雲霄之上、星漢之間，久受黄口之讒、青蠅之玷也。」令言又問曰：「世俗之多誑，仙真之被誣，今聽神言，詳其僞矣。然如張騫之乘槎，君平之辯石，將信然歟，抑妄説歟？」仙娥曰：「此事則誠然矣。夫博望侯乃金門直吏，嚴君平乃玉府仙曹〔一六〕，暫謫人間，靈性具在，故能周遊八極，辨識衆物，豈常人可及乎？卿非三生有緣，今夕亦烏得而至此？」遂出瑞錦二端以贈之，曰：「卿可歸矣。所托之事，幸勿相忘。」令言拜别登舟，但覺風露高寒，濤瀾洶湧，一飯之頃，却回舊所。則淡霧初生，天星漸落〔一七〕，鷄三鳴而更五點矣。取錦視之，與世間所織不甚相異，姑藏之篋笥，以待博物者辨之。後遇西域賈胡，試出而示焉，撫翫移時，改容而言曰：「此天上至寶，非人間物也。」令言問：「何以知之？」曰：「吾見其文順而不亂，色純而不雜。日映之瑞氣葱葱而起，以塵覆之則自飛揚而去。以爲帳幄，則蚊蚋不敢入；以爲衣服，則雨雪不能濡。隆冬御之，不必挾纊而附火〔一八〕；盛夏披之，不必納涼而授風矣〔一九〕。其蠶蓋扶桑之葉所飼，其絲則天河之水所濯，豈非織女機中之物乎？君何從得此？」令言秘之，不肯與語，遂輕舟短棹，長遊不返。後二十年，有人遇之於玉笥峰下，顏貌如澤〔二〇〕，雙瞳湛然，黃冠布裘，不巾不帶，揖而問之，則御風而去，其疾如飛，追之不能及矣。

按：本篇出明瞿佑著《剪燈新話》卷四，原題《鑑湖夜泛記》。亦見《廣艷異編》卷五、《續艷異編》卷三，俱題《靈光夜游録》；《萬錦情林》卷一、林近陽編《燕居筆記》卷七、余公仁編《燕居筆記》卷七，俱題《成令言遇仙記》等。

【校記】

〔一〕「屶乩」，《剪燈新話句解》作「會稽」，二者實爲不同寫法。南朝梁顧野王《玉篇》卷二十二「山部」收「屶」：「古文會字。」；卷三十「乙部」收「乩」：「今作稽字。」按：明徐伯齡《蟫精雋》卷四《吕城懷古》中「生值元末兵燹間，流離四明，岌亂姑蘇」句，「岌亂」應爲「屶乩（會稽）」之形近致誤。

〔二〕「遊賞不絶」，《剪燈新話句解》作「遨遊不輟」。

〔三〕「楫」，原作「息」，據《剪燈新話句解》改。

〔四〕「恍惚在」，《剪燈新話句解》作「應答于」。

〔五〕「隱」，《剪燈新話句解》作「泳」。

〔六〕「岸」下《剪燈新話句解》有「邀之」二字，屬下句。

〔七〕「滿室」，《剪燈新話句解》作「觸鼻」。

〔八〕「疑」，《剪燈新話句解》作「塵」。

〔九〕「那」，《剪燈新話句解》作「没」。

〔一〇〕「而湘靈者」至「貞烈之輩」，《剪燈新話》章甫言刻本和黄正位校本、《廣艷異編》、余公仁編《燕居筆記》同，虞淳熙序本作「而湘靈者，堯之女、舜之妃也。是皆賢聖貞烈之儔」，句解本、清江堂本作「而湘靈者，堯女舜妃，是皆賢聖之裔、貞烈之倫」。按：句解本、清江堂本言湘靈爲「賢聖之裔」可通，但是言姮娥、后土、巫山神女都是「賢聖之裔」，就有所不通了。章甫言本、虞淳熙本、《稗家粹編》泛言姮娥、后土、巫山、湘靈是「賢聖之倫、貞烈之輩」則通。而「賢聖之裔」的説法，實由下文所引起。句解本、清江堂本將「湘君夫人，賢聖之裔」改爲「湘君夫人，帝舜之配。陟方之日，蓋已老矣」後，再將未用的「賢聖之裔」四字挪到前面，但疏失也就産生了，這是瞿佑晚年修改時前後失應造成的。

〔一一〕「封陟」，原作「封涉」，章甫言本、黄正位本、《廣艷異編》、余本《燕居筆記》同，據句解本、清江堂本、虞淳熙本改。

〔一二〕「雲英之遇裴航」，原作「麻姑之過方平」，章甫言本、黄正位本、虞淳熙本、《廣艷異編》、余公仁編《燕居筆記》同，據句解本、清江堂本改。按：據葛洪《神仙傳》，麻姑與王方平僅在一起喝酒，没有親昵關係。元趙道一《歷世真仙體道通鑑》云：「麻姑，乃王方平之妹。」而上元與封陟、蘭香與張碩、彩鸞與文簫、雲英與裴航之間都有一段情感關係。可見句解本更確。

〔一三〕《剪燈新話句解》無「侮之哉」三字。

〔一四〕「賢聖之裔」，《剪燈新話句解》作「帝舜之配。陟方之日，蓋已老矣」。

〔一五〕「靈」，《剪燈新話句解》作「陵」。

〔一六〕「君平」，《剪燈新話句解》作「先生」。

〔一七〕「天」，《剪燈新話句解》作「大」。

〔一八〕「附火」，《剪燈新話句解》作「燠」。

〔一九〕「納涼而授風」，《剪燈新話句解》作「乘風而涼」；「涼」，原作「京」，據文意改。

〔二〇〕「如」，《剪燈新話句解》作「紅」。

神部

天王冥會録

處士張姓者，居鴛湖之南，有簞瓢之樂，無軒冕之累。往來叢林中，與釋子談禪，頗識真乘旨。萬曆三年秋，里中見磨腐、屠猪之妻，各宣羅道偈，煽惑男婦，從者甚衆。張欲攘臂斥之，又欲爲文刺之，其妻阻曰：「子救死且不贍，奚暇管閑事哉？」因咲而止。後夜，對月獨坐，見二力士黄巾綉襖，向前施禮曰：「毗沙門天王邀處士一面。」張倉卒未及致問，忽一人牽青獅來，玉勒錦鞍，蹲踞於地，力士扶張乘之。空濛中覺風雷聒耳，雲霞爛目。頃至一金城，守者森列。更越重門，方抵殿下。其天王猪首象鼻，若寺中所塑狀。張再拜。天王答禮，命坐於側，從容謂曰：「朕爲兩曜之宗、諸佛之佐。方今天下，羅道肆僞，亂吾真教。雖螢火難以侵太陽，而莠草未免傷美稼。護法者寧不寒心！昔張無盡即處士前身，衛乘多矣。今乃見義不爲，恐前功因之遂棄。所以奉邀至此者，欲勞史筆，一正群邪耳。」即命近侍持白玉硯、文犀管并雲箋丈餘，致列張前。張遂俯首聽命，一揮而就。其詞曰：

竺乾貝葉流香墨，白馬遥馳入中國。欲識前途玅轍源，須知出自真乘力。
今來此教多披靡，謬以羅道名無爲。宣揚偈語滿鄉邑，善者呵拜惡者隨。
避人曉散夜方聚，幼婦齊聲和老嫗。甚將庸道稱佛爺，淺言奉若真如句。
況凡齋戒順乎人，彼獨索誓拘其身。迷途向去不復返，無能解悟翻沉淪。
子念親恩誠罔極，送死胡爲禁哭泣。百愛俱從一火空，忍教薦享毫無及。

動言地獄駭凡情，妄造新詞誘設盟。無知婦女一朝信，輕夫厭子甘趨迎。
斯時探旨燃香立，豈期香内先施術。醜者無如妍有緣，晨昏常許來幽室。
於焉往往事淫污，時人直作摩臍呼[一]。慨兹失身且不悔，猶假宣偈愚其夫。
法兼照鏡與臨水，不能入會深相媿。流風染俗多害人，世道之中一大祟。
君不見漢時大盜稱黄巾，仗此鼓舞千萬人。
又不見紅巾聚衆亂元末，星火涓流終莫遏。
於今羅道倡四方，頓令男婦無三綱。香花輪供若真聖，纖毫無驗俱荒唐。
更能蜜口巧需索，翹首一呼人百喏。比之二盜尤猖狂，財色兼婪恣溝壑。
吾今歌此羅道篇，直將法鏡懸中天。分明照破羅道膽，縱有僞教誰宣傳。

書罷，進呈。天王閲畢，喜曰：「處士此作，可謂曲表邪行，大轉法輪矣。朕將呈覽諸佛，開示十方。處士獲福更無量也。」言訖，送行，則牽獅者候於闕下，更有擎旛執蓋、奏樂傳香前導者甚衆。須臾到家，則諸人倏然散去矣。張恍若夢覺。予時與張同處，親知其事，乃執燈爲録一過。

按：本篇出明鈞鴛湖客評述《鴛渚誌餘雪窗談異》帙上。《古今清談萬選》卷一《張生冥會》據此改編。

【校　記】

〔一〕「直」，《鴛渚誌餘雪窗談異》作「真」。

李主遇仙源宮土地

南康軍廬山太清觀，有隋朝張祐之奏請建真武并神父聖母降真殿，自後顯應甚多。是時南唐李主會群臣〔一〕，欲求福建馬氏歸朝。群臣言：「福建地剛人狡，須動兵取之。」李主從之〔二〕，統兵征伐，人馬届途，忽狂風黑霧，有毒蛇猛獸攔截道路，兵仗不能前進。李主乃焚香禱空，忽於雲靄中立一神人，鞠躬至前曰：「臣是福州閩山仙源觀土地，蒙本觀真武點來界首迎接，爲知大王舉兵欲取福建，但福建世業未終，已自注定庚午歲合徑歸儷極，不當大王收取，特將此意迎諫。大王人馬度山越水，戈刀之下，徒多死傷姓命。」良久，神人不見，風霧頓息。李主因此回軍至廬山降真殿祭獻，見右立一從官，手擎劍鞘者，李主指問道衆，奏曰：「是河魁也〔三〕。」李主歎曰：「祇此便是在路中見者神人，相貌一同。」後李主歸國，於上清宮依廬山太清觀式樣，蓋造真武神父聖母三真寶殿，令本宮修奉香火。福建探知李主兵馬將至本界，因何回轉，尚慮李主設伏，遣使赴南唐審問，李主於回文內俱述中路逢一神人，言是仙源宫土地，蒙真武差來迎報，福建世業未竭，自注下庚午年合歸儷極，不當南唐取之，感此神言，更不進兵。其馬氏已知仙源宫委是通靈保護國界，卻爲來書云已注「庚午歲合歸儷極」，因此懷疑，集諸局識議。若謂歲次庚午尚有年深，未委儷極因依合屬何所之兆，竟不測其理。擇日集百官往閩山仙源宫，禱於真武廟，願降靈應，欲問庚午、儷極之意。果荷神靈響應，已知儷極是周後興運，天水之姓一統天下，列國皆納土，其龍興殿名「儷極」故也。福王馬氏，遂與南唐講和，無復相侵。

按：本篇出明徐永道輯《武當嘉慶圖》。亦見《古今奇聞類紀》卷十，注出《武當嘉慶圖》，《稗家粹編》從該書收録。

【校　記】

〔一〕「南唐李主」，《武當嘉慶圖》作「烈祖」。下文均同。

〔二〕「之」，原作「此」，諸本同，據文意改。

〔三〕「河」，原訛作「何」，據《武當嘉慶圖》改。

野廟花神

河陽，鉅邑也。去城八里許，舊有真君廟在，南向，塑真君像坐堂之中，衛以衆將，狀貌凜凜，類公署然。堂之階下兩傍，好事者爲植辛夷、麗春、玉蘂、含笑四名花。廟既偉傑，花復幽麗，觀者竊心賞矣。一日，儒士姚姓諱天麟者，河陽人也，因訪友遠出，及歸，未獲入郭而天色已昏黑矣。退無所及，進無所之，愴惶引望，遥見一古林，奔赴之。見林内有屋數椽，意必民居也，忙步謁其門。及至，有一蒼頭，竚立於門外。天麟揖而扣之曰：「此非旅館乎？」蒼頭笑曰：「誤矣。堂堂巨室，豈旅館乃爾也！」天麟曰：「然則何居？」蒼頭曰：「河陽真君之宅。」天麟遂求蒼頭引見真君。蒼頭不拒，引天麟入重門。至階下，乃見一叟幞頭緋衣，端坐堂上。天麟頓首曰：「僕河陽布衣，姓姚名天麟，迷路至此，伏乞相容。」真君揖天麟起，謂曰：「文士勿過爲禮。」天麟起，真君掖之上堂，延坐以賓次。復命蒼頭進以酒，列以果，與天麟對酌。酒數行，真君沾沾喜顧天麟謂曰：「家有四姬，長於歌舞，尤善吟詠。欲出以侑觴，恐見誚於大方文士也。」天麟避席謝曰：「重辱雅貺，敢謂誚乎？」真君召之。少頃，四姬出見，容色倍常態，纖纖若仙侣謫降者。真君首命賦詩，四姬請意〔一〕，真君曰：「各以若名爲題可也。」其一姬名辛夷，自吟曰：

桃杏飄殘春已終，芳容新吐玉闌中。筆拖紫粉非人力，苞拆紅霞似畫工。
露染清香凝蘸水，風吹銛勢欲書空。何當折向文房裏，一掃千軍陣略雄。

其二姬名麗春，自吟曰：

　　一種根株數種花，雨餘紅白静交加。精神未數趙飛燕，顏色宛如張麗華。
　　倦倚春風躭宿酒，濕涵曉露點靈砂。東君自是豪門客，吟對芳叢興覺賒。

其三姬名玉蘂，自吟曰：

　　瓊花柳絮與山礬，名品先賢辨别難。數朵粧成冰片皎，千枚刻出雪華寒〔二〕。
　　唐昌覓種分歸植，仙女尋香折取看。回首東君渾不管，狂風滿地玉闌珊。

其四姬名含笑，自吟曰：

　　天與臙脂點絳唇，東風滿面笑津津。芳心自是歡情足，醉臉長含喜氣新。
　　傾國有情偏惱客，向陽無語似撩人。紅塵多少愁眉者，好入花林結近鄰。

吟畢，真君命之歌；歌罷，真君命之舞。其歌麗曲似鳳囀喬林，舞纖腰即柳眠紫禁。天麟盡歡酩酊，少憩几席間，忽覺天已明矣。視之，不見真君四姬所在，獨一泥像儼然，廟中堂題曰「當境土地河陽真君廟」。兩傍四種花，則辛夷、麗春、玉蘂、含笑也。天麟驚嘆而返，自此益修厥德云〔三〕。

按：本篇亦見《廣艷異編》卷二三、《續艷異編》卷一九、《古今清談萬選》卷四。《幽怪詩譚》卷三《野廟花精》據此改編。

【校　記】

〔一〕「意」，《廣艷異編》、《續艷異編》作「題」。

〔二〕「刻」，《廣艷異編》、《續艷異編》作「劃」。

〔三〕《廣艷異編》、《續艷異編》無「自此益修厥德云」七字。

龔元之遇嶽神

兖州府嶽廟素著靈迹。弘治中，蘇州龔元之知府事，嘗於中夜聞有鞭朴之聲，以問左右。左右有知者具言廟之神異，元之弗信也。凌晨往謁廟，無所覩，召言者責之，其人言：「但須至誠乃得進見。」明日齋沐更衣，以夜往。祭禱良久，門啓而入。見五人冕服如王者出迎，延坐賓位。元之辭讓，王者曰：「公陽官，予陰官也。事體無統攝，請坐。」已而進茶，元之未敢飲，神曰：「此齋筵中茶也，飲之無害。」元之請曰：「聞有十王，彼五位安在？」曰：「已赴齋矣。」元之求觀嶽神，辭曰：「嶽禁嚴不得入，有一事當以奉觀耳。」命舁一僧至，熾炭炙其背，曰：「是此地某寺僧也，平日募緣所得，皆供酒食費，不修殿宇，故受罰如此。」問曰：「猶有解乎？」曰：「今改過則可免也。」遂辭出。既歸，使人密訪其僧，正患背疽且死，告以故，僧悔懼，傾貲修建，病即愈。

按：本篇出明陸粲撰《庚巳編》卷一，題《州嶽廟》。亦見《古今奇聞類紀》卷十。

龔弘遇赴任城隍

嘉定龔公弘由郎署擢兖州知府，將之任，舟阻北河。旁近艤有官艦，詢之，答曰：「兖州新知府赴任也。」公驚曰：「豈有一府除兩知府者？或假冒以害人者也。」使人通問，艦中冠袍貴人即造公舟拜謁。公恠之，答曰：「知府雖同，幽明則異。」公曰：「得非城隍之神乎？」曰：「然。」公曰：「鄙人何德，獲與神遇？」曰：「以公正直，故相見也。」公曰：「到任後可許再見乎？」曰：「公入廟時，第止騶從於門外，公獨登堂，則相見矣。」他日公謁廟，果如教，輒相見。一日，公入，語案牘之勞。答曰：「吾檢勘陰間事更勞也。」公曰：「神所司，可使鄙人見之乎？」曰：「公但閉目即見矣。」公因閉目，果見堂下囚徒紛紜，哀苦百狀。有一婦人，乃公同寮推官妻也，以鐵釘釘一指，望見公，哀鳴乞救。公謁於神，且爲營救。神曰：「此婦妬悍，殺妾子三四人，致推官絶嗣，故受此報。奉公教，稍寬指釘，但死則不可免也。」又見府中工房某吏，兩手俱釘。公問之，神曰：「此人先爲刑房，屈法殺人，今當抵罪。」已而公還府，會推官妻指瘡十餘日，痛不可忍。公入問疾，推官曰：「頃者指瘡少寬，方熟睡也。」又使人問吏，吏方兩掌瘡甚。公諭推官當預後具，令吏外徙。甫三日，推官妻與吏俱死。公在郡數年，有疑事輒請於神，以是人不敢欺云。

按：本篇出明閔文振編《涉異志》。亦見《古今奇聞類紀》卷十，題《龔弘遇赴任城隍神》。

丹景山報應録

河東解郡中條山道士劉海蟾，有道者也。至元壬午春，負琴劍丹藥遊於西蜀，居彭日之丹景山〔一〕。世傳其山乃岱宗較勘天下人鬼罪福之處。海蟾以清浄玄玅之化，爲時人所欽仰。是年中元節夜，醮壇既畢，海蟾含光嘿坐。萬景俱寂，時將夜分，童子剪燭添香，瀹茗而進。俄聞松外車馬之聲宛如千人之語，海蟾驚異，乃下榻滅燭，啓户而視。第見岱宗殿内燈火交輝，皎如白晝。堦下列兜鍪金甲執斧鉞者五十餘人，形狀猙獰可畏。海蟾自念：「此必嶽帝降臨也，吾爲全真，雖乏道德之行，亦無邪塵之穢。見之何傷？」乃整衣冠，肅然趨進，守門皂衣者呵之曰：「此道士欲何之？」海蟾曰：「吾爲本觀修獻，神君至此，烏得不見？爾曹阻吾何爲？」旁有緑衣幞頭持文簿者數人叱皂衣人曰：「此仙翁也，爾引進見之。」於是皂衣乃掖海蟾升階。殿中主者三人，冠通天雲冠，衣紫雲錦袍，如人間所繪星辰之像。東西對坐二百餘人，皆衣冠縉紳之士，左右列從吏數百餘輩，或冠或巾，形狀匪一，或持羽葆，或執旌幢，侍立甚嚴。海蟾趨前再拜，中坐者呼曰：「地仙何以知吾儕在此？」海蟾頓首曰：「貧道凡愚，罔知仙馭降臨，失於迎迓，伏望真慈曲亮寬宥。」言既，西坐一羽衣呼曰：「劉君別來無恙乎？」視之，乃故人閑閑吴宗師也，尸解數年矣，乃持手引坐，海蟾謙退再三。上坐者曰：「公方外之士，與塵俗之流不同，何故謙德若此？」海蟾稽首就坐〔二〕，耳語閑閑曰：「上坐諸公何神也？」閑閑曰：「中坐者，天曹定名玉曆真君，左則九天司録真君，右則岱宗司命真君。東西列坐者，皆天曹貴神也。」海蟾曰：「諸君亦曾在世間否？」閑閑笑曰：「君尚不知耶？此皆漢唐宋名臣也。每經甲子一輪，於此較勘善惡，諸君亦生陽世爲王公侯伯，或爲公卿大夫士，出應明時，以輔太平之治〔三〕。其歷代姦回邪佞之徒，或生爲臧獲，或變牛羊犬豕之類，以供諸賢之用也。」少焉，獄卒執二人至前，皆裸身反縛，形容顑頷，憂怖之色可掬。一緑衣吏持簿進曰：「此秦相李斯、趙高也，情辜已服，伏望明斷。」真君叱吏以鐵撾搒掠數百，骨肉皆碎。旁跽二人，一年少者自言公子扶蘇，一脩偉者云爲秦將蒙恬也〔四〕。扶蘇垂涕詈曰：「二老賊枉害吾命，滅吾四十餘代之族。是可忍爲，孰不可忍爲！」李斯曰：「沙丘之事，皆趙高説二世爲之。高累言於我，我拒却再三。柰何二世聽其邪謀，以成彼之矯詐。然則舉心發端皆高所爲，斯但不合信其詐也。」高怒目號噭，謂斯曰：「焚燬聖賢百家之書，坑戮儒生數百人，禁人偶語，勸二世明申、韓之術，修商鞅之法，督責嚴刑以馭臣下，亦我教汝爲耶？」斯答曰：「爾勸二世深居禁中，日與婦人宴樂，掩蔽忠良之諫，大興土木之功，誣吾父子，賊殺無辜，指鹿爲馬，上凌下替〔五〕，使閻樂弒君，欲篡其位，引帝璽佩之，以百官莫從，殿柱欲摧，乃止。爾之罪，擢髮不容數也。」往返爭辯未已。真君怒曰：「汝曹之罪，神人俱知，尚何喋喋以辯哉？」叱獄吏以撾抉其齒。揮巨筆判曰：

上蔡匹夫，隱宫賤寺。諫逐客助秦爲暴〔六〕，嚴刑禁學古非今。墳典聖經，俱收除而焚燬；衣冠文士，咸捕獲以坑埋。乃以祖龍之尸，使混鮑魚之臭。不顧嬴宗社之絶滅，那知吕子嗣之淪亡。矯詔立亡秦之胡，封劍誅賢家之子。彼蒼報應，如影隨形。歎牽犬逐兔者，具五刑以何多；指獻鹿爲馬者，夷三族而猶少。生遭慘酷，死墮陰幽。化六畜以償無辜，歷千年難以恩宥。大書文判，以戒將來。

真君呼扶蘇曰：「秦公子，汝於某處某官家生爲男子〔七〕，長蔭其秩。蒙將軍於某處某官家，亦爲男子，長受其蔭。彼斯、高二賊，俱生於二卿之家爲馬。俾卿等乘二十年，仍屠而食之。待甲子再輪，使生夷狄爲女人。」判畢，叱吏引入輪迴。斯、高號泣訴曰：「囚鬼等爲牛馬犬豕五十餘次，支解烹剥，痛楚極矣，豈有傷一世之命，而千載償之不足乎？乞生夷狄可也。」真君怒曰：「爾曹昔爲相國，位極人臣，貪欲無厭，求利不止，偷合苟容。且夫堯舜之道，天下古今之至道也。爾斯以爲大謬，非聖人者無法，爾之謂也。秦皇父子暴虐棄德，爾斯不以周孔之道輔之，乃以申韓之道輔之，乃以申韓之術以導其殘賊之心。逢君之惡，爾之謂也。彼高者本宦寺小人，百端狃詐，陷害輔宰，專權擅政，弑君謀逆，以致海内混亂，生民無辜而肝腦塗地者，不可勝紀，皆爾二賊所致。若此論之，雖經百劫不可宥也。」既而一卒以馬皮披於斯、高之體，頃之皆變馬矣，然猶振鬣跑蹄，哀鳴不已。東坐一紫袍金帶者笑曰：「今日如此形狀，作此哀鳴，盍曩者莫爲惡乎？吾有一律釋汝之怨。」二馬皆俯首以聽，其詩曰：

上蔡都門正少年，因觀食鼠識愚賢。從師既學尊王術，爲相須行正義權。
心狠豺狼誠可惡，體淪牛馬不須憐。從今蹄足宜馳速，莫遣王孫痛著鞭。

西坐一緋袍者亦曰：「吾有一律。」其詩曰：

深嚴督責學申韓，公族黔黎悉膽寒。儘用機心欺暗室，那知天道炳如丹。

咸陽市上尸猶在〔八〕，望夷宫中血未乾。此去不須效蹄嚙，好爲調善負雕鞍。

東坐一錦袍者亦曰：「吾有一律。」其詩曰：

談辯縱横佐祖龍，絶仁絶義務成空。六王宗社雖零落，四海黎民愈困窮。

生既僇尸霜刃下，死猶遺臭汗青中。他時馳驟咸陽道，好看阿房掃地空。

西坐一繡衣者亦曰：「吾有一律。」其詩曰：

吏胥閽寺總兒曹，謾以遊談詐趙高〔九〕。作福作威心已僻，欺明欺暗禍難逃。

沙丘孽子書成璽，上郡賢臣血染袍。轉得此身爲異類，負鞍銜勒敢辭勞。

詩畢，諸公哄然大笑。閑閑私謂海蟾曰：「先吟者少陵杜工部也，次者昌黎韓公也，又次者東坡蘇公也，又其次者山谷黄公也。」海蟾曰：「上坐三公爲何人？」閑閑曰：「居中者周之山甫仲公也，左右者漢之丙、魏二公乎。」又問曰：「此有蕭相國、張留侯、陳户牖諸公乎〔一〇〕？」閑閑曰：「蕭何薦韓信以成漢業，信未有叛逆狀，乃信吕后之言，誘而誅之，夷其三族，絶其宗祀。子房教漢祖分父羹之言，陷君於不孝；及劉、項指鴻溝爲界，解兵休息，乃勸高祖有養虎遺患之語，陷君於不信。陳平棄魏背楚，詭計多端，離間楚之君臣，俾范增憤怨而斃。又諸吕用事，吕后欲王之，又阿諂順意，不輔王陵之計，使産禄幾危漢室。三人雖有大功，亦有大過。故世人讀書習禮，見利忘義，妬賢嫉能者，比比有焉。其或與人交處，面和内怨，口是心非；或因圖名利，因事以傾擠；或因争私憤，陰謀以相陷，如是之徒，一萌此心，冥曹即録其名於黑簿也。」海蟾曰：「吾嘗見某士貪饕無厭，某官誅虐無義，某官姦貪險詐，某人兇狠害衆，今皆有子有禄，其故何耶？」閑閑曰：「如此者非祖宗積德之厚，必其生年命數有頑福也。若能改過遷善，庶可以保身家。苟或迷肆不悟〔一一〕，而祖宗之有餘慶，亦皆除去。己身之有壽禄，亦皆滅奪。逮及惡貫既盈，福慶俱絶，必有天殃神譴。人非鬼責之患，輕則止殞厥身，使家道零替，子孫窘乏；重則絶其宗祀，俾家無噍類矣。子當以此事傳於世，以爲姦貪殘虐不道者戒。」言既，門外仙樂鏗鏘，旌幢羅列，諸神離座而去。或乘飈車，或跨鸞鶴，就地騰空而起〔一二〕。海蟾遥拜，久而不知所在，第聞異香馥郁，仙葩亂墜，時漏下五鼓矣。海蟾修煉丹景，不知所終。時人亦以爲仙去焉。

按：本篇出明趙弼撰《效颦集》卷下，題《丹景報應録》。

【校　記】

〔一〕「彭日」，《明清小説善本叢刊》本、趙子伯重刻本《効顰集》作「彭州」。

〔二〕「海蟾」，據《明清小説善本叢刊》本、趙子伯重刻本補。

〔三〕「明時以」，趙子伯重刻本作「聖主臣」。

〔四〕「將」，原作「相」，據《明清小説善本叢刊》本、趙子伯重刻本改。

〔五〕「上凌下替」，《明清小説善本叢刊》本、趙子伯重刻本作「罔上凌下，尋」。

〔六〕「秦」，原作「祭」，據趙子伯重刻本改。

〔七〕「家」，據趙子伯重刻本補。

〔八〕「尸」，原作「詩」，據《明清小説善本叢刊》本、趙子伯重刻本改。

〔九〕「趙」，《明清小説善本叢刊》本、趙子伯重刻本作「力」。

〔一〇〕「户牖」，據《明清小説善本叢刊》本、趙子伯重刻本補。

〔一一〕「悟」，《明清小説善本叢刊》本、趙子伯重刻本作「悛」。

〔一二〕「空」，據趙子伯重刻本補。

舒大才奇遇

舒大才，雲間之逸士也。聰慧能文，尤長於詩。麒德二年春，因駕舟訪友，回抵中途，天已薄暮，時聞大魚跳擲於波間，宿鳥飛鳴於岸際，雲散月明，花香柳舞，忽蘭麝風透，環珮鏗鏘，大才異之。艤舟諦視，一美人姿容妍麗，偕二婢嬉遊於林下。生乃登岸揖曰：「娘子高居何處，夜行至此？」美人笑曰：「弊居僻陋，離此咫尺。君如不鄙，枉駕一顧。」大才情動於中心，不得已，遂與美人先後而行。不半里許，遥見竹户荆扉，花木掩映，明窗净几，亦甚整潔。美人遜生上坐，命侍婢獻茶，繼以酒饌，盃盤精緻，非世所有。壁間掛四時迴文詩四絶，美人自製也。

第一幅曰：

花艷吐枝紅傍雨，柳煙垂線翠迎風。霞生遠漢東升日，月落閑窗北近松。

第二幅曰：

涼生水閣虚簷冷，齒嚼冰絲雪藕寒。香散榴花紅灼灼，露傾荷葉翠團團。

第三幅曰：

蘆覆岸深秋水碧，木凋霜凜曉天蒼。孤眠夜永愁空館，獨立朝長望遠鄉。

第四幅曰：

天墮雪花冰滿户，雨飛風冽凍凝城。鮮鮮蓝綻梅容瘦，滴滴香傾酒味清。

美人遽曰：「效顰鄙句，愧無好詞，君無哂焉。」大才稱贊不容口。詢以姓名居址。美人曰：「妾姓花，成都人。蕋真，小字也。」大才淫興勃然，求與之合。美人變色曰：「男女配合，人之大倫。縱欲私通，謂之悖禮。與君萍水相逢，遽起穿窬之意，可乎？不可乎？」大才跽而言曰：「律設大法，理順人情。趯趯之斯螽傳聲，喓喓之草蟲即應，可以人而不如微物乎？」美人始改容曰：「君能賡此四時詞，是乃中雀之目、牽幕之絲也。」大才乃援筆而和之。

第一幅曰：

花吐嫩紅新着雨，絮飄輕白細惟風。霞舒綿練光凝嶺，月上圓盤影掛松。

第二幅曰：

涼風扇透朝肌冷，驟雨盆傾夜帳寒。香楝出飛新燕小，翠池盈貼嫩荷團。

第三幅曰：

蘆岸宿鴻秋寂寂，桂庭飛蝶晚蒼蒼。孤燈剪盡捱長夜，獨枕愁思夢遠鄉。

第四幅曰：

天冷夜清霜滿野，月寒風凜雪迷城。鮮紅燭影深閨静，淡白梅香暗閣清。

大才和訖，美人贊曰：「兩韻並賡，真難得也。」是夜就寢，極講幽歡。天明起視，乃一古祠。中塑一美人身，左右列侍二婢。案上朱書木牌，題曰：「花蕋夫人。」大才驚訝失色，舉身流汗。促舟還家，遂得疑疾。夢中，常見美人與之居〔一〕，聯詩數篇，不及備述。

按：本篇亦見《廣艷異編》卷一、《續艷異編》卷一，俱題《花蕊夫人》。

【校　記】

〔一〕「居」，《廣艷異編》、《續艷異編》作「同榻」。

修文舍人傳

夏顏，字希賢，吳之震澤人也。博學多聞，性質英邁，幅巾布裘，遊於東西兩浙間。喜慷慨論事，亹亹不厭，人每傾下之。然而命分甚薄，日不暇給。嘗喟然長歎曰：「夏顏，汝修身謹行，奈何不能潤其家乎？」則又自解曰：「顏回困於陋巷，豈仁義之不足也？賈誼困於長沙〔一〕，豈文華之不逮也〔二〕？校尉封拜，李廣不侯，豈智勇之不盡也〔三〕？侏儒飽死而方朔苦飢，豈才藝之不及也〔四〕？蓋有命焉，不可幸而致也。吾知順受而已，豈敢非理妄求哉！」至正初，客死於潤州，殯於北固山下。友人有與之情熟而交厚者〔五〕，遇之於途。見顏乘高車〔六〕，擁大蓋，戴進賢冠，曳蒼玉佩，衮衣綉裳〔七〕，如侯伯氣象〔八〕，從者十數〔九〕，各執供給之物〔一〇〕，呵殿而擁護，風彩揚揚，大異往日〔一一〕，投西而去〔一二〕。友人不敢呼之。一日，早出，復遇之於里門，顏遽褰帷下車而揖曰：「故人安否？」友人遂與之叙舊，握手而語〔一三〕，宛若平生〔一四〕。乃問之曰：「與君相別未久，而能自致青雲，立身要路。車馬僕從，如此之盛；衣冠服佩〔一五〕，如此之華，可謂大丈夫得志之秋矣！不勝健羨之至！」顏曰：「吾今隸職冥司，頗極清要。故人見問〔一六〕，何敢有隱？但途路之中，未暇備述，君如不棄，可於後夕會於甘露寺多景樓，庶得從容時頃，少叙間闊，不知可乎。望勿以幽冥爲訝，而負此誠信之約也。」友人許之，告別而去。是夕，携酒而往，則顏已先在，見其至，喜甚，迎謂之曰：「故人真信士，可謂死生之交矣！」乃言曰：「地下之樂，大勝人間〔一七〕。吾今爲修文舍人，顏淵、卜商舊職也。冥司用人，選擇甚精，必當其材，必稱其職，然後官位可居，爵禄可及，非若人間可以賄賂而通，可以門地而進〔一八〕，可以外貌而濫充，可以虛名而枉用也〔一九〕。試與君論之：今夫人世之上，仕路之間，秉筆中書者，豈盡蕭、曹、丙、魏之徒乎？提兵外閫者，豈盡韓、彭、衛、霍之流乎？館閣摛文者，豈皆班、楊、董、馬之輩乎？郡邑牧民者，豈皆龔、黄、召、杜之儔乎？騏驥伏鹽車，而駑駘飽芻荳〔二〇〕；鳳凰棲枳棘，而鴟梟鳴户庭；賢者槁項黄馘而死于下，不賢者比肩接迹而用於上〔二一〕。故治日常少，亂日常多，正在此也。冥司則不然。黜陟必明，賞罰必當〔二二〕。昔日負君之賊，敗國之臣，受其爵而享其禄者〔二三〕，至此必罹其禍〔二四〕；昔日積善之家，修德之士，困於世而窮其身者〔二五〕，至此必蒙其福。蓋輪迴之數，報應之條，至此亦莫逃矣。」遂斟滿而飲，連舉數杯〔二六〕，倚欄佇立，東西觀望〔二七〕，口占律詩二篇，吟贈友人曰：

笑指闌干扣玉壺，林鴉驚散渚禽呼。一江流水三更月，兩岸青山六代都。富貴不來吾老矣，幽明無間子知乎？傍人若問前程事，積善行仁不可誣〔二八〕。

滿身風露月茫茫〔二九〕，一片山光與水光。鐵甕城邊人翫月，鬼門關外客還鄉。功名不博詩千首，生死何殊夢一場！賴有故人知此意，清談終夕對藤床〔三〇〕。

吟訖，搔首而言曰：「太上立德，其次立功，其次立言。僕生世之日，無德可稱，無功可述，然而著成集録，不下數百卷；作成文章〔三一〕，將及千餘篇，皆極深研幾，盡意而爲之者。奄忽以來，家事零替，内無應門之僮，外無好事之客〔三二〕，盜賊鄰佑之所攘竊〔三三〕，風雨鳥鼠之所毁傷〔三四〕，十不存一，甚可惜也。伏望故人以憐才爲意〔三五〕，以恤交爲心，捐季子之寶劍，付蕘夫之麥舟，用財於當行，施德於不報，刻之金石，綉於桐梓〔三六〕，庶幾千秋萬歲〔三七〕，不與草木同腐，此則故人之賜也，然未敢必焉〔三八〕。」友人許諾。顔大喜，捧觴拜獻，以致叮嚀之意。已而，東方漸曙，告别而去。友人歸吴中，訪其家，除散亡零落外，猶得遺文數百篇，并所著《考古録》〔三九〕、《通玄志》等書，亟命工鏤板，鬻之于肆，以廣其傳。顔復到門致謝。自此往來無間，其家有吉凶之事、禍福之期〔四〇〕，皆預報之〔四一〕。三年之後，友人感疾，顔來訪問，因謂曰：「僕備員修文府，月日已滿，當得舉代。冥間最重此職，尤難其選〔四二〕。君若不欲，則不敢强；萬一欲之，當得盡力。所以汲汲於此者，蓋欲報君鏤板之恩耳。人生會當有死，縱復强延數年，何可得居此地？」友人欣然許之，遂不復治療〔四三〕，數日而終。

按：本篇出明瞿佑著《剪燈新話》卷四。亦見《太平通載》卷六十七，改題《夏顔》。

【校　記】

〔一〕「困」，《剪燈新話句解》作「屈」。

〔二〕「文華之不逮」，《剪燈新話句解》作「文章之不贍」。

〔三〕「盡」，《剪燈新話句解》作「逮」。

〔四〕「及」，《剪燈新話句解》作「敏」。

〔五〕「情熟而交」，《剪燈新話句解》作「契」。

〔六〕「乘」，《剪燈新話句解》作「驅」。
〔七〕「戴進賢冠曳蒼玉佩衮衣綉裳」上圖殘本、早期刊本同，《剪燈新話句解》作「峨冠曳珮」。
〔八〕「氣象」，《剪燈新話句解》作「狀」。
〔九〕《剪燈新話句解》無「十數」二字。
〔一〇〕「供給之」，《剪燈新話句解》作「其」。
〔一一〕「大異」，《剪燈新話句解》作「非復」。
〔一二〕「西」，《剪燈新話句解》作「北」。
〔一三〕「握手而」，《剪燈新話句解》作「執手款」。
〔一四〕「宛若」，《剪燈新話句解》作「不異」。
〔一五〕「衣冠服佩」，《剪燈新話句解》作「衣服冠帶」。
〔一六〕「見」，《剪燈新話句解》作「下」。
〔一七〕「大勝」，《剪燈新話句解》作「不減」。
〔一八〕「地」，《剪燈新話句解》作「第」。
〔一九〕「枉用」，《剪燈新話句解》作「獵取」。
〔二〇〕「飽」，《剪燈新話句解》作「厭」。

〔二一〕「用於上」，《剪燈新話句解》作「顯於世」。
〔二二〕「當」，《剪燈新話句解》作「公」。
〔二三〕「受其爵而享其禄者」，《剪燈新話句解》作「受穹爵而享厚禄者」。
〔二四〕「罹其禍」，《剪燈新話句解》作「受其殃」。
〔二五〕「困於世而窮其身」，《剪燈新話句解》作「阨下位而困窮途」。
〔二六〕「杯」，《剪燈新話句解》作「觥」。
〔二七〕「倚欄佇立東西觀望」，《剪燈新話句解》作「凭欄觀眺」。
〔二八〕「不可誣」，《剪燈新話句解》作「是坦途」。
〔二九〕「月」，《剪燈新話句解》作「夜」。
〔三〇〕「對」，《剪燈新話句解》作「據」。
〔三一〕「成」，《剪燈新話句解》作「爲」。
〔三二〕「無好事之客」，《剪燈新話句解》作「絶知音之士」。
〔三三〕《剪燈新話句解》無「鄰佑」二字。
〔三四〕《剪燈新話句解》無「風雨」二字；「鳥」，《剪燈新話句解》作「蟲」。
〔三五〕「意」，《剪燈新話句解》作「念」。

〔三六〕「刻之金石綉於桐梓」，《剪燈新話句解》作「刻之桐梓，傳於好事」。
〔三七〕《剪燈新話句解》無「千秋萬歲」四字。
〔三八〕「然未敢必焉」，《剪燈新話句解》作「興言及此，慚愧何勝」。按：「奄忽以來」至「然未敢必焉」，清江堂本僅存「也興言及此慚愧何勝」九字，上海圖書館藏殘本作：「奄忽以來，家事零替。內無應門之童，外絶知音之士。盜賊鄰佑之所攘竊，風雨蟲鼠之所毀傷，十不存一，甚可惜也。伏望故人以憐才爲意，恤交爲心，捐季子之寶劍，付堯夫之麥舟，用財於當行，施德於不報。刻之金石，綉於桐梓，庶幾千秋萬歲，不與草木同腐，此則故人之賜也。興言及此，慚愧何勝！」明顯雜糅早期刊刻本和晚年重校本。
〔三九〕「考」，《剪燈新話句解》作「汲」。
〔四〇〕「吉凶之事禍福之期」，《剪燈新話句解》作「吉凶禍福」。
〔四一〕「預」，《剪燈新話句解》作「前期」。
〔四二〕「尤難其選」，《剪燈新話句解》作「得之甚難」。
〔四三〕「遂」下《剪燈新話句解》有「處置家事」。

蕭志忠

中書令蕭志忠，景雲元年爲晉州刺史，將以臘日畋遊，大事罝羅。先一日，有薪者樵於霍山，暴瘧不能歸，因止巖穴之中，呻吟不寐〔一〕，似聞谷窣有人聲〔二〕。初以爲盜賊將至，則匍匐伏于枯木中。時山月甚明，有一人身長丈餘，鼻有三角，體被豹鞟，目閃閃如電，向谷長笑。俄有虎、兕、鹿、豕、狐、兔、雉、鴈駢迎百許步。長人即唱言曰：「余玄冥使者，奉北帝之命，明日臘日，蕭使君當順畋獵。汝等若干合鷹死，若干合箭死〔三〕。」言訖，群獸皆俯伏戰懼，若請命者。老虎洎老麋皆屈膝向長人言曰〔四〕：「以某之命，即實以分。然蕭公仁者，非意欲害物，以行時令耳，若有少故則止。使者豈無術救余〔五〕？」使者曰：「非余欲殺汝輩，但以帝命宣示汝等刑名，即余使乎之事畢矣，自此任爾自爲計。然余聞東谷嚴四善謀，爾等可就彼祈求。」群獸皆輪轉歡叫。使者即東行，群獸畢從〔六〕。時薪者疾亦少間，隨往覘之。既至東谷，有茅堂數間，黄冠一人，架懸虎皮，身熟寢驚起，見使者，曰：「闊别既久，每多思望。今日至此，得無配群生臘日刑名乎？」使者曰：「正如高明所問。然彼皆求生于四兄，四兄當爲謀之。」老麋即屈膝哀請〔七〕。黄冠曰：「蕭使君從仁心〔八〕，恤其饑寒，若祈滕六降雪，巽二起風，即不復遊獵矣。余昨得滕六書，已知喪偶。又聞索泉第五娘子爲歌姬，以妬忌黜。若汝求得美女納之，雪立降矣。又巽二好飲，汝若求得醇醪賂之，則風立生〔九〕。」有二狐自稱多媚，能取之：「河東縣尉崔知之第三妹，美淑媚綏〔一〇〕。

絳州盧思由善醪釀〔一一〕，妻産，必有美酒。」言訖而去。諸獸皆有歡聲。黄冠乃謂使者曰：「憶含質仙都，豈憶千年爲獸身，悒悒不得志，聊爲《述懷》一章。」乃吟曰：

昔爲仙子今爲虎，流落陰崖足風雨。更將斑毳被余身，千載空山萬般苦。

「然含質譴謫已滿，惟有十一日即歸紫府矣。久居于此，將别無限恨〔一二〕。因題數行于壁，以使後人知僕曾居于此矣。」乃書北壁曰：

下玄八千億甲子，丹飛先生嚴含質。

謫下中天被斑革，六十萬甲子血食澗飲〔一三〕。

廁猿狖，下濁界，景雲元祀升太一〔一四〕。

時薪者素曉書詞〔一五〕，因密記得之。少頃，老狐負美女至，纔及笄歲，紅袂拭目，殘粧妖媚。又有一狐負美酒二瓶，香氣苦裂〔一六〕。嚴四兄即以美女洎美酒瓶，各内一壺中〔一七〕，以朱書二符，取水噀之，二壺即飛去。薪者懼其爲所見〔一八〕，即尋路却迴〔一九〕。未明，風雪暴至，竟日乃罷，而蕭使君不復獵矣。

按：本篇出唐牛僧孺撰《玄怪録》。亦見《太平廣記》卷四四一、《逸史搜奇》庚集六；《廣艷異編》卷二十八，題《丹飛先生》；《一見賞心編》卷十三，題《晉州獵記》；《狐媚叢談》卷三，題《狐負美姬》。《類説》卷十一節選，題《滕六降雪巽二起風》;《三洞群仙傳》卷十八節選。諸本作「蕭志忠」,兩《唐書》作「蕭至忠」。

【校　記】

〔一〕「寐」下《太平廣記》有「夜將艾」三字。
〔二〕「谷窣」,《太平廣記》、《逸史搜奇》作「悉窣」,《一見賞心編》作「谷中」,高承埏本《玄怪録》作「谷崒」。
〔三〕「汝等若干合鷹死若干合箭死」,《太平廣記》、《類説》、《一見賞心編》作「爾等若干合箭死,若干合鎗死,若干合網死,若干合棒死,若干合狗死,若干合鷹死」。
〔四〕「洎」,原訛作「伯」,據《太平廣記》、《逸史搜奇》改,《一見賞心編》無此字。
〔五〕「余」,《太平廣記》作「某等」。「使者」句,《一見賞心編》作「願使者出神術稍救殘生」。
〔六〕「畢」,原訛作「異」,據《太平廣記》、《一見賞心編》、《逸史搜奇》改。
〔七〕「老麋」,《一見賞心編》作「虎麋」。《太平廣記》在「老麋」前有「老虎」二字。
〔八〕「從仁心」,《太平廣記》、《一見賞心編》作「每役人,必」。
〔九〕「生」,《太平廣記》、《一見賞心編》作「至矣」。
〔一〇〕「媚綏」,出《詩經·衛風》「南山崔崔,雄狐綏綏」,陳應翔本、高承埏本《玄怪録》、《廣艷異編》作「媚緩」,誤,《太平廣記》、《一見賞心編》作「嬌艷」,《逸史搜奇》作「妖媚」。
〔一一〕「思由」,《太平廣記》、《一見賞心編》作「司户」,《太平廣記詳節》作「司田」。司户、司田均爲州之僚佐。

〔一二〕「無限恨」，《太平廣記》、《一見賞心編》作「不無恨恨」，《逸史搜奇》作「無恨」。

〔一三〕《太平廣記》、《一見賞心編》無「萬」字，許本《太平廣記》「六十萬」作「六千」。

〔一四〕「祀」，《太平廣記》、《一見賞心編》作「紀」。此詩《一見賞心編》作：「下玄甲子八千億，丹飛先生嚴含質。謫下中天被斑革，六十甲子享血食。飲廁猿狖下濁界，景雲元紀昇太乙。」馮夢龍《太平廣記鈔》卷七十六作：「下元八千億甲子，丹飛先生嚴含質。謫下中天被斑革，景雲元紀昇太一。」

〔一五〕「詞」，《太平廣記》作「誦」，《一見賞心編》、《逸史搜奇》無。

〔一六〕「苦」，《太平廣記》、《一見賞心編》作「酷」。

〔一七〕「壺」，《太平廣記》、《一見賞心編》作「囊」。下同。

〔一八〕「其」，《一見賞心編》無，《太平廣記》作「且」。「見」，據《太平廣記》、《一見賞心編》等補。

〔一九〕「路」，據《太平廣記》、《一見賞心編》補。

掠剩使

杜陵韋元方外兄裴璞任邠州新平縣尉，元和五年卒於官。長慶初，元方下第，將客於隴右。出開遠門數十里低偏店，將憩，逢武吏躍馬而來，騎從數十，而貌似璞。見元方若識，而急下馬避之，入茶坊，垂簾於小室中，其徒御散坐簾外。元方疑之，亦造其邸。及褰簾入見，實裴璞也，驚喜拜之，曰：「兄去人間，復効武職，何從吏之赳赳焉？」裴曰：「吾爲陰官，職轄武士，故武飾耳。」元方曰：「何官？」曰：「隴右三川掠剩使耳〔一〕。」曰：「何爲典邪？」曰：「吾職司人剩財而掠之。」韋曰：「何謂剩財？」裴曰：「人之轉貨求丐也，命當即叶，忽遇物之簡稀〔二〕，或主人深顧所得，乃踰數外之財，即謂之剩，故掠之焉。」曰：「安知其剩而掠之？」裴曰：「生人一飲一啄〔三〕，無非前定，況財寶乎？陰司所籍，其復有限，獲而踰籍，陰吏狀來，乃掠之也。」韋曰：「所謂掠者，奪之於囊耶，竊之於懷耶？」裴曰：「非也。當數而得，一一有成，數外之財，爲吾所運。或令虛耗，或潔橫事，或買賣不及常價，殊不關身爾。始吾之生也，常謂商勤得財，農勤得穀，士勤得祿，只歎其不勤而不得也。夫覆舟之商，旱歲之農，屢空之士，豈不勤乎？而今乃知勤者德之基，學者善之本。德之爲善，乃理身之道耳，亦未足以邀財而求祿也。子之逢吾，亦是前定，合得白金二斤，過此遺子，又當復掠，故不厚矣。子之是行也，岐甚厚而邠甚薄，於涇殊無所得，諸鎮平平耳。人生有命，時不參差，以進靜觀〔四〕，無復躁撓〔五〕，勉之哉！璞以公事，須入城中，陰冥限數，不可違越。」遂以白金二斤授之，揖而上馬。元方固請曰：「闊別多年，忽此集會，款言未幾，又隔晦明，何遽如此？」璞曰：「本司廨署，置在汧隴間，吐蕃將來慮其侵軼，當與陰道京尹共議會盟。雖非遠圖，聊亦紓患，亦粗安邊之計也。戎馬已駕，來期不遥，事非早謀，不可爲備，快去！快去！」上馬數里，遂不復見。顧其所遺，乃真白金也。悵然而西，所歷之獲，無差其説。彼樂天知命者，蓋知事皆前定矣。俄而蕃渾騷動，朝廷知之，又慮其叛，思援臣以爲謀，宰相莅盟，相國崔公不欲臨境，遂爲城下之盟，卒知其説也。

按：本篇出唐牛僧孺撰《玄怪録》。亦見《逸史搜奇》癸集五。《類説》卷十一節選，題《隴右山川掠剩史》；《稗史彙編》卷一三五節選。

【校記】

〔一〕「三川」，《類説》本作「山川」。

〔二〕「簡」，原作「箱」，據《玄怪録》高承埏本改。

〔三〕「啄」，原作「酌」，據《玄怪録》高承埏本、《類説》本改。

〔四〕「進」，《玄怪録》高承埏本、《類説》本、《逸史搜奇》作「道」。

〔五〕「撓」，《玄怪録》高承埏本、《類説》本作「競」。

富貴發迹司志

至正丙戌，秦川士人何友仁〔一〕，爲貧窶所迫，不能聊生。因謁城隍祠，過東廡，見一司〔二〕，題額曰〔三〕「富貴發迹司」。友仁禱於神像之前：「某生世四十有五，寒一裘，暑一葛，朝晡飯一盂，初無過用妄爲之事。然而遑遑汲汲，常有不足之憂，冬暖而愁寒，年豐而苦饑，出無所依之投〔四〕，處無蓄積之守。妻孥賤棄，鄉黨絶交，困迫艱難，無所告訴。側聞大王主富貴之案〔五〕，掌發迹之權，叩之如有聞焉，求之無不獲者。是以不避呵責，冒犯威嚴，屏息庭前，鞠躬户下。伏望告以儻求之事，喻以未至之機，指示迷途，提携晦迹，使枯魚蒙斗水之活，困烏托一枝之安，敢不拜賜知恩，仰感洪造〔六〕！如或前事有定，後路無由，大數既已難移，薄命終於不遇，亦望明彰報應，使得預知。」禱畢，跧伏案幙之内。是夜，東西兩廡，左右諸曹，皆燈燭熒煌，人物駢雜，或施鞭朴而問勘，或遣吏卒而勾追，喧閧叫呼，洋洋盈耳〔七〕。唯友仁所處之司，不見一人，亦無燈火。獨處暗中，時及半夜，忽聞呵喝之音〔八〕，初遠漸近，將及廟門，諸司判官皆趨出迎。及入，見紅燭兩行〔九〕，儀衛甚衆。府君朝衣端簡〔一〇〕，登正殿而坐，判官輩參見既畢，皆回局治事。而發迹司判官自殿上而來〔一一〕，蓋適從府君朝天始回耳。坐定，有判官數人，皆幞頭角帶，服緋緑之衣，入户相見，各述所治之事。一人曰：「某縣某户藏米二千斛〔一二〕，近因水旱相繼〔一三〕，米價倍增，鄰境闕糴〔一四〕，野有餓莩，而乃開倉以賑之，但取原價，不求厚利，又爲饘粥以濟飢民〔一五〕，蒙活者頗衆。昨縣神申於本司，本司呈於府君〔一六〕，聞已奏之天庭，延壽三紀，賜禄萬鍾矣。」一人曰：「某村某氏奉姑甚孝，其夫在外，而姑得重痼，醫卜無効〔一七〕，焚香祝天，願以身代，割股以進，因遂得愈。昨天符行下，云：某氏孝通天地，誠格鬼神，令生貴子二人，皆食君禄，光大其門〔一八〕，終爲命婦以報之。府君下於本司，今已著之福籍簿矣〔一九〕。」一人曰：「某姓某官，爵位已崇，俸禄亦厚，不思報國，惟務貪饕。受鈔三百錠，枉法斷公事；取銀五百兩，非理害良民。府君奏於上界，即欲加罪，緣本人福禄未艾〔二〇〕，故遲之數年，使受滅族之禍。今早奉命，記於惡簿，惟候其時矣。」一人曰：「某鄉某甲，有田數十頃，而貪求不已，務爲兼并。鄰人之田與之接壤〔二一〕，欺其勢孤無援，賤價售之，又不還其直，令其憤怨而死〔二二〕。冥府移文勾攝，本司差人管押前去〔二三〕，聞已化身爲牛，托生鄰家，塡其所負矣〔二四〕。」諸人言叙既畢，發迹司判官忽揚眉盱目，咄嗟長嘆而謂衆賓曰：「諸公各守其職，各行其事〔二五〕，褒善罰惡，可謂至矣。然而天地運行之數，生靈厄會之期，國統漸衰，大難將作，雖諸公之善理，其柰之何！」衆曰：「何謂也？」對曰：「吾適從府君上朝帝所，聞衆聖論將來之事。數年之後，兵戎大起，巨河之南，長江之北，合屠戮人民三十餘萬。當是時也，自非積善累仁、忠孝純至者，不克免焉。豈生靈寡祐，當其塗炭，抑運數已定，莫之可逃乎？」衆皆嚬鼇相顧曰：「非所知也。」遂各散去。友仁始於案下匍匐而出，拜述厥由。判官熟視良久，命小吏取簿籍至，親自檢閱，謂友仁曰：「君後大有福禄，非久於貧賤者，從此以往，當日勝一日，脱晦向明矣。」友仁願示其詳，遂取朱筆書一十六字以授之〔二六〕，曰：「遇日則康，遇月而發，遇雲而衰，遇電而没。」友仁置之於懷，再拜辭出。行及廟門，天色漸曙〔二七〕，急探其中〔二八〕，則無有矣。歸而話於妻子以自慰。不數日，郡有大姓傅日英者，延之於家以誨子弟〔二九〕，月俸束脩五錠，家道稍康〔三〇〕。凡居其門數載〔三一〕。已而高郵張士誠起兵〔三二〕，元朝命丞相脱脱討之〔三三〕，大帥達理月沙頗知書好士〔三四〕，友仁獻策於馬首，稱其意，薦於脱公，即署隨軍參謀，車馬僕從，一旦赫然。及脱公徵還，友仁遂仕於朝，踐履館閣〔三五〕，經歷省院〔三六〕，可謂貴矣。未幾，授文林郎、内臺御史，同列有雲石不花者，與之不相投〔三七〕，構於大官，黜爲雷州録事。友仁憶判官之言，「日」、「月」、「雲」三字皆已應矣，深自戒懼，不敢爲非。到任二年，有事申總管府，吏具牘以進，友仁自署銜曰：文林郎雷州録事司録事何某〔三八〕。揮筆之際，風吹紙起，於「雷」字之下，曳出一尾，宛然成一「電」字，大惡之，亟命易去。是夜感疾，自知不起，處置家事，訣别妻子而終。因詳判官所述衆聖之語、將來之事，蓋至正辛卯之後，張氏起兵淮東，國朝創業淮西，攻圍争奪，戰陣相尋〔三九〕，沿淮諸郡多被其禍，死於亂兵者何止三十萬焉。以是知普天之下，率土之上〔四〇〕，小而一身之榮瘁通塞，大而一國之興亡治亂，皆有定數，不可轉移，而妄庸者乃欲輒施智術於其間，徒自取困耳。

按：本篇出明瞿佑著《剪燈新話》卷三。亦見《太平通載》卷十九，改題《何友仁》。文中「衆聖論將來之事」，實從《太平廣記》卷一五八《李甲》所出。

【校記】

〔一〕「秦川」，《剪燈新話句解》、《太平通載》作「泰州」，黄正位本作「秦州」。

〔二〕「司」，《剪燈新話句解》作「案」。

〔三〕「題額」，《剪燈新話句解》作「牓」。

〔四〕「所依」，《剪燈新話句解》作「知己」。

〔五〕「大王」，《剪燈新話句解》作「大神」。

〔六〕「知恩仰感洪造」，《剪燈新話句解》作「深恩仰干洪造」。

〔七〕《剪燈新話句解》無「或施鞭朴……洋洋盈耳」二十二字。

〔八〕「呵喝」，《剪燈新話句解》作「呵殿」。

〔九〕「紅燭」，《剪燈新話句解》作「紗籠」。

〔一〇〕「朝衣」，《剪燈新話句解》作「朝服」。

〔一一〕「判官」，《剪燈新話句解》作「主者」。
〔一二〕「斛」，《剪燈新話句解》作「石」。
〔一三〕「水旱」，《剪燈新話句解》作「旱蝗」。
〔一四〕「闞」，《剪燈新話句解》作「閉」。
〔一五〕「飢民」，《剪燈新話句解》作「貧乏」。
〔一六〕《剪燈新話句解》「本司」二字不重。
〔一七〕「卜」，《剪燈新話句解》作「巫」；「無效」下《剪燈新話句解》有「乃齋沐」三字。
〔一八〕「光大」，《剪燈新話句解》作「光顯」。
〔一九〕《剪燈新話句解》無「簿」字。
〔二〇〕「福禄未艾」，《剪燈新話句解》作「頗有頑福」。
〔二一〕「鄰人之田與之接壤」，《剪燈新話句解》作「鄰田之接壤者」。
〔二二〕「憒怨」，《剪燈新話句解》作「含忿」。
〔二三〕「冥府移文勾攝本司差人管押前去」，《剪燈新話句解》作「冥府帖本司勾攝入獄」。
〔二四〕「填」，《剪燈新話句解》作「償」。
〔二五〕「行」，《剪燈新話句解》作「治」。

〔二六〕「筆」下《剪燈新話句解》有「大」字。

〔二七〕「漸」，《剪燈新話句解》作「已」。

〔二八〕「其」，《剪燈新話句解》作「懷」。

〔二九〕《剪燈新話句解》無「於家」二字；「誨」，《剪燈新話句解》作「訓」。

〔三〇〕「道」，《剪燈新話句解》作「遂」。

〔三一〕「居其門數載」，《剪燈新話句解》作「居其館數歲」。

〔三二〕「張士誠」，《剪燈新話句解》作「張氏」。

〔三三〕「脱脱」下《剪燈新話句解》有「統兵」二字。

〔三四〕「大帥」，原作「太師」，《剪燈新話》章甫言本、黄正位本、虞淳熙本、上圖殘本、《太平通載》同，據句解本、清江堂本改。按：太師是正一品，大帥則是對高級統兵官的尊稱。元丞相脱脱統兵討伐張士誠起兵事，見《元史》本傳。脱脱曾封太師，但没有等到征張士誠之役結束即罷。句解本將達理月沙的職務安排爲「大帥」，較吻合「友仁獻策於馬首」和向上「薦於脱公」的用人過程。

〔三五〕「踐履」，《剪燈新話句解》作「踐歷」。

〔三六〕「經歷省院」，《剪燈新話句解》作「翱翔省部」。

〔三七〕「投」，《剪燈新話句解》作「能」。

〔三八〕《剪燈新話句解》無「文林郎」、「録事司」六字。
〔三九〕「戰陣」，《剪燈新話句解》作「干戈」。
〔四〇〕「上」，《剪燈新話句解》作「濱」。

水神部

鄭德璘傳

貞元中，湘潭尉鄭德璘，家居長沙，有親表居江夏，每歲一往省焉。中間涉洞庭、歷湘潭，多遇老叟棹舟而鬻菱芡，雖白髮而有少容。德璘與語，多及玄解。詰曰：「舟無糗糧，何以爲食？」叟曰：「菱芡耳。」德璘好酒，每挈松醪春過江夏〔一〕，遇叟無不飲之，叟飲亦不甚媿荷。德璘抵江夏，將返長沙，駐舟於黄鶴樓下，傍有鹺賈韋生者，乘巨舟，亦抵於湘潭。其夜與鄰舟告别飲酒。韋生有女，居於舟之舵櫖。鄰舟女亦來訪别。二女同處笑語〔二〕。夜將半，聞江中有秀才吟詩曰：

物觸輕舟心自知，風恬浪静月光微。夜深江水解愁思〔三〕，拾得紅蕖香惹衣。

鄰舟女善筆札，因覩韋氏粧奩中有紅箋一幅，取而題所聞之句。亦哦吟良久，然莫曉誰人所製也。及旦，東西而去。德璘舟與韋氏舟，同離鄂渚信宿，及暮又同宿。至洞庭之畔，與韋生舟楫頗似相近。韋氏美而艷，瓊英膩雲，蓮蕋瑩波，露濯蕣姿〔四〕，月鮮珠彩，於水窗中垂鈎。德璘因窺見之，甚悦，遂以紅綃一尺，上題詩曰：

纖手垂鈎對水窗，紅蕖秋色艷長江。既能解珮投交甫，更有明珠乞一雙。

强以紅綃惹其鈎，女因收得，吟翫久之，然雖諷讀，即不能曉其義。女不工刀札，又恥無所報，遂以鈎絲而投夜來鄰舟女所題紅牋者。德璘謂女所製，凝思頗悦，喜暢可知。然莫曉詩之意義，亦無計遂其款曲。由是女以所得紅綃繫臂，自愛惜之。明月清風，韋舟遽張帆而去。風勢將緊，波濤恐人。德璘小舟，不敢同越，然意殊恨恨。將暮，有漁人語德璘曰：「向者賈客巨舟，已全家没於洞庭矣。」德璘大駭，神思恍惚，悲惋久之〔五〕，不能排抑。將夜，爲弔江姝詩二首，曰：

湖面征風且莫吹〔六〕，浪花初綻月光微。沉潛暗想橫波淚，得共鮫人相對垂。

洞庭風軟荻花秋，新没青娥細浪愁〔七〕。淚滴白蘋君不見，月明江上有輕鷗。

詩成，酹而投之。精貫神祇，至誠感應，遂感水神，指詣水府〔八〕，府君覽之，召溺者數輩曰：「誰是鄭生所愛？」而韋氏亦不能曉其來由。有主者搜臂，見紅綃而語府君曰：「德璘異日是吾邑之明宰，況曩有意相及〔九〕，不可不曲活爾命。」因召主者，攜韋氏送鄭生。韋氏視府君，乃一老叟也。逐主者疾趨而無所礙。道將盡，覩一大池，碧水汪然，遂爲主者推墮其中。或沉或浮，亦甚困苦，時已三更。德璘未寢，但吟紅牋之詩，悲而益苦。忽有物觸舟，然舟人已寢，德璘遂秉炬照之，見衣服彩繡是似人物，驚而拯之，乃韋氏也，繫臂紅綃尚在。德璘喜且駭〔一〇〕，良久，女蘇息。及曉，方能言，乃說：「府君感君而活我命。」德璘曰：「府君何人也？」終不省悟，遂納爲室，感其異也，將歸長沙。後三年，德璘當調選〔一一〕，欲謀醴陵令。韋氏曰：「不過作巴陵耳。」德璘曰：「子何以知？」韋氏曰：「向者水府君言是吾邑之明宰，洞庭乃屬巴陵，此可驗矣。」德璘志之，選果得巴陵令。及至巴陵縣，使人迎韋氏。舟楫至洞庭側，值逆風不進，德璘使傭篙工者五人而迎之。內一老叟，挽舟若不爲意，韋氏怒而唾之。叟回顧曰：「我昔水府活汝性命，不以爲德，今反生怒。」韋氏乃悟，恐悸，召叟登舟，拜而進酒果，叩頭曰：「吾之父母，當在水府，可省覲否？」曰：「可。」須臾，舟楫似沒於波，然無所苦。俄到往時之水府，大小倚舟號慟。訪其父母。父母居止儼然，第舍與人世無異。韋氏詢其所須，父母曰：「所溺之物，皆能至此。但無火化，所食惟菱芡耳。」持白金器數事而遺女曰：「吾在此無用處，可以贈爾。」不得久停，促其相別。韋氏遂哀慟別其父母。叟以筆大書韋氏巾曰：

昔日江頭菱芡人，蒙君數飲松醪春。活君家室以爲報，珍重長沙鄭德璘。

書訖，叟遂爲僕侍數百輩自舟迎歸府舍。俄頃，舟却出於湖畔。一舟之人，咸有所覩。德璘詳詩意，方悟水府老叟乃昔日鬻菱芡者。歲餘，有秀才崔希周投詩卷於德璘，内有「江上夜拾得芙蓉」詩，即韋氏所投德璘紅牋詩也。德璘疑詩，乃詰希周。對曰：「數年前，泊輕舟於鄂渚，江上月明，時當未寢，有微物觸舟，芳馨襲鼻。取而視之，乃一束芙蓉也。因而製詩。既成，自以爲得意，吟詠於江上者數四，餘無他爾。」德璘詰韋氏，韋氏具以實對〔一二〕。德璘歎曰：「命也。」然後更不敢越洞庭〔一三〕。德璘官至刺史。

按：本篇出唐裴鉶撰《傳奇》。亦見《太平廣記》卷一五二，題《鄭德璘》；《情史類略》卷八、《艷異編》卷二二、《古今説海》説淵部六、余公仁編《燕居筆記》卷九、《逸史搜奇》丙集五；《繡谷春容》卷四，題《德璘娶洞庭韋女》。《類説》卷三二《傳奇》節選，題《鄭德璘》。

【校　記】

〔一〕「每」，《太平廣記》作「長」。

〔二〕「處笑」，原作「笑處」，據《太平廣記》、《逸史搜奇》乙轉。
〔三〕「水」，《太平廣記》、《逸史搜奇》作「上」。
〔四〕「蕣」，原作「舜」，據《太平廣記》改。
〔五〕「惋」，《太平廣記》作「婉」。
〔六〕「征」，《太平廣記》作「狂」。
〔七〕「娥」，《太平廣記》作「蛾」。
〔八〕「指」，《太平廣記》、《逸史搜奇》作「持」。
〔九〕「意」，《太平廣記》、《逸史搜奇》作「義」。
〔一〇〕「且駭」，《太平廣記》、《逸史搜奇》作「驟」。
〔一一〕「當」，《太平廣記》作「常」。
〔一二〕「自以爲得意吟詠於江上者數四餘無他爾德璘詰韋氏韋氏具以實對」，原作「諷詠良久敢以實對」，據《太平通載》、《太平廣記詳節》改。
〔一三〕「後」，據《太平廣記》、《逸史搜奇》補。

王勃遇水神助風

王勃字子安，唐高宗時人也〔一〕。六歲能文，詞章蓋世。年十三，省父，舟至馬當，登岸閒步，見大門當道，榜曰「中元水府之殿」〔二〕。返回歸路，遇老叟坐於磯上，與勃長揖曰：「子非王勃乎？」勃心驚異，叟曰：「來日重九，南昌都督會客，欲作《滕王閣序》。子有清才，盍往爲之？」勃曰：「此去南昌八百餘里，今已是九月八日矣。安能至彼？」叟曰：「子誠往，予助清風一席〔三〕。」勃欣然拜謝，問叟仙耶神耶。叟笑曰：「吾中元水府君也。歸帆當以濡毫均耳。」勃即登舟，順風張帆，舟行如飛，翼日昧爽，已抵南昌。會都督閻公宴僚屬於滕王閣。公壻吳子章〔四〕，亦頗能文，乃令宿構《滕王閣序》，欲俟賓客至，出序以誇之，若一時即席而成者。洎客至，公遂授簡諸客，客皆不敢當；次至勃，勃最年少，輒受不辭。公既非意，色甚不怡，起歸内閣。密敕數吏，伺勃下筆，即以口報。一吏即報曰：「南昌故郡，洪都新府。」公曰：「此亦儒士常談耳。」一吏復報曰：「星分翼軫，地接衡廬。」公曰：「故事也。」又報曰：「襟三江而帶五湖，控蠻荆而引甌越。」公即不語。俄而數吏沓至以報，公但頷頤而已。至「落霞與孤鶩齊飛〔五〕，秋水共長天一色」，公矍然曰：「此天才也。」頃而文成，公大悦，子章聞之慙而退。公私宴勃，既行，謝以五百縑。勃舟回故地，而叟已先坐石磯矣。勃拜謝曰：「當具菲禮，以答神休。」叟笑曰：「但過長蘆，焚陰錢十萬，吾有未償薄債也。」勃過長蘆，如數焚之而去。

按：本篇源出唐羅隱《中元傳》，但傳世羅隱文集不載。關於王勃著《滕王閣序》故事的傳世版本較多，且較複雜。唐王定保撰《唐摭言》卷五簡單載有王勃著《滕王閣序》事。北宋劉斧編著《摭遺》，應從《中元傳》。《類説》卷三四《摭遺》節本有《滕王閣記》。宋陳元靚編《歲時廣記》卷三五《記滕閣》，注出《摭言》（應爲《摭遺》之誤）。宋委心子撰《分門古今類事》（《十萬卷樓叢書》本）卷三《王勃不貴》，注出《中元傳》。《古今奇聞類紀》卷十，注出《唐書》（但與新、舊《唐書》比較，差異甚大），《稗家粹編》當從《古今奇聞類紀》收録。馮夢龍撰《醒世恒言》卷四十《馬當神風送滕王閣》據此改編。

【校記】

〔一〕「唐高宗時」，《歲時廣記》等作「太原」。

〔二〕「中元」，《類説》、馮夢龍《醒世恒言》作「中源」。

〔三〕「予」，原作「手」，據文意改。

〔四〕「吴子章」，《唐摭言》作「孟學士」。

〔五〕「與」，原作「於」，據《滕王閣序》改。「鶩」，《歲時廣記》作「鳧」。

附：《歲時廣記》卷三五《記滕閣》

《摭言》：王勃，字子安，太原人也。六歲能文，詞章蓋世。年十三，侍父宦遊江左。舟次馬當，寓目山半古祠，危闌跨水，飛閣懸崖。勃乃登岸閑步，見大門當道，榜曰「中元水府之神」，禁庭嚴肅，侍衛猙獰。勃詣殿砌瞻仰，稽首返回。歸路遇老叟，年高貌古，骨秀神清，坐於磯上，與勃長揖曰：「子非王勃乎？」「勃曰：「與老丈昔非親舊，何知勃之姓名？」叟曰：「知之。」」勃心驚異，虛己正容，談論款密。叟曰：「來日重九，南昌都督命客作《滕王閣序》，子有清才，盍往賦之？」勃曰：「此去南昌七百餘里，今日已九月八矣，夫復何言？」叟曰：「子誠能往，吾當助清風一席。」勃欣然再拜，且謝且辭，問叟：「仙邪？神耶？」心祛未悟。叟笑曰：「吾中元水府君也。歸帆當以濡毫均甘。」勃即登舟，翌旦昧爽，已抵南昌，「乃彈冠詣府下。」會府帥閻公宴僚屬於滕王閣，「召江左名賢畢集」。時公有婿吳子章，喜爲文詞，公欲誇之賓友，乃宿搆《滕王閣序》，俟賓合而出爲之，若即席而就者。既會，公果授簡諸客，諸客辭，「遞相推遜」。次至勃，勃輒受。公既非意，色甚不怡。「公大怒曰：「吾新帝子之舊閣，乃洪都之絕景，悉集英俊，俾爲記，以垂萬古。何小子，輒當之？」」歸内閣，密囑數吏，伺勃下筆，當以口報。「勃引紙，方書兩句」，一吏即報曰：「南昌故郡，洪都新府。」公曰：「此亦儒生常談耳。」一吏復報曰：「星分翼軫，地接衡廬。」公曰：「故事也。」又報曰：「襟三江而帶五湖，控蠻荆而引甌越。」公即不語。俄而數吏沓至以報，公但頷頤而已。至「落霞與孤鳧齊飛，秋水共長天一色」，公矍然拊几曰：「此天才也！」頃而文成，公大悦，復出主席，謂勃曰：「子之文章，必有神助，使帝子聲流千古，老夫名聞他年，洪都風月增輝，江山無價，皆子之力也。」偏示坐客，嘆服。俄子章卒然叱勃曰：「三尺小童兒，敢將陳文，以誑主公！」因對公覆誦，了無遺忘。坐客驚駭，公亦疑之。王勃湛然徐語曰：「陳文有詩乎？」子章曰：「無詩。」勃亦了不締思，揮毫落紙作詩曰：

滕王高閣臨江渚，佩玉鳴鑾罷歌舞。畫棟朝飛南浦雲，珠簾暮捲西山雨。
閒雲潭影日悠悠，物換星移幾度秋。閣中帝子今何在，檻外長江空自流。

子章聞之，大慙而退。公私讌勃，寵渥荐臻。既行，謝以五百縑。遂至故地，而叟已先坐磯石矣。勃拜以謝曰：「府君既借好風，又教不敏，當具菲禮，以答神庥。」叟笑曰：「幸毋相忘。儻過長蘆，焚陰錢十萬。吾有未償薄債。」勃領命，復告叟曰：「某之窮通壽夭何如？」叟曰：「『壽夭係陰司，言之是泄陰機而有陰禍。子之窮通，言亦無患。』子氣清體羸，神澂骨弱，『腦骨虧陷，目精不全』。雖有高才，秀而不實，『終不貴矣，况富貴自有神主之乎？請與子別。』」言畢，冉冉没於水際。勃聞此，厭厭不樂，過長蘆而忘叟之祝。俄有群烏集檣，拖櫓弗進。勃曰：「此何處？」舟師曰：「長蘆也。」勃恍然，取陰錢如數焚之而去。

羅隱詩曰：

江神有意憐才子，欻忽威靈助去程。一席清風雷電疾，滿碑佳句雪冰清。焕然麗藻傳千古，赫爾英名動兩京。若非幽冥祐祠客，至今佳景絶無聲。

後之人又作《傾盃序》云：

昔有王生，冠世文章，嘗隨舊遊江渚。偶爾停舟寓目。遥望江祠，依依陌上閑步。恭詣殿砌，稽首瞻仰，返回歸路。遇老叟，坐于磯石，貌純古。因語□，子非王勃是？致生驚，詢之片餉方悟。子有清才，幸對滕王高閣，可作當年詞賦。汝但上舟，休慮。迢迢仗清風去。到筵中、下筆華麗，如神助。○會俊侶，面如玉。大夫久坐覺生怒。報云落霞並飛孤鶩，秋水長天，一色澄素。閻公竦然，復坐華筵，次詩引序。道鳴鑾佩玉，鏘鏘罷歌舞。○棟雲飛過南浦，暮簾捲向西山雨。閑雲潭影，淡淡悠悠。物換星移，幾度寒暑。閣中帝子，悄悄垂名，在於何處？算長江，儼然自東去。

（據商務印書館《叢書集成初編》排印本陸心源《十萬卷樓叢書》本《歲時廣記》校録。

文中加[　]者據《古今類事》補。其中「公既非意，色甚不怡」句，《分門古今類事》作「公大怒曰：『吾新帝子之舊閣，乃洪都之絶景，悉集英俊，俾爲記，以垂萬古。何小子，輒當之？』起」。加框字原闕，據馮夢龍《醒世恒言》卷四〇補。《傾盃序》，頗不合傳世格律。）

稗家粹編卷五

龍神部

許漢陽

漢陽名商〔一〕，本汝南人也。貞元中〔二〕，舟行於洪饒間。日暮洪波急，尋小浦濡入〔三〕。不覺行三四里，到一湖中，雖廣而水纔三二尺。北行一里許〔四〕，見湖岸竹樹森茂，乃投以泊舟。漸近，見亭宇甚盛，有二青衣雙髻若〔五〕鵶，素面如玉，迎舟而笑。漢陽訝之，而入以游詞〔六〕，又大笑，返走入宅〔七〕。漢陽束帶，上岸投謁。未行三數步，青衣延入內廳，揖坐。云：「女郎等易服次〔八〕。」須臾，青衣命漢陽入中門。見滿庭皆一大池，池中荷芰芬芳，四岸砌如碧玉〔九〕。作兩道虹橋，以通南北。北有大閣，上堦，見白金書曰「夜日宮」〔一〇〕。四面奇花異木〔一一〕，森聳連雲。青衣引上閣一層，又有青衣六七人，見漢陽列拜〔一二〕。又引上二層〔一三〕，方見女郎六七人，目未嘗覩，相拜問來由〔一四〕。漢陽具述不意至此。女郎揖坐，云：「客中止一宵，亦有少酒，願追歡〔一五〕。」揖坐訖，青衣具飲食，所用皆非人間見者。食訖命酒。其中有一樹高數丈餘〔一六〕，榦如梧桐，葉如芭蕉，有紅花滿樹未吐，大如斗盎〔一七〕，正對飲所。一女郎執酒相揖〔一八〕，一青衣捧一鳥如鸚鵡，置飲前闌干上，叫一聲，而樹上花一時開，芳香襲人，每花中有美人長尺餘，婉麗之姿，掣曳之服，各稱其質。諸樂管弦盡備，其鳥再拜〔一九〕。女郎舉酒，衆樂具作，蕭蕭泠泠，杳入神仙〔二〇〕。纔一巡，此夕月色復明〔二一〕。女郎所論，皆非人間事，漢陽所不測。時因漢陽以人間事雜之，則女郎亦無所酬答。歡飲至二更，筵宴已畢〔二二〕，其樹花片片落池中，人亦落，更失所在。一女郎取一卷文書以示，漢陽覽之，乃《江海賦》。女郎令漢陽讀之，遂爲讀一遍。女郎請又自讀一遍，令青衣收之。一女郎謂諸女郎，兼白漢陽曰〔二三〕：「有感懷一章，欲請誦之〔二四〕。」諸女郎及漢陽曰：「善。」乃言曰〔二五〕：

海門連洞天〔二六〕，每去三千里。十載一歸來，辛苦瀟湘水。

女郎命青衣取諸卷兼筆硯，請漢陽與録之。漢陽展卷，皆金花之素，上以銀字札之，卷大如拱，已半卷相卷矣〔二七〕。觀其筆，乃白玉爲管，硯乃碧玉，以玻瓈爲匣，硯中皆研銀水。

寫畢，令以漢陽之名押之。展向前，見數首，皆有人名押署。有名仲方者，有名巫者，有名朝陽者，而不見其姓。女郎遂却索卷〔二八〕。漢陽曰：「有一篇欲奉和，擬繼此可乎？」女郎曰：「不可。此卷每歸呈父母兄弟，不可雜耳〔二九〕。」漢陽曰：「適以敝名押署，復可乎？」曰：「事别，非君子所論。」四更以來，命發收拾，揮霍次，一青衣曰〔三〇〕：「郎可歸舟矣。」漢陽乃起。諸女郎曰：「欣此旅泊接奉，不得鄭重耳。」恨恨而别。歸舟忽大風，雲色斗暗，寸步黯黑。而至平明，方自觀夜來飲所，乃空林樹而已。漢陽解纜，行至昨晚濡口江岸人家，見十數人，似有非常。故泊舟乃訊之〔三一〕，曰：「濡口溺殺四人，至二更後，却撈出。三人已卒，其一人，雖似活而若醉〔三二〕，有巫女以楊柳水洒拂禁咒，久而乃言曰〔三三〕：『昨夜海龍王諸女及姨姊妹六七人歸過洞庭〔三四〕，宵於此處，取我輩四人作酒。緣客少，不多飲，所以我却得來。』」漢陽異之，乃問曰：「客者謂誰？」曰：「一措大耳，不記姓名。」又云：「青衣言諸小娘子苦愛人間文字，不可得，常欲請一措大文字而無由。」又問今在何處，已發過也」。漢陽乃念昨宵之事，及感懷之什，皆可驗也。漢陽默然而歸舟，覺腹中不安，乃吐出鮮血數升，方知悉以人血爲酒爾。三日方平。

按：本篇出唐鄭還古撰《博異志》。《太平廣記》卷四二二，注出《博異志》。亦見《顧氏文房小說》本《博異志》、

《逸史搜奇》庚集六。《類説》卷二四《博異志》節録，題《海龍王女》。

【校記】

〔一〕「漢陽名商」，《太平廣記》作「許漢陽」。
〔二〕「貞元中」，《類説》首句作「許漢陽真君元中」，實衍「君」字而致誤。
〔三〕「濡」，《太平廣記》作「路」。
〔四〕「北」上《太平廣記》有「又」。
〔五〕「髮若」，《太平廣記》作「鬢方」。
〔六〕「入」，《太平廣記》作「調」。
〔七〕「返」，《太平廣記》作「復」。
〔八〕「等」，《太平廣記》無。
〔九〕「砌」，《太平廣記》作「斐」。
〔一〇〕「日」，《太平廣記》作「明」。
〔一一〕「異」，《太平廣記》作「果」。
〔一二〕「漢陽」，《太平廣記》作「者」。
〔一三〕「上」，《太平廣記》作「苐」。

〔一四〕「相拜問來由」,《太平廣記》作「皆拜問所來」。

〔一五〕《太平廣記》、《太平廣記詳節》無「揖坐,云:『客中止一宵,亦有少酒,願追歡』」十五字,疑跳行致脱。

〔一六〕「餘」,《太平廣記》作「枝」,屬下句。

〔一七〕「大如斗盎」,《太平廣記》作「盎如杯」。

〔一八〕「相揖」,《太平廣記》作「命」,屬下句。

〔一九〕「鳥」,《太平廣記》作「人」。

〔二〇〕「杳入」,《太平廣記》作「窅如」。

〔二一〕「此」,《太平廣記》作「已」。

〔二二〕「筵宴已」,原作「已來」,據《太平廣記》改。

〔二三〕「白」,《太平廣記》作「語」。

〔二四〕「請」,據《太平廣記》補。

〔二五〕「言」,《太平廣記》作「吟」。

〔二六〕「洞天」,《太平廣記》、《類説》、《文房小説》、《逸史搜奇》作「洞庭」。

〔二七〕「相卷」,《太平廣記》作「書過」。

〔二八〕「却」,《太平廣記》作「收」。

〔二九〕「可」,《太平廣記》、《文房小説》、《逸史搜奇》作「欲」。

〔三〇〕「二」,《太平廣記》作「一」。

〔三一〕「之」,《太平廣記》作「人」,屬下句。

〔三二〕「活而若醉」,《太平廣記詳節》同,《太平廣記》作「死而未甚」。

〔三三〕「乃」,《太平廣記》作「能」。

〔三四〕「海龍王」,《太平廣記詳節》同,《太平廣記》作「水龍王」。

仙部

太上真人度唐若山

唐若山,魯國人也〔一〕。唐睿宗景太中〔二〕,歷官尚書郎,連典劇郡。開元中,出守潤州,頗有惠政,遠近稱之。若山好長生之道。弟若水爲衡岳道士,得胎元谷神之要。嘗徵入内殿,尋懇求歸山。詔許之。若山素好方術,所至之處,必會爐鼎之客,雖術用無取者,皆禮而接之。家財殆盡,俸禄所入,未嘗有餘。金石靡費〔三〕,不知紀極。晚歲尤篤志焉。

潤之府庫官錢，亦以市藥。賓佐骨肉每加切諫，若山俱不聽納。一日，有老叟形容羸瘠，狀貌枯槁，詣門款謁，自言有長生之道。見者皆笑其衰邁。若山見之，盡禮加恭，留止月餘。所論皆非丹石之旨〔四〕。若山博採方訣、歌誦、圖記，無不研考。問叟所見〔五〕，皆蔑如也。復好肥鮮、美酒、珍饌、品膳。雖瘦削老劣〔六〕，而所食敵三四人。若山欽奉承事，曾無倦色。一夕，從容謂若山曰：「君家百口，所給常若不足。貴爲方伯，力尚多闕，一日居閒〔七〕，何以爲用〔八〕？况帑藏錢帛，頗有侵用。誠爲君憂之。」若山驚曰：「某莅任已久〔九〕，將有交代，亦常爲憂，而計無所出者〔一〇〕。緣此獲譴〔一一〕，固所甘心，但慮一家有凍餒之苦耳。」叟曰：「無多慮也。」促命酒，連舉數盃。若山飲酒素少，是日亦飲三四爵，殊不覺醉，心甚異之。是夜月甚明朗，撤解〔一二〕，徐步庭下，良久，叟謂若山曰：「可命一僕運鐺釜鐵器十數事於藥室間，使僕布炭〔一三〕，壘爐臼、鼎鉗之屬爲二聚〔一四〕，熾炭加之，烘然如窟〔一五〕，不可向視。」叟於腰間解小瓢〔一六〕，出丹二丸，各執其一〔一七〕，闔扉而出，謂若山曰：「子有道骨，法當度世，加以篤尚正直，性無忿恚，仙家尤重此行。吾太上真人也，遊觀人間，以度有心之士。憫子勤志，故來相度耳。吾當化黃白之物〔一八〕，一以留遺子孫，旁濟貧乏，一以支納帑藏，無貽後憂。便可命棹遊江，爲去世之計。翌日相俟於中流也。」言訖，失其所在。若山淩晨開閲，所化之物，爛然照室〔一九〕，復扃閉之，即與僚吏、賓客三五人〔二〇〕，整棹浮江，將遊金山寺。既及中流，江霧晦暝，咫尺不辨。若山獨見老叟棹漁舟，直抵舫側，揖若山入漁舟中，超然而去。久之，風波稍定，昏霧開霽，已失若山矣。郡中几案間，得若山訣別之書，指揮家事；又得遺表，因以奏聞〔二一〕。玄宗省表異之〔二二〕，遂命優恤其家。促召唐若水，與内臣齎詔，於江表海濱尋訪，杳無音塵矣。其後二十年，有若山舊吏自浙西奉使淮南，於魚市日見若山鬻魚於肆，混間常人。睨其吏而延之入陋巷中，縈迴數百步，乃及華第。止吏與食，哀其久貧，命市鐵二十鋌〔二三〕，明日復與相遇，已化金矣，盡以遺之。吏姓劉，今劉子孫世居金陵，亦有修道者〔二四〕。其弟若水亦尸解於南嶽。

按：本篇出唐杜光庭撰《仙傳拾遺》。亦見《太平廣記》卷二七、《古今奇聞類紀》卷九。元趙道一撰《歷世真仙體道通鑑》卷三十五，題《唐若山》，略唐若山攜李紳遊蓬萊事。《三洞群仙録》卷三節選。《稗家粹編》應從《古今奇聞類紀》收録。

【校　記】

〔一〕「國」，《太平廣記》作「郡」。

〔二〕「唐睿宗景太中」（七一〇年七月至七一二年四月，時間約一年零十個月），《太平廣記》作「唐先天中」，則在七一二年八月至七一三年三月，約七個月。

〔三〕「靡」，《太平廣記》作「所」。

〔四〕「旨」，《太平廣記》作「要」。

〔五〕「見」，《太平廣記》作「長」。

〔六〕「劣」，《太平廣記》作「叟」。

〔七〕「日」，《太平廣記》作「旦」。

〔八〕「用」，《太平廣記》作「贍」。

〔九〕「菈任已」，《太平廣記》作「理此且」。

〔一〇〕「者」，《太平廣記》作「若」，屬下句。

〔一一〕「獲」，《太平廣記》作「受」。

〔一二〕《太平廣記》無「撤解」二字。

〔一三〕「炭」，《太平廣記》作「席」。

〔一四〕「臼」，《太平廣記》作「曰」；「鉗」，《太平廣記》作「鐺」。

〔一五〕「窟」，《太平廣記》作「窑」。

〔一六〕「瓢」，《太平廣記》作「瓠」。

〔一七〕「執」，《太平廣記》作「投」。

〔一八〕「當」，《太平廣記》作「所」。

〔一九〕「室」，《太平廣記》作「屋」。

〔二〇〕《太平廣記》無「僚吏」二字。

〔二一〕「聞」下《太平廣記》有：其大旨：「以世禄暫榮，浮生難保，惟登真脱屣，可以後天爲期。昔范丞相泛舟五湖，是知其主不堪同樂也；張留侯去師四皓，是畏其主不可久存也。二子之去，與臣不同。臣運屬休明，累叨榮爵，早悟昇沉之理，深知止足之規，棲心玄關，偶得丹訣。黄金可作，信淮王之昔言；白日可延，察真經之妙用。既得之矣，餘復何求？是用揮手紅塵，騰神碧海。扶桑在望，蓬島非遥。遐瞻帝闇，不勝犬馬戀主之至。」

〔二二〕「玄宗」前《太平廣記》有「唐」字。

〔二三〕「鋋」，《太平廣記》作「梃」。

〔二四〕「者」下《太平廣記》無「其弟若水亦尸解於南嶽」句，多：又相國李紳，字公垂，常習業於華山。山齋糧盡，徒步出谷，求糧於遠方。迨暮方還，忽暴雨至，避於巨巖之下，雨之所沾若浼焉。既及巖下，見一道士艤舟於石上，一村童擁檝而立，與之揖。道士笑曰：「公垂在此耶！」言語若深交，而素未相識。因問紳曰：「頗知唐若山乎？」對曰：「常覽國史，見若山得道之事，每景仰焉。」道士曰：「余即若山也。將遊蓬萊，偶值江霧，維舟於此，與公垂曩昔之分，得暫相遇。詎忘之耶？」乃携紳登舟。江霧已霽，山峰如畫，月光皎然。其舟凌空泛泛而行，俄頃已達蓬島。金樓玉堂，森列天表。神仙數人，皆舊友也。將留連之。中有一人曰：「公垂方欲佐國理務，數畢乃還耳。」紳亦務經濟之志，未欲棲止。衆仙復命若山送歸華山。後果入相，連秉旌鉞。去世之後，亦將復登仙品矣。

裴航遇雲英記

唐長慶中，有裴航秀才，因下第，遊於鄂渚，謁故舊友人崔相國。值相國贈錢二十萬，遂挈歸於京。因傭巨舟，載於襄漢。同載有樊夫人，乃國色也。言詞問接，帷帳比鄰，航雖親切，無計導達而覲面焉。因賂其侍婢裊烟，而求達詩一章，曰：

向爲胡越猶懷想〔一〕，況遇天仙隔錦屏。倘若玉京朝會去，願隨鸞鶴入青冥〔二〕。

詩往，久而無答。航數詰裊烟，烟曰：「娘子見詩若不聞，如何？」航無計，因在道求名醞、珍果而獻之。夫人乃使裊烟召航相識。及褰帷，而玉瑩光寒，花明景麗，雲低鬟鬢，月澹脩眉，舉止乃烟霞外人，肯與塵俗爲偶〔三〕？航再拜揖，愕眙久之。夫人曰：「妾有夫在漢南，將欲棄官而幽棲巖谷，召某一訣耳。深哀草擾，慮不及期，豈更有情留盼他人盃酌耶〔四〕？但喜與郎君同舟共濟，無以諧謔爲意爾。然郎君小有因緣，他日必爲姻懿〔五〕。」

航曰：「不敢。」飲訖而歸。操比冰霜，不可干冒。夫人後使裊烟持詩一章，曰：

一飲瓊漿百感生，玄霜擣盡見雲英。藍橋便是神仙窟，何必崎嶇上玉京〔六〕。

航覽之，空愧佩而已，然亦不能洞達詩之旨趣。後更不復見，但使裊烟達寒暄而已。遂抵襄漢，與使婢挈粧奩不告辭而去，人不能知其所造。航遍求訪之，滅迹匿影，竟無蹤兆〔七〕，遂飾裝歸輦下。經藍橋驛側近，因渴甚，遂下道求漿而飲。見茅屋三四間，低而復隘，有老嫗緝麻苧。航揖之求漿，嫗咄曰：「雲英擎一甌漿來，郎君要飲。」航訝之，憶樊夫人詩有「雲英」之句，深不自會。俄於葦箔之下，出雙玉手捧瓷甌〔八〕，接飲之，真玉液也。但覺異香氤鬱，透於户外。因還甌，遽揭箔，覩一女子，露裛瓊英，春融雪彩，臉欺膩玉，鬢惹濃雲，嬌羞而掩面蔽身，雖紅蘭之隱幽谷，不足比其芳麗也。航驚怛軟足，縮不能去。因白嫗曰：「某僕馬甚饑，願憩於此，當厚答謝，幸無見阻。」嫗曰：「任郎君自便耳。」遂飯僕秣馬。良久，謂嫗曰：「向覩小娘子艷麗驚人，姿容擢世，所以躊躇而不能適，願納厚禮而娶之，可乎？」嫗曰：「渠已許嫁一人，但時未就耳。我今老病，只有此女孫，昨有神仙與靈藥一刀圭，但須玉杵臼擣之百日，方可就吞，當得後天而老。若約娶此女者〔九〕，得玉杵臼，吾當與之也，亦不顧其前時許人也〔一〇〕。其餘金帛，吾無用處耳。」航拜謝曰：「願以百日爲期，必携杵臼而至，更無他許人。」嫗曰：「然。」航怏怏而去。及至京國，殊不以舉事爲意，但於坊間鬧市喧衢，而高聲訪其玉杵臼，曾無影響。或遇朋友，若不相識，衆言爲狂人。數月餘日，忽遇一貨玉老翁，曰：「近得虢州藥鋪卞老書云，有玉杵臼貨之。郎君懇求如此，吾當爲書道達。」航愧荷珍重〔一一〕，果獲杵臼。卞老曰：「非二百緡不可得。」航乃瀉囊，兼貨僕馬，方及其值〔一二〕。遂步驟獨挈而抵藍橋昔日嫗家，嫗〔一三〕大笑曰：「有如是信士乎？吾豈愛惜女子，而不酬其勞哉？」女亦微笑曰：「雖然，更爲吾擣藥百日，方議姻好。」嫗於襟帶間解藥，航即擣之，晝爲而夜息。夜則嫗收藥臼於内室，航又聞擣藥聲，因窺之，有玉兔持杵臼，而雪光輝室，可鑒毫芒。於是航之意愈堅。如此日足，嫗持而吞之曰：「吾當入洞而告姻戚，爲裴郎具帳幃。」遂挈女入山，謂航曰：「但少留此。」逡巡車馬僕隸，迎航而往。別見一大第連雲，珠扉晃日，内有帳幄屏帷，珠翠珍玩，莫不臻至，愈如貴戚家焉。仙童侍女引航入帳，就禮訖，航拜嫗，悲泣感荷。嫗曰：「裴郎自是清冷裴真人子孫，業當出世，不足深媿老嫗也。」及引見諸賓，多神仙中人也。後有仙女，鬟髻霓衣，云是妻之姊耳。航拜訖，女曰：「裴郎不相識耶？」航曰：「昔非姻好，不省拜侍〔一四〕。」女曰：「不憶鄂渚同舟而抵襄漢乎？」航深驚怛，懇悃陳謝。後問左右，曰：「是小娘子之姊雲翹夫人，劉綱仙君之妻也〔一五〕。已是高真，爲玉皇之女吏〔一六〕。」嫗遂將航妻入玉峰洞中，瓊樓珠室而居之〔一七〕，餌以絳雪瓊英之丹。體性清虚，毛髮紺緑，神化自在，超爲上仙。至太和中，友人盧顥遇之於藍橋驛之西，因説得道之事。遂贈藍田美玉十斤，紫府雲丹一粒。叙話永日，使達書於親愛〔一八〕。乃盧顥稽顙曰：「兄既得道，如何乞一言而授。」航曰：「老子曰：『虚其心，實其腹。』今之人，心愈實，何由有得道之理。」盧子懵然，而語之曰：「心多妄想，腹漏精溢〔一九〕，即虚實可知矣。凡人自有不死之術，還丹之方，但子未便可教，異日言之。」盧子知不可請，但終宴而去。後世人莫有遇者。

按：本篇出唐裴鉶撰《傳奇》。亦見《太平廣記》卷五〇、《艷異編》卷四，題《裴航》；《情史類略》卷十九，題《雲英》；《新編醉翁談録》辛集卷一，題《裴航遇雲英于藍橋》；《繡谷春容》卷四，題《裴航遇藍橋雲英》；《一見賞心編》卷六，題《雲英傳》。《類説》三二《傳奇》、《三洞群仙録》卷一、《我儂纂削》節選。明洪楩編《清平山堂話本》卷二《藍橋記》據此改編。

【校記】

〔一〕「向爲胡越猶懷想」句，《太平廣記》「向」作「同」，《類説》、《醉翁談録》「向爲」作「同舟」，「想」作「思」。

〔二〕「冥」，《太平廣記》作「雲」。

〔三〕「肯」，《一見賞心編》作「似不屑」。

〔四〕《太平廣記》、《艶異編》無「盃酌」二字，下有「的不然」三字，當屬下句。
〔五〕「然郎君」二句，據《類説》補。《醉翁談録》略有不同。
〔六〕「京」，《太平廣記》作「清」。
〔七〕「竟」，《太平廣記》無。
〔八〕「甌」，《太平廣記》無。
〔九〕「若約娶」句，《一見賞心編》作「儻垂意此女者」；「若」，《太平廣記》作「君」。
〔一〇〕「亦不顧其前時許人也」九字，據《醉翁談録》補。
〔一一〕「媿荷珍重」，《醉翁談録》作「媿謝，珍重持書而去」。
〔一二〕「值」，《太平廣記》作「數」。
〔一三〕「家嫗」二字，據《醉翁談録》補。
〔一四〕「省」，《太平廣記》作「醒」。
〔一五〕「仙君」，《類説》、《醉翁談録》作「天師」。
〔一六〕「吏」，《類説》、《醉翁談録》作「史」。
〔一七〕「珠」，《太平廣記》作「殊」。
〔一八〕「使達書於親愛」六字，據《太平廣記》補。

〔一九〕「溢」，原作「液」，據《太平廣記》改。

許旌陽斬蛟

許真君名遜，字敬之，漢末父避地於南昌，因家焉。吴赤烏二年己未，母夫人夢金鳳銜珠墜於掌中，玩而呑之，及覺腹動，因是有娠而生真君焉。真君生而穎悟，姿容秀偉。少小通疎，與物無忤。刻意爲學〔一〕，博通經史，明天文、地理、音律、五行、讖緯之書，尤嗜神仙修煉之術，各臻其玅。晉武帝太康元年，朝廷屢加禮命，不得已乃起爲蜀郡旌陽令。先是歲饑，民無以輸租，真君點瓦礫爲金以資窮民。屬歲大疫，死者十七八，真君以所授神方極治之，符咒所及，登時而愈。時蛟精爲患，旌陽欲誅之。謂門弟子曰：「彼物通靈，必知吾有除害意。恐其伺隙潰郡城，吾將與甘戟、施岑共誅之。」於是周覽城邑，適有一少年，美風度，衣冠甚偉，通謁，自稱姓慎，禮貌勤恪，應對捷給，遽告去。真君謂弟子曰：「適者非人，老蛟之精，故來見試也。體貌雖是，而腥風襲人。吾故愚之，庶盡其醜類耳。」迹其所之，乃在江滸化爲黄牛，卧郡城沙磧之上。真君乃剪紙化黑牛往鬬之，令施岑潛持劍往，俟其間酣，即揮之。施君一揮，中其左股，牛奔入城南之井中。真君遣符使尋其蹤，乃知直至長沙於賈誼井中出，化爲人，即入潭州刺史賈玉之家。先是，精化爲美少年，聰明爽雋，而又富於寶貨。賈公有女端嚴，欲求佳壻以配之。蛟精乃廣用財寶，賂遺賈公親信，衆口稱譽，遂成婚焉。自後與妻於衙署後院而居。居數歲，生二子。常以春夏之交，孑然而出，周遊江湖，若營賈者，至秋則乘巨艦重載而歸，珍財貨數餘萬計。賈使君之親姻僮僕，莫不賴之而成豪富。乘春大水覆舟所載也。是秋徒還，殆云其財貨爲盜所劫，且傷左股。玉舉族歎惋，求醫療之。真君乃爲醫士謁玉，玉喜召其壻出求醫。蛟精覺之，懼不敢出。玉自起召之，真君隨至其堂厲聲叱曰：「江湖蛟精，害物非一。吾尋蹤至此，豈容逃遁，速出！速出！」蛟精計窮，乃見本形，蜿蜒堂下，爲吏兵所誅。真君又令將其二子以水噀之，皆即化爲小蛟，併誅之。賈女亦幾變形，其父母懇爲哀求，真君給以神符，故得不變。真君謂玉曰：「蛟精所居，其下即水。今居宅下，深不踰尺，皆洪波也。可速徙居，毋自蹈禍。」玉舉家駭惶，遷居高原。俄頃之間，官舍崩没，白浪騰湧，宅地陷爲淵潭，深不可測。真君復還豫章，而蛟之餘黨甚盛。慮真君誅之，心自不安。乃化爲人，散遊城市。訪真君弟子，詭言曰：「僕家長安，積世崇善，遠聞賢師許君有神劍，願聞其功。」弟子語之曰：「吾師神劍，指天天裂，指地地坼，指星辰則失度，指江河則逆流，萬邪不敢當，神聖之寶也。」又曰：「亦有不能傷者乎？」弟子戲之曰：「惟不能傷冬瓜、葫蘆爾。」蛟以爲誠然。繼而盡化其屬爲葫蘆、冬瓜，連枝帶蔓，浮汎滿江，擬流出境。真君晨興，覺妖氛甚盛。乃顧江中，見妖精所化，即以劍授施岑，使履水斬之。黨屬茹連，悉無噍類，江流爲之變色。真君曰：「此地蛟螭所穴，不有以鎮之，後且復出爲患，人不能制也。」乃役鬼神於牙城南，並鑄鐵爲柱，出井外數尺，下施八索，鈎鎖地脈〔二〕，祝之曰：「鐵柱若正，其妖永除。」由是水妖屏迹，城邑無虞。真君之慮後世也深，有如此者。真君以東晉孝武帝太康二年八月一日，於洪州西山，舉家四十二口，拔宅上昇而去。仙仗既舉，有頃墜下藥臼、車轂各一，又墜一鷄籠於宅之東南十里餘，並鼠數枚墜地，雖拖腸而不死，意其嘗得竊食仙藥也。後人或有見之者，必瑞應焉。仙駕淩空向遠，望之不可見，惟祥雲彩霞，瀰漫山谷，百里之内，異香芬馥，經月不散焉。

按：《歷代仙史》卷二《晉仙列傳許真君》、《歷世真仙體道通鑑》卷二十六《許太史》、《太平廣記》卷一一《許真君》等俱有許真君相關事迹，但與本篇出入甚大。《古今奇聞類紀》卷八《許旌陽斬蛟精》，注出《真仙通鑑》及《十二真君傳》，與本篇文字最接近，應從所出。馮夢龍編著《警世通言》卷四十《旌陽宫鐵樹鎮妖》、鄧志謨《鐵樹記》等敷衍甚詳。

【校　記】

〔一〕「刻意」，原作「尅竟」，據《歷代仙史》改。

〔二〕「脈」，據《歷代仙史》補。

崔書生

開元天寶中，有崔書生者，於東周邏谷口〔一〕，好植花竹〔二〕，乃於户外别時名花。春暮之時，英蘂芬郁，遠聞百步。書生每晨必盥漱獨看。忽見一女郎，自西乘馬東行，青衣老少數人隨後。女郎所乘馬駿〔三〕，崔生未及細視，而女郎已過矣。明日又過，崔生於花下先致酒茗罇杓，鋪陳茵席，乃迎馬首曰：「某以性好花木，此園無非手植。今香茂似堪流盼，伏見女郎頻自此過，計馭僕當疲，敢具簞醪，希垂憇息。」女郎不顧而過。其後青衣曰：「但具酒饌，何憂不至。」女郎顧叱曰：「何故輕與人言！」言訖遂去。崔生明日又於山下别致醪酒，候女郎至，崔生乃鞭馬隨之。到别墅之前，又下馬拜請。良久，一老青衣謂女郎曰：「車馬甚疲，暫歇無傷。」因自控女郎馬至堂寢下。老青衣謂崔生曰：「君既未婚，子爲聘可乎〔四〕？」崔生大悦，再拜跪，請不相忘。老青衣曰：「事即必定，後十五日大吉辰，君於此時，但具婚禮所要，并於此備酒饌。小娘子阿姊在邏中有微疾〔五〕，故小娘子自往省別〔六〕。某去便當咨啓，至期則皆至此矣。」於是促行。崔生在後，即依營備吉席所要〔七〕。至期，女郎及姊皆到，其姊亦儀質極麗。遂以女郎歸於崔生。母在舊居，殊不知崔生納室。以不告而娶歸，啓迎慈母。見女郎，女郎爲婦之禮甚具〔八〕。經月餘日，忽有一人送食於女郎，甘香特異。後崔生覺慈母顏衰瘁〔九〕，因徃問几下。母曰：「吾有汝一子，冀得永壽。今汝所納新婦，妖美無雙。吾於土塑圖畫之中〔一〇〕，未嘗識此，必恐是狐媚之輩，傷害於汝，遂致吾憂。」崔生入室見女郎，女郎涕淚交下，曰：「本侍箕箒，便望終天，不知尊夫人待以狐媚輩，明晨即便請行，相愛今宵耳。」崔生掩淚不能言。明日，女郎車騎至。女郎乘馬，崔生隨送之。入邏谷三十餘里，山間有門〔一一〕，門中異香珍果，不可勝紀。館宇屋室，侈於王者。青衣百許，迎拜女郎曰：「小娘子〔一二〕，無行崔生，何必將來！」於是獨入〔一三〕，留崔生於門外。未幾，一青衣傳女郎姊言曰：「崔郎遺行，使太夫人疑阻，事宜便絶，不合相見。然小妹曾奉周旋，亦當奉屈。」俄而召崔生入，責誚再三，辭辨清婉。崔生但拜伏受譴而已。遂坐於中寢對食，食訖，命酒，召女樂洽飲，鏗鏘萬變。樂闋，其姊謂女郎曰：「須令崔生却回，汝有何物贈送？」女郎遂出白玉合子遺崔生，崔生亦有留別。於是各嗚咽而出。行至邏谷口，迴望千岩萬壑，無徑路，自慟哭歸家。常持玉合子，鬱鬱不樂。忽有胡僧扣門求食，崔生出見胡僧，僧曰：「君有至寶，乞相示也。」崔生曰：「某貧士，何有見請？」僧曰：「君豈不有異人奉贈，貧道望氣知之。」崔生因出合子示胡僧，僧起拜請曰：「請以百萬市之。」遂將去。崔生問僧曰：「女郎是誰？」曰：「君所納妻，西王母第三箇女玉卮娘子，他姊亦負美名在仙都〔一四〕，所惜君娶之得不久遠，倘住一年，若舉家必仙矣。」崔生嘆怨迨卒〔一五〕。

按：本篇出唐牛僧孺撰《玄怪録》。亦見《太平廣記》卷六三、《艷異編》卷三六、《緑窗女史》卷八；《萬錦情林》卷一、林近陽編《燕居筆記》卷七、余公仁編《燕居筆記》卷七，俱題《崔生遇仙記》；《繡谷春容》卷四，題《崔生聘玉卮娘子》；《情史類略》卷十九，題《玉卮娘子》；《一見賞心編》卷六，題《玉卮傳》。《類説》卷十一節選，題《王母玉女卮娘子》；《三洞群仙傳》卷十一節選。

【校記】

〔一〕「東周」，《太平廣記》作「東州」。

〔二〕「植」下《太平廣記》無「花竹，乃於户外別時」八字。

〔三〕「郎」下《太平廣記》有「有殊色」三字。

〔四〕「子爲聘」，《太平廣記》作「予爲媒妁」。

〔五〕「邏」下《太平廣記》有「谷」字。

〔六〕「自往省別」，《太平廣記》作「日往看省」。

〔七〕「吉席所」，《一見賞心編》作「吉日所用儀物」。「要」，據《太平廣記》補。

〔八〕「母在……甚具」句，高承埏本《玄怪録》作：「母在舊居，殊不知崔生納室。以不告而娶歸，但啓聘媵。母見女郎，新婦之禮甚具。」《一見賞心編》作：「崔生母在舊居，殊不知崔生納室。崔生不告而娶，但啓以婢媵。母見新婦之容儀禮甚具。」《太平廣記》作：「崔生母在故居，殊不知崔生納室。崔生以不告而娶，但啓以婢媵。母見新婦之姿甚美。」《艷異編》作：「母在舊居，殊不知崔生納室。以不告而娶歸，但啓聘媵。母見女郎，新婦之容儀禮甚備。」陳應翔本《玄怪録》作：「母在舊居，殊不知崔生納室。以不告而娶，但啓聘媵。母見女郎，女郎悉歸之禮甚具。」

〔九〕「後崔生」句，《一見賞心編》作「後崔生見母不悦，慈顔衰瘁」；《太平廣記》「慈母」二字互乙。

〔一〇〕「土」，原作「工」，據《太平廣記》改。

〔一一〕「門」，《太平廣記》作「川」。下同。

〔一二〕《太平廣記》無「小娘子」三字。

〔一三〕「獨」，《太平廣記》、《玄怪録》等作「捧」。

〔一四〕「他」，《太平廣記》作「也」，屬上句；「都」下《太平廣記》有「況復人間」四字。

〔一五〕《太平廣記》無「崔生嘆怨迨卒」六字。

鬻柑老人録

端平間，有一老人寓居嘉興旅店，杖策荷蓧，以賣柑爲事。及暮必醺醉，醉必浩歌甚樂，丰度情懷，悠然與常人不伍。如是者月餘。主人疑其非市易者流，且彼之柑不販不益，而鮮紅美潔者，日滿於器，又何所携少而所鬻多也。因竊窺之，見老人夜用香爐盛土，植柑種於内，老人輕手拂拭，口若誦咒狀，隨即屈膝偃卧。爐中之種，俄而葉，俄而花，又俄而寔，遲明則垂熟纍纍矣。主人奇異其術，因與結歡，密邀飲，願受教。老人曰：「此太上養道法，給身有餘，給家不足。君有家口累，縱學無益於君也。」主人曰：「慨某每日應酬甚勞，而未嘗得一醉，驅役廛業，艱苦營營者，爲無養身資耳。幸得翁此術，則隨處隨足，餘生有常樂矣，敢不銘戴。」老人曰：「是固然。但太上秘法，義不可輕洩〔一〕。」主人哀懇益切，拜伏地不起。老人曰：「君意既誠，試當教汝。第市肆中非煉學之所，須往深山清凈處授之。」因與約日偕行。主人喜極，且私計曰：「此術甚簡妙，何謂止可給身。若夕種千頭，則朝得萬錢。三四年間，家可大富。吾何幸乎！」及至日，老人欲行，店主因請俱。老人曰：「君貪心甚熾，已爲太上所覺，事難教矣。不然，予罪且不可免，況汝乎？」主人默然羞媿，再拜謝過。老人曰：「業已爲之，雖悔何及！」越宿而老人竟去，主人懊恨不已。明年，有同店者，又見老人在廬州賣枇杷矣。然則因時而種，隨菓可生，爐中之土豈誠土耶？至於他人一念萌欺，又能潛覺，此又不知何術也。若老人者，其亦有道之仙流與？

按：本篇出明釣鴛湖客評述《鴛渚誌餘雪窗談異》帙上，源出《嘉興府圖記》。

【校記】

〔一〕「洩」，底本作「淺」，據《鴛渚誌餘雪窗談異》改。

朱氏遇仙傳

嘉興府治東石獅巷，有朱姓者，年二十餘，訓蒙爲業，狀貌雖陋，而風神自雅。隆慶春，一日道經南城下，花雨濛濛，柳風嫋嫋。展轉之間，神情恍惚，漸至海月樓西，竟迷去路。心正驚疑，忽有二女童施禮於前，曰：「奉主母命，邀先生過山。」朱曰：「素昧識荆，得非邀之錯耶？」女童曰：「至當自知，幸弗多却。」朱與偕行。但見崇山峻嶺，路極崎嶇。夾道桃株，鳥音嘈雜。自念生長郡內，不意有此佳境。更進里許，入一洞門，遙望樓殿玲瓏，金玉照耀。兩度石橋，方抵其處。屏後出一仙娥，霞帔霓裳，降階而迎。登殿敘禮，引入内室坐定，女童進茶訖。朱纔問娥姓字，娥哂曰：「妾乃蓬萊宮中人也，邀君欲了夙世之緣，不煩駭問。」頃間開宴，酒殽羅致。娥與朱促席暢飲，因製《賀新郎》一詞，命女童歌以侑觴。其詞曰：

花柳繞春城。運神工、重樓疊宇，頃刻間成。緑水青山多宛轉，免教鶴怨猿驚。看來無異舊神京。慮只慮佳期不定，天從人願邂逅多情。相引處，珮聲聲。等閑回首遠蓬瀛。呼小玉、旋開錦宴，謾薦蘭羹。須信是瓊漿一飲，頓令百感俱生。且休道塵緣易盡。縱然雲收雨散，琵琶峽，依舊風月交明。此會果非輕[一]。

酒闌夜静，娥薦枕席，曲盡魚水之樂。逮晨，朱謂娥曰：「僕承款愛，甚欲留連。但家君頗嚴，不歸恐致深罪，願朝去暮來可也。」娥愀然曰：「靈境難逢，佳期易失。妾因與君夙緣未了，故移洞府於人間，委仙姿於凡客耳。正議久交，何即請去？」朱唯而止。三日後，朱復懇歸。娥乃設宴正殿，鋪陳飲饌，比昨愈奇且豐，勸朱酩酊。將徹時，出一錦軸，展於净几，寫詩十絶以贈，各揮涕而別。仍命女童送朱出洞。忽風雨暴至，雲霧晦冥，咫尺莫辨，不覺失足墮於山下。須臾，天開雲朗，乃顛仆北城岑寂之處，宛若夢覺。歸述其事，父以少年放逸，迷宿花柳中，假此自掩耳，欲責之。朱不得已，出錦軸呈父。父見雲章燦爛，信非凡筆，怒始少釋。時求玩者甚衆，因録詩於後焉。

其一：

三山窈窕許飛瓊，伴我來經幾萬程。好與清華公子會，不妨玄露謾相傾。

其二：

壺天移傍郡城壕，雲自飛揚鶴自巢。千載偶偕塵世願，碧桃花下共吹簫。

其三：

海外三山十二樓，弱流環繞不通舟。此身也解爲雲雨，迢遞驂鸞檇李遊。

其四：

澗水沿杯出鳳臺，引將劉阮入山來。春懷何事難拘束，謾被東風吹得開。

其五：

海天漠漠彩鸞飄，争奈文簫有意邀。自分不殊花夜合，含香和露樂深宵。

其六：

莫道仙凡各一方〔二〕，須知張碩遇蘭香〔三〕。春風嘗戀人間樂，底事無心問海棠。

其七：

百雉斜連一道開〔四〕，爲君翻作雨雲臺。高情彷彿襄王事，宋玉如何不賦來。

其八：

湖柳青青花滿枝，可憐分手艷陽時。離宫謾自添離思，瞞得封姨不我知〔五〕。

其九：

陽臺後會已無期，眉上春雲不自知。那更靈官傳曉令，含情騎鵠强題詩。

其十：

驅山縮地迥塵寰，從此交情事不關。他日離愁何處慰，暫將三塔作三山。

後事竟息，軸亦尋失去，不知其爲何仙也〔六〕。

按：本篇出明釣鴛湖客評述《鴛渚誌餘雪窗談異》帙下。亦見《廣艷異編》卷三、《續艷異編》卷二、《情史類略》卷十九，俱題《蓬萊宫娥》；林近陽編《燕居筆記》卷九、余公仁編《燕居筆記》卷九，俱題《朱氏遇仙傳》。《朱氏遇仙傳》與《廣艷異編》卷二三和《續艷異編》卷十九的《海月樓記》，相同甚多，應有接受關係，但孰先孰後，待考。

【校　記】

〔一〕「此」前《情史類略》有「念」字。

〔二〕「各」，《鴛渚誌餘雪窗談異》作「天」。

〔三〕「遇」，《鴛渚誌餘雪窗談異》作「有」。

〔四〕「斜」，《鴛渚誌餘雪窗談異》作「叙」，誤。

〔五〕「瞞」，《鴛渚誌餘雪窗談異》作「料」。

〔六〕「仙」，《鴛渚誌餘雪窗談異》作「崇」，「也」下有「此生尚存，猶能與人道其事云」十二字。

附：《廣艷異編》卷二十三《海月樓記》

嘉興朱士元，年二十餘，丰神飄逸，遊興頗濃。一日，道經南城下。仲夏夕也，鬱蒸恍惚，至海月樓西，竟迷去路。心正驚疑，忽有一女童施禮於前曰：「奉主母命，邀先生過山避暑。」朱曰：「素不相識，得非邀之錯耶？」女童曰：「至當自知，幸無見却。」朱與偕行，但見夾路清陰，仰視前林，樹生絳菓可羨。朱自念：「生長郡内，不知有此佳境。」更進半里，入一洞門，遥望數臺，度一石橋，方抵其處。屏後出一女子，上下緑衣，脂唇尤爲奪目，降堦而迎，引入内室。坐定，女童進茶訖。朱問女姓氏，女笑曰：「妾楮［按：《續艷異編》作「褚」，應是］遂良之裔。邀君欲了夙緣也。」頃間設宴，酒殽羅列。女童後捧一水晶盤，盛絳果，如楊梅大，其色略淡，鮮圓可愛。女與朱暢飲，以絳果奉朱者，三五不厭。因命女童歌《賀新郎》詞以侑觴。詞曰：

花柳却炎蒸。運神工、重樓疊宇，頃刻間成。緑水青山多宛轉，免教燕駭鶯驚。等閑看來無異到神京。慮只慮佳期不定，天從人願邂逅多情。相引處，珮環聲。且休回首遠蓬瀛。呼小玉、敬陳絳果，謾薦蘭羹。須信是瓊漿一飲，頓令百感俱生。且休道塵緣易盡，縱然雲收雨散，琵琶峽，依舊風月交明。此會果非輕。

酒闌就枕，曲盡魚水之歡。逮晨，朱謂女曰：「僕承款愛，甚欲留連。但吾父甚嚴，欲即歸，以免深罪，與卿再圖後會耳。」女曰：「靈境難逢，佳期易失。妾因夙緣未了，故委身耳。正議久聚，何即去乎？」朱復懇辭。女仍設席樓中，復以絳果奉朱。將行時，出一軸展於几，寫詩三絶以贈，乃揮淚而别。詩曰：

壺天移傍郡城壕，雲自飛揚鶴自巢。千載偶偕塵世願，絳桃花下共吹簫。

又云：

澗水沿流出鳳臺，引將劉阮入山來。郎懷何事難拘束，謾被東風吹得開。

三云：

陽臺後會已無期，眉上雲横不自知。那更靈官傳曉令，含情騎鵠强題詩。

朱攜詩軸出洞，忽狂風大作，飛沙眯目，不覺失足墮於山下，乃顛仆城隅，宛若夢覺。歸而其父嗔朱夜宿於外，欲責，朱乃出軸詩呈父。父不之信，令人蹤迹。其地唯有一石橋，過橋豐林，左有楮樹一株，絳果纍纍，它無所有。女實楮樹之精。其頻頻奉絳果，蓋即其所結之實，世所謂楮桃云。

（據《古本小説集成》本《廣艷異編》卷二十三校録，《續艷異編》卷十九略異）

杜子春

杜子春者，周隋間人。少落魄〔一〕，不事家産，然以心氣閒縱〔二〕，嗜酒邪遊。資産蕩盡，投於親故，皆以不事之故見棄〔三〕。方冬，衣破腹空，徒行長安中，日晚未食，彷徨不知所往於東市西門〔四〕，饑寒之色可掬，仰天長吁。有一老人策杖於前，問曰：「君子何嘆？」子春言其心，且憤其親戚疎薄也，感激之氣發於顔色。老人曰：「幾緡則豐用？」子春曰：「三五萬則可以活矣。」老人曰：「未也。」更言之：「十萬。」曰：「未也。」乃言：「百萬。」亦曰：「未也。」曰：「三百萬。」乃曰：「可矣。」於是袖出一緡曰：「給子今夕，明日午時，俟子於西市波斯邸，慎無後期。」及時子春往，老人果與錢三百萬，不告姓名而去。子春既富，蕩心復熾，自以爲終身不復羈旅也。乘肥衣輕，會酒徒，徵絲竹歌舞於倡樓，不復以治生爲意。一二年間，稍稍而盡，衣服車馬，易貴從賤，去馬而驢，去驢而徒，倏忽如初。既而復無計，自嘆於市門。發聲而老人到，握其手曰：「君復如此奇作，吾將復濟子。幾緡方可？」子春慚不對。老人因逼之，子春愧謝而已。老人曰：「明日午時，來前期處。」子春忍愧而往，得錢一千萬。未受之初，發憤以爲念此謀生〔五〕，石季倫、猗頓小豎耳。錢既入手，心又翻然，縱適之情，又却如故。不三四年間〔六〕，貧過舊日。復遇老人於故處，子春不勝其愧，掩面而走。老人牽裾止之，曰：「嗟乎拙謀也。」因與三千萬〔七〕，曰：「此而不痊〔八〕，則子貧在膏肓矣。」子春曰：「吾落魄邪遊，生涯罄盡，親戚豪族無相顧者，獨此叟三給我，我何以當之？」因謂老人曰：「吾得此，人間之事可以立，孤孀可以衣食，於名教復圓矣。感叟深惠，立事之後，唯叟所使。」老人曰：「吾心也！子治生畢，來歲中元，見我於老君雙檜下。」子春以孤孀多寓淮南，遂轉資揚州，買良田百頃，墪中起甲第〔九〕，要路置邸百餘間，悉召孤孀分居地中〔一〇〕，婚嫁甥姪，遷祔旅櫬，恩者麗之〔一一〕，讎者復之。既畢事，及期而往，老人者方嘯於二檜之陰，遂與登華山雲臺峰。入四十里餘，見一居處，室屋嚴潔，非常人居。綵雲遥覆，鸞鶴飛翔其上。有正堂，中有藥爐，高九尺餘，紫焰光發，灼煥窗户。

玉女九人〔一二〕，環爐而立；青龍白虎，分據前後。其時日將暮，老人者不復俗衣，乃黄冠絳帔士也〔一三〕。持白石三丸，酒一卮，遺子春，令速食之訖。取一虎皮鋪於内西壁，東向而坐，戒曰：「慎勿語。雖尊神、惡鬼、夜叉、猛獸、地獄及君之親屬，爲所囚縛萬苦，皆非真實，但當不動不語耳，安心莫懼，終無所苦。當一心念吾所言。」言訖而去。子春視庭，唯一巨瓮，滿中貯水而已。道士適去，而旌旗戈甲，千乘萬騎，遍滿崖谷來，呵叱之聲動天。有一人稱大將軍，身長丈餘，人馬皆着金甲，光芒射人。親衛數百人，拔劍張弓，直入堂前，呵曰：「汝是何人？敢不避大將軍。」左右竦劍而前，逼問姓名，又問作何物，皆不對。問者大怒，催斬争射之聲如雷，竟不應。將軍者拗怒而去。俄而猛虎、毒龍、狻猊、獅子、蝮蛇萬計〔一四〕，哮吼拏攫而争前欲搏噬，或跳遇其上，子春神色不動，有頃而散。既而大雨滂澍，雷電晦暝，火輪走其左右，電光掣其前後，目不得開。須臾，庭際水深丈餘，流電吼雷，勢若山川開破，不可制止。瞬息之間，波及坐下，子春端坐不顧，未頃而散。將軍者復來，引牛頭獄卒，奇貌鬼神，將大鑊湯而置子春前，長創刀叉〔一五〕，四面迨迊，傳命曰：「肯言姓名即放，不肯言即當心叉取置之鑊中。」又不應。因執其妻來，捽於堦下，指曰：「言姓名免之。」又不應。乃鞭捶流血，或射或斫，或煮或燒，苦不可忍。其妻號哭曰：「誠爲陋拙，有辱君子，然幸得執巾櫛，奉事十餘年矣。今爲尊鬼所執，不勝其苦！不敢望君匍匐拜乞，但得公一言，即全性命矣。人誰無情，君乃忍惜一言？」雨淚庭中，且呪且罵，子春終不顧。將軍且曰：「吾不能毒汝妻邪？」令取剉碓，從腳寸寸剉之。妻叫哭愈急，竟不顧之。將軍曰：「此賊妖術已成，不可使久在世間。」敕左右斬之。斬訖，魂魄被領見閻羅王。王曰：「此乃雲臺峰妖民乎？」促付獄中。於是鎔銅鐵杖、碓搗磑磨、火坑鑊湯、刀山劍林之苦，無不備嘗。惟心念道士之言，亦似可忍，竟不呻吟。獄卒告受罪畢。王曰：「此人陰賊，不合得作男，宜令作女人。」配生宋州單父縣丞王勤家。生而多針灸醫藥之苦〔一六〕，略無停日。亦嘗墜火墮床，痛苦不濟，終不失聲。俄而長大，容色絶代，而口無聲，其家目爲啞女。親戚相狎，侮之萬端，終不能對。同鄉有進士盧珪者，聞其容而慕之，因媒氏求焉。其家以啞辭之。盧曰：「苟爲妻而賢，何用言矣？亦足以戒長舌之婦。」乃許之。盧生備禮〔一七〕，親迎爲妻。數年，恩情甚篤，生一男，僅二歲，聰慧無敵。盧抱兒與之言，不應；多方引之，終無辭。盧大怒曰〔一八〕：「昔賈大夫之妻鄙其夫，纔不笑爾。然觀其射雉，尚釋其憾。今吾陋不及賈，而文藝非徒射雉也，而竟不言！大丈夫爲妻所鄙，安用其子？」乃持兩足，以頭撲於石上，應手而碎，血濺數步。子春愛生於心，忽忘其約，不覺失聲云「噫」。

噫聲未息，身坐故處，道士者亦在其前，初五更矣，其紫焰穿屋上天〔一九〕，火起四合，屋室俱焚。道士嘆曰：「措大誤余乃如是。」因提其髻，投水瓮中，未頃火息。道士前曰：「出。吾子之心，喜怒哀懼惡欲，皆能忘也，所未臻者，愛而已〔二〇〕。向使子無『噫』聲，吾之藥成，子亦上仙矣。嗟乎，仙才之難得也！吾藥可重煉，而子之身猶爲世界所容矣，勉之哉！」遥指路使歸。子春强登基觀焉〔二一〕，其爐已壞，中有鐵柱，大如臂，長數尺，道士脱衣，以刀子削之。子春既歸，愧其恩〔二二〕，誓復自効以謝其過。行至雲臺峰，無人迹〔二三〕，嘆恨而歸。

按：本篇出唐牛僧孺撰《玄怪録》。亦見《太平廣記》卷十六、《繡谷春容》卷八、《古今説海》説淵部十、《一見賞心編》卷十二、《逸史搜奇》己集三。《類説》卷十一節選，題《貧居膏肓》；《三洞群仙傳》卷六節選；《我儂纂削》節選（注出《續玄怪録》）。

【校記】

〔一〕「魄」，《太平廣記》作「拓」。

〔二〕「心氣閒縱」，《太平廣記》作「志氣閒曠」。

〔三〕「不事之故」，高承埏本《玄怪録》作「不事事故」，《太平廣記》作「不事事」。

〔四〕「彷徨」，原作「彷彿」，據《太平廣記》、《逸史搜奇》改。「東市西門」，陳應翔本《玄怪録》作「西門東市」。

〔五〕「念」，《太平廣記》作「從」；「謀生」，《太平廣記》作「謀身治生」。
〔六〕「三四年」，《太平廣記》作「一二年」。
〔七〕「千萬」，原作「百萬」，據《太平廣記》改。
〔八〕「此」，原作「以」，據高承埏本《玄怪録》、《太平廣記》等改。
〔九〕「塾」，《太平廣記》作「郭」。
〔一〇〕「地」，高承埏本《玄怪録》、《太平廣記》等作「第」。
〔一一〕「麗」，《太平廣記》作「煦」。
〔一二〕「九」，據《太平廣記》補，《説海》、《逸史搜奇》作「數」。
〔一三〕「絳」，原作「降」，據高承埏本《玄怪録》等改，《太平廣記》作「縫」。
〔一四〕「蛇」，《太平廣記》作「蝎」。
〔一五〕「創」，《太平廣記》作「槍」；「刀」，《太平廣記》作「兩」。
〔一六〕「多」下《太平廣記》、《逸史搜奇》有「病」字。《太平廣記》無「之苦」二字。
〔一七〕「備」下《太平廣記》有「六」字。
〔一八〕「大」，原作「人」，據高承埏本《玄怪録》、《太平廣記》改。
〔一九〕「天」，《太平廣記》作「大」，當屬下讀。

〔二〇〕「息」下原脱「道士前曰出吾子之心喜怒哀懼惡欲皆能忘也所未臻者愛」二十四字，據《玄怪録》陳應翔本和高承埏本、《逸史搜奇》補；《太平廣記》作「道士前曰吾子之心喜怒哀懼惡慾皆忘矣所未臻者愛」，乃二十二字。

〔二一〕「基」，高承埏本《玄怪録》作「臺」。

〔二二〕「恩」，陳應翔本《玄怪録》、《太平廣記》作「忘」，則「誓」字屬上句。

〔二三〕「無人迹」，《太平廣記》作「絶無人迹」。

裴諶

裴諶、王敬伯、梁芳約爲方外之友〔一〕。隋大業中，相與入白鹿山學道。謂黄白可成，不死之藥可致；雲飛羽化，無非積學，辛勤採煉，手足胼胝，十數年間，無何，梁芳死。敬伯謂諶曰：「吾所以亡家〔二〕，耳絶絲竹，口厭肥豢，目棄奇色，去華屋而樂茅齋，賤歡娱而貴寂寞者，豈非覬乘雲駕鶴，遊戲蓬壺。縱其不成，亦望長生，壽畢天地耳。今仙海無涯，長生未致，辛勤於雲山之外，不免就死。敬伯所樂，將下山乘肥衣輕，聽歌玩色，遊於京洛。意足，然後求達，垂功立事，以榮耀人寰。縱不能憩三山，飲瑶池，驂龍衣霞，歌鸞舞鳳，與仙翁爲侶，且腰金拖紫，圖影凌煙，廁卿大夫之間。何如哉？子盍歸乎，無空死深山。」諶曰：「吾乃夢醒者，不復低迷。」敬伯遂歸，諶留之不得。時唐貞觀初，以舊籍調授左武衛騎曹參軍，大將軍趙朏妻之以女。數年間，遷大理廷評，衣緋。奉使淮南，舟行過高郵〔三〕。制使之行，呵叱風生，行船不敢動。時天微雨，忽有一漁舟突過，中有老人，衣簑戴笠，鼓棹而去，其疾如風。敬伯以爲，吾乃制使，威振遠近，此漁父敢突過我！試視之，乃諶也。遽令追之，因請維舟，延之坐內，握手慰之曰：「兄久居深山，拋擲名宦而無成，到此極也！夫風不可繫，影不可捕。古人倦夜長尚秉燭遊，況少年白晝而擲之乎？敬伯粵自出山數年，今廷尉評事矣。昨者推獄平允，乃天錫命服，淮南疑獄今讞于有司，上擇詳明吏覈記之〔四〕。敬伯預其選，故有是行。雖未可言官達，比之山叟，自謂差勝。兄甘勞苦，竟如曩日，奇哉奇哉！今何所需？當以奉給。」諶曰：「吾儕野人，心近雲鶴，未可以腐鼠嚇也。吾沉子浮，魚鳥各適，何必矜炫也？夫人世之所須者，吾當給爾，子何以贈我？吾山中之友，或市藥於廣陵，亦有息肩之地。青園橋東，有數里櫻桃園，園北車門，即吾宅也。子公事少隙，當尋我於此。」遂倏然而去。敬伯到廣陵十餘日，事少閑，思諶言，因出尋之，果有車門。試問之，乃裴宅也。人引以入。初尚荒涼，移步愈佳。行數百步，方及大門。樓閣重複，花木鮮秀，似非人境，煙翠葱蘢，景色妍媚，不可形狀。香風颯來，神清氣爽，飄飄然有淩雲之意，不復以使車爲重，視其身若腐鼠，視其徒若螻蟻。既而稍聞劍珮之聲。二青衣出曰：「呵郎來〔五〕。」俄有一人，衣冠偉然，儀貌奇麗。敬伯前拜視之，乃諶也。裴慰之曰：「塵界仕官，久食腥羶，愁慾之火，焰於心中，負之而行，固甚勞困。」遂揖以入，坐於中堂，窗户棟梁，飾以異寶，屏帳皆畫雲鶴。有頃，四青衣捧碧玉臺盤而至，器物珍異，皆非人世所有者。香醪嘉饌，目所未窺。既而，日將暮，命其促席。燃九光之燈，光華滿座。女樂二十人，皆絶代之色，列坐其前。裴顧小黄頭曰：「王評事，昔吾山中之友，道情不固，棄吾下山，别近十年，纔爲廷尉屬。今俗心已就，須俗妓以樂之。顧伶家女無足召者，當召士大夫之女已適人者。如近無姝麗，五千里内皆可擇之。」小黄頭唯唯而去。諸妓調碧玉筝，調未諧，而黄頭已復命，引一妓自西階登，拜裴席前。諧曰〔六〕：「參評事。」敬伯答拜。細視之，乃敬伯妻趙氏也〔七〕，敬伯驚訝不敢言。妻亦甚駭，目之不已。遂令坐。玉階下一青衣，捧玳瑁筝授之，趙素所善也。因令與妓合曲以送酒。敬伯坐間取一股色朱李投之。趙顧敬伯，潛繫於衣帶。妓作之曲，趙皆不能逐。裴乃令隨趙所奏，時時停趙以呈其曲〔八〕。其歌舞非雲韶九奏之樂，而清亮宛轉，酬獻極歡。天將曙〔九〕，裴召前黄頭曰：「送趙氏夫人耳〔一〇〕。」謂曰：「此堂乃九天畫堂，常人不到。吾昔與王爲方外之交，憐其爲俗所迷，自投湯火，以智自燒，以明自賊，將沉浮於生死海中，求岸不得，故命於此一以醒之。今日之會，誠難再得。亦夫人宿命，乃得暫遊。雲山萬重，往復勞苦，無辭也。」趙拜而去。裴謂敬伯曰：「評公使輩留此一宿〔一一〕，得無驚群將乎〔一二〕？宜且就館。未赴闕，閒時訪我可也。塵路遐遠，萬愁攻人，努力自愛。」敬伯拜謝而去。後五日，將還，潛詣取別其門，不復有宅，乃荒涼之地，烟草極目，惆悵而反。及京，奏事畢，得歸私第，請趙〔一三〕，竟怒曰〔一四〕：「女子誠陋拙，不足以奉事君子，然已辱厚禮，亦宜敬之。夫上以承先祖，下以繼後事，豈苟而已哉。奈何以妖術致之萬里，而娛人之視聽乎！夫李尚在，其言足徵，何諱乎？」敬伯盡言之，且曰：「當此之時，敬伯亦自不測，蓋裴之道成矣，以此相炫也。」其妻亦記得裴言，遂不復責。吁！神仙之變化，誠如此乎？將幻者鬻術以致惑乎？固非常智之所及。且夫雀爲蛤，雉爲蜃，人爲虎，腐草爲螢，蜣爲蟬〔一五〕，鯤爲鵬〔一六〕，萬物之變化，書傳之記者不可以智達，況耳目之外乎？

按：本篇出唐牛僧孺撰《玄怪録》。亦見《太平廣記》卷十七（引作《續玄怪録》）、《艷異編》卷四、《古今説海》説淵部二八、《一見賞心編》卷七、《删補文苑楂橘》卷二、《緑窗女史》卷十；《逸史搜奇》丙集七，題《王恭伯傳》。《我儂纂削》節選，注出《續玄怪録》；《三洞群仙録》卷二節選。

【校　記】

〔一〕「敬」，原作「恭」，乃宋人避翼祖趙敬之諱而改，今回改。下同。

〔二〕「以」下《太平廣記》有「去國」二字。

〔三〕「高郵」，原作「高邵」，據高本《玄怪録》、《太平廣記》改。

〔四〕「記」，《一見賞心編》、《逸史搜奇》作「詢」。「覈記」，《太平廣記》作「覆訊」。

〔五〕「呵」，《太平廣記》作「裴」。

〔六〕「詣」，《太平廣記》作「裴指」。

〔七〕「也」，《太平廣記》作「而」，屬下句。

〔八〕「趙」，陳本《玄怪録》、《艷異編》、《古今説海》、《逸史搜奇》、《一見賞心編》同，《太平廣記》、高本《玄怪録》作「之」。

〔九〕「曙」，原作「曉」，蓋避宋英宗趙曙正諱而改。今據《太平廣記》、《艷異編》、《删補文苑楂橘》、《緑窗女史》、《逸史搜奇》、《一見賞心編》、《我儂纂削》而回改。

〔一〇〕「耳」，《太平廣記》作「且」，屬下句。

〔一一〕「輩」，《太平廣記》作「車」。

〔一二〕「群」，《太平廣記》作「郡」。

〔一三〕「請」，《太平廣記》等均作「諸」，文意不通；《太平廣記》孫校本、《我儂纂削》作「詣」，較切。

〔一四〕「竟」，《太平廣記》作「競」。

〔一五〕「蜣」下《太平廣記》、《一見賞心編》有「蜋」字。

〔一六〕「鵰」，原作「鵰」，與「鵰」的異體字「鵰」（《艷異編》用「鵰」字）極似而訛，據高本《玄怪録》、《太平廣記》等改。

洞霄遇仙録

洪熙初，餘杭士人有若無，風月士也，詞章才貌爲學所推。素好遊翫山水，吊古尋幽，足迹殆遍焉。時值花朝，若無因拉詩友數人，洞霄漫興，如九鎖峰、翠蛟亭、昇仙壇、擣藥觀、天柱山，無不吟覽，遂口占一律云：

天風吹入白雲鄉，鐘磬聲聞隔上方。雨過澗邊瑶草緑，風來林外碧桃香。

棲真洞接一蹊小，大滌山連九鎖長。拉友登臨歸路晚，馬蹄蹀躞踏斜陽。

已而金烏西墜，玉兔東生，天漸暝矣。同行數人，憚於涉險，中道而還，惟若無愛其山明水秀，進不知止。時聞悲風四起，宿鳥亂鳴，若無躊躇之際，俄見澗中有桃花流出，馨香可愛，若無意□□琳宮古刹□□□行將二里餘，則豁然明朗，見一石門，扁曰「棲真之境」。若無大喜過望，入門里許，則鷄犬相聞，宛然一村墅也。花下二叟，相對弈棊，皆童顔鶴髮，羽扇綸巾，左右列行童二人，各執酒果，氣象從容。若無趨進曰：「相逢邂逅，信亦前緣。」命若無席地而坐，供以盤飧。一叟曰：「子讀儒書，曾知玄默修養之事乎？」若無避席曰：「愚蒙茅塞，願安承教。」叟曰：「嗟夫！人身難得，光景易遷，罔測短脩，安逃業報？不自及早省悟，惟只甘分待終，若臨歧一念有差，墮三途惡趣之内，雖悔何及？《周易》有窮理盡性至命之説，《魯論》有毋意必固我之詞，此又仲尼極臻乎性命之奥也，於無爲之道，雖未顯言，但以命術寓諸易象，性法混諸微言耳，如煉五芽之氣，服七耀之光，注想按摩，納清吐濁，念經持咒，噀水叱符，叩齒集神，休妻絶粒，存神閉息，運眉間之思，補腦還精，習房中之術，以至服煉金石草木之類，已上諸法，率多滅裂，而求效莫驗。欲望一求永得，還嬰返老，變化飛昇，不亦難乎？夫煉金液還丹者，則難遇而易成，要須洞曉陰陽，深達造化，方能追二氣於黄道，會三姓於元宮，攢簇五行，合和四象，龍吟虎嘯，夫唱婦隨，玉鼎湯煎，金爐火熾，始得玄珠，都來半晌工夫，永保無窮逸樂。抽添養正持盈，要在守雌抱一，自然復陽生之氣，剥陰殺之形，節氣既周，脱胎神化，名題仙籍，位號真人，此乃大丈夫功成名遂之時也。苟非其人，道不虚傳。子乃有緣者，故盡心教之。又有口傳秘訣，律詩十篇，子能體而行之，則入道爲不難矣。」詩曰：

其一：

大道須登性命途，五行和合費工夫。湯煎玉鼎涵三昧，火熾金爐煉一珠。
利禄不能容易得，形骸奚使等閑枯。黄金白璧雖榮貴，曾買長生不死無。

其二：

百歲人生信有期，窮通壽夭豈先知。時來滿享人間貴，氣散終沉地下屍。
夫唱婦隨寧自樂，龍吟虎嘯不容欺。欲求大藥存方寸，先煉金丹總是癡。

其三：

功既成兮行已完，金丹一粒在毫端。性情自向其中合，龍虎須教方寸蟠。
戊己爲媒三姓會，夫妻相得兩心歡。等閑一瞬朝天闕，五色雲中跨綵鸞。

其四：

真中一理自然真，克己工夫豈在人。顛倒總由離與坎，浮沉皆爲主和賓。
黄金鼎裏留朱汞，白玉池中下水銀。運火神功非旦夕，深潭見出太陽輪。

其五：

龍騰虎躍浪風麄，正位中央産一珠。枝上果生終待熟，胎中子在豈應殊。

宗源南北翻爻象，火候晨昏合秘樞。大隱何妨居市井，區區詎必守清孤。

其六：

世上長生人有藥，愚頑不識等閑抛。降來甘露地天合，生就黄芽離坎交。

自歎井蛙龍少窟，笑他籬鷃鳳無巢。還丹既熟金盈篋，何必深山學草茅。

其七：

産藥欲知何處所，西南坤地是生鄉。鉛從癸出須頻採，金向陰虧不可嘗。

土釜送歸封固密，流珠次入廝相當。稱來二八一觔藥，大候調停陰與陽。

其八：

非因吐納養精神，玄牝門中自有真。得類陰陽歸感動，相當二八自交親。

日紅潭底陰霾滅，月白山頭藥草新。要識真鉛與真汞，豈爲人世石砂銀？

其九：

陰精陽裏本無剛，一物單修體自尩。服日飡霞非正道，勞形按引悉猖狂。

自將真藥鎔朱紫，不仗丹砂煉白黄。龍虎伏時生處樂，還丹返本藥中王。

其十：

真鉛着意謾搜尋，喫緊工夫惜寸陰。地魄自擒朱裏汞，天魂牢制水中金。

道高龍虎必須伏，德重鬼神還自欽。天地齊年知壽永，有何煩惱可容心。

叟吟畢，笑曰：「此其大略，受用不盡，子宜勉之。」若無再拜領教，未幾山空夜静，萬籟俱寂，叟拉歸茅舍，命若無寢息石牀竹簟，亦甚清標，但寒氣逼人，不能成寐。殆曉，二叟設席，與若無飲，殽醴馨香，迥非人間所有。若無辭歸，請以姓氏，二叟笑曰：「吾以天地爲逆旅，光陰爲過客，或在或亡，以無爲有，安記姓氏邪？」問以年歲，二叟曰：「考槃之士，肥遁之人，但知花開爲春，葉落爲秋，不知是何年歲，是何甲子也。子可歸矣。」若無致敬而别，到家已一年之上矣。自是若無大悟仙道，入鍾南山採藥，遂不復還。

按：本篇出處待考。

劉阮天台記

劉晨、阮肇，剡縣人。漢明帝永平十五年〔一〕，二人往天台山採藥〔二〕，迷失道路，糧又乏絶。望山頂有桃，往取食之，覺步履輕健。下山，取澗水飲之。欲盥漱，見蔓青葉從山腹流出，甚鮮新〔三〕，見一杯流出，中有胡麻飯屑。二人相謂曰：「去人間不遠矣。」因渡水，又過一山。出大溪，見二女容色絶世，便喚劉、阮姓名，喜悦如舊交，道：「郎等何來晚也？」因邀其家。廳館服飾，無不鮮華。東西各有床帳，帷幔七寶瓔珞，非世所有。左右侍女，悉皆端麗。須臾，設甘酒、山羊脯、胡麻飯。有仙客數人，將三五桃來慶女壻。歡歌作樂，日既向暮，仙客散去。劉、阮就女家成夫婦。駐留十五日，求還。女曰：「仙館遍殊凡俗，今來此，是宿福所招，何遽求去？」遂住半年。天氣融和，常如二三月時。二人聞木鳥哀鳴，求歸甚切。女曰：「罪根未滅，使君等如此。」更喚諸仙女，共作鼓□送劉、阮出山洞，示以歸路。二人隨其言而得還家鄉，并無相識。乃驗得七代子孫，傳説上世祖公入山不出，不知何在。既無親屬，棲泊無所，却欲還女家，尋當年所往山路，迷莫知其處。至晉武帝太康八年〔四〕，失二人所在。唐元禎詩云：

芙蓉脂肉緑雲鬟，罨畫樓臺青黛山。千樹桃花萬年藥，不知何事憶人間。

按：本篇出劉義慶《幽明録》，題《劉晨阮肇》。亦見《太平廣記》卷六一，題《天臺二女》，注出《神仙傳》；《新編醉翁談録》辛集卷一，題《劉阮遇仙女于天臺山》；《緑窗新話》卷上，題《劉阮遇天臺女仙》；《繡谷春容》卷四，題《劉阮天臺仙女》;《情史類略》卷十九,題《天臺二女》。

【校　記】

〔一〕《幽明録》無「十」字。永平五年即公元六二年,永平十五年即公元七二年。

〔二〕「採藥」,《幽明録》作「取穀皮」。

〔三〕「欲盥漱見蔓青葉從山腹流出甚鮮新」十五字,據《幽明録》補。

〔四〕《幽明録》無「武帝」二字,「太康」作「太元」。晉武帝太康八年即公元二八七年,晉孝武帝有太元年號,太元八年即公元三八三年。

崔少玄傳

崔少玄者,唐汾州刺史崔恭之小女也。其母夢神人,綃衣,駕紅龍,持紫函,授於碧雲之際,乃孕,十四月而生少玄。既生而異香襲人,端麗殊絶,紺髮覆目,耳璫及頤,右手有文曰「盧自列妻」。後十八年歸于盧陲,陲小字自列。歲餘,陲從事閩中,道過建溪,遥望武夷山,忽見碧雲自東峰來,中有神人,翠冠緋裳,告陲曰:「玉華君來乎?」陲怪其言曰:「誰爲玉華君?」曰:「君妻即玉華君也。」因是反告之。妻曰:「扶桑夫人、紫霄元君果來迎我。事既明矣,難復隱諱。」遂整衣出見神人,對語久之。然天人之音,陲莫能辨,逡巡揖而退。陲拜而問之。曰：「少玄雖胎育之人，非陰騭所積。昔居無欲天，爲玉皇左侍書，謚曰玉華君，主下界三十六洞學道之流。每至秋分日，即持簿書來訪志道之士。當謫落，所犯爾爲同宫四人，退居静室，嗟歎其事，恍惚如有欲想。太上責之，謫居人世，爲君之妻，二十三年矣。又遇紫霄元君已前至此，今不復近附於君矣。」至閨中，日獨居静室。陲既駭異，不敢輒踐其閾。往往有女真，或二或四，衣長綃衣，作古鬟髻，周身光明，燭耀如晝，來詣其室，升堂連榻，笑語通夕。陲詣而觀之，亦皆天人語言，不可明辨。試問之，曰：「神仙秘密，難復漏泄，沈累至重，不可不隱。」陲守其言誡，亦嘗隱諱。洎陲罷府，恭又解印組，得家于洛陽。陲以妻之誓，不敢陳泄於恭。後二載，謂陲曰：「少玄之父，壽筭極於二月十七日。某雖神仙中人，生於人間，爲有撫養之恩，若不救之，枉其報矣。」乃請其父曰：「大人之命，將極於二月十七日。少玄受劬勞之恩，不可不護。」遂發絳箱，取扶桑大帝金書〔一〕，致於其父曰：「大人之壽，常數極矣，若非此書，不可救免。今將授父，可讀萬遍，以延一紀。」乃令恭沐浴，南向而跪，少玄當几，授以功章，寫於青紙，封以素函，奏之上帝。又召南斗注生真君，附奏上帝。須臾，有三朱衣人自空而來，跪少玄前，進脯羞，噏酒三爵，手持功章而去。恭大異之，私詰於陲，陲終諱之。經月餘，遂命陲語曰：「玉清貞君，將雪余於太上，今復召爲玉皇左侍書，玉華君主化元精炁，施布仙品。將欲反神還於無形，復侍玉皇，歸彼玉清。君無泄是言，遺余父母之念。又以救父之事，泄露神仙之術，不可久留。人世之情畢於此矣。」陲跪其前，嗚呼流涕曰：「下界蟻虱，黷污上仙，永淪穢濁，不獲昇舉。乞賜指喻，以救沈痼，久永不忘其恩。」少玄曰：「余留詩一首以遺子。余上界天人之書，皆雲龍之篆，下界見之，或損或益，亦無會者，子當執管記之。」其詞曰：「得一之元，匪受自天。太老之真，無上之仙。叙美則真〔二〕，形於自然。真安匪求，神之久留。光含影藏〔三〕，體性剛柔。丹霄碧虚，上聖之儔。百歲之後，空餘墳丘。」陲再拜，受其辭，晦其義理，跪請講貫以爲指明。少玄曰：「君之於道，猶未熟習。上仙之韻，昭明有時，至丙申年中〔四〕，遇瑯琊先生能達此辭〔五〕，與君開釋，方見天路。末問但當保之。」言畢竟卒。九日葬，舉棺如空。發櫬視之，留衣而蜕。處室十八，居閩三，歸洛二，在人間二十三年。後陲與恭皆保其詩，會儒道達者示之，竟不能會。至丙申年中〔六〕，九疑道士王方古，其先瑯琊人也。遊華岳迴，道次於陝郊，時陲亦客於其郡，因詩酒夜話，論及神仙之事，時會中皆貴道尚德，各述其異。殿中侍御史郭固、左拾遺齊推、右司諫韋宗卿、王建皆與崔恭有舊，因審少玄之事於陲。陲出涕泣，恨其妻所留之詩絶無會者。方古請其辭，吟咏須臾，即得其指，歎曰：「太無之化，金華大仙，亦有傳於後學哉！」時坐客聳聽其辭，句句解釋，流如貫珠，凡數千言，方盡其義。因命陲執筆，盡書先生之辭，目曰《玄珠心鏡》〔七〕。好道之士，家多藏之。

按：本篇唐王建作。見《太平廣記》卷六七，題《崔少玄》，注出《少玄本傳》。亦見《虞初志》卷四。《正統道藏》洞玄部衆術類兩種《玄珠心鏡注》，均收崔少玄《得一詩》。

【校　記】

〔一〕「書」下《太平廣記》有「《黄庭》、《内景》之書」六字。

〔二〕「叙美則真」，《虞初志》同，《正統道藏》、《太平廣記》作「光含影藏」。

〔三〕「光含影藏」，《虞初志》同，《正統道藏》作「淑美則真」，《太平廣記》作「淑美其真」。

〔四〕「丙申」，原作「景申」，乃避唐世祖李昞諱，今回改。

〔五〕「此辭」，《太平廣記》作「其時」，屬下句。

〔六〕「丙」，據《太平廣記》補，原作「景」，今回改。

〔七〕「玄珠心鏡」，《太平廣記》作「少玄玄珠心鏡」。

麒麟客

麒麟客者，唐南陽張茂實家傭僕也。茂實家於華山下，大中初〔一〕，偶遊洛中，假僕於南市，得一人焉。其名曰王夐，年可四十餘，傭作之直月五百。勤幹無私，出於深誠，苟有可爲，不待指使。茂實器之，易其名曰大曆，將倍其直，固辭，其家益憐之。居五年，計酬直盡。一旦辭茂實曰：「夐本居山，家業不薄。適與厄會，須傭作以禳之，固非無資而賣力者。今厄盡矣，請從此辭〔二〕。」茂實不測其言，不敢留，聽之。曰：「今暮當去。」迨暮，入白茂實曰：「感君恩宥深，何以奉報〔三〕？夐家去此甚近，其中景趣，亦甚可觀，能相逐一遊乎？」茂實喜曰：「何幸，然不欲令家人知，潛一遊可乎？」夐曰：「甚易。」於是截竹杖長數尺，夐立書符〔四〕，授茂實曰：「君杖此入室，稱腹痛。左右人悉令取藥。去後，復置竹於衾中〔五〕，抽身出來可也。」茂實從之。夐喜曰：「君真可遊吾居者也。」相與南行一里餘，有黃頭執青麒麟一、赤文虎二，俟於道左。茂實驚，欲回，夐曰：「無苦，但前行。」既到前，夐乘麟，茂實與黃頭各乘一虎。茂實懼不敢近，夐曰：「相隨，請不復畏〔六〕。且此物人間之極俊者，但試乘之。」遂憑而上，穩不可言。於是從之上，升峰、越壑、淩山〔七〕，舉意而過，殊不知峻險。如到三更，計數百里矣。下一山，物象鮮媚，松石可愛，樓臺宮觀，非世間所有。將及門，引者揖鞭，曰：「阿郎何來〔八〕？」紫衣吏數百人羅拜道〔九〕。既入，青衣數十人側，容色皆殊，衣服鮮華，不可名狀，各執樂器引拜。遂入中堂，宴食畢，且命茂實坐。復入更衣，返坐，衣裳冠冕，儀貌堂堂然，實真仙之風度也。其窗衣、階闥、屏幃、床榻、茵褥之盛〔一〇〕，固非人世之所有，歌鸞舞鳳，及諸聲樂，皆未所聞。情意高逸，不復思人寰之事。歡極。主人曰：「此乃仙居，非世人之所到。以君宿緣，合一到此，故有逃厄之遇。仙俗路殊，塵靜難雜，君宜歸修其心，三五劫，當復相見。復比者塵緣將盡，上界有名，得遇太清真人，召入小有洞中，示以九天之樂，令下復指生死海波。」且曰：「樂雖難求，苦亦易遣。如爲山者，掬土增高，不相則止〔一一〕，穿則陷。夫昇高者，不上難而下易乎？自是脩習，經六七劫，乃證此身，回視委骸，積如山岳。四大海水，半足吾宿世父母妻子別泣之淚。然念一時之交已一世〔一二〕。形骸雖遠，此不忘修，致其功即亦非遠。亦時有心遠氣清、一言而悟者。勉之！」遺金百鎰，爲修身之助。復乘麒麟，令黄頭執之，復步送到家。家人方環泣。茂實投金於井中，復取去竹杖，令茂實潛卧衾中。復曰：「我當蓬萊謁大仙伯。明旦于蓮華峰上〔一三〕，有綵雲東去，我之乘也。」遂揖而去，茂實忽呻吟，衆驚而問之，茂實紿之曰：「初腹痛，忽若有人見召，遂强然耳〔一四〕，不知其多時久也。」家人曰：「取藥既回，呼之不應，已七日矣，惟心頭尚暖，故未殮。」明日望之，蓮華峰上，果有綵雲去。遂棄官遊名山。後歸，出井中金，與眷屬再出遊山，終不知所在也。

按：本篇出唐李復言撰《續玄怪録》。亦見《太平廣記》卷五三、《繡谷春容》卷八、《廣艷異編》卷三、《一見賞心編》卷五；《古今奇聞類紀》卷九，題《張茂實遊洞府仙居》。《三洞群仙傳》卷十六節選。

【校記】

〔一〕「初」字據高承埏本《續玄怪録》、《太平廣記》補。

〔二〕「此」字據高承埏本《續玄怪録》、《太平廣記》補。

〔三〕「何以」，《太平廣記》作「欲」，「深」與下「何以」連屬；尹家本《續玄怪録》無「何」字。

〔四〕「敻立」，《太平廣記》作「其上」。

〔五〕「復」，《太平廣記》作「潛」。

〔六〕「復」，《太平廣記》作「須」。

〔七〕「升峰」，《太平廣記》作「仙掌峰」。

〔八〕「何」字據《太平廣記》補。

〔九〕「道」下《太平廣記》有「側」字。

〔一〇〕「衣」，《太平廣記》作「户」；《太平廣記》無「床榻」二字。

〔一一〕「相」，《太平廣記》作「掬」。

〔一二〕「一時之交」，《太平廣記》作「念修之倏」。

〔一三〕「蓮華峰」，原作「蘧華峰」，與下文不一致，據《太平廣記》改。

〔一四〕「强」，《太平廣記》、《繡谷春容》作「奄」，尹家本《續玄怪録》作「掩」，《一見賞心編》作「淹」。

工人遇仙

神龍元年，房州竹山縣陰隱客家富〔一〕。莊後穿井二年，已濬一千餘尺而無水，隱客穿鑿之志不輟。二年外一月餘，工人忽聞地中鷄犬、鳥雀聲，更鑿數尺，傍通一石穴。工人乃入穴探之。初數十步無所見，但捫壁而去〔二〕。及俄轉會日月之光，遂下，其穴下連一山峰。工人乃下於山，正立而視，乃别一天地日月世界。其山傍向萬仞，千岩萬壑，莫非美景。石盡碧琉璃色，每岩壑中，皆有金銀宮闕。有大樹，身如竹有節，葉如芭蕉，又有紫花如盤。五色蝴蝶翅大如扇，翔舞花間。五色鳥大如鶴，翱翔乎樹杪。每壑中有清泉一眼，色如鏡；白泉一眼，白如乳。工人漸下至宮闕所，欲入詢問。行至闕前，見牌上署曰

「天桂仙宫〔三〕」，以銀字書之。門兩閣内各有一人驚出，各長五尺餘，童顔如玉，衣服輕細如白霧緑烟，絳脣皓齒，鬚髮如青絲，首冠金冠而跣足，顧謂工人曰：「汝胡爲至此？」工人具陳本末。言未畢，門中有數十人出云：「怪有昏濁氣。」令責守門者。二人惶懼而言曰：「有外界工人，不意而到，詢聞途次〔四〕，所以未奏。」須臾，有緋衣一人傳敕曰：「勒門吏禮而遣之。」工人拜謝未畢，門人曰：「汝已至此，何不求遊覽畢而返？」工人曰：「向者未敢，儻賜從容，乞乘便而言之。」門人遂通一玉簡入，旋而玉簡却出〔五〕，門人執之，引工人行至清泉眼，令洗浴及澣衣服，又至白泉眼，令與食之〔六〕。味如乳，甘甚美，連飲數掬，似醉而飽。遂爲門人引下山。每至宫闕，只得於門外，而不許入。如是經行半日，至山趾，有一國城，皆是金銀寶玉爲宫室、城樓，以玉字題云「梯仙國」。工人詢曰〔七〕：「此國何如？」門人曰：「此皆諸仙初得仙者，關送此國，修行七十萬日，然後得至諸天，或玉京、蓬萊、崑閬、姑射〔八〕，然方得仙官職位、主籙主符、主印主衣〔九〕，飛行自在。」工人曰：「既是仙國，何在吾國之下界？」門人曰：「吾此國是下界之上仙國也。汝國之上，還有仙國，如吾國亦曰「梯仙國」，亦無所異。」言畢，謂工人曰：「卿可歸矣」。遂却上山，聿尋來路〔一〇〕，又令飲白泉數杯〔一一〕。欲至山頂求來路穴〔一二〕，門人曰：「汝來此雖頃刻，已人間數十年矣。却出舊穴，應不可矣。待吾奏請通天闕鑰匙，以送卿歸。」工人拜謝。須臾門人携金印及玉簡，又引工人别路而上。至一大門，勢侔樓閣，門有數人俯伏而候。門人視金印〔一三〕，讀玉簡，副然開門〔一四〕。門人引工人上，纔入門，風雲擁而去〔一五〕，因無所覩，唯聞門人云：「好去，爲吾致意於赤城真伯。」須臾云開，已在房州北三十里孤星山頂洞中。出後而詢陰隱客家，時人云已三四世矣。開井之由，皆不能知。工人自尋其路，惟見一巨坑，乃崩井之所爲也。時貞元七年。工人尋覓家人，了不知處。自後不樂人間，遂不食五穀，信足而行。數年後，有人於劍閣鷄冠山側相逢之，後莫知所在。

按：本篇出唐鄭還古撰《博異志》。亦見《太平廣記》卷二十、《一見賞心編》卷五、《逸史搜奇》辛集七，俱題《陰隱客》；《廣艷異編》卷四，題《天桂山宮志》；《歷世真仙體道通鑑》卷四十四，題《房州工人》。《顧氏文房小説》本《博異志》節録；《類説》卷二四《博異志》節録，題《天柱山梯仙國》。

【校　記】

〔一〕「客」，據《太平廣記》補。

〔二〕「而去」，《太平廣記》作「傍行」。

〔三〕「仙」，《太平廣記》作「山」。「天桂」，《類説》作「天柱」。

〔四〕「途」，據《太平廣記》補。

〔五〕「玉簡」，原作「王」，據《太平廣記》改。

〔六〕「與食」，《太平廣記》作「盥漱」。

〔七〕「詢」下《太平廣記》有「於門人」。

〔八〕「或」，原作「域」，據《太平廣記》等改。

〔九〕《太平廣記》無「主符」、「主衣」四字。

〔一〇〕「來」，《太平廣記》作「舊」。

〔一一〕「杯」，《太平廣記》作「掬」。

〔一二〕「欲」，《太平廣記》作「臨」；《太平廣記》無「來路」。

〔一三〕「視」，《太平廣記》作「示」。

〔一四〕「副」，《太平廣記》作「劃」。

〔一五〕「風雲擁而去」，《一見賞心編》作「忽風雲晦黑」。

陳光道遇蔡箏娘傳

陳光道〔一〕，字不矜，南城人。自桂林罷官歸，過洞庭，夢彩衣童〔二〕，自言是洞庭龍子〔三〕，奉命告君，勿食蒜、韭及犬，後三年當有所遇。及期六月，在河中幕府，奉檄如商州，道經藍田，宿於藍橋驛，夢向所見童執節而來曰：「仙子候君至。」遂導以引到一處〔四〕，峻崖峭壁，童以節扣石壁，聞鏘然掣鎖聲〔五〕。俄入洞户，棟宇華焕，金壁絢赤〔六〕，佳花美木，世所未覩。稍進，抵中堂，望一麗女方笄歲，姿態縹緲，宛若神仙中人。正隱几寫佛書，顧客至甚喜，延相對席，談詞如雲。陳乘間調之曰：「獨居悶乎？」笑曰：「神聖無悶。」既而置酒同飲，累十觴，引坐于室〔七〕。室中皆錦綺文繡之飾〔八〕，燒蠟炬大如椽。女子曰：「人間方三伏，此處則無暑氣。」光道但覺清涼如秋深〔九〕。從容言：「吾，蔡真人女，今住吉邑，以塵緣未盡，當與人會。我之氏族見於《春秋》，名嫿，字婧娘，小名次心。幼時善秦箏，父母以其與彭氏女名嫌〔一〇〕，更字曰箏娘。得與君接，幸矣。君仙材也，但世故膠膠，不容久居此。」又言：「司命不欲與君大官，恐復墮落爾。」因出白玉牌授之，請曰：「君既游物外，不可無紀。」陳操筆立成十絕句。

其一曰：

玉貌青童洞裏回，洞中仙子有書催。書詞問我何多事，何不驂鸞早早來？

其二：

長恐凡材不合仙，喜逢神女締因緣〔一一〕。雲中隱隱開金鎖，路入麻姑小洞天〔一二〕。

其三：

海石榴花映綺窗，碧芙蓉朵亞銀塘。青鸞不舞蒼虬卧，滿院春風白日長。

其四：

沉沉香霧映房櫳，剪剪簷頭盡日風。汗雨頓稀塵慮息，始知身在蘂珠宫。

其五：

老聃西逝即浮屠，莫恠窗間貝葉書。長哂楊妃仙格劣，却教鸚鵡誦真如。

其六：

常恠樂天《長恨詞》，釵鈿寄語太傷悲。於今始信蓬山上，猶憶人間有悶時〔一三〕。

其七：

一到仙宫白玉堂，氛氲香澤滿衣裳〔一四〕。非龍非麝非沉水，疑是諸天異國香。

其八：

玉女倚天多喜笑，素娥如月愈精神。假饒不許長生住〔一五〕，猶勝人間不遇人。

其九：

瓊漿飲罷月西沉，瞬息歡遊直萬金。塵累滿懷那住得，鳳簫休作别離音。

其十：

玉水本流三島上，蟠桃生在五雲間。若非此處皆凡猥，劉阮昏迷錯住還。

寫畢復飲，女命侍兒以簫度《離鳳之曲》，曲終而寤，簫聲故在耳。後兩夕，復夢童携詩牌白曰：「仙子謝君！『玉女』即天女也，素娥月精何以見況，甚爲無謂。劉、阮、太真，列仙也，常相往還，君何詆呰之甚？老子爲九天最尊，柰何輒斥其名？今爲易『老聃』二字爲『道家』，『仙格劣』三字爲『苦輕肆』，『皆凡猥』三字爲『那真實』。」光道悉依其語。童遂去，且行且言曰：「人間文士輕薄，好訕毁人。」回頭微笑而去。自是不復再逢。光道自作文記其事。女與光道飲款終宵，曾不及亂。非唐稗説所紀諸仙比，其真玉妃輩乎？

按：本篇出宋洪邁撰《夷堅志》支甲卷七，題《蔡筝娘》。亦見《一見賞心編》卷六，題《筝娘傳》。

【校　記】

〔一〕「陳光道」，涵芬樓本、影宋鈔本《夷堅志》作「陳道光」。

〔二〕「童」字下《夷堅志》多「子」字。

〔三〕「洞庭」，涵芬本《夷堅志》作「洞中」。

〔四〕「引」，涵芬本《夷堅志》作「行」。

〔五〕「鏘」，涵芬本《夷堅志》作「鎗」。

〔六〕「壁」，涵芬本《夷堅志》作「璧」；「赤」，涵芬本《夷堅志》作「赫」。
〔七〕「坐」，涵芬本《夷堅志》作「生」。
〔八〕「文」，據涵芬本《夷堅志》補。
〔九〕「秋深」，涵芬本《夷堅志》作「深秋」。
〔一〇〕「嫌」，《一見賞心編》作「嫵」。
〔一一〕「締」，涵芬本《夷堅志》作「報」。
〔一二〕「洞」，涵芬本《夷堅志》作「有」。按：「小洞天」、「小有天」、「小有洞」均指古代道教仙境。
〔一三〕「猶」，涵芬本《夷堅志》作「肯」。
〔一四〕「香」，涵芬本《夷堅志》作「薌」。
〔一五〕「生」，涵芬本《夷堅志》作「年」。

求仙記

正和初，齊地有趙姓者，名岐，落魄不羈，好談神仙鬼異之事。每曰：「神仙不難學，但人之用功何如耳。大丈夫不爲黃白飛昇之術，纍纍然死而爲曠野之土丘，豈不虛生於世乎！」輕信者多奇之。一日棄其妻子入山修道，其妻苦諫不聽，乃大書一絕於壁間，曰：

曠野荒原幾土丘，昏迷酒色昧精修。從今撇却塵凡慮，不學神仙死不休。

由是披茅爲屋，編槿爲籬，清心苦志，垢面蓬首，坐子午，修崑崙，運氣絶粒，殆無休息，如是者二年。忽遘一疾，倏焉長逝，妻子往收其屍，以禮殯葬。是夕，妻宿於靈几之側，殆至夜分，朦朧中見岐顔色憔悴，憂容可掬。妻遽曰：「學仙何如？」岐喟然太息曰：「汝勿追論往事，徒增感傷也。彼壽原於天，死生有命，固不可以矯揉而奪天地之造化也。孔子曰：『自古皆有死。』孟子曰：『夭壽不貳。』不信聖賢經傳，而言虛無寂滅，皆非也。我之學仙，本圖長生，絶粒屏欲，反以致疾，殊不知人之一身，氣血所聚，氣陽血陰，魂陽魄陰；氣聚則生，氣散則死；魂升於天，魄降於地，此固人死生之常理也。且生之有死，譬猶夜日之必然。從古至今，固未嘗有超然而獨存者也。生何可長，仙何可學哉？如神仙可求，則秦皇、漢武當先爲之矣。汝以吾言白於人間，勿如我之再誤焉。吾以鬱陶之氣弗明於世，精魄未散，暫與一會，從此永别矣。」遂長吟一律曰：

不作神仙作鬼仙，魂歸冥漠魄歸泉。金丹難却無常理，玉髓奚增有限年。

服日飡霞俱罔爾，休妻絶粒總徒然。要知身死名猶在，著述流芳學聖賢。

妻却而記其説，遍白於人，遠近嘆異。嗚呼！不飲鴆毒，不知其酒之殺人；不食砒霜，不知其藥之傷己。趙生欲望長生於世，故求神仙之術，生不可長，命徒爲蹷，至於死，魂方知悔恨，蓋亦噬臍無及矣。後之妄談神仙鬼異者，可不以爲永戒乎！

按：本篇出處待考。

稗家粹編卷六

鬼部

裴珙

裴孝廉珙者，家在洛京〔一〕。仲夏自鄭西歸，及端午以覲親焉。下駟蹇劣，日勢已晚〔二〕，方至石橋，於是驅馬徒行，情顧甚速。續有乘馬而牽一馬者，步驟極駿，顧珙有仁色。珙因謂曰：「子非投夕入都哉？」曰：「然。」珙曰：「珙有懇誠，將丐餘力於吾子，子其聽乎？」即以誠告之。乘馬者曰：「但及都門而下，則不違也。」珙許約〔三〕。因顧謂己之二僮曰〔四〕：「爾可緩驅疲乘〔五〕，投宿於白馬寺西吾之表兄竇温之墅，來辰徐歸〔六〕。」因上馬揮鞭而騖〔七〕，俄頃至上東門，遂歸其馬，珍重而別。乘馬者馳去極速〔八〕。珙居水南，日已半規〔九〕，即促步而進，及家暝矣。入門，方見其親與珙之弟妹張燈會食。珙乃前拜，曾莫顧瞻。因附階高語曰〔一〇〕：「珙自外至。」固又不聞〔一一〕。珙即大呼弟妹之名字〔一二〕，亦無應者，笑言自若〔一三〕。珙心神忿惑，因又極叫〔一四〕，亦皆不知。但見其親顧謂卑小曰〔一五〕：「珙在何處〔一六〕？那今日不至耶〔一七〕？」遂涕下，而坐者皆泣。珙私怪曰：「吾豈爲異物耶？何其幽顯之隔如此哉〔一八〕？」因思令僕馬宿竇氏莊，登即遽返。時夜已深，門闔盡閉，而珙意將往，身趣過矣。斯須而至，方見其形僵卧於地，而二僮環泣呦呦焉。珙即舉衾以入，情意絶邈，終不能合。因出走，求人以告。所見過者，雖極請訴，而曾莫覽矣。珙傍徨憂撓，大哭於路。忽有老叟問曰：「子其何哉？」珙則具白以事。叟曰：「生魂馳鬼馬，禍非自掇耶？」因同詣竇門，令其閉目，自後推之，省然而蘇〔一九〕。其二僮皆曰：「向者行至石橋，察郎君疾作，語言大異，懼其將甚，因投於此，既而則已絶矣〔二〇〕。」珙驚嘆久之，少頃無恙。及歸〔二一〕，乃以其實陳於家。余於上都自見竇温，細話其事。

按：本篇出唐薛用弱撰《集異記》卷一。亦見《顧氏文房小説》本《集異記》、《太平廣記》卷三五八、《逸史搜奇》壬集一、《虞初志》卷一。《我儂纂削》改題《借馬送魂》。本篇出現《太平廣記》本、《稗家粹編》本「前後照應型」和《顧氏文房小説》本「前後失應型」的三種版本類型。

【校　記】

〔一〕「洛京」，《太平廣記》作「洛陽」。

〔二〕「下馹蹇劣日勢已晚」，《太平廣記》作「日晚」。
〔三〕「於是」至「許約」一大段，《太平廣記》作：「忽有少年，騎從鷹犬甚衆。顧珙笑曰：『明旦節日，今當蚤歸，何遲遲也？』乃以後乘借之。珙甚喜。」
〔四〕「因顧謂己之」，《太平廣記》作「謂」。
〔五〕《太平廣記》無「疲乘」二字。
〔六〕「來辰徐歸」，《太平廣記》作「明日徐歸可也」。
〔七〕「揮鞭而騖」，《太平廣記》作「疾驅」。
〔八〕《太平廣記》無「乘馬者馳去極速」七字。
〔九〕《太平廣記》無「日已半規」四字。
〔一〇〕「附」，《太平廣記》、《文房小説》、《逸史搜奇》作「俯」。
〔一一〕「固」，《太平廣記》、《文房小説》、《逸史搜奇》作「即」。
〔一二〕「名字」，《太平廣記》作「輩」。
〔一三〕《太平廣記》無「笑言自若」四字。
〔一四〕「因又極叫」，《太平廣記》作「思又極呼」。
〔一五〕「顧謂卑小」，《太平廣記》作「歎」。

〔一六〕《太平廣記》無「在何處」三字。

〔一七〕「耶」，《逸史搜奇》爲墨釘。

〔一八〕《太平廣記》、《逸史搜奇》無「何其幽顯之隔如此哉」句。

〔一九〕「因思令」至「省然而蘇」，《太平廣記》作：「因出至通衢，徘徊久之，有貴人導從甚盛，遥見珙，即以鞭指之曰：『彼乃生者之魂也。』俄有佩櫜鞬者，出於道左，曰：『地界啓事，裴珙孝廉命未合終，遇昆明池神七郎子，案鷹迴，借馬送歸，以爲戲耳。今當領赴本身。』貴人微哂曰：『小兒無理，將人命爲戲。明日與尊父書，令笞之。』既至，而櫜鞬者招珙，復出上東門，度門隙中，至竇莊。方見其形僵仆，二童環泣呦呦焉。櫜鞬者令其閉目，自後推之，省然而蘇。」《文房小説》、《逸史搜奇》與《太平廣記》近同，但無「方見」下十三字。《逸史搜奇》「案」作「架」，「省」作「雀」。

〔二〇〕「而」，《文房小説》、《太平廣記》作「至」。

〔二一〕《太平廣記》無「及歸」以下二十一字。

徯斯文遇

元統時，揭徯斯，名士也。初以友人程鉅夫薦，冑監肄業，以文章德行高一世。士人争慕之，踵門求詩文者，日以百計。一日訪友出，離都城二十里許，往返留連，歸則暮矣。

時陰雲慘慘，夜色沉沉，四顧茫然，莫知所適。僕馬疲倦，徒增徬徨而已。遥見林薄中隱隱有火光，揭喜，意必居民也。疾趨赴之，至則數椽華屋，雙燭輝煌，巍然一巨室。揭大喜過望，欲進謁，忽一童子自内而出。揭謂曰：「僕山東布韋也，因訪友，暮歸失道，欲求止宿，可乎？」童子唯唯。入少頃，將命出迎。揭整衣隨童而進，但見綺户朱門，琴棋書畫，異香馥郁，極其濟楚。中堂一人危坐，峨冠博帶，丰采凜然。見傒斯至，起謂曰：「弊居僻陋，木石所與居，鹿豕所與遊，素無鷄黍之期，乃有枉顧之願，此蓋三生有緣耳。」遂命行童設酒。臨溪而魚，溪深而魚肥；釀泉而酒，泉香而酒洌。學士因謂傒斯曰：「子，文士也。予效顰《閑居漫興詩》十首，敢請郢正。」

其一曰：

卜地搆軒楹，心閒樂自生。土花凝碧嫩，林葉溜紅輕。
月射簷牙白，泉穿石罅清。自緣幽興足，初不爲逃名。

其二：

未老已偷閑，蕭蕭屋數間。杯傾螺殼紫，冠製鹿皮斑。
隱几聞啼鳥，鈎簾見遠山。秋來無一事，衣佩盡薰蘭。

其三：

舉世長昏飲，疇能問獨醒。門無題鳳字，囊有換鵝經。
種就花成錦，移來石作屏。閑中供一玩，相對眼偏青。

其四：

一榻清於洗，翛然思不群。紫苔行處滿，黄鳥坐間聞。
琴奏松梢月，碁敲石上雲。蒲塘新水煖，花落覆輕紋。

其五：

自識清堪樂，誰云俗可污。泉烹建溪茗，香藹博山爐。
月冷梅魂瘦，風清鶴夢孤。近來疎懶甚，簪組意俱無。

其六：

岐路竟喧紛，心閒若不聞。字臨王逸少，詩絶鮑參軍。
竹裏敲茶臼，花前倒酒樽。嵇生本高致，寧肯在鷄群。

其七：

門逕掩蒼苔，清幽絶點埃。投閑惟樂道，多病孰憐才。

竹每穿籬引，花常稅地栽。一簾飛絮晚，遊俠不曾來。

其八：

遯迹衡門下，棲遲得自由。梅花懸小帳，蓮葉泛輕舟。

事業慚鳴鳳，生涯咲拙鳩。塵纓何處濯，門外有清流。

其九：

鎮日掩柴扃，長歌醉復醒。草生元亮徑，竹覆子雲亭。

夜玉粧琴軫，秋金鑄硯屏。都將舊遊事，一咲晚山青。

其十：

閑散真成癖，支離類隱淪。林深多緑蘚，地僻少紅塵。

酒熟頻留客，詩成不寄人。清風無限樂，即此見天真〔一〕。

吟已，徯斯不勝健羡，避席曰：「敢問先生尊姓？」學士笑曰：「予姓許，世以學士稱之。子功名遠大，又非予輩所及也。尚冀珍重，以保令名。」既而山寺鐘鳴，水村鷄唱，徯斯揖謝而出，一回顧，則華屋不知所在。徯斯大驚異焉。於是訪於居民，咸曰世祖朝許衡學士之墓也。徯斯嘆賞不置，乃具牲醴，致祭而去云。

按：本篇亦見《古今清談萬選》卷一。《幽怪詩譚》卷二《古塚談玄》據此改編。

【校記】

〔一〕詩十首出《清風亭稿》卷五。詩二「薰」《清風亭稿》作「紉」；詩四「松梢」《清風亭稿》作「梅間」；詩九「徑」《清風亭稿》作「井」，「夜玉粧琴軫」《清風亭稿》作「煖玉礱棋局」；詩十「閑」《清風亭稿》作「樗」。

鬼攜誤卷

宋紹興二十二年〔一〕，秀州當湖人魯璪赴省試。第一場出，憶賦中第七韻忘押官韻〔二〕，顧無術可改。次日，徬徨於案間，惘然如失。忽見皂衣吏問知其故〔三〕，言曰：「我能爲君成此卷〔四〕。然吾家甚貧，當有以報我。」叮嚀至三四，璪許謝錢二百千〔五〕，乃去。猶疑其無益〔六〕。未幾，果取至，即塗改以付之〔七〕。詢其姓氏，曰：「某爲蔡十九郎，居於暗門裏某坊第幾家〔八〕，差在貢院，未能即出〔九〕。」且以批字倩璪達其家。璪試罷，持所許錢及字〔一〇〕，訪其家。妻見之，泣曰：「吾夫亡於院中，今兩舉矣，尚能念家貧邪？」是年璪登第，復厚卹之，仍携其子以爲奴。二十六年考試湖州〔一一〕，以此奴行，因爲人言之。此事與唐人所載郭承嘏事相類，而近年士大夫所傳或小誤云〔一二〕。

按：本篇出宋洪邁撰《夷堅丙志》卷七，題《蔡十九郎》。明施顯卿編輯《古今奇聞類紀》卷六選入。

【校記】

〔一〕「二十二年」，涵芬樓本、葉本《夷堅志》作「二十一年」。

〔二〕「第七」下「韻」，據涵芬樓本、葉本《夷堅志》補。

〔三〕涵芬樓本《夷堅志》無「忽見」二字。

〔四〕「成」，涵芬樓本、葉本《夷堅志》作「盜」。

〔五〕「錢」，據涵芬樓本《夷堅志》補。

〔六〕「無益」，涵芬樓本《夷堅志》作「不然」。

〔七〕「改」，涵芬樓本《夷堅志》作「乙」。

〔八〕「於暗」，原作「時」，據葉本《夷堅志》改。

〔九〕涵芬樓本、葉本《夷堅志》無「即」字。

〔一〇〕「字」，涵芬樓本《夷堅志》作「書」。

〔一一〕「六」，原作「二」，據葉本《夷堅志》改。

〔一二〕「而近年士大夫所傳或小誤云」十二字據涵芬樓本、葉本《夷堅志》補。

鄒宗魯遊會稽山記

天順年間，有鄒生者，名師孟，字宗魯，慶元縣人。年二十一，丰姿貌美，善會吟咏，博學才高。素聞杭州有山水之勝、西湖之景，遂乃令僕携琴囊書劍，以往觀之。凡遇勝迹名山，琳宫梵宇，無不登臨遊之。又聞會稽山以爲天下第一奇觀[一]，遂策馬往遊。愛其秀麗，下馬步行，進不知止。頃間，斜陽歸嶺，飛鳥争巢，天色將晡，退不及還。正躊躕間，忽然叢林之内，燈燭熒煌，漏光盈户。生意爲莊農所居，乃隨其光疾趨投宿，至彼則門户嵬峩，街衢整潔，蒼松翠竹，交雜左右，乃一巨室也。俄有一青衣童子自内而出。鄒生近前而揖曰：「失路至此，欲假一宿，未知尊意如何。」青衣入報，出復命曰：「主母已允，請先生入内而相見。」生隨之而進。只見疊榭重樓，麝蘭馥郁。引至中堂，但見一少年美人，盛粧危坐，其顔色如花。見生降榻祗迎。生女相見禮畢，分賓主而坐。青衣遂捧茶至。茶畢，美人啓唇致問，鄒生實告鄉貫姓名。美人即呼侍妾設酒以待。但見殽醴馨香，迥異塵俗。傍立二美姬，身衣錦綉，手執檀香拍板，歌《天仙子》詞一闋以侑酒。詞曰：

金屋銀屏疇昔景，唱徹鷄人眠未醒。故宫花落夜如年，塵掩鏡，笙歌静。往日繁華都是夢。天上小星先破暝，明滅孤燈隨隻影。翠眉雲鬢麝蘭塵，空嘆省，成悲哽。無數落紅堆滿徑。

歌訖，美人遽止之曰：「勿歌此曲，徒增傷感。」生起坐致問曰：「仙娃高姓，閥閱何郡，郎君何人？」美人顰蹙曰：「妾本姓花，名喚麗春，臨安府人也。僑居於此二百餘年。先夫趙禥，表字咸淳，與妾爲夫婦，十年而卒。妾今寡居。誓若有人能詠四季宮詞者，以稱妾意，不論其門户高下，即與成婚，杳無其人，不知先生能之乎。」生曰：「但恐鄙陋，有污清聽。」遂濡筆而吟四絶云。

其一曰：

花開禁院日初晴，深鎖長門白晝清。側倚銀屏春睡醒，緑楊枝上一聲鶯。

其二：

瑣窗倦倚鬢雲斜，粉汗凝香濕絳紗。宮禁日長人不到，笑將金剪剪榴花。

其三：

桂吐清香滿鳳樓，細腰消瘦不禁愁。朱門深閉金環冷，獨步瑶堦看女牛。

其四：

金爐添炭燭摇紅，碎剪瓊瑶亂舞風。紫禁孤眠長夜冷，自將錦被傍薰籠。

下筆立成四景宫詞，不加點綴。美人曰：「詠出宫詞，若身處其地者，真佳作也。妾今芳年無主，形影相弔。幸遇君子，才華出衆。妾不違誓，願托終身。君亦不可異心，妾身更無外慕。從兹偕老，永效于飛。」生起致謝。已而夜静酒闌，彼此忘懷，笑語歡謔，挨肩携手，淫情各熾，遂入室解衣就寢，雲情雨意，兩相歡會，口送丁香，極盡綢繆。美人就枕上吟詩一律，詩曰：

幽閉深宫幾度秋，粧臺塵鎖不勝愁。故園冷落凌波襪，塵世經添海屋籌。
陰伉儷諧陽伉儷，新風流是舊風流。追思向日繁華地，盡付湘江水上漚。

自是鄒生與美人情好日密。每旦，令生居於宅内，不容外出，將及一年矣。忽日美人對生語曰：「燈前對酌，盡此之歡。」涔然淚下如雨。生曰：「深蒙不棄，俯賜玉成。雖六禮之未行，諒一言而已定。仙娥何故發悲？」美人曰：「本欲與君共期偕老，不料上天降罰，禍起蕭墻。今夕盡此一歡，明朝永别。君宜速避，不然禍且及君。」生固問之，美人終不肯言，但悲咽流涕而已。生以温言撫慰，復相歡狎。美人長嘆，吟詩一律。詩曰：

倚玉偎香甫一年，團圓却又不團圓。怎消此夜將離恨，難續前生未了緣。

艷質罄成蘭蕙土，風流盡化綺羅烟。誰知大數明朝盡，人定如何可勝天？

迨次日黎明，美人急促生行。生再三留意，不勝悲愴。行未數里，忽然玄雲蔽空，若失白晝。生急避林中，少頃雷雨交作，霹靂一聲，火光遍天，已而雲散雨收。生復往其處視之，則華屋美人，不知所在。只見傍邊有一古墓，被雷所震，枯骨交加，骷髏震碎，中流鮮血。生大恐懼，急尋舊路，回至寓所。詢問諸人，鄉人言曰：「此處聞有花麗春者，乃宋度宗之嬪妃，其墓亦在此山之側。」生因憶其言。度宗姓趙名禥，即度宗之諱名；而咸淳乃其紀年。又況宋之陵寢，俱在此山。而自宋朝咸淳年間，至於我朝天順年間，實在二百餘年。其恠即此無疑矣。急治裝具，回至慶元縣，備以前事白之於人，衆皆驚異。生感其異情，不復再娶。後修煉出家，遊雲夢各省。將家業廢盡，遂入天台山，再不復返，不知所終矣。

按：本篇亦見《廣艷異編》卷三二、《續艷異編》卷一三、何大掄編《燕居筆記》卷五，俱題《遊會稽山記》。《情史類略》卷二十，題《花麗春》，有删改。

【校　記】

〔一〕「天下」，原作「天子」，據《廣艷異編》改。

牡丹燈記

方氏之據浙東也，每歲元夕，於明州張燈五夜，傾城士女皆得縱觀。至正庚子之歲，有喬生者，居鎮明嶺下。初喪其耦，又無父母〔一〕，鰥居無聊，不復出游，但倚門佇立而已。十五夜三更盡，行人漸稀〔二〕。見一丫鬟，手執雙頭牡丹燈前導〔三〕，一美女在其後〔四〕，約年十七八，紅裙緑衫〔五〕，婷婷嫋嫋迤逦投西而去。喬生於月下視之，顏貌無比〔六〕，神魂飛蕩〔七〕，不能自制〔八〕，乃尾之而去，或先之，或後之。行數十步，女忽回顧而微笑曰〔九〕：「初無桑中之期，乃有月下之遇，似非偶然也。」生即趨前揖之曰：「弊居咫尺，佳人可能回顧否？」女初無難意，即呼丫鬟曰：「金蓮可挑燈同往也。」於是金蓮復回。生與女携手至家，極其歡樂。自以爲巫山、洛浦之遇，不是過也。生問女姓名居址，女曰：「妾姓符，麗卿其字，淑芳其名。故奉化縣州判之女也〔一〇〕。先人既没，家事零替，既無伯叔，終鮮兄弟〔一一〕，止妾一身，遂與金蓮僑居湖西爾。」生留之宿。態度温和〔一二〕，詞氣婉娩，低幃暱枕，甚極歡愛。天明泣别而去〔一三〕，及暮則又至，如是者將及半月。鄰翁疑焉，穴壁而窺之，則見生與一粉妝髑髏對坐於燈下，大驚。明旦詰之，諱不肯言。鄰翁曰：「嘻，子禍矣！人乃至盛之純陽，鬼乃幽陰之邪穢。今子與幽陰之魅同處而不知，邪穢之物共宿而不悟，一旦真元耗盡，災禍來臨〔一四〕，惜子以青春之年〔一五〕，而遽爲黄壤之客也，可不悲夫！」生始驚懼，備言其詳〔一六〕。鄰翁曰：「彼言僑居湖西，當往訪問〔一七〕，有無則可知矣〔一八〕。」生如其教，逕投月湖之西，往來於長堤之上〔一九〕，高橋之下，道路之上〔二〇〕，訪於居人，言其並無，問于行客，言之未聞〔二一〕。日將夕矣，乃入湖心寺少憩焉。行遍東廊，復返西廊〔二二〕，廊盡處，得一暗室，見靈柩〔二三〕，白紙題其上曰：「故奉化符州判女麗卿之柩」。柩前懸一雙頭牡丹燈，燈下立一冥器婢子〔二四〕，背上有二字曰「金蓮」。生大駭，毛髮盡豎，寒慄滿身〔二五〕，急出寺〔二六〕，不敢回顧。是夜借宿鄰翁之家，憂懼之色可掬。鄰翁曰：「玄妙觀魏法師，故開府王真人弟子也，符籙爲當今第一，汝宜急往求焉。」明旦，生往觀内〔二七〕。法師望見其至，驚曰：「妖氣甚濃，何爲來此？」生拜於牀下〔二八〕，具述其由〔二九〕。法師以硃符二道付之〔三〇〕，令其置一於門，一懸於室〔三一〕，仍戒生不得再遊湖心寺。生受教而歸〔三二〕，如言安頓〔三三〕，是後果不來矣。一月有餘，生往衮綉橋訪友，留飲而醉，都忘法師之戒，竟取湖心寺路歸家〔三四〕。將至寺門，忽見金蓮迎拜於前曰：「娘子久待，何一向無情如是。」忘其所以〔三五〕，與之入西廊，直至室中。女歎之曰〔三六〕：「妾與君素非相識，偶於燈下一見，感君之意，遂以全體付之〔三七〕。

暮往朝來，與君甚不薄，柰何因妖道之言〔三八〕，遽生疑惑，遂欲永絶。薄倖如是，妾恨君深矣。今幸得遇，豈能相舍？」即握手入，至柩前，柩忽自開，擁之同入，隨即閉矣，生遂死於柩中。鄰翁怪其不歸，遠近詢問。及至寺中停柩之室，則見生之衣裾微露于柩外。急請寺僧而發之，死已久矣。與女之尸，俯仰卧于内。女貌如生焉。寺僧嘆曰：「此奉化州判府君之女也〔三九〕。死時年十七，權寄於此〔四〇〕，舉家北遷〔四一〕，竟絶音耗，至今十有二年矣。不意作怪如此。」遂舉生之尸及女之柩〔四二〕，同葬于西門之外〔四三〕。是後陰雲之晝，月黑之宵，往往有人見生與女携手同行〔四四〕，一丫鬟挑燈前導〔四五〕。見者輒病〔四六〕，薦以功德，祭以牲醴，庶得免焉〔四七〕，否則不起矣。居人大懼，後請四明山鐵冠道人治之而滅焉〔四八〕。

按：本篇出明瞿佑著《剪燈新話》卷二。《緑窗女史》卷七，妄題作者爲元陳愔。亦見《艷異編》卷四十，題《雙頭牡丹燈記》；何大掄編《燕居筆記》卷五，題《牡丹燈記》；《情史類略》卷二十，題《符麗卿》；《太平通載》卷七，題《鐵冠道人》。《國色天香》卷六《山房日録》收録喬生、麗卿、金蓮供詞和道人判詞及結尾。《孔淑芳雙魚扇墜傳》對本篇因襲甚多。本篇結尾「後請四明山鐵冠道人治之而滅焉」，與諸版本有異，未審其故。

【校記】

〔一〕《剪燈新話句解》無「又無父母」四字。

〔二〕「行人」，《剪燈新話句解》作「遊人」。

〔三〕「手執」,《剪燈新話句解》作「挑」。

〔四〕「美女在其」,《剪燈新話句解》作「美人隨」。

〔五〕「緑衫」,《剪燈新話句解》作「翠袖」。

〔六〕「顏貌無比」,《剪燈新話句解》作「韶顏稚齒,真國色也」。

〔七〕「飛」,《剪燈新話句解》作「飄」。

〔八〕「制」,《剪燈新話句解》作「抑」。

〔九〕「笑」,《剪燈新話句解》作「哂」。

〔一〇〕《剪燈新話句解》無「縣」。

〔一一〕「既無伯叔終鮮兄弟」,《剪燈新話句解》作「既無兄弟,仍鮮族黨」。

〔一二〕「温和」,《剪燈新話句解》作「妖妍」。

〔一三〕「泣別」,《剪燈新話句解》作「辭別」。

〔一四〕「禍」,《剪燈新話句解》作「眚」。

〔一五〕「子」,《剪燈新話句解》作「乎」。

〔一六〕「言其詳」,《剪燈新話句解》作「述厥由」。

〔一七〕「訪問」,《剪燈新話句解》作「物色」。

〔一八〕《剪燈新話句解》無「有無」二字。
〔一九〕「於長堤之上」，據《剪燈新話句解》補。
〔二〇〕《剪燈新話句解》無「道路之上」四字。
〔二一〕「訪於居人……言之未聞」，《剪燈新話句解》作「訪於居人，詢於過客，並言無有」。
〔二二〕「返」，《剪燈新話句解》作「轉」。
〔二三〕「見靈柩」，《剪燈新話句解》作「則有旅櫬」。
〔二四〕「冥」，《剪燈新話句解》作「盟」。
〔二五〕「滿身」，《剪燈新話句解》作「遍體」。
〔二六〕「急」，《剪燈新話句解》作「奔走」。
〔二七〕「往」，《剪燈新話句解》作「詣」。
〔二八〕「牀」，《剪燈新話句解》作「座」。
〔二九〕「由」，《剪燈新話句解》作「事」。
〔三〇〕「付」，《剪燈新話句解》作「授」。
〔三一〕「室」，《剪燈新話句解》作「榻」。
〔三二〕「教」，《剪燈新話句解》作「符」。

〔三三〕「言」，《剪燈新話句解》作「法」。
〔三四〕「竟」，《剪燈新話句解》作「逕」；「歸家」，《剪燈新話句解》作「以回」。
〔三五〕《剪燈新話句解》無「忘其所以」四字。
〔三六〕「歎之」，《剪燈新話句解》作「女宛然在坐，數之」。
〔三七〕「付之」，《剪燈新話句解》作「事君」。
〔三八〕「因」，《剪燈新話句解》作「信」。
〔三九〕「府君」，《剪燈新話句解》作「符君」。
〔四〇〕「寄」，《剪燈新話句解》作「厝」。
〔四一〕「北遷」，《剪燈新話句解》作「赴北」。
〔四二〕「生之尸及女之柩」，《剪燈新話句解》作「尸柩及生」。
〔四三〕「葬」，《剪燈新話句解》作「殯」。
〔四四〕《剪燈新話句解》無「有人」二字。
〔四五〕《剪燈新話句解》在「燈」前多「雙頭牡丹」四字。
〔四六〕「病」，《剪燈新話句解》作「得重疾，寒熱交作」。
〔四七〕「得免焉」，《剪燈新話句解》作「獲痊可」。

〔四八〕「後請四明山鐵冠道人治之而滅焉」,《剪燈新話句解》作:競往玄妙觀謁魏法師而訴焉。法師曰:「吾之符籙,止能治其未然。今祟成矣,非吾之所知也。聞有鐵冠道人者,居四明山頂,考劾鬼神,法術靈驗,汝輩宜往求之。」衆遂至山,攀緣藤葛,驀越溪澗,直上絶頂,果有草庵一所。道人凭几而坐,方看童子調鶴。衆羅拜庵下,告以來故。道人曰:「山林隱士,旦暮且死,烏有奇術?君輩過聽矣。」拒之甚嚴。衆曰:「某本不知,蓋玄妙〔觀〕魏師所指教爾。」始釋然,曰:「老夫不下山,已六十年。小子饒舌,煩吾一行。」即與童子下山,步履輕捷,徑至西門外,結方丈之壇,踞席端坐,書符焚之。忽見符吏數輩,黄巾錦襖,金甲雕戈,皆長丈餘,屹立壇下,鞠躬請命,貌甚虔肅。道人曰:「此間有邪祟爲禍,驚擾生民,汝輩豈不知耶?宜疾驅之至!」受命即往,不移時,以枷鎖押女與生并金蓮俱到,鞭箠揮扑,流血淋漓。道人訶責良久,令其供狀。將吏以紙筆授之,遂各供數百言。今録其略於此。喬生供曰:「伏念某喪室鰥居,倚門獨立,犯在色之戒,動多欲之求。不能效孫生見兩頭蛇而决斷,乃致如鄭子逢九尾狐而愛憐。事既莫追,悔將奚及?」符女供曰:「伏念某青年棄世,白晝無鄰,六魄雖離,一靈未泯。燈前月下,逢五百年歡喜冤家;世上民間,作千萬人風流話本。迷不知返,罪安可逃?」金蓮供曰:「伏念某殺青爲骨,染素成胎,墳壠埋藏,是誰作俑而用?面目機發,比人具體而微。既有名字之稱,可乏精靈之異。因而得計,豈敢爲妖!」供畢,將吏取呈道人,以巨筆判曰:「蓋聞大禹鑄鼎,而神姦鬼秘莫得逃其形;温嶠燃犀,而水府龍宫俱得現其狀。惟幽明之異趣,乃詭怪之多端,遇之者不利於人,遭之者有害於物。故大厲入門,而晉景殁;妖豕啼野,而齊襄殂。降禍爲妖，興災作孽。是以九天設斬邪之使，十地列罰惡之司。使魑魅魍魎，無以容其奸；夜叉羅刹，不得肆其暴。矧此清平之世、坦蕩之時，而乃變幻形軀，依附草木，天陰雨濕之夜，月落參横之晨，嘯于梁而有聲，窺其室而無睹。蠅營狗苟，羊狠狼貪。疾如飄風，烈若猛火。喬家子生猶不悟，死何恤焉？符氏女死尚貪淫，生可知矣！況金蓮之怪誕，假盟器以矯誣，惑世誣民，違條犯法。狐綏綏而有蕩，鶉奔奔而無良。惡貫已盈，罪名不宥。陷人坑從今填滿，迷魂陣自此打開。燒毁雙明之燈，押赴九幽之獄。判詞已具，主者奉行，急急如律令！」即見三人悲啼躑躅，爲將吏驅捽而去。道人拂袖入山。明日衆往謝之，不復可見，止有草庵存焉。急往玄妙觀訪魏法師而審之，則病瘖不能言矣。

金鳳釵記

大德中，揚州富人吴防禦，居春風樓側，與宦族崔君爲鄰，交契甚厚。崔有子曰興歌〔一〕，防禦有女曰興娘，俱在襁褓。崔君因求女爲興歌婦，防禦許之，以金鳳釵一隻爲約。既而崔君遊宦遠方，凡一十五載，並無一字相聞。女處閨闈，年十九矣。其母謂防禦曰：「崔家一去十五載，不通音耗，興娘長成矣，不可執守前言，令其挫失時節也。」防禦曰：「吾已許吾故人矣，況誠約已定，吾豈食言者也？」女亦望生不至，因而感疾，沉眠枕蓆〔二〕，半歲而終。父母哭之慟。臨殮，母持金鳳釵俯屍而泣曰〔三〕：「此汝夫家物也，今汝已矣，吾留此安用？」遂簪於其髻而殯焉。殯之兩月而崔生至。防禦延接之，訪問其故。則曰：「父爲上都廣德府理官而卒〔四〕，母亦先逝數年矣，今已服除，故不遠千里至此。」防禦下淚曰：「興娘薄命，爲念君故，於兩月前飲恨而終，今已殯之矣。」因引生入室，至其靈几前，焚楮錢以告之，舉家號哭〔五〕。防禦謂生曰：「郎君父母既歿，家業凋零〔六〕，今既來此，可便於吾家宿食。故人之子，即吾子也，勿以興娘没故，自同外人。」便令搬挈行李〔七〕，於門側小齋安宿〔八〕。將及半月，時值清明，防禦以女新殁之故，舉家上塚。興娘有妹曰慶娘，年十七矣，是日亦同往。惟留生在家看守。至暮而歸，天已曛黑，生於門左迎接。有轎二乘，前轎已入，後轎至生前，似有物墜地，鏗然作聲，生俟其過，急往拾之，乃金鳳釵一隻也。欲納還於内，則中門已闔，不可得而入矣。遂還小齋，明燈獨坐。念婚事不成，隻身孤苦，寄迹人門，亦非久計，長嘆數聲，方欲撫枕而卧〔九〕，忽聞剥啄叩門之聲〔一〇〕，問之則不答，不答則又叩〔一一〕，如是者三度。乃啓關視之，則一美姝立於門外，見户開，搴裙而入。生大驚，女低詞款氣〔一二〕，向生細語曰：「郎不識妾耶？妾即興娘之妹慶娘耳。向者投釵轎下，郎拾得否？」即挽生就寢。生以其父待之厚，辭曰：「不敢。」拒之甚確，至於再三。女赧然作色曰〔一三〕：「吾父以子姪之禮待汝，置汝門下，而汝於深夜誘我至此，將欲何爲？我將訴之於父，訟汝於官，必不恕汝矣〔一四〕。」生懼，不得已而從焉〔一五〕。自是暮隱而出，朝隱而入〔一六〕，往來於門側小齋，凡及一月〔一七〕。女一夕謂生曰：「妾處深閨，君在外館，今日之事，幸無人知覺。誠恐好事多魔，佳期易阻，一旦聲迹彰露，親庭罪責，閉籠而鎖鸚鵡，打鴨而驚鴛鴦，在妾固所甘心，於君誠恐累德。莫若先事而發，懷璧而逃，或晦迹深村，或藏蹤異郡，庶得優游至老〔一八〕，不致分離也〔一九〕。」生頗然其計，曰：「卿言亦自有理，吾方思之。」因自念零丁孤苦，素乏親知，雖欲逃亡，竟將焉往？嘗聞父言：有舊僕金榮者，信義人也，居鎮江呂城，以耕種爲業。今往投之，庶不我拒。至明夜五鼓，與女輕裝而出〔二〇〕，買船過瓜洲，逕奔丹陽，訪於村氓，則果有金榮者，家甚殷富，見爲本村保正。生大喜，直造其門，至則初不相識也。生言其父姓名爵里及己乳名，方始認之〔二一〕，則設位而哭其主，捧生於坐而拜曰：「此吾家郎君也。」主告以故。」虛正堂而處之。生處榮家，榮事之如事舊主，衣食之需，供給甚至〔二二〕。將及一年，女告生曰：「始也懼父母之責，故與君爲卓氏之逃，蓋出於不得已也。今則舊穀既没，新穀既登，歲月如流，已及期矣。且愛子之心，人皆有之，今而自歸，喜於再見，必不我罪也。況父母生身之恩莫大焉，豈有終絶之理？盍往見之乎？」生從其言，與之渡江入城。將及其家，謂生曰：「妾逃竄一年，今遽與君同往，或恐觸彼之怒，君宜先往覘之，妾停舟於此以俟〔二三〕。」臨行，復呼生回，以金鳳釵授之，曰：「如或不信而見拒〔二四〕，當出此以示之可也。」生至門，防禦聞之，欣然而出見，反致謝曰：「日昨顧待不周，致君不安其所而他適，老夫之罪也，幸勿見恠。」生拜伏在地，不能仰視〔二五〕，但稱死罪，口不絶聲。防禦曰：「有何罪過，遽出此言。願賜開陳，釋我疑憂。」生乃作而言曰：「曩者房帷事密，兒女情多，負不義之名，犯私通之律，不告而娶，竊負而逃，竄伏村墟，遷延歲月，音容久阻，書問莫傳，情雖篤於夫婦，恩敢忘於父母！今則謹携令愛，同此歸寧，伏望察其深情，恕其重罪，使得終能偕老，永遂于飛。大人有溺愛之恩，小子有宜家之樂，是所望也，惟冀憫焉。」防禦聞之，驚曰：「吾女臥病在床，今及一載，饘粥不進，轉側須人，豈有是事也？」生謂其恐爲門户之辱，故飾詞以拒之，乃言曰：「目今慶娘見在舟中，可令人舁轎以取之來〔二六〕。」防禦雖不信焉，且令家僮往視之，至則無所見。方詰怒崔生，責其妖妄，生於袖中出金鳳釵以進。防禦見之，始大驚曰：「嘻！此吾亡女興娘殉葬之物也，何爲而至此哉？」疑惑之際，慶娘忽於床上欻然而起，直至堂前，拜其父曰：「興娘不幸，早辭嚴侍，委棄荒郊〔二七〕，然與崔家緣分未斷，今之來此，竟亦無他，特欲以愛妹慶娘續其婚爾。如從所請，則病患遂當痊除；不用妾言，命盡此矣。」舉家驚駭，視其身則慶娘，而言詞舉止則興娘也。父詰之曰：「汝既死矣，安得再來人世，爲此亂惑耶？」對曰：「妾之死也，地府以妾無罪〔二八〕，不復提禁〔二九〕，得隸后土夫人帳下，掌傳牋奏。妾以世緣未盡，故特給假一年，來與崔郎了此一段姻緣耳。」父聞其語切，乃許之。即斂容拜謝，又與崔生執手，歔欷而別。且曰：「父母許我矣！汝做好嬌客〔三〇〕，慎無以新人而忘舊人也。」言訖，慟哭數聲而仆於地，視之，死矣，急以湯藥灌之，移時乃甦，疾病已去，行動如常，問其前事，懵無所知〔三一〕。遂卜日續崔生之婚〔三二〕。生感興娘之情，以釵貨於市，得鈔二十錠，盡買香燭楮幣，齎往瓊花觀，命道士建醮三晝夜以報之。復見夢於生曰：「蒙君薦拔，尚有餘情，雖隔幽明，實深感佩。小妹柔和，乞善視之〔三三〕。」生驚悼而覺，從此遂絶。嗚呼異哉！

按：本篇出明瞿佑著《剪燈新話》卷一。亦見《艷異編》卷三九、何大掄編《燕居筆記》卷五、《緑窗女史》卷七；《情史類略》卷九，題《吴興娘》。

【校　記】

〔一〕「興歌」，《剪燈新話句解》作「興哥」。下同。

〔二〕「沉眠」，《剪燈新話句解》作「沉綿」，疑誤。

〔三〕「俯」，《剪燈新話句解》作「撫」。

〔四〕《剪燈新話句解》無「上都」二字，「廣德府」作「宣德府」。
〔五〕「哭」，《剪燈新話句解》作「慟」。
〔六〕「家業凋零」，《剪燈新話句解》作「道途又遠」。
〔七〕「便」，《剪燈新話句解》作「即」。
〔八〕「安宿」，《剪燈新話句解》作「安泊」。
〔九〕「撫枕而卧」，《剪燈新話句解》作「就枕」。
〔一〇〕「叩」，《剪燈新話句解》作「扣」。下同。
〔一一〕「答」，《剪燈新話句解》作「問」。
〔一二〕「低詞款氣」，《剪燈新話句解》作「低容斂氣」。
〔一三〕「赧然作色」，《剪燈新話句解》作「忽頩爾怒」。
〔一四〕「恕」，《剪燈新話句解》作「舍」。
〔一五〕「焉」下《剪燈新話句解》有「至曉乃去」四字。
〔一六〕「暮隱而出朝隱而入」，章甫言本、黄正位本、虞淳熙本等《剪燈新話》早期刊本、何本《燕居筆記》同，句解本、清江堂本、《艷異編》、《情史類略》、《緑窗女史》作「暮隱而入，朝隱而出」。按：此句本於元稹《鶯鶯傳》：「自是復容之。朝隱而出，暮隱而入，同安於曩所謂西廂者，幾一月矣。」《金鳳釵記》中慶娘居住在中門之內，興哥則住中門之外的門側小齋。這裏出現完全不同的異文，實際源於觀察視角。由於「慶娘」的主動性，出入的地點是「門側小齋」還是「中門」，則有不同表述。二者均通。《二刻拍案驚奇》卷二十三《大姊魂游完宿願　小姨病起續前緣》依據早期刊本：「幸得女子來蹤去迹甚是秘密，又且身子輕捷，朝隱而入，暮隱而出。只在門側書房私自往來快樂，並無一個人知覺。」

〔一七〕「月」下《剪燈新話句解》有「有半」二字。

〔一八〕「至」，《剪燈新話句解》作「偕」。

〔一九〕「分離」，《剪燈新話句解》作「睽離」。

〔二〇〕「而出」，據《剪燈新話句解》補。

〔二一〕「認之」，《剪燈新話句解》作「記認」。

〔二二〕「捧生於坐」至「供給甚至」，《剪燈新話句解》作「捧生而拜於座曰：『此吾家郎君也。』生具告以故。乃虛正堂而處之，事之如事舊主，衣食之需，供給甚至。生處榮家」。

〔二三〕「停」，《剪燈新話句解》作「艤」。

〔二四〕「如或不信而見拒」，《剪燈新話句解》作「如或疑拒」。

〔二五〕「不能」，《剪燈新話句解》作「不敢」。

〔二六〕《剪燈新話句解》無「轎」字。
〔二七〕「委」，《剪燈新話句解》作「遠」。
〔二八〕「地府」，《剪燈新話句解》作「冥司」。
〔二九〕「提」，《剪燈新話句解》作「拘」。
〔三〇〕「嬌客」，《剪燈新話句解》作「嬌容」。
〔三一〕「懵無所知」句，《剪燈新話句解》作「并不知之，殆如夢覺」。
〔三二〕「卜日」，《剪燈新話句解》作「涓吉」。
〔三三〕「乞」，《剪燈新話句解》作「宜」。

錢益學佛

武德中，長安錢氏名益者，酷嗜玄釋之教。然吝父母之養，每欲出家離俗。嘗詒父母曰：「一人成佛，九族升天。我將出家，倘得成佛，舉族上昇，免受地獄輪迴之苦，不亦善乎？」父母不能沮，遂削髮披緇，棄家學佛，入真明寺，禮普照僧爲師，精修苦煉，誦經參禪，父母之養弗顧也。是年秋，出訪村氓，渡橋失足，墜水而死。父母惡其逆，不爲斂葬，屍浮潰爛，過者掩鼻。一日，鄰友孫叟者，適行是處，斜陽在山，天漸暝矣。偶見錢僧佇立水滸。孫忘其死，與之叙禮，班荆而坐。孫訝曰：「自師出家，闊别許久，何幸於此而得相逢邪？」錢僧撫髀吁嗟，若有所赧之狀，疾首蹙額而相告曰：「人相天地，參爲三才，得五行之秀，爲萬物之靈，其異於禽獸者，以其能盡人倫耳。苟廢人倫，何如禽獸？佛者，夷狄之教，棄父母、君臣、夫婦、朋友之道，削髮披緇，跏趺膜拜，不耕而食，不織而衣，妄談果報，壞人心術，是誠名教中之罪人也。」孫驚問曰：「師平素深諳釋理，胡爲鄙薄如是？」錢僧歎曰：「過而知悔，其過日亡；過而不悔，其過日熾。故聖門不貴無過，而貴改過，其以此耳。吾因輕信淺謀，誤蹈覆轍，雖九泉之下，追悔無及也。上而父母棄之而弗養，下而妻子離之而弗聚，外而朋友疎之而不親，未得九族昇天，先陷一身不孝，雖慈烏之不若也。可學佛乎？當初效遼東之豕，今日爲井底之蛙。誠羞爲故人道也。」遂吟二絶曰：

僧衣着破棄儒冠，苦志修行離涅槃。爲佛未成先不孝，西天依舊黑漫漫。

廢棄人倫結善緣，身沉苦悔恨無邊。清魂冷浸波心月，夜半荒涼泣杜鵑。

吟已再吟，泫然泣下。孫方悟其已死，急欲辭去。錢僧挽衣固留曰：「與君死生之交，何吝幽明之會。欲罄衷曲，暴白塵寰，固非敢禍於君也。嗚呼！吾獲罪於天，知不可禱，但爲我曉諭後賢，孝於父母，忠於君國，和於鄉黨，善於朋友，睦於妻子，其他幽冥果報、天堂地獄之説，皆妄誕也。後之學佛，以吾爲戒，君其勉之，請從兹絶。」言畢，哭入水中，因忽不見。孫毛髮悚然，汗流沾背，疾馳而歸，行不成步。翌日以其事告於鄉黨，舉皆驚惶。孫自是不敢經由舊路矣。

按：本篇出處待考。

王煌

太原王煌，元和三年五月初申時，自洛之緱氏莊，乃出建春門二十里〔一〕，道左有新塚，前有白衣姬設祭而哭甚哀。煌微覘之，年適十八九，容色絶代。傍有二婢，無丈夫。侍婢曰：「小娘子秦人，既笄，適河東裴直，未二年，裴郎乃遊洛不復，小娘子訝焉，與某輩二人，偕來到洛，則裴已卒矣。其夫葬于此，故來祭哭耳。」煌曰：「然即何歸？」曰：「小娘子少孤無家，何歸？頃婚禮者外族，其舅已亡。今且駐洛，必謀從人耳。」煌喜曰：「煌有正官，少而無婦。莊居緱氏，亦不甚貧。今願領微誠，試爲咨達。」婢笑，徐詣姬言之。姬聞而哭愈哀，婢牽衣止之，曰：「今日將夕矣，野外無所止，歸秦無生業。今此郎幸有正官而少年，行李且贍，固不急於衣食。必欲他行，捨此何適？若未能抑情從變，亦得歸休，奈何不聽其言耶？」姬曰：「吾結髮事裴，今客死洛下，綢繆之情，已隔明晦。碎身粉骨，無謝裴恩。未展哀誠，豈忍他適？汝勿言，吾且當還洛。」其婢以告煌，煌又曰：「歸洛非有第宅，決爲客之於緱〔二〕，何傷？」婢復以告。姬顧日將夕，回無所抵，乃斂哀拜煌，言禮欲申，哀咽良久。煌召左右飾騎。與煌同行十餘里，借宿彭婆店，禮設別榻。每聞煌言，必嗚咽而泣，不敢不以禮待之。先曙而到芝田別業，於中堂泣而言曰：「妾誠陋拙，不足辱君子之顧。身今無歸，已沐深念。請備禮席，展相見之儀。」煌遽令陳設，對食畢，入成結褵之禮，自是相歡之意，日愈慇懃。觀其容止婉娩，言詞閑邪，工容之妙，卓絕當時，信誓之誠〔三〕，惟篤而已。後數月，煌有故入洛。洛中有道士任玄言者，奇術之士也，素與煌善，見煌顏色，大異之，曰：「郎何所偶，致形神如此耶？」煌曰：「納一夫人耳。」玄言曰：「所偶非夫人，乃威神之鬼也。今能逋絕〔四〕，尚可生全。更一二十日，生路即斷矣，玄言亦無能奉救也。」煌心不悦，以所謀之事未果，白衣遣人請歸，其意尤切，纏綿之思，不可形狀。更十餘日，煌復入洛，遇玄言於南市，執其手而告曰：「郎之容色，決死矣，不信吾言，乃致如是，明日午時，其人當來，來即死矣。惜哉！惜哉！」因泣與煌別，煌愈惑之。玄言曰：

「郎不相信，請置符於懷中。明日午時，賢寵入門，請以符投之，當見本形矣。」煌乃取其符而懷之。既背去，玄言謂其僕曰：「明日午時，芝田妖當來，汝郎必以符投之。汝可視其形狀，非青面耐重鬼，即赤面者也。入反坐汝郎，郎必死。死時視之，坐死耶？卧死耶？」其僕潛記之。及時，煌坐堂中，芝田妖果來。及門，煌以懷中符投之，立變面爲耐重鬼。鬼執煌〔五〕，曰：「與汝情意如此〔六〕，柰何取妖道士言，令吾形見！」反捽煌，卧於床上，一踏而斃。日暮，玄言來候之，煌已死矣。問其僕曰：「何形？」僕乃告之。玄言曰：「此乃北天王右脚下耐重也〔七〕，例三千年一替。其鬼年滿，自合擇替，故化形成人而取之。煌得坐死，滿三千年亦當求替。今既卧亡，終天不復得替矣。」前覩煌尸，脊骨已折。玄言泣之而去。此傳之僕人，故備書焉。

按：本篇出唐牛僧孺撰《玄怪録》。亦見《廣艷異編》卷三三。《類説》卷十一節選，題《娶耐重鬼》。

【校記】

〔一〕「二十里」，《玄怪録》陳應翔本作「二十五里」。

〔二〕「之」，《廣艷異編》作「居」。

〔三〕「誓」，原作「勢」，據《廣艷異編》、《玄怪録》高承埏本改。

〔四〕「今」，《玄怪録》高承埏本作「令」。「逋」，《玄怪録》高承埏本作「速」。

〔五〕按：「煌」下原有「已死矣，問其僕」，程毅中先生認爲是衍文，今删。《廣艷異編》云：「鬼執煌，已昏矣，問其僕曰：『汝主柰何聽妖道士言，令吾形見！』」亦通。

〔六〕「與汝情意」，據《類説》補。

〔七〕「脚」，《類説》作「蹄」，誤。

雲從龍溪居得偶

黄州儒士雲從龍，結廬臨溪，讀書其内，苦志用功，不入城府。家業荒涼，未有妻室。天曆二年春，於所居倚窗臨溪閑坐，俄見一叟棹舡逶迤傍岸，中坐一青衣美人，顔色聰俊。雲生遽問曰：「何家宅眷？今欲何往？」叟曰：「兹値歲侵，衣食無措，將賣此女，以資日用耳。」雲生留意，邀之入室，遂問姓名居址。叟曰：「老拙姓蘇，本州人也。先室辭世，止生此女，乳名珍娘，年方二八，頗通書義，尤精女紅，欲仗紅葉之媒，以訂赤繩之約。如君不鄙，望爲相容。」雲生諾諾，傾囊見酹。遂設宴會親，卜日合巹。女自入雲生之門，恪盡唱隨之道，主中饋，縫衣裳，和於親族，睦於鄰里，抑且性格温柔，容貌出類，遐邇争羡焉。

雲生貪戀情欲，頗廢經書。女諫曰：「衾枕之情，世之常事；功名之會，生之要途。立身行道，揚名後世，既顯父母，又榮妻子，男兒之志，於斯遂矣。豈可苟淹歲月，而守故園之桃李哉？」雲生遜謝，愈加敬愛。一日，雲生與女對酌溪樓之上，女斟酒奉生曰：「聊歌一詞，以侑君飲。」詞名《浣溪沙》，云：

溪霧溪煙溪景新，溶溶春水浄無塵。碧琉璃底浸春雲。風颺遊絲牽蝶翅，雨飄飛絮濕鶯唇。桃花片片送殘春〔一〕。

每歌一句，音韻清奇，聽之可愛。厥後雲生中試，爲宛平令，挈家赴任。女處官衙，小心謹慎，同僚妻妾，咸得歡心。每戒夫清廉恤民，無玩國法，内外稱之。時邑中亢旱，禱祈無應。適有武當山道士潘鍊師能行五雷法，祈晴禱雨，斬妖驅邪，其應如響。吏卒白於雲生，禮請至邑，結壇行事。師潛謂同僚曰：「雲大尹妖氣太重，掃蕩邪穢，天即大雨矣。」同僚白於雲生，不以爲信。鍊師仗劍登壇，書符作法。少頃，玄雲蔽日，雷雨交作，霹靂一聲，火光迸起，大雨如注，四郊沾足。鍊師請衆官回衙以觀異事。但見雲生之室，枯骨交加，髑髏震碎，中流鮮血，而美婦不知所在矣。前廳壁朱書篆字數行，衆莫能識。鍊師讀之，乃詩一首。曰：

善惡幽冥皆有報，雷霆誅擊豈無因？　性行淫亂汙塵俗，死縱妖邪惑世人。

萬種風流收骨髓，一團恩愛耗精神。　從今打破迷魂陣，梟震骷髏示下民。

雲生驚駭，不能定情，同僚爲之失色。訪以鍊師之故。鍊師曰：「此婦在生必行淫亂，死爲枯骨尚能迷人。不久真元耗盡，禍將及身矣。始吾到此，即知其由。若不假以雷霆，明彰報應，諸公何以信服哉？是知一善一惡，皆有報應。彼鬼婦耳，變幻惑人，人不能誅，而天誅之，不爽於毫髮如此。苟欺心逆天，是昧乎理，則報應隨之，捷於桴鼓，不可不戒也。」

按：本篇出處待考。《百家公案》第七回《行香請天誅妖婦》據此改編。

【校　記】

〔一〕《林下詞選》、《詞苑叢談》題爲「宋時女鬼」作。

鄭榮見弟

襄陽有鄭榮者，富人也，弟華亦以居積財裕。兄弟怡怡，極盡友愛，不惟資積稱一郡之首鉅，而且雍睦藹一郡之仁風，鄉人稱之重之。宋開禧中，南北搆兵，江淮騷擾，榮常貨殖於淮。安計發行，華諫之曰：「亂離之際，烽火相連，干戈極目，民之老弱轉乎溝壑，民之少者散於四方，此何日也？兄顧不以身家自重，而竟履危蹈險如此耶？」榮哭曰：「是非爾所知也。古人云：『不入虎穴，安得虎子？』且大丈夫生當桑弧蓬矢以射四方，安可守故園而空老乎？」華復諫曰：「兄善於幹蠱，弟乃四體不勤，五穀不分，可乎？請代兄一往，以表友于之情。」榮曰：「不然，吾久客江湖，備嘗險阻，汝尚黄口，安能涉遠，慎復勿言。」華泣曰：「兄之遠離，弟所不忍，然則偕行何如？」榮不得已，從之。翌日，兄弟買舟束貨，同客游淮上，行有日矣。未幾，金兵渡淮，逐隊排行，聯車秣馬，干戈載道。時聞金鐵之聲，士卒先馳，日苦戰争之擾，鼙鼓連天震響，旌旗帶雨飄颻，尸横蔽野，哭泣相聞，血染荒郊，悲哀慘切。一生而萬死，十室以九空，猿啼鶴唳，草偃風號。見者無不酸鼻，聞者爲之寒心。征途商賈，斂迹盡矣。何不幸而二鄭之舟，適與之遇於中流焉。進不敢發，退不及避，金人掠其貨，鑿舟沉之。華溺死，榮蕩漾波中，若沙鷗之點水，時出時没，幾致覆滅，幸負一板以達於岸，匍匐而登，失華所在，哭不輟聲，輒自怨曰：「悔不聽吾弟之言，果遭慘酷之患。吾固幸已，苟延殘喘，竟不知吾弟存亡也。」是夜，悲風颯颯，愁雲黯黯，榮獨坐，不勝傷感，乃口占一律以自譴云。其詩曰：

淮右棲遲地，暌違各一天。蹉跎雙鬢改，險阻一身全。

夜雨溪南業，秋風墓下田。別來空有夢，惆悵未能還〔一〕。

吟畢復泣，祝曰：「吾弟平日友愛，今夕若亡，願期一見，不然，吾亦蹈淮而死，不願生還也。」言未已，暗中哭泣有聲，漸近始辨其形，知其爲華也。乃相對而泣。榮曰：「不聽弟言，終罹此變。」華曰：「子路有孔悝之難，伍員受鴟夷之危，君子順受之而已。」遂自吟曰：

萬里淮河北，愁雲一望迷。雪深胡馬健，月黑隴猿啼。

遠戍連烽火，寒沙莽蒺藜。遊魂歸未得，腸斷夕陽西〔二〕。

韻成，忽不見矣。榮愈哭之痛，骨立絶食，死而復蘇者數四。明日，華尸獨浮於水面如生，榮爲之厚斂而還。一時人異之。

按：本篇亦見《古今清談萬選》卷一。《幽怪詩譚》卷二《淮河泣弟》據此改編。

【校　記】

〔一〕此詩見《清風亭稿》卷五，題《與許漢英秀才夜話》。「淮右」，《清風亭稿》作「白下」。

〔二〕此詩見《清風亭稿》卷五，題《塞上》。「淮河」，《清風亭稿》作「隋城」；「胡馬」，《清風亭稿》作「邊馬」；「隴猿」，《清風亭稿》作「隴狐」；「遊魂」二句，《清風亭稿》作「將軍多暇日，游獵玉關西」。

褚必明野婚

鎮江褚必明，醫人也。少業舉子，弗偶，乃棄儒業醫，學深，明岐黄之精蘊，察藥餌之君臣。遠近迎接者，絡繹於道，一時稱國手云。正統乙巳〔一〕，因視疾往遠村，歸抵中途，天色已暝。俄大雨如注，雷與電交作，風送雨聲悽。必明甚怖，不能前進。俄見路傍一叢林，蓊鬱可依，疾趨避之。至則昂然一居所，且燈燭有光。必明見之，大喜過望，隨叩其門。忽見一丫環秉燭而出，問曰：「客何來？」必明曰：「夜深迷路，且值暴雨，欲假宿耳。」丫環喏喏，引至中堂，入報。少頃，一女盛粧出迎，花容壓西子，月貌賽姮娥，丰采動人，異香滿室，年可十八九。接必明叙禮畢，坐分賓主。言詞舉止，悉中矩度。茶罷，女起問曰：「官人尊姓，閥閱何居？」必明揖曰：「僕本郡鄙人，以醫爲業。因遠視疾，迷路至此，暫借貴宅一止宿，未審容否。」女即首肯之。既而泣下曰：「妾早喪嚴君，鴛幃失偶，即今春秋十八矣。每因時而感嘆，恒覩物以傷情。《詩》云：『趯趯阜螽，喓喓草蟲〔二〕。』微物遇時，常能感興，矧人爲萬物之靈，反獨守閨房而空老耶？妾之嘅嘆者殆此耳。」必明聞言大悟，乃徐言曰：「日月逝矣，歲不我與。青春易失，良晤難期。且男女居室，人之大倫。故

《詩》詠《關雎》，《易》首《咸》、《恒》。河間女子非不足稱，而西廂佳人尤企仰止耳。娘子年芳貌美，何患無配。倘不棄鰥生，敢效魚目之混珠也。」女笑而謝曰：「誠良緣，事出天定，非人耳。」即携生手，共至寢榻〔三〕。見壁中掛《采蓮曲》一幅，曲乃女所自製者。生朗誦之，曲曰：

采蓮朝下湖西曲，短袂輕綃鬪粧束。小紅艇子駕雙橈，蕩破摇摇鏡光緑。荷葉荷花颭錦雲，鴛鴦兩兩護波紋。荷錢却喜似儂鈿，藕絲還愛似儂裙。湖頭昨夜西風雨，沙嘴新添三尺水。翠倒紅翻相向愁，波心半露青蓮子。采蓮復采蓮，回船正迎浪。不惡歸去遲，只嫌明月上。明月團團湖水秋，清光滿面照人羞。郎家只隔湖南宅，咫尺横波日夜流。湖南復湖南，彼岸石頭巖。欲上無由上，掩面空自慚〔四〕。

閲誦既畢，深讚其妙。遂解衣就寢，極其歡美，彼此繾綣之私情，固有不待言者。久之，女復請曰：「與君一夕夫妻，猶勝百年姻眷。君他日過此，毋忘舊情可也。」生心疑其言。已而聞鷄鳴聲，女辭起衣，生復就睡。夢中不覺，一張目，但見天已爽明〔五〕，日光映體。亟起視之，乃袒卧於一荒塚間焉。

按：本篇亦見《廣艷異編》卷三二、《續艷異編》卷一四，俱題《褚必明》；《古今清談萬選》卷二，題《野婚醫士》。

《幽怪詩譚》卷五題《假宿醫緣》，據此改編。

【校記】

〔一〕《幽怪詩譚》無「少業舉子……正統乙巳」。

〔二〕按：「趯趯阜螽，喓喓草蟲」句，《詩經》原作「喓喓草蟲，趯趯阜螽」。

〔三〕「女即首肯之……共至寢榻」句，《幽怪詩譚》異文甚多，作：女夷然首肯之，乃設肴饌，相與對酌，飲過數巡，女忽長嘆，潸然泣下曰：「妾不幸嚴君早喪，鴛幃失偶，今春秋正十八矣。守空閨而誰與，獨旦撫孤枕，而徒聽殘更。寂寞長門，蕭條朱户，每見黄鸝逐隊，粉蝶蹁韆，不覺意亂情牽，魂摇心碎。《詩》云：『喓喓草蟲，趯趯阜螽。』微物尚能因時感動人心，矧牽引百端，寧甘守孤幃而空老耶？」必明聞言，知其春心盡露，乃徐挑之，言曰：「日月易邁，光景無多。娘子芳年艷質，正宜早遂佳期，獲諧良偶。豈可自失桃夭之候，宜賦摽梅之詩。」女曰：「銀河欲渡，鵲未成橋；女可縫裳，綫無針引。」必明曰：「僕雖貧陋，實未有室。雖無月老之牽紅，願效毛遂之自薦。倘蒙不棄，得締姻盟，豈非天作之合？」女笑而答曰：「今夕何夕，見此良人。」遂挽生，直至臥榻。

〔四〕此詩出《清風亭稿》卷二，題《採蓮曲》，無「湖南復湖南」以下四句，《幽怪詩譚》亦無此四句。

〔五〕「巳」，《廣艷異編》作「色」。

張客旅中遇鬼

餘干縣鄉民有張客者，因行販入邑，寓旅舍。夜甫更盡時，碧天雲杳，皎月無塵，樹影橫窗亂，梅香入夢清。張以孤宿，始繾綣不成寐，繼而神思恍惚似寐，而心則醒然。乃夢一婦人鮮衣華飾，求薦寢席，朗朗有聲。既覺，其婦人宛然在傍，到明始辭去。次夕方合户，燈猶未滅，又立於前，復共卧。張問其所從來。婦曰：「我鄰家女子也，去此舍甚邇，知君貴客，故敢相從。」因行吟曰：

東鄰少女碧玉梭，雪縷鳳機成素羅。雨意雲情肯輕許，縱然折齒將如何。

張意甚悦，亦短吟曰：

翠袖紅裙窈窕娘，鴛鴦衾擁麝蘭香。高唐有夢巫山近〔一〕，孤館誰云只斷腸。

彼此情濃，遂經旬日。外人覺之，疑焉。或告曰：「此地有娼家女，曾縊死，屢晝見形。君所與交，意者爲彼所惑。」張秘不肯言，自後夜與婦狎，亦不畏之。一夕婦復來，張委曲扣之，婦略無諱色，應聲曰：「是也，我故娼女，與客楊生素厚，取我貲貨二百斤，約以禮娶我，而二年不如盟。我怏怏成疾，投環而死。今此旅店，實吾故居，吾是以尚眷戀不忍捨此。

且楊生，君鄉人也，君識之否？」張曰：「識之，聞其娶妻貨殖，家計日饒裕。」婦人悵然，因吟曰：

人生住世兮，連理並頭奇。何處空題葉，誰家謾結褵？
漆膠當自固，衽席只余知。慎勿萌嫌隙，空教惜別離。

張亦隨答曰：

邂逅遇仙姬，神清貌又奇。芝蘭同臭味，松栢共襟期。
永作閨房樂，長陪楮墨嬉。太山如作礪，地久與天齊。

韻成，良久婦曰：「我當以終始託爾矣。昔嘗埋白金五十兩於牀下，人莫知之，可取以助費。」張發地得金，如言不誣。婦人於是雖晝亦出。一日，婦低語曰：「久留此無益，能挈我歸乎？」張爲首肯。婦曰：「可作一牌，上書某人神位，藏之笥篋中。遇所至，啓笥篋微呼，即出相見。」張悉從之。去旅舍，取道而還。人咸謂張鬼氣已深，必殞於道路。張殊不以爲疑，日日經行，無不共處。及抵家，敬于壁間設牌位事之。妻初意其爲神，瞻仰不怠。未幾，見一婦人出與張語，妻大驚，詰夫曰：「彼何人也？莫非盜良家子女乎？幸毋賈禍。」張以實對，妻始定。同室凡五日，婦求往州市督債，張許之。達城南且渡，婦曰：「甚愧謝爾，柰相從不久何！」張泣下，莫曉所云。入城門亦如常。及彼，呼之再三，不可見。乃訪楊客居，見其荒擾殊甚。問鄰者，鄰答曰：「楊生素無疾，適七竅流血而死。」張駭怖，遽歸，竟無復遇。

【校記】

按：本篇底本目録題作《張客旅中奇遇》。本篇源出宋洪邁撰《夷堅丁志》卷十五《張客奇遇》。亦見《古今清談萬選》卷二，題《旅魂張客》；《廣艷異編》卷十九，題《張客》；《情史類略》卷十六、明梅鼎祚輯《青泥蓮花記》卷十三，均題《念二娘》。馮夢龍編《警世通言》卷三十四《王嬌鸞百年長恨》入話據此改編。

〔一〕「唐」，原作「堂」，據《古今清談萬選》改。

衛生悔酒

永明中，魯郡有衛生名瑶者，曠達士也，酷嗜醴酪，無有限極，不致於傾扶跛倚而不止。其妻屢諫不聽，每出怨言曰：「子沉湎於酒，耽誤政事，豈大丈夫之所爲乎？」衛生怒曰：「吾自樂此，何勞饒舌，莫非飲酒之困，誤汝衾枕之私耶？」妻惟涕泣而已，衛生御盃，大書一絶於壁云：

春花秋月度芳年，日飲流霞一醉眠。李白劉伶皆樂此，至今稱作酒中仙。

吟畢大笑，痛飲如昨。一日訪友飲於近村，至暮而歸，爲仇家擠之於水而死。是夕，妻俟之久，凭几而臥。頃之夢生舉身皆濕，嗟嘆而回。妻驚問故，生曰：「不聽汝言，果有此厄。雖然，酒所以爲人合歡，但以醉爲節耳。故孔子曰：『惟酒無量，不及亂。』昔儀狄作酒，禹飲而甘之，遂疎儀狄而絶旨酒。《易》曰：『飲酒濡首，亦不知節也。』范魯公曰：『戒爾勿嗜酒，狂藥非佳味。』古之聖賢，未嘗不以酒爲戒也。後世劉伶、李白、畢卓之徒，嗜酒無厭，不過放達之士，深有玷於名教也。吾貪饕此物，口角流涎，交錯觥籌，流連歌舞，其樂爲何如也。及至過多，反爲之困，或嘔吐傾倚，或非言嫚駡，移謹厚之性爲凶險之類，未必非此物也。諭汝子孫，勿復飲之，而爲終身之誤耶！」妻訝曰：「審如君言，深有追悔，明日復然，將如之何？」生太息曰：「嘆酒債還之既盡，痛浮生斷之難續，今日有酒不能再飲，何明日之復然耶！吁！命之修短，固有常理，其如知命者，不立於巖墻之下，此又當惜身而重命也。吾嗜麯櫱之味，有汨羅之慘，豈非不知命者哉！」乃長吟一律曰：

方信人間酒債空，豪華俱逐水流東。愁觀牛飲歎昏主，厭見流觴樂醉翁。
采石磯頭閒皓月，汨羅江上飽清風。長眠波底不知曉，辜負春花幾度紅。

醽醁貪饕死即休，如山大事醉何憂。消磨白晝憑狂藥，斷送青春爲掃愁。

昔日自方遼豕異，今朝翻作井蛙羞。平生痛飲千鍾少，一滴何曾到塚頭。

吟畢，泣數行下曰：「飲酒傷生，噬臍無及，但爲我戒之子孫，白之人世，自今以後，無復嗜此可也。吾與汝塵緣已斷，從此永别矣。」將妻推仆，儵然驚覺，但見墜兔收光，殘星破暝，啓扃視之，東方既白。妻悟其已死，遍訪近村，得之於水。妻且泣且詈曰：「汝寤寐耽酒，不信良言，今日之禍，尚誰咎哉？」遂爲買棺葬於郭外。若衛生者，酷好麯糵，迷而不悟，可謂以酒忘身者矣。

按：本篇出處待考。

慶雲留情

天水趙君錫，富而好禮者也。側室有一女，名慶雲，年及笄，未許字。聰明美貌，出於天然。父母鍾愛之。於後園中搆屋數椽，扁曰「百花軒」，女居其內。嘗題詩於白壁曰：

千紅萬紫競芬芳，正值清明景艷陽。春意不容輕漏泄，任他蜂蝶往來忙。

時深秋之節，草木黄落，景物瀟條，慶雲不勝悽愴。因散步後園，用以自適。過太湖石畔，俄見隔壁一少年，聰明卓犖，休誇宋玉之才；俊雅風流，不讓潘安之貌。問其年，可十六七而已。往來竊視，幽情洒然。女雖不以介懷，然而春心飄蕩，亦有不能以自拘禁者。自此慶雲日往園中，則少年日在窺瞯。彼此目成，既久淫放。一日慶雲以白羅香帕擲與少年，少年以水晶扇墜復之。吟曰：

花下遇喬才，令人倍愴懷。

女續曰：

鵲橋今夜駕，專待粉郎來。

是夜女獨俟於門側，侍女悉屏去。甫漏盡，少年果至，相與携手而入，解衣就寢，極其歡娛，雖世所稱魚水相投、膝漆孔固，莫是過也。一夕，女與少年酌於花下，金風乍起，飈思爽然。少年乃歌《飈風詞》一闋。詞曰：

飈風蕭蕭兮鴈南歸，草木黄落兮夕露沾衣。明月皎皎兮照我帷，蟋蟀在壁兮吟聲悲。嗟予山中之人兮猿穴與居，悵獨處此兮情莫能娱。懷佳人兮路脩阻而莫隨，涉川無梁兮登山無車。歲冉冉其逾邁兮曷云能來，念昔者之懽會兮今夜别離，愛而一見兮使我躊躇。

女亦口占一律以答云：

小衾孤枕興蕭然，蟋蟀微吟近枕邊。千里有緣誰約信，幾秋多病只高眠。
殘螢淡月梧桐影，孤鴈西風臈炬烟。人道少年行處樂，我今惆悵酒尊前。

吟畢，盡歡，自是旦去暮來，倏爾經半載。而慶雲日見其眉鎖春愁，臉欺粉黛，神思恍惚，肌膚疲弱，疾覺深矣。父母怪問其故，女終不答。忽云「郎君至矣」，遂昏沉半晌。君錫知其爲鬼祟所惑，乃潛於卧處窺之，直更餘，見一少年自外而入，撫女曰：「慎勿以此情泄於汝父母。萬一不謹，不惟貽累於我，亦且取罪於汝。汝之症將久而自愈也。」女唯唯而已。臨别，少年曰：「會晤難先期，居諸不再得。」女應聲曰：「今日百花亭，明朝何地客。」相泣而去。君錫尾之，至後園桑下而没。翌日，伐木，發其地，得一伏尸，儼然若生者狀。君錫怒斬其首，而焚其骸骨，夷其故址。少年不復見，而女病亦尋愈矣。

按：本篇亦見《廣艷異編》卷三二、《續艷異編》卷一四，俱題《趙慶雲》；《古今清談萬選》卷二，題《留情慶雲》。《幽怪詩譚》卷三《室女牽情》據此改編。

緑衣人傳

天水趙源，早喪父母，未有妻室。延祐間〔一〕，遊學至於錢唐，僑居西湖葛嶺之上，其側則賈秋壑舊宅也。源獨居無聊，嘗日晚倚徙門外，見一女子從東來，緑衣雙環，年可十五六，雖不盛粧濃飾，姿色過人。源駐目久之。明日出門又見，如此凡數度。日晚輒來。源問之曰：「家居何處？暮暮來此。」女笑而拜曰：「兒家與君爲鄰，君自不識耳。」源試挑之，女欣然而應。因遂留宿，甚相親昵。明旦辭去，夜則復來。如此凡月餘，與源情愛甚至。源問其姓名居址。女曰：「君但得美婦則已，何用强知！」問之不已，則曰：「兒常衣緑，君但呼我爲『緑衣人』可矣。」然終不告以居址之所在。源意其爲巨室妾媵，夜出私奔，或恐事迹彰聞，故不肯言耳。信之不疑，寵念轉密。一夕，源被酒，戲指其衣曰：「真可謂『緑兮衣兮，緑衣黄裏』者也〔二〕。」女有慙色，數夕不至。及再來，源扣之，乃曰：「本欲相與偕老，柰何以婢妾待之？令人忸怩而不安，故數日不敢至君之側〔三〕。然君已知之矣。今不復隱，請得備言之。兒與君舊相識也，今非至情相感，莫能及此。」源問其故，女慘然曰：「得無相難乎。兒實非今世人，亦非有禍於君者，蓋冥數當然，夙緣未盡耳。」源大驚：「願聞其詳。」女曰：「兒故宋平章秋壑之侍女也，本臨安良家子，少善弈棊，年十五，以棊童入侍。每秋壑朝回，宴坐半間堂，必召兒侍弈，備見寵愛。是時君爲其家蒼頭，職主烹茶，每因進茶甌〔四〕，得至後堂。君時年少，美姿容，兒見而慕之。嘗以繡羅錢篋乘暗投君，君亦以玳瑁脂合爲贈，彼此雖各有意，而府第深遠〔五〕，内外嚴密，終莫能得其便。後爲同輩所覺，嫉而讒於秋壑〔六〕，遂與君俱賜死於西湖斷橋下。君今以再生爲人，而兒猶在鬼録，得非命歟！」言訖，嗚咽泣下。源亦爲之動容。久之，乃曰：「審如此，則吾與汝再世因緣也，當更加親愛，以償疇昔之願。」自此遂留源家，不復更去。源素不善碁，教之弈，盡得其妙。凡平日以碁稱者，皆莫能敵也。每説秋壑舊事，其所目擊者，歷歷甚詳。嘗言：秋壑一日倚樓閒望，諸姬皆侍，適有二人，葛巾野服〔七〕，乘小舟由湖登岸。一姬曰：「美哉，二少年！」秋壑曰：「汝願事之乎？當令納聘。」姬笑而無言。逾時，令人捧一合，呼諸姬至前曰：「適與某姬納聘。」及啓視之，則姬之首也，諸姬戰慄而退。又嘗販鹽數百艘至都市賣之。太學有詩曰：

昨夜江頭湧碧波，滿船都載相公鹺。雖然要作調羹用，未必調羹用許多。

秋壑聞之，遂以士人付獄，置之法〔八〕。又嘗於浙西行公田，民受其害，有題詩於路左云：

襄陽累歲困孤城，豢養湖山不出征。不識咽喉形勝地，公田枉自害蒼生。

秋壑見之，捕之而遭戮。又嘗齋雲水千人，其數已足。末有一道士，衣裾甚藍褸，至門求齋。主者以數足，不肯引入，道士堅求不去。不得已，於門齋焉。齋罷，覆其鉢於案而去。

衆悉力舉之，不動。啓於秋壑，自往舉之，乃有詩二句，云：「得好休時便好休，收花結子在綿州。」始知真仙降臨而不識也，然終不喻綿州之意。嗚呼！孰知有漳州木綿菴之厄？又嘗有梢人泊舟蘇堤，時方盛暑，卧於舟尾，中夜不寐，見三人不盈尺，集於沙際，一曰：「張公至矣，如之柰何？」一曰：「賈平章非仁者，决不相恕。」一曰：「我則已矣，公等及見其敗矣。」相與泣入水中。次日，漁者張公獲得一鱉，徑二尺餘，納之府第。不三四年而禍作〔九〕。蓋物已先知數而不可逃也。源曰：「吾今與汝相遇，抑豈非數乎？」女曰：「是誠不妄矣。」源曰：「然則汝之精氣，能久存於世耶？」女曰：「數至則散矣。」源曰：「然則何時？」女曰：「三年耳。」源固未之信。及期卧病不起，源爲之迎醫，女不欲，曰：「曩已與君言矣，因緣之契，夫婦之情，其數盡乎此矣。」以手握源臂告之，曰：「兒以幽冥之質，得配君子，荷蒙不棄，周旋許時。往興一念之私，俱陷不測之禍。然而海枯石爛，此恨難消，地老天荒，此情不泯。今幸得續前生之好，踐往世之盟，三載于兹，願亦足矣。請從此辭，毋更以爲念也！」言訖，面壁而卧，呼之而不應。源大傷感，爲治棺槨而斂之〔一〇〕。將葬，恠其柩甚輕，啓而視之，惟衣衾在耳〔一一〕，乃虚葬于北山之麓。源感其情，不復再娶，投靈隱寺出家爲僧，終其身焉。

按：本篇出明瞿佑著《剪燈新話》卷四。亦見《艷異編》卷三九、余公仁編《燕居筆記》卷八、《緑窗女史》卷七；《情史類略》卷十，題《緑衣人》。

【校記】

〔一〕「延祐間」三字據《剪燈新話句解》補。

〔二〕「緑衣黄裏」，《剪燈新話》章甫言刻本、黄正位本、虞淳熙序本同，句解本、清江堂本及《緑窗女史》、《情史類略》、《艷異編》作「緑衣黄裳」，余本《燕居筆記》誤作「緑衣黄冠」。按：「緑衣黄裏」、「緑衣黄裳」，均出《詩經·國風·緑衣》。古時以黄爲正色，緑爲間色。以緑色爲衣，用黄色爲裏，舊喻尊卑反置，貴賤顛倒。鄭玄箋：「婦人之服，不殊衣裳，上下同色。今衣黑而裳黄，喻亂嫡妾之禮。」朱熹《詩集傳》言：「『緑衣黄裏』，以比賤妾尊顯而正嫡幽微，使我憂之不能自已也。」「今以緑爲衣，而黄者自裏轉而爲裳，其失所益甚矣。」聯繫下文「女有慙色」的語境，「黄裏」、「黄裳」二通。

〔三〕「至」，《剪燈新話句解》作「侍」。

〔四〕「因」下《剪燈新話句解》有「供」字。

〔五〕《剪燈新話句解》無「府第深遠」四字。

〔六〕《剪燈新話句解》無「嫉而」二字。

〔七〕「葛巾野服」，《剪燈新話句解》作「烏巾素服」。

〔八〕「置之法」，《剪燈新話句解》作「論以誹謗罪」。

〔九〕《剪燈新話句解》無「四」字。

〔一〇〕「槨」，《剪燈新話句解》作「櫬」。

〔一一〕「衾」下《剪燈新話句解》有「釵珥」二字。

太虛司法傳

馮大異，名奇，吳、楚之狂士也。恃才傲物，不信鬼神，凡依草附木之妖，驚世而駭俗者，必披襟當之〔一〕，至則凌慢毀辱而後已，或焚其祠〔二〕，或沉其像，勇往不顧，以是人亦以膽氣許之〔三〕。至元丁丑，僑居上蔡之東門，有故之近村。時兵燹之後，蕩無人居，黃沙白骨，一望極目。未至而斜日西沉，愁雲四起。既無旅店，何以安泊？道傍有一古栢林，即投身而入，倚樹少憩。鵂鶹鳴其前，豺狐嗥其後。頃之，有群鴉接翅而下，或跂一足而啼，或鼓雙翼而舞，叫噪恠惡，循環作陣。復有八九死尸，僵卧左右，陰風飄颯〔四〕，飛雨驟至，疾雷一聲，群屍咸起〔五〕，見大異在樹底〔六〕，踴躍趨赴〔七〕。急攀緣上樹以避之。群屍環繞其下，或嘯或罵，或坐或立，相與言曰：「今夜必取此人！不然，吾屬將有咎。」已而雲收雨止，月光穿露〔八〕，見一夜叉自遠而至，頭有二角，舉體皆青，大呼闊步，逕至林下，以手撮死屍，摘其頭而食之，如噉瓜之狀。食訖飽卧，鼾睡之聲動地。大異自度不可久留，乘其熟睡，下樹而速行〔九〕，不百步則夜叉已在其後矣，捨命而奔，幾爲所及。遇一蘭若〔一〇〕，急入投之，東西廊並無一人〔一一〕，殿上惟有佛像一軀，質狀甚偉。大異計窮，見佛背有一穴〔一二〕，遂竄身入穴。佛言〔一三〕：「彼求之不得，吾不求而自得，今夜好頓點心，不必食齋也！」即振迅而起，其行甚重，將十步許，爲門限所礙，蹶然仆於地，土木狼籍，胎骨粉碎矣。大異得出，猶大言曰：「胡鬼弄乃公，反自掇其禍！」即出寺而行。遥望野中，燈燭熒煌，諸人揖讓而飲〔一四〕。大異馳往赴焉。及至，則皆無頭者也，間有二頭者則無一臂，或無足。大異不顧而走。諸鬼怒曰：「吾輩方此酣暢，此人大膽，敢來搪突〔一五〕！當執之以爲脯肉爾〔一六〕。」即踉蹌叫怒〔一七〕，或摶牛糞而擲，或執人骨而投，無頭者則提頭而趁之。前阻一水，大異亂流而渡，諸鬼至水際，則不敢越。行及半里〔一八〕，大異回顧，猶聞喧譁之聲靡靡不已。須臾月墜，不辨蹊徑，失足墜一坑中，其深無底，乃一鬼窟也〔一九〕。寒沙迷目〔二〇〕，陰氣徹骨，群鬼有赤髮而雙角者〔二一〕，緑毛而兩翼者，鳥喙而獠牙者，牛頭而獸面者，皆身如藍靛，口吐火焰，見大異至，賀曰：「讐人至矣！」即以鐵紐繫其頸，皮繩束其腰，驅至鬼王之座下而告曰：「此即在世不信鬼神，凌辱吾徒之狂士也。」鬼王怒而責之曰：「汝豈不聞鬼神之爲德〔二二〕，其盛矣乎？孔子聖人也，猶曰『敬而遠之』。大《易》所謂『載鬼一車』，《小雅》所謂『爲鬼爲魊』，他如《左傳》所記，晉景之夢，伯有之事〔二三〕，皆是物也。汝爲何人，獨言其無？吾受汝侮久矣！今幸相遇，吾其得而甘心耶！」即命衆鬼卸其冠裳，加之箠楚，或搏其面，或擊其齒〔二四〕，流血淋漓，求死不得。鬼乃謂之曰：「汝欲調泥成醬乎？汝欲身長三丈乎？」大異自念泥豈可爲醬，因願身長三丈。群鬼即驅之於石床之上，如搓粉之狀，衆手摩撫而反覆之〔二五〕，不覺漸長，已而扶起，果三丈矣，裊裊如竹竿焉。衆共辱之〔二六〕，呼爲「長竿怪」。王又謂曰：「汝欲熬石成汁乎？汝欲身短一尺乎〔二七〕？」大異方厭其長〔二八〕，爲衆所辱〔二九〕，即願身短一尺。群鬼又驅之於石床之上，如按麵之狀，極力一捺，骨節磔磔有聲，乃擁之起，果一尺矣，團欒如巨蟹焉。衆又辱之，呼爲「蟛蜞怪」。大異蹣跚於地，不勝其苦。旁有一老鬼，撫掌大笑曰：「足下平昔不信鬼神，今日何故作此形骸？」乃請於衆曰：「彼雖無理，然遭辱亦甚矣，可憐許情宥之〔三〇〕！」即以手提大異兩臂而抖擻之〔三一〕，須臾復故。大異求還，諸鬼曰：「汝既到此，不可徒返，吾等各有一物相贈，所貴人間知有我輩耳。」老鬼曰：「然則，以何物贈之？」一鬼曰：「吾贈以撥雲之角。」即以兩角置於大異之額，岌然相向。一鬼曰：「吾贈以哨風之嘴。」即以一鐵嘴加於其唇，如鳥喙焉〔三二〕。一鬼曰：「吾贈以朱華之髮。」即以赤水染其鬢，皆鬅鬙而上豎，其色如火。一鬼曰：「吾贈以碧光之睛。」即以二青珠嵌於其目，湛湛而碧色矣。老鬼遂送之出坑，曰：「善自珍重，向者群小溷擾〔三三〕，幸勿記懷也。」大異雖得出，然而頂撥雲之角，戴哨風之嘴，被朱華之髮，含碧光之睛，儼然成一異鬼〔三四〕。到家，妻孥不肯認；出市，衆共聚觀以爲恠物，小兒則驚恐而逃避。遂閉門不食〔三五〕，憤懣而死，謂其家人曰〔三六〕：「我爲諸鬼所困，今其死矣！可多以紙筆置於棺中〔三七〕，我將訟之於天。數日之内，蔡州有一奇事，是我得理之時也，汝等可瀝酒而賀我矣〔三八〕。」言訖而没。没之三日〔三九〕，白晝風雨大作，雲霧四塞，雷聲霹靂〔四〇〕，聲震寰宇〔四一〕，瓦屋皆墜〔四二〕，大木盡拔，經宿開霽〔四三〕。則向日所墜之坑〔四四〕，變爲一巨澤〔四五〕，瀰漫數里，其水皆赤。忽聞棺中作語曰：「訟已得理，群鬼皆被誅戮〔四六〕！天府以吾正直，命爲太虚司法〔四七〕，職務繁冗〔四八〕，不得再來人世矣〔四九〕。」其家遂祭而葬之，肸蠁之間，如有靈焉。

按：本篇出明瞿佑著《剪燈新話》卷四（清江堂本、上海圖書館藏殘本均題作《太虚法司傳》）。亦見《太平通載》卷六十七，改題《馮大異》。

【校　記】

〔一〕「披襟」，《剪燈新話句解》作「攘臂」。

〔二〕「祠」，原作「詞」，據《剪燈新話句解》改。

〔三〕「膽」，原作「贍」，據《剪燈新話句解》改。

〔四〕「飄颯」，《剪燈新話句解》作「颯颯」。

〔五〕「咸」，《剪燈新話句解》作「競」。

〔六〕「底」，《剪燈新話句解》作「下」。

〔七〕「赴」，《剪燈新話句解》作「附」。

〔八〕「露」，《剪燈新話句解》作「漏」。

〔九〕「而速」，《剪燈新話句解》作「迸逸」，「行」屬下句。

〔一〇〕「蘭若」，《剪燈新話句解》作「廢寺」。

〔一一〕「並無一人」，《剪燈新話句解》作「皆傾倒」。

〔一二〕《剪燈新話句解》「大異計窮，見佛背有一穴」二句互乙。

〔一三〕「佛言」，《剪燈新話句解》作「潛於腹中，自謂得所托，可無虞矣。忽聞佛像鼓腹而笑曰」。

〔一四〕「飲」，《剪燈新話句解》作「坐」，下多「喜甚」二字。

〔一五〕「搪」，《剪燈新話句解》作「衝」。

〔一六〕「脯肉」，《剪燈新話句解》作「脯胾」。

〔一七〕「叫怒」，《剪燈新話句解》作「哮吼」。

〔一八〕「行」，《剪燈新話句解》作「驀」。

〔一九〕「窟」，《剪燈新話句解》作「谷」。

〔二〇〕「迷」，《剪燈新話句解》作「眯」。

〔二一〕「鬼」下《剪燈新話句解》有「萃焉」二字。

〔二二〕「汝」下《剪燈新話句解》有「具五體而有知識」七字。

〔二三〕「伯有之事」，原作「信有之」，《剪燈新話》章甫言本、黄正位本、虞淳熙本、清江堂本、上圖殘本及《太平通載》同，據《剪燈新話句解》改。按：晉景之夢、伯有之事，牽涉到「病入膏肓」和「相驚伯有」兩個成語典故，均出《左傳》。晉景公夢疾爲二豎子，曰：「彼良醫也，懼傷我，焉逃之？」其一曰：「居肓之上，膏之下，若我何！」伯有則是春秋時鄭國大夫良霄之字，伯有貪愎而多欲，子皙好在人上，二子不相得。子皙攻伯有，伯有出奔，駟帶率國人以伐之，伯有死。其後九年，鄭人相驚以伯有，曰「伯有至矣」，則皆走，不知所往。後歲，人或夢見伯有介而行，曰：「壬子，余將殺帶也。明年壬寅，余又將殺段也。」及壬子之日，駟帶卒，國人益懼。後至壬寅日，公孫段又卒，國人愈懼。子産爲之立後以撫之，乃止。子産解釋伯有因强死而爲厲鬼。底本及《剪燈新話》早期刊本和上圖殘本有缺，失去典故意義，句解本是。

〔二四〕《剪燈新話句解》無「或搏其面，或擊其齒」八字。

〔二五〕「摩撫而反覆之」，《剪燈新話句解》作「翻覆而按摩之」。

〔二六〕「共」，《剪燈新話句解》作「笑」。

〔二七〕「短」，《剪燈新話句解》作「矮」。下同。

〔二八〕「厭」，《剪燈新話句解》作「苦」。

〔二九〕「爲衆所辱」，《剪燈新話句解》作「不能自立」。

〔三〇〕「情」，《剪燈新話句解》作「請」。

〔三一〕《剪燈新話句解》無「兩臂」二字。

〔三二〕「如」上《剪燈新話句解》有「尖鋭」二字。

〔三三〕「擾」，《剪燈新話句解》作「瀆」。

〔三四〕「異」，《剪燈新話句解》作「奇」。

〔三五〕「門」，《剪燈新話句解》作「户」。

〔三六〕「謂」上《剪燈新話句解》有「臨死」二字。

〔三七〕「棺」,《剪燈新話句解》作「柩」。
〔三八〕《剪燈新話句解》無「汝等」二字。
〔三九〕「言訖而没没之三日」,《剪燈新話句解》作「言訖而逝,過三日」。
〔四〇〕「雷聲」,《剪燈新話句解》作「雷霆」。
〔四一〕「震」,《剪燈新話句解》作「振」。
〔四二〕「墜」,《剪燈新話句解》作「飛」。
〔四三〕「開」,《剪燈新話句解》作「始」。
〔四四〕《剪燈新話句解》無「向日」二字。
〔四五〕「變」,《剪燈新話句解》作「陷」。
〔四六〕「被誅戮」,《剪燈新話句解》作「夷滅無遺」。
〔四七〕「太虚」,《剪燈新話句解》作「太虚殿」。
〔四八〕「職務繁冗」,《剪燈新話句解》作「職任隆重」。
〔四九〕「不得」,《剪燈新話句解》作「不復」。

孔淑芳記

徐景春,臨安富室徐大川之子也。年二十餘,善吟咏,美風調,經營之業頗精,山水之興亦高。時當暮春，天氣可人，命僕携酒，出遊西湖之上、南北兩山，足迹殆將遍焉。時日落西山，月生東海。興盡言旋，信步而歸。至於漏水橋側，俄見美人隨一青衣而行，雲鬟霧髮，綽約多姿，望之殆若神仙中人也。景春顧盼間，神魂飄散，嘆世人之罕有。美人行且言曰：「湖山如故，風景不殊，時移世换，令人有《黍離》之悲。」生趨然揖之，曰：「娘子何以獨行，知其景趣？」美人曰：「妾與女伴同行，踏青遊翫。士女雜沓，偶爾失群。欲乃取路而回，迷蹤失徑。」景春扣其姓氏居址，美人曰：「姓孔，小字淑芳，湖市宦家之女也。家事零替，父母早亡，既寡兄弟，仍鮮族黨，止妾一身，與玉梅僑居於西湖之側耳。」生稱送之，美人笑言：「官人可能顧盼，敝居咫尺。」生女並肩而行，極其歡昵。逕至女室，遂薦枕蓆之歡，共效于飛之樂。而景春之僕乃先歸焉。父母恐其或醉倒街衢，或投於楚館。將往尋覓，不覺譙樓起鼓，僧寺鳴鐘。城門既闔，不得出訪，憂惶至晚。侵晨又起，與僕俟問，杳無蹤迹。是日偶有鄰林世傑經商而歸〔一〕，行至新河壩上孔墳之側，忽聞塋内似有唏嘘之聲，前往觀看，只見景春俯伏於地，似醉如癡，尋知其爲鬼所魅也，急救回家。備言前事，父母驚喜。景春卧病月餘而瘥。是日往彼蹤迹之，有「亡女孔氏淑芳之碑」在焉。

嗚呼！此女陽氣未終，興妖作孽，然使景春遇之而無淫戀之心，則邪不犯正，儔克爾哉！

按：本篇亦見《古今清談萬選》卷二，題《孔惑景春》。主要内容見於田汝成輯撰《西湖遊覽志餘》卷二十六《幽怪傳疑》。熊龍峰刊小説《孔淑芳雙魚扇墜傳》據此改編。

【校　記】

〔一〕「林世傑」，《古今清談萬選》和《稗家粹編》同，《孔淑芳雙魚扇墜傳》和《西湖游覽志餘·幽怪傳疑》俱作「張世傑」。

許慕潔失節

建文末，金陵許氏慕潔者，聰明俊美，尤善詩文，年十九嫁士人柯用章爲妻。柯亦聰偉，相待甚歡。自結褵以來，僅得一載，用章遘疾，日益彌篤，囑慕潔曰：「吾死之後，汝當自裁。可守，守之；不可，聽從汝再嫁。不可面從心異，自貽伊戚也。」慕潔泣曰：「合巹未久，恩愛方濃。夫之不幸，妾之不幸也，何忍改節以污清名？」用章曰：「信不食言，吾無憂矣。」遂哽咽而卒，慕潔哭之盡哀，衣衾棺槨，必竭心力。臨礦之日，幾欲自絶，爲家人勸免而止。守制三年，未嘗闚户，遐邇求婚，峻拒弗納。郡有吕生希望者，家資殷富，俊敏多才，未有室也。偶因相見，彼此動情，希望倩媒納聘，慕潔慨然許之。成婚之夕，洞房相聚，魚水相投，衾枕之情，雲雨之夢，殆不可以筆舌罄也。是時，希望年二十有五，慕潔年二十有四矣。又一載餘，慕潔忽夢柯生，丰儀如舊，笑而言曰：「新人之樂勝舊人否？」慕潔泣曰：「爲衣食之不給，作失節之苟容，思之憮然，誠非得已。」柯生曰：「『餓死事極小，失節事極大』。況臨終之時，親與之訂約，死肉未寒，改絃易轍，可乎？不可乎？適人之道，一與之醮，終身不改，汝既事柯，又復事呂，身事二姓，淫汙苟賤，愧乎？不愧乎？由是觀之，汝真鴻鴈之不若矣。吾有訴詞，汝試聽者。其詞曰：

伏以夫婦爲人倫之本，唱隨乃風化之原。故《關雎》列《詩》之首篇，《周頌》存《易》之卦象。女之事夫，必一其志。《易》有從一而終之訓，《禮》有無別無義之規。是寧餓死於片時，不可失節於一旦。再娯花燭洞房，於心何忍？重效翻雲覆雨，揣義何堪？既遂鶉奔之淫私，甘作聚麀之醜行，心之忿矣，情可恕乎？切思柯、許二姓，已訂絲蘿之盟。琴瑟之雅操，未及於百年；鸞鳳之和鳴，實踰於一載。奈塵緣之有限，痛一疾之遽分。永訣之時，許終身之守，縱不能如玄齡妻剔目以示信，亦當自似芸姜女栢舟以自期。因七情之不禁，使六慾之遽張。始事柯，終事呂，全無廉恥之心；乖其義，亂其倫，安有冰霜之操？乞割新恩，永敦乎風化；用彰天討，恒正乎綱常。彼既於我爲仇，我當於彼爲厲。此亦報施之道，非爲健訟之風。蓋所以戒乎世之爲婦不節者也。下情無任，主者施行。

讀訖袖之，忿然而去。慕潔驚覺，舉身流汗，方與呂生共枕，漏下四鼓矣。撫枕流涕，扼腕咨嗟。希望因問，慕潔泣曰：「妾之事柯，本圖偕老，豈期薄命，中道而分，今復從君，誠爲逆理，然覆水難收，噬臍無及矣。」言訖，嗚咽悲傷，自怨自艾，竟得危疾，長吁而逝。呂感其情，終身不娶焉。

按：本篇出處待考。

柏長春月下見妻

陽朔元年秋，荆州士人柏長春，本仕族子，娶妻喻氏淑華，年芳貌美，尤長於詩，女紅其餘事也。夫妻相得，雖比目魚與比翼鳥，不是過焉。一日淑華染疾，醫藥無效，長春旦夕扶持，衣不解帶，憂形於色。淑華泣曰：「莫非命也，順愛其正，妾不能終事箕箒，爲可憾耳。但妾死之後，君宜擇善柔以承宗嗣，則妾雖死之日，猶生之日也。」長春泣曰：「汝既就亡，吾亦隨逝。續絃之事，不忍再言。」淑華曰：「不娶無子，絶先祖祀，是重不孝也，君何不思之甚邪？」乃哽咽而吟一絶曰：

樂極應知併作愁，風流人恨欠風流。人生壽夭由天命，不是姻緣不到頭。

吟畢長吁，瞑目而卒。長春大慟，絕而復蘇，遂以禮殯葬而過於厚。旦夕追思，哭於靈几：「娘子聰明俊雅，何一別寂然不復可見也。」一夕月白風清，夜闌人靜，長春明燭獨坐，將及二鼓，忽聞剥啄扣門之聲，啓扃視之，乃淑華也。長春且驚且喜，曰：「娘子既亡，安得至此？」淑華泣曰：「妾六魄雖沉，三魂尚在。幽明之内，一理感□，見君思慕之深、悲傷之切，因而致疾，妾之罪也。故乘此良宵，不吝一見，聊以慰君鬱陶之思耳。雖然，妻子如衣服，破碎還可補，勿爲無益之悲而致以死傷生也。」乃歌一闋以遣悶懷，詞名《臨江仙》，云：

璧碎珠沉天欲暮，陽臺雨散雲收。流蘇帳底冷如秋。雨聲臨北檻，燈影照南樓。

塵暗錦機閑，夜月更深，誰上簾鉤。恩情從此兩休休。縱教天作紙，難寫萬重愁。

淑華每歌一句，則嗚咽不能成腔。長春撫慰至再，將欲求合。淑華曰：「夫婦之情，幽明無間，但一靈之氣，有影無形，雖欲盡歡，將何所措。不惟無益於妾，抑且爲禍於君，甚非所利也。」長春曰：「輪迴之説、報應之科，信有諸乎？抑未然乎？」淑華曰：「君讀書明理，何信此不根之語、無稽之言乎？若有輪迴，妾當再生於世，與君爲妻，以終未了之緣，固所願也。但報應之禮，庸或有之。《易》曰：『積善之家，必有餘慶；積不善，必有餘殃。』《書》曰：『作善，降之百祥；作不善，降之百殃。』此天地之間古有是理，亦非幽冥地府之所爲也。如有地府，則死者皆有統屬，拘放有時，妾今夕亦不得與君相接矣。」乃長吟一律以見意，云：

生死無常秖自傷，幽明兩地竟茫茫。風花雪月情千種，離合悲歡夢一場。
室内已亡琴瑟友，閨中空冷麝蘭香。魂升魄降隨消滅，安有身形見十王。

淑華吟説，涕泣而别，長春不勝悲傷，尋感至情，終身不娶，蓋亦篤信之士也。

按：本篇出處待考。

楊允和記

咸平中，成都大賈楊允和，富於貲財，求利不已，每客東西兩京，獲利數倍。是歲將行，其妻子、親友交口諫阻，皆不聽之。舟次中途，爲盜所劫。允和秘其囊，固不肯與。盜持刃怒曰：「汝猶鄙吝，猶不畏死。」允和泣曰：「一生跋涉江湖，僅積錙銖之利，汝欲索去，我如之何？頭可斷，財不可得也。」盜刺其腹，流血而死。盜席捲所有以去。後天陰之夕，月黑之宵，每聞有嗟嘆吟咏之聲。詩曰：

常言財與命相連，財命相連已數年。不意中途逢劇盜，命亡財盡兩徒然。

有朱月軒者，亦善吟咏。泊舟其側，聞其詩，不見其人，知是鬼，亦不恐怖，乃踵前韻，以復之曰：

財命雖然是一連，棄財自合保殘年。身存可使財還聚，財在身亡亦枉然。

吟未已，暗中鼓掌大笑曰：「然也！然也！悔無及矣。」月軒厲聲曰：「汝何人者，流落於此？」即答應聲曰：「吾成都大賈楊允和也。一生貨殖，家貲鉅富。是春寓舟此地，不料遇逢寇盜，只因苦吝囊篋，以致被其刺死。適聞和詩，深有意味。雖在幽冥，不勝踴躍。」月軒曰：「知足不辱，知止不殆，有利有害，古今通誼。獲利數倍，其得意甚濃；得意既濃，當思退步，明哲保身。勿過求利，則害庶幾可免也。柰何知進而不知退，知存而不知亡，知得而不知喪，尚涉煙波之險，恣爲壟斷之圖，既逢劇盜，猶吝於財，是則竈突炎上，燕雀顔不變，不知禍之將及己也。古人云：『天生我財必我用，千金散盡還復來。』大抵人能聚財，非財能聚人。苟延殘喘，財散可聚，何獨輕命重財而甘爲惆悵之鬼乎？蓋財乃身外之物，以其能聚能散耳。積而不散，是爲守錢之虜；況罹不測之害，子之謂也。遠而董卓，近而石崇，皆爲殷鑒不遠矣。一身既亡，則付諸子；其子不守，財散於人，則亦何益之有哉？」遂吟一律以示之，曰：

求利孜孜每熱中，一家致富百家窮。梁園歌舞終成寂，金谷繁華總是空。
傖費萬錢爲底用，食前方丈有何功。東鄰殷富西鄰窘，死後俱爲耳畔風。

吟已，暗中致謝曰：「聞君利害之説，深切肺腑。但吾求利之心勝，避害之心亡，是以死不知痦，今亦聆教矣。然一身既斃，無可奈何，乞以此事，暴白於人，永爲世求利不已者之戒。」月軒笑曰：「子之心，可謂知過能改者矣。敬敷始末，以爲知利者道云。」

按：本篇出處待考。

冥感部

離魂記

天授三年，清河張鎰因官家于衡州。性簡静，寡知友。無子，有女二人，其長早亡，幼女倩娘，端妍絶倫。鎰外甥太原王宙，幼聰悟，美容範，鎰常器重，每曰：「他時當以倩娘妻之。」後各長成。與倩娘常私感想于寤寐，家人莫知其狀。後有賓察之選者求之〔一〕，鎰許焉。女聞而鬱抑，宙亦深恚恨。託以當調，請赴京。止之不可，遂厚遣之。宙陰恨悲慟，決別上船。日暮，至山郭數里。夜方半，宙不寐，忽聞岸上有一人行，聲甚速，須臾至船。問之，乃倩娘步行跣足而至。宙驚喜發狂，執手問其從來。泣曰：「君厚意如此，寢食相感。今將奪我此志，又知君深情不易，思將殺身奉報，是以亡命來奔。」宙非意所望，欣躍特甚。遂匿倩娘于船，連夜遁去。倍道兼行，數月至蜀。凡五年，生兩子，與鎰絶信。其妻常思父母，涕泣言曰：「吾曩日不能相負，棄大義而來奔君。今向五年，恩慈間阻。覆載之下，胡顔獨存也？」宙哀之，曰：「將歸，無苦。」遂俱歸衡州。既至，宙獨身先至鎰家，首謝其事〔二〕。鎰大驚曰：「倩娘疾在閨中數年，何其詭説也！」宙曰：「見在舟中！」鎰大驚曰：「促使人驗之。」果見娘在船中，顔色怡暢。訊使者曰：「大人安否？」家人異之，疾走報鎰。室中女聞〔三〕，喜而起，飾粧更衣，笑而不語〔四〕。出與相迎，翕然而合爲一體，其衣裳皆重〔五〕。其家以事不常，秘之。惟親戚間有潛知之者。後四十年間，夫妻皆喪。二男並孝廉擢第，至丞、尉。事出陳玄祐《離魂記》云〔六〕。玄祐少日，常聞此説，而多異同，或謂其虚。大曆末，遇萊蕪縣令張仲規〔七〕，因備述其本末。鎰則仲規堂叔祖〔八〕，而説極備悉，故記之。

按：本篇出唐陳玄祐《離魂記》。《太平廣記》卷三五八，題《王宙》，注出《離魂記》。亦見《艷異編》卷二十、余公仁編《燕居筆記》卷八、《虞初志》卷一、《緑窗女史》卷六；《情史類略》卷九，《一見賞心編》卷十一，俱題《張倩娘》；《繡谷春容》卷四，題《張倩娘離魂奔婿》。陳翰《異聞集》輯録，《類説》二八、《我儂纂削》節選。

【校記】

〔一〕「察」，《太平廣記》作「寮」。

〔二〕「首謝其事」，《類説》作「拜謝女負恩義而奔。鎰愕然曰：『何女也？』宙曰：『倩娘也。』」。

〔三〕「室中女聞」，《類説》作「家人以狀告室中女，女」。

〔四〕「笑而不語」下《類説》有「倩娘下車，家中女」七字。

〔五〕「其衣裳皆重」下《類説》有：「鎰曰：『自宙行，女不言，常如醉狀，信知神魂去耳。』女曰：『實不知身在家，初見宙抱恨而去，某以睡中愴惶走，及宙舡，亦不知去者爲身耶，住者爲身耶。』」

〔六〕「事出陳玄祐離魂記云」九字，當爲結注語，宜删。

〔七〕「規」，《太平廣記》作「頍」（「規」的異體字）。下同。

〔八〕《太平廣記》無「祖」字。按：天授三年（六九二）至大曆末（七七九），係八十多年。當作「叔祖」。《太平廣記》誤。

韋皋

唐西川節度使韋皋，少游江夏，止於姜使君之館。姜氏孺子曰荆寶，已習二經。雖兄呼于韋，而恭事之禮如父也。荆寶有小青衣曰玉簫，年纔十歲，常令祇侍韋兄，玉簫亦勤于應奉。後二載，姜使君入關求官，而家累不行。韋乃居上頭陀寺〔一〕，荆寶亦時遣玉簫往役給奉。玉簫年稍長大，因而有情。時陳廉使韋常侍，得韋季父書云：「姪皋久客貴州，切望發遣歸覲。」廉使啓緘，遺以舟楫服用，仍恐淹留，請不相見，泊舟江瀨，俾篙工促行。韋昏瞑拭淚，乃裁書以别荆寶。寶頃刻與玉簫俱來，既悲且喜。寶命青衣從往，韋以違覲日久，不敢俱行，乃固辭之。遂與言約，少則五載，多則七年，取玉簫。因留玉指環一枚，并詩一首遺之。暨五年，既不至，玉簫乃静禱于鸚鵡洲。又逾年〔二〕，至八年春，玉簫歎曰：「韋家郎君，一别七年，是不來耳。」遂絶食而殞。姜氏愍其節操，以玉環著于中指而同殯焉。後韋鎮蜀，到府三日，詢獄囚〔三〕，其輕重之繫，近三百餘人。其中一輩，五器所拘，偷視廳事私語云：「僕射是當時韋兄也。」乃厲聲曰：「僕射！僕射！憶姜家荆寶否？」韋曰：「深憶之。」「即某是也。」公曰：「犯何罪而重繫？」答曰：「某辭韋之後，尋以明經及第，再選青城縣令，家人誤爇廨舍庫牌印等。」乃曰：「家人之犯，固非己尤。」即與雪冤。仍歸墨綬，乃奏眉州牧。敕下，未令赴任，遣人監守〔四〕，且留賓幕。時屬大軍之後，草創事繁，凡經數月，方問玉簫何在。姜曰：「僕射維舟之夕，與伊留約，七載是期，既逾時不至，乃絶食而終。」因吟留贈玉環詩云：

黄雀銜來已數春，別時留解贈佳人。長江不見魚書至，爲遣相思夢入秦。

韋聞之，益增悽歎，廣修經像，以報夙心。且想念之懷，無由再會。時有祖山人者，有少翁之術，能令逝者相親。但令府公齋戒七日。清夜，玉簫乃至，謝曰：「承僕射寫經造像之力，旬日便當託生。却後十三年，再爲侍妾，以謝鴻恩。」臨袂微笑曰〔五〕：「丈夫薄情，令人死生隔矣。」後韋以隴右之功，終德宗之代，理蜀不替，是故年深，累遷中書令。天下嚮附，瀘僰歸心。因作生日，節鎮所賀，皆貢珍奇。獨東川盧八座送一歌姬，未當破瓜之年，亦以玉簫爲號。觀之，乃真姜氏之玉簫也，而中指有玉環隱出〔六〕，不異留別之玉環也。韋歎曰：「吾乃知存殁之分，一往一來，玉簫之言，斯可驗矣〔七〕。」

按：本篇出唐范攄撰《雲溪友議》卷中，題《玉簫化》。亦見《太平廣記》卷二七四、《艷異編》卷二十、《情史類略》卷十；《繡谷春容》卷四，題《玉簫再生爲韋妾》；《緑窗女史》卷七，題《玉簫傳》。《我儂纂削》節選，題《玉簫》。

【校記】

〔一〕「居上」，《太平廣記》作「易居止」。

〔二〕「逾年」，《太平廣記》作「逾二年」。

〔三〕「詢」下《太平廣記》有「鞫」字；「囚」下《太平廣記》有「滌其冤濫」四字。

〔四〕「守」下，《太平廣記》有「朱紱其榮」四字。

〔五〕「袂」，原作「被」，《太平廣記》作「去」，據《雲溪友議》、《太平廣記詳節》改。

〔六〕「玉環」，《太平廣記》作「肉環」。

〔七〕「斯可驗矣」下，《雲溪友議》、《太平廣記》有「議者以韋中書脱布衣不五秋而擁旌鉞，皇朝之盛，罕有其倫。然鎮蜀近二紀，雲南諸蕃部落，悉遣儒生教其禮樂，易袵歸仁，彼我以鹽鏟貨賂，悉無怨焉。後司空林公，弛其規准，别誘言化，復通其鹽運而不贍金帛，遂令部落懷二，猾悍邦君，蠢蠆爲群，侵逼城壘，俘掠士庶妻子其萬人乎！雍陶先輩《感亂後詩》曰：「錦城南面遥聞哭，盡是離家别國聲。」或謂黜韋帥之功，削成都之爵，且淮陰叛國，名居定難之始，竇融要君，迹踐諸侯之列，蓋録其勳，而不廢其名乎！所讓不合教戎濮詩書，致閑兵法。考其銜怨有以，而莫敢斥言，故乃削爵黜功，是爲大謬矣！」等二百一十一字。

京師士人

宣和中，京師士人元夕出游，至二美樓下〔一〕，觀者填塞不可前〔二〕，少駐步。見美婦人舉措倉皇，若有所失。問之，曰：「我逐時觀燈〔三〕，適被人挨阻〔四〕，迷失伴侶，今無所歸。」士以言誘之，欣然曰：「我不能歸〔五〕，必被他人掠賣，幸君子憐之〔六〕。」士人喜，即携手與還舍，如是半月〔七〕，寵嬖殊甚，亦無有人踪迹之者。一日，召所善友與飲，命婦人侍酒甚款。後數日，友復來，曰：「前日所見之婦，安從得之？」曰：「吾以金買之也。」友曰：「恐不然，子當實告我，我前日酒間，見每過燭後，色必變，意非人類，不可不察。」士人曰：「相處累月，烏有是？」友不能强，乃曰〔八〕：「葆真宫王文卿法師，善符籙，試謁之，若是祟，渠必能言，不然，無傷也。」遂同往謁，王一見驚曰：「妖氣甚濃，勢將難治，此祟絶異，非常鬼也。」歷指坐間他客曰：「異日皆當爲佐證。」坐者盡恐。士人已先聞友言，不敢復隱，且告之。師曰：「此物平時有何嗜好？」曰：「一錢篋極巧，常佩于身〔九〕，不以示人。」王即朱書二符授之，曰：「公歸，俟其寢，以一符置其首，一寘篋中。」士人歸，其婦大罵曰：「托身于君久矣，乃不見信，令道士書符，以鬼待我，何故〔一〇〕？」士初猶設詞以對〔一一〕。婦人曰：「某僕爲我言，一符欲置吾首，一寘篋中，何諱也？」士人不能應，密訪之，僕初不言，益疑之。迨夜俟其睡，婦張燈製衣，達旦不息。士愈窘，急走謁王師，師喜曰：「渠不過能忍一夕，今夕必寐，第從吾戒。」是夜果熟睡，乃如戒施符〔一二〕，天明無所見，意謂已去。越二日，開封遣獄吏逮王師下獄，曰：「某家婦人瘵疾三年，臨病革，忽大叫曰『葆真宮王法師殺我』，遂死。家人方與沐浴，見首下及腰間篋中皆有符〔一三〕。及詣府投牒，云王以妖術殺其女。」王具言所以，即追士人並向日坐上諸客，証之皆同得免。王師，建昌人〔一四〕。

按：本篇出宋洪邁撰《夷堅甲志》卷八，題《京師異婦人》。亦見《古今奇聞類紀》卷八，題《王文卿法除病婦之妖》；《情史類略》卷九，題《觀燈美婦》。

【校記】

〔一〕「二美樓」，涵芬樓本《夷堅志》作「美美樓」。

〔二〕「填塞」，涵芬樓本、葉本《夷堅志》作「闐咽」。

〔三〕「時」，涵芬樓本、葉本《夷堅志》作「隊」。

〔四〕「被」，涵芬樓本《夷堅志》作「遇」；「挨阻」，作「極隘」。

〔五〕「不能歸」，涵芬樓本《夷堅志》作「在此稍久」。

〔六〕「幸君子憐之」，涵芬樓本《夷堅志》作「不若與子歸」。

〔七〕「月」，涵芬樓本、葉本《夷堅志》作「年」。
〔八〕「不能强乃」四字據涵芬樓本、葉本《夷堅志》補。
〔九〕「身」，涵芬樓本、葉本《夷堅志》作「腰間」。
〔一〇〕「何故」二字據涵芬樓本《夷堅志》補。
〔一一〕「猶設詞以對」，涵芬樓本《夷堅志》作「辭諱」。
〔一二〕「戒」，涵芬樓本、葉本《夷堅志》作「教」。
〔一三〕「篋中」二字據涵芬樓本、葉本《夷堅志》補。
〔一四〕「人」下涵芬樓本、葉本《夷堅志》有「林亮功說，林與士人之友同齋」十二字。

崔護

博陵崔護，資質甚美，少而孤潔寡合。舉進士下第〔一〕。清明日，獨游都城南，得居人莊。一畝之宮，而花木叢萃，寂若無人。扣門久之，有女子自門隙窺之，問曰：「誰耶？」護以姓字對，曰：「尋春獨行，酒渴求飲。」女入，以盃水至。開門設牀，命坐，獨倚小桃斜柯佇立〔二〕，而意屬殊厚。妖姿媚態，綽有餘妍。崔以言挑之，不對，目注者久之。崔辭去，送至門，如不勝情而入。崔亦睠盼而歸，爾後絶不復至。及來歲清明日，忽思之，情不可抑，徑往尋之。門院如故，而已扃鎖之。崔因題詩于左扉曰：

　　去年今日此門中，人面桃花相映紅。人面秖今何處去？桃花依舊笑春風。

後數日，偶至都城南，復往尋之，聞其中有哭聲。扣門問之，有老父出曰：「君非崔護耶？」曰：「是也。」又哭曰：「君殺吾女。」驚怛〔三〕，莫知所答。父曰：「吾女笄年，知書，未適人。自去年已來，常恍惚若有所失。比日與之出，及歸，見左扉有字，讀之，入門而病，遂絶食，數日而死。吾老矣，唯此一女，所以不嫁者，將求君子以託吾身。今不幸而殞，得非君之殺耶！」又持崔大哭〔四〕。崔亦感慟，請入哭之，尚儼然在牀。崔舉其首，枕其股，哭而祝曰：「某在斯，某在斯〔五〕。」須臾開目，半日復活。父喜，遂以女歸之。

按：本篇出唐孟棨撰《本事詩·情感第一》。亦見《艷異編》卷二十、《情史類略》卷十、《太平廣記》卷二七四、《顧氏文房小説》本《本事詩》；《繡谷春容》卷四，題《崔護覓水逢女子》；《一見賞心編》卷四，題《城南女》；《緑窗女史》卷七，題《崔護傳》。

【校記】

〔一〕「下」字據《文房小説》本《本事詩》補。

〔二〕「桃」，原作「排」，「斜」，原作「敘」，據《太平廣記》改。

〔三〕「驚怛」，《文房小説》本《本事詩》作「護驚起」。

〔四〕「持崔」，《文房小説》本《本事詩》作「特」。
〔五〕下「某在斯」，據《文房小説》本《本事詩》補。

幻術部

陽羨書生

東晉陽羨許彦，於綏安山行，遇一書生，年十七八，卧路側，云脚痛，求寄彦鵝籠中，彦以爲戲言。書生便入籠，籠亦不更廣，書生亦不更小，宛然與雙鵝並坐，鵝亦不驚。彦負籠而去，都不覺重。前息樹下。書生乃出籠，謂彦曰：「欲爲君薄設。」彦曰：「甚善。」乃於口中吐一銅盤奩子，奩子中具諸饌海陸珍羞，方帳前器皿皆是銅物，氣味芳美，世所罕見。酒數行，乃謂彦：「向一婦人自隨，今欲暫要之。」彦曰：「甚善。」又於口中吐一女子，年可十五六，衣服綺麗，容貌絶倫，共坐宴。俄而書生醉卧。此女謂彦曰：「雖與書生結要，而實懷外心，向亦竊將一男子同來。書生既眠，暫唤之，願君勿言。」彦曰：「甚善。」女人於口中吐出一男子，年可二十三四，亦明穎可愛，仍與彦叙寒温。書生卧欲覺，女子吐一錦行障。書生仍留女子共卧。男子謂彦曰：「此女子雖有情，心亦不盡，向復竊將一女人同行，今欲暫見之，願君勿泄言。」彦曰：「善。」男子又于口中吐一女子，年二十許，共讌酌，戲調甚久，聞書生動聲，男曰：「二人眠已覺。」因取所吐女子，還内口中。須臾，書生處女子乃出，謂生曰：「書生欲起。」更吞向男子，獨對彦坐。書生然後謂彦曰：「暫眠遂久，君獨坐當悒悒耶？日已晚，便與君别。」還復吞此女子。諸銅器悉内口中，留大銅盤，可廣二尺餘。與彦别曰：「無以藉君，與君相憶也。」太元中〔一〕，彦爲蘭臺令史，以盤餉侍中張敝〔二〕，看其題，云是漢永平三年所作也。

按：本篇出南朝梁吴均撰《續齊諧記》。亦見《太平廣記》卷二八四、《顧氏文房小説》本《續齊諧記》、《艷異編》卷二五、《虞初志》卷一《續齊諧記》、《繡谷春容》卷八、高承埏《群書祕簡》本《續齊諧記》；《逸史搜奇》癸集七，題《許彦相》。《類説》卷六節選，題《書生吐女子》。

【校記】

〔一〕「太元」，《艷異編》、《顧氏文房小説》、《虞初志》、《逸史搜奇》、談愷本《太平廣記》、高承埏刻本《續齊諧記》作「大元」，《類説》作「大無」，俱誤。

〔二〕「張敝」，《太平廣記詳節》、《類説》作「張敞」，《顧氏文房小説》、《虞初志》、《逸史搜奇》、談愷本《太平廣記》、高承埏刻本《續齊諧記》作「張散」。

梵僧難陀

唐丞相魏公張延賞在蜀時，有梵僧難陀得如幻三昧。入水火，貫金石，變化無窮。初入蜀，與三少尼俱行，或大醉狂歌。戍將將斷之。及僧至，且曰：「某寄迹桑門，别有藥術。」因指三尼：「此妙歌管。」戍將反敬之，遂留連爲辦酒，日夜會客，與之劇飲。僧假襉襠巾鉛黛妓其三尼，及坐，含睇調笑，逸態絶世。飲將闌，僧謂尼曰：「可爲押衙路某曲也。」因徐進對舞。曳緒迴雪，迅赴摩趺，技又絶倫也。良久曲終，而舞不已。僧喝曰：「婦女風耶？」忽起，取戍將佩刀，衆謂酒狂，驚走。僧乃拔刀斫之，皆踣于地，血及數尺。戍將大懼，呼左右縛僧。僧笑曰：「無草草。」徐舉尼，三枝笻枝也，血乃酒耳。又常在飲會，令人斷其頭，釘耳于柱，無血。身坐席上，酒至，瀉入頭瘡中，面赤而歌，手復抵節。會罷自起，提首安之，初無痕也。時時預言人凶衰，皆迷語，事過方曉。成都有百姓供養數日，僧不欲住，閉關留之，僧因走入壁間，百姓遽牽，漸入，唯餘袈裟角，頃亦不見。來日壁上有畫僧焉，其狀形似白月。色漸薄，積七日，空有黑迹。至八日，黑迹亦滅。僧已在彭州矣，後不知所之。

按：本篇出唐段成式撰《酉陽雜俎》。亦見《太平廣記》卷二百八十五、《艷異編》卷二五。《我儂纂削》節選。

畫工

唐進士趙顔，於畫工處得一軟障，圖一婦人，甚麗。顔謂畫工曰：「世無其人也。今生如有，余願納爲妻。」畫工曰：「余，神畫也。此亦有名，曰『真真』，呼其名百日，晝夜不歇，即必應之，應則以百家綵灰酒灌之，必活。」顔如其言，遂呼之百日，晝夜不止，乃應曰「諾」，急以百家綵灰酒灌之，遂活，舉步、言笑、飲食如常，曰：「謝君得妾，妾願事箕箒終歲。」生一兒，年兩歲，友人曰：「此妖也，必與君爲患，余有神劍可斬之。」其夕乃遺顔劍。劍纔及顔室，真真乃泣曰：「妾南岳地仙也，無何爲人畫妾之形，君又呼妾名，既不奪君願，君今疑妾，妾不可住。」言訖，携其子，却上軟障，嘔出先所飲百綵灰酒。覩其障，唯添一孩子，皆是畫焉。

按：本篇出唐杜荀鶴撰《松窗雜記》。亦見《太平廣記》卷二百八十六，注出《聞奇録》；《艷異編》卷二五；《情史類略》卷九，題《真真》。

稗家粹編卷七

妖怪部

郭代公

代國公郭元振，開元中下第，自晉之汾，夜行陰晦失道。久而絶遠有燈火之光，以爲人居也，徑往投之。八九里有宅，門宇甚峻。既入門，廊下及堂上燈燭熒煌，牢饌羅列，若嫁女之家，而悄無人。公繫馬西廊前，歷階而升，徘徊堂上，不知其何處也。俄聞堂中東閣有女子哭聲，嗚咽不已。公問曰：「堂中泣者，人耶，鬼耶？何陳設如此，無人而獨泣？」曰：「妾此鄉之祠有烏將軍者，能禍福人，每歲求偶於鄉人，鄉人必擇處女之美者而嫁焉。妾雖陋拙，父利鄉人之五百緡，潛以應選。今夕鄉人之女並爲遊宴者到是，醉妾此室，共鏁而去，以適於將軍者也。今父母棄之就死，而今惴惴哀思〔一〕。君誠人耶，能相救免，畢身爲除掃之婦，以奉指使。」公大憤曰：「其來當何時？」曰：「二更。」公曰：「吾忝爲大丈夫也，必力救之。如不得，當殺身以狥汝，終不使汝枉死於淫鬼之手也。」女泣少止，於是坐於西階上，移其馬於堂北，令一僕侍立於前，若爲賓而待之。未幾，火光照耀，車馬駢闐，二紫衣吏入而復走出，曰：「相公在此。」逡巡二黄衣吏入而出，亦曰：「相公在此。」公私心獨喜：「吾當爲宰相，必勝此鬼矣。」既而將軍漸下，導吏復告之。將軍曰：「入。」有戈劍弓矢翼引以入，即東階下，公使僕前曰：「郭秀才見。」遂行揖。將軍曰：「秀才安得到此？」曰：「聞將軍今夕嘉禮，願爲小相耳。」將軍者喜而延坐，與對食，言笑既歡〔二〕。公於囊中有利刀，思取刺之，乃問曰：「將軍曾食鹿腊乎？」曰：「此地難遇。」公曰：「某有少許珍者，得自御廚，願削以獻將軍。」將軍大悦。公乃起，取鹿腊并小刀，因削之，置一小器，令自取。將軍喜，引手取之，不疑其他。公伺其無機，乃投其脯，捉其腕而斷之。將軍失聲而走，導從之吏一時驚散。公執其手，脱衣纏之，令僕夫出望之，寂無所見，乃啓門謂泣者曰〔三〕：「將軍之腕已在於此矣。尋其血蹤，死亦不久。汝既獲免，可出就食。」泣者乃出，年可十七八，而甚佳麗，拜於公前，曰：「誓爲僕妾。」公勉諭焉。天方曙開，見其手，則猪蹄也。俄聞哭泣之聲漸近，乃女之父母、兄弟及鄉中耆老，相與舁櫬而來，將收其屍以備殯殮。見公及女，乃生人也，咸驚以問之，公具告焉。鄉老共怒殘其神，曰：「烏將軍，此鄉鎮神，鄉人奉之久矣，歲配以女，才無他虞。此禮少遲，即風雨雷雹爲虐。柰何失路之客，而傷我明神，致暴於人，此鄉何辜？當殺公以祭烏將軍，不爾亦縛送本縣。」揮少年將令執公，公諭之曰：「爾徒老於年，未老於事。我天下之達理者，爾衆聽吾言。夫神，天使爲鎮也〔四〕，不若諸侯受命於天子而疆理天下乎？」曰：「然。」公曰：「使諸侯漁色於國中〔五〕，而天子不怒乎？殘虐於人，天子不伐乎？誠使爾呼將軍者，真神明也，神固無猪蹄，天豈使淫妖之獸乎？且淫妖之獸，天地之罪畜也，吾執正以誅之，豈不可乎？爾曹無正人，使爾少女年年横死於妖畜，積罪動天，安知天不使吾雪焉？從吾言，當爲爾除之，永無聘禮之患，如何？」鄉人悟而喜曰：「願從命。」公乃令數百人執弓矢刀鎗鍬钁之屬，環而自隨，尋血而行。纔二十里，血入大塚穴中。因圍而斸之，應手漸大如瓮口，公令束薪燃火投入照之。其中若大室，見一大猪，無前左蹄，血卧其地，突烟走出，斃於圍中。鄉人治具相慶〔六〕，會錢以酬公〔七〕。公不受，曰：「吾爲人除害，非鬻獵者。」得免之女辭其父母親族曰：「多幸爲人，託質血屬，閨闈未出，固無可殺之罪。今者貪錢五十萬，以嫁妖獸，忍鎖而去，豈人所宜？若非郭公之仁勇，寧有今日？是妾死於父母而生於郭公也。請從郭公，不復以舊鄉爲念矣。」泣拜而從公，公多歧援喻止之，不獲，遂納爲側室，生子數人。公之貴也，皆任大官之位。事已前定，雖生遠地而棄〔八〕，爲鬼神終不能害，明矣〔九〕。

按：本篇出唐牛僧孺撰《玄怪録》。亦見《艷異編》卷三二；《一見賞心編》卷十三，題《烏將軍》；《古今説海》説淵部四九，題《烏將軍記》；《逸史搜奇》戊集六，題《郭元振》；《古今奇聞類紀》卷八，題《郭元振除豬妖》，注出《烏將軍傳》。《類説》卷十一《幽怪録》節選，題《烏將軍娶妻》。

【校記】

〔一〕「思」，高本《玄怪録》作「懼」。

〔二〕「既」，《玄怪録》作「極」。

〔三〕「者」，據《玄怪録》等補。

〔四〕「天使爲鎮」，《玄怪録》、《艷異編》、《古今説海》、《逸史搜奇》作「受天之命而爲鎮」，《一見賞心編》作「天使爲鎮而撫一方者」。

〔五〕「色」，原誤作「邑」，據《玄怪録》等改。「國」，據《玄怪録》、《艷異編》、《古今説海》、《逸史搜奇》補。《一見賞心編》則「國」在「中」下。

〔六〕「治具」，《玄怪録》等作「翻共」。

〔七〕「會錢」，高本、陳本《玄怪録》、《太平廣記》、《艷異編》、《古今説海》、《逸史搜奇》、《一見賞心編》、《古今奇聞類紀》等作「會餞」。按：郭元振除害，爲之餞别乃禮儀常情，而湊錢酬謝則事出非常。郭元振「不受」，與下文「吾爲人除害，非鬻獵者」聯繫起來，底本更符合文意。

〔八〕《艷異編》無「生」字。

〔九〕「爲」，《玄怪録》、《艷異編》、《古今説海》、《逸史搜奇》作「焉」，屬上句。「生子數人」以下，《一見賞心編》作「生數子，後竟躋身顯位。鬼神終不能爲禍，明矣」。

弊箒惑僧傳

洪武間，本覺寺有一少年僧，名湛然，房頗僻寂。一夕方暑，獨坐庭中，見一美女，瘦腰長裙，行步便捷，丰姿綽約襲人，而粧亦不多飾。僧欲進問，忽不見矣。明夜登廁，又過其前。湛然急走就之，則又隱矣。它人處此必不能堪，況僧且少年乎？自是惶惑殊深，淫情交引，苦思不置。越兩日，又徐步於側。僧急牽其衣，女復佯爲慚怯之態。再三懇之，方與入室。及叙坐，僧復逼體近之，漸相調謔間，竟成雲雨。事畢，問其居址姓字，女曰：「妾乃寺鄰之家，父母鍾愛，嫁妾之晚，今有私於人，故數數潛出，不料經此，又移情於汝。然當緘密其事，則交可久。不然，彼此玷矣！」僧喜，唯唯從命。於是旦去暮來，無夕不會。將及朞，少僧不覺容體枯瘦，氣息憊然，漸無生意，雖同袍醫治，百端罔効〔一〕。寺中一老僧謂曰：「察汝病脉，勞瘵兼攻，陰邪甚盛，必有所致。苟不明言，事無濟矣〔二〕！」湛然駭懼，勉述往事。衆曰：「是矣！然此祟不除，則汝恙不愈。今若復來，汝伺其往而蹤迹之，則治術可施也。」是夕女至，少僧仍與交合。將行，欲起隨送，女止之曰：「僧居寂落〔三〕，夜與美婦歡處，是亦樂矣！何苦自惑如此？」湛然不能强而罷。翌日告衆，衆乃忖曰：「明夜彼來，當待之如常，密以一物置其身，吾輩避於房外，俟臨别時，擊門爲約，吾輩協當追尾，必得而止，則祟可破矣！」少僧一一領記。後二夕，湛然覺神思恍惚，方倚床獨卧，女果推門復入，僧與私褻，益加款曲。鷄鳴時，女辭去。僧潛以一絨花插女鬢上，又戲擊其門者三。衆僧聞擊聲，俱起追察，但見一女冉冉而去。衆乃鳴鈴誦咒，執錫持兵，相與趕逐，直至方丈後一小室中乃滅。此室傳言三代祖定化之處，一年一開奉祭，餘時封閉而已。衆僧知女隱迹，即踴躍破窗而入，一無所見。但西北佛廚後爍爍微光，急往燭之，則竪一弊箒耳。竹質潤滑，枝束鮮瑩，蓋已數十年外物也。衆方疑惑，而絨花在柄，因共信之。乃持至堂前，抽折一筅，則水流滴地。衆僧益駭異；再折之，亦然，以至筅筅皆如之。衆僧乃明燈細視〔四〕，筅中非水，寔精也。湛然見之，悔悟驚懼，不能自制。於是悉敲焚烈，揚灰於湖。少僧急以良劑調治，久之得平。

按：本篇出明釣鴛湖客評述《鴛渚誌餘雪窗談異》帙上。亦見《廣艷異編》卷二一、《續艷異編》卷九，俱題《搴絨記》；《國色天香》卷七，題《弊箒記》；《繡谷春容》卷十三，題《竹箒精記》；余公仁編《燕居筆記》卷九，題《弊箒記》；《情史類略》卷二一，題《笤箒精》。《古今清談萬選》卷三《邪動少僧》據此改編。

【校記】

〔一〕「効」，《鴛渚誌餘雪窗談異》作「功」。

〔二〕「無濟」，原作「無際」，據《鴛渚誌餘雪窗談異》改。

〔三〕「寂落」，《鴛渚誌餘雪窗談異》作「寥落」。

〔四〕「乃」，原作「仍」，據《鴛渚誌餘雪窗談異》改。

招提琴精記

鄧州人金生，名鶴雲，美風調，樂琴書，爲時輩所稱許。宋嘉熙間，薄遊秀州，館一富家，其卧室貼近招提寺。夜聞隔墻有歌聲，乍遠乍近，或高或低。初雖疑之，自後無夜不聞，遂不以爲意。一夕，月明風細，人静更深，不覺歌聲起自窗外。窺之，則一女子，約年十七八，風鬟露鬢，綽約多姿，料是主家妾媵，夜出私奔，不敢啓户。側耳聽其歌曰：

音、音、音，你負心。你真負心，孤負我到如今。記得當時，低低唱，淺淺斟，一曲值千金。如今寂寞古墻陰，秋風荒草白雲深。斷橋流水何處尋？凄凄切切，冷冷清清，教奴怎禁？

女子歌竟，敲户言曰：「聞君倜儻俊才，故冒禁以相親。今乃閉户不納，苦效魯男子行耶〔一〕？」鶴雲聞言，不能自抑。纔啓户，女子擁至榻前矣。鶴雲曰：「如此良夜，更會佳人，奈何燭滅樽前〔二〕，不能爲一款曲也？」女子曰：「得抱衾裯，以薦枕席，期在歲月，何必泥於今宵？況醉翁之意不在酒乎？」乃解衣共入帳中，罄盡繾綣之樂。迨隔窗鷄唱，鄰寺鐘鳴，女子攬衣起曰：「奴回也。」鶴雲囑之再至，女子曰：「弗多言，管不教郎獨宿。」遂悄悄而去。次夜，鶴雲具酒殽以待，女子果迤邐而來，相與並坐。酣暢，女子仍歌昨夕之詞。鶴雲曰：「對新人，不宜歌舊曲；逢樂地，詎可道憂情？」因賡前韻而歌之曰：

音、音、音，知有心。知伊有心，勾引我到於今。最甚斯夕，燈前耦，花下斟，一笑勝千金。俄然雲雨弄春陰，玉山齊倒絳帷深。須知此樂更何尋，來經月白，去會風清，興益難禁。

女子聞歌，起而謝曰：「君之斯咏，可謂轉舊爲新、翻憂就樂也。」彼此歡情，頓濃於昨。自是無夕不會，荏苒半載，鮮有知者。忽一夕，女子至而泣下，鶴雲恠問，始則隱忍，既則大慟。鶴雲慰之良久，乃收淚言曰：「奴本曹刺史之女，幸得仙術，優游洞天。但凡心未除，遭此謫降。感君夙契，久奉歡娛，詎料數盡今宵。君前程遠大，金陵之會，夾山之從，殆有日耳，幸惟善保始終。」雲亦不勝悽愴。至四鼓，贈女子以金。别去未幾，大雨翻盆，霹靂一聲，窗外古墻悉震傾矣。鶴雲神魂飄蕩，明日遂不復留此。二年後，富家築墻，於基下掘一石匣，獲琴與金，竟莫曉其故。時聞鶴雲宰金陵，念其好琴，使人携獻。鶴雲見琴光彩奪目，知非凡材，欣然受之，寘於石床。遠而望之，則前女子；就而撫之，則依然琴也。方悟女子爲琴精，且驚且喜。適有峽州之遷，鶴雲得重疾，臨死命家人以琴送葬。琴精之言，胥驗之矣。人有定數，物可先知，豈不信哉！

按：本篇出明釣鴛湖客評述《鴛渚誌餘雪窗談異》帙上。源於元郭霄鳳《江湖紀聞》中《琴聲哀怨》和《〔嘉靖〕嘉興府圖記》卷二十琴精故事。亦見《廣艷異編》卷二二、《續艷異編》卷九，俱題《招提嘉遇記》；《國色天香》卷七，題《琴精記》；余公仁編《燕居筆記》卷八，題《招提琴精記》；《情史類略》卷二一，題《琴精》。《古今清談萬選》卷三《窗前琴怪》據此改編。

【校　記】

〔一〕「苦效」，《鴛渚誌餘雪窗談異》作「若效」。

〔二〕「樽前」，《鴛渚誌餘雪窗談異》作「樽虛」。

白猿傳

梁大同末，遣平南將軍藺欽南征，至桂林，破李師古、陳徹。別將歐陽紇略地至長樂，悉平諸洞，深入險阻。紇妻纖白，甚美。其部人曰：「將軍何爲挈麗人經此地？有神，善竊少女，而美者尤爲難免，宜謹護之。」紇甚疑懼，夜勒兵環其廬，匿婦密室中，謹閉甚固，而以女奴十餘伺守之。再夕，陰風晦黑。至五更，寂然無聞。守者怠而假寐，忽若有物驚悟者，即已失妻矣。關扃如故〔一〕，莫知所出。出門山嶮，咫尺迷悶，不可尋逐。迨明，絶無其迹。紇大憤痛，誓不徒還。因辭疾，駐其軍，日往四遐，即深凌嶮以索之。既逾月，忽於百里之外叢篠上，得其妻繡履一隻，雖侵雨濡，猶可辨識。紇尤悽悼，求之益堅。選壯士三十人，持兵負糧，巖棲野食。又旬餘，遠所舍約二百里，南望一山葱秀迥出，至其下，有深溪環之。乃編木以度。絶巖翠竹之間，時見紅綵，聞笑語音。捫蘿引絙而陟其上，則嘉樹列植，間以名花，其下緑蕪，豐軟如毯，清迥岑寂，杳然殊境。東向石門，有婦人數十〔二〕，帔服鮮澤，嬉遊歌笑。出入其中，見人皆慢視遲立。至則問曰：「何因至此？」紇具以對，相視嘆曰：「賢妻至此月餘矣，今病在牀，宜遣視之。」入其門，以木爲扉，中寬闢若堂者三，四壁設床，悉施錦薦。其妻卧石榻上，重茵累席，珍食盈前。紇就視之，迴眸一睇，即疾揮手令去。諸婦人曰：「我等與公之妻，比來久者十年。此神物所居，力能殺人，雖百夫操兵，不能制也。幸其未還，宜速避之。但求美酒兩斛，食犬十頭，麻數十斤，當相與謀殺之。其來必以正午後，慎勿太早。」以十日爲期，因促之去。紇亦遽退，遂求醇醪與麻、犬，如期而往。婦人曰：「彼好酒，往往致醉，醉必騁力；俾吾等以綵練縛手足於牀，一踴皆斷；常紉三幅，則力盡不解。今麻隱帛中束之，度不能矣。遍體皆如鐵，唯臍下數寸，常護蔽之，此必不能禦兵刃。」指其傍一巖曰：「此其食廩，當隱於是。静而伺之，酒置花下，犬散林中。待吾計成，招之即出。」如其言，屏氣以俟。日晡，有物如匹練，自他山下透至若飛，徑入洞中。少選，有美髯丈夫，長六尺餘，白衣曳杖，擁諸婦人而出。見犬驚視，騰身執之，披裂吮咀，食之致飽。婦人競以玉杯進酒，諧笑甚歡。既飲數斗，則扶之而去，又聞嬉笑之音。良久，婦人出招之，乃持兵而入，見大白猿縛四足於牀頭，顧人蹙縮，求脱不得，目光如電。競兵之，如中鐵石；刺其臍下，即飲刃，血射如注，乃大歎咤曰：「此天殺我，豈爾之能！然爾婦已孕，勿殺其子，將逢聖帝，必大而宗。」言絶乃死。搜其藏，寶器豐積，珍羞盈品，羅列杯案。凡人世所珍，靡不充備。名香數斛，寶劍一雙。婦人三十輩，皆絶其色，久者至十年。云：「色衰必被提去，莫知所置。又捕採唯止其身，更無黨類。旦盥洗，著帽，加白袷，被素羅衣，不知寒暑。遍身白毛，長數寸。所居常讀木簡，字若符篆，了不可識，已則置石燈下。晴晝或舞雙劍，環身電飛，光圓若月。其飲食無常，喜啗果栗，尤嗜犬，咀而飲其血。日始逾午，即欻然而逝。半晝往返數千里，及晚必歸，此其常也。所須無不立得。夜就諸牀嬲戲，一夕皆周，未嘗寢寐。言語淹詳，華旨會利。然其狀，即猳玃類也。今歲木葉之初〔三〕，忽愴然曰：『吾爲山神所訴，將得死罪，亦求護之於衆靈，庶幾可免。』前月哉生魄〔四〕，石磴生火，焚其簡書。悵然自失曰：『吾已千歲而無子，今有子，死期至矣。』因顧諸女，汍瀾者久之，且曰：『此山複絶〔五〕，未常有人至。上高而望，絶不見樵者，下多虎狼怪獸。今能至者，非天假之，何耶？』」紇即取寶玉珍麗及諸婦人以歸，猶有知其家者。紇妻周歲生一子，厥狀肖焉。後紇爲陳武帝所誅。素與江總善，愛其子聰悟絶人〔六〕，常留養之，故免於難。及長，果文學善書，知名於時。

按：本篇見於《太平廣記》卷四四四，題《歐陽紇》，注引《續江氏傳》；亦見《顧氏文房小說》本、《緑窗女史》卷八；《一見賞心編》卷十三、《逸史搜奇》丁集四，俱題《歐陽紇》；《艷異編》卷三二、《虞初志》卷七、《情史類略》卷二一，俱題《猿精》。

【校記】

〔一〕「關」，《太平廣記》作「門」。

〔二〕「有」字《太平廣記》置「東」之上。

〔三〕「葉」，《太平廣記》、《一見賞心編》作「落」。

〔四〕「前月哉生魄」，《太平廣記》作「前此月生魄」，《太平廣記詳節》作「前此哉生魄」，均訛。「哉生魄」，指農曆每月十六日。

〔五〕「複絶」，《太平廣記》作「峻絶」。

〔六〕「厥狀肖焉後紇爲陳武帝所誅素與江總善愛其子」二十字，據《太平廣記》、《文房小説》補。

臨江狐

臨江富人陳崇古，所居後有果園，委一人守之，販鬻〔一〕皆由其手。其人年可四十餘，頗修整，不類庸下人，獨居園中小屋間。一夕，有美姬來就之，自言能飲，索酒共酌，且求歡。其人疑之，扣其居止姓氏，終不答，曰：「與君有宿緣，故來相從，無問也。」遂與狎。自是每夜輒至，日久情密如伉儷，亦不復究其所從來矣。比舍人怪園中常有人語聲，窺見以告主人。主人以其費財也，召責之。其人初抵諱，因請主覆視記籍，曾無虧漏。更研問，乃吐實，主亦任之。是夜姬來，云：「而主謂吾誘汝財耶？」因從容言：「吾非禍君者，此世界内如吾輩無慮千數，皆修仙道，吾事將就，特借君陽氣一助耳。更幾日數足，吾亦不復留此，於君無損也。」他日來，痛飲沉醉，談謔益款，其人試挑之曰：「爾於世間亦有所畏乎？」姬以醉忘情，且恃交稔，無復防虞，直答曰：「吾無所畏，吾無所畏〔二〕！吾睡時則有光旋繞身畔，人不欲利於我者，一躡此光，吾已驚覺，終不能有所加也。所最惡者，人能遠之〔三〕，以口承其光而徐吸之，則彼得壽而吾禍矣。」其人唯唯。俟其去，以目而送之〔四〕，遥見其狼猖徃田中〔五〕，往看姬寐正熟，有光照地如月，依言吸之，覺胸臆隱隱熱下，光盡斂，乃歸〔六〕。明日復至其所，有老狐死焉。景泰中盛允高蒞鹽課揚州，陳氏有商於揚者道其事。云此人尚在，年九十餘矣〔七〕。

按：本篇出明陸粲撰《庚巳編》卷二。亦見《廣艷異編》卷三十，題《陳崇古》；《狐媚叢談》（抄本）卷五。

【校　記】

〔一〕「販鬻」下，《庚巳編》有「利息」二字。

〔二〕「吾無所畏吾無所畏」，《庚巳編》作「吾無所畏」。

〔三〕「遠之」，《庚巳編》作「遠立」。

〔四〕「以目而送之」，《庚巳編》作「目逆而送之」。

〔五〕「徃」，《庚巳編》作「仆」。

〔六〕「歸」，原作「掃」，據文意改。

〔七〕「景泰中」以下至結尾，《廣艷異編》均删。

猫精

蘇城崇真宫前有尹家父子同處，子持匹帛貿易於外，久不歸。其家有屋三間，子婦房在其右。一日夜，漏下二鼓，窗户忽自開，一人逕入子舍，婦視之，厥夫也，滅其燭，遽解衣登床。婦始問曰：「汝久客而回，何以逼在夜深？又何以私密如此耶？」夫曰：「我以他事，資財盡空，恐吾父怒，不敢公回見之，因憶汝，故伺夜竊來耳。」婦信之，遂與交際，如是乘夜而來，寐爽而去，凡半載。一日，真夫當白晝揚揚而歸。婦且不及問，相見畢，夫曰：「吾舟在閶門外，方畿上皆是糧食，吾去料理載回也。」甫去不久，又忙忙而還。婦始疑問其急回之故，夫以他辭對，俄又急去。及夜，真夫始回，婦問日間事。夫驚曰：「何嘗重來耶？」婦乃詳告以往事，夫婦始皆悟此必怪矣。夫曰：「然則此怪猶未知吾歸，吾今計誘之。明日吾當仍去而即返，泊舍傍隱處，且設伏以伺之。汝待其入室，可復閉户大唤，吾乃率伏伺如謀。」越五日，果復至。婦急閉户，大叫嚎，夫應開門，夫與伏數人速入房，隨後掩閉，視室中則空空如也，誠不見一物。於房細搜之，至牀頂上乃有一猫伏焉，碩體而狸色。衆遂打死，秤之重八斤，以鹽醃之。婦又謂夫曰：「此雖作怪，已是㹠肉，亦何異哉！可烹而食之。」遂碎之炊煮。其骸中血出甚多，及肉熟，蓋如敗綿絮，不可啖，即棄去。後婦遍體發黄，卧病三年餘，始平安云。

按：本篇出處待考。

犬精

弘治中，兖之魚臺縣有民家，畜一白犬甚馴。其主出行，犬常隨之。他日，主商於遠方，既去，犬亦不見。經三日，主輒歸。妻問以故，曰：「途中遇盗，財物盡喪，幸逃性命耳！」妻子不疑，周旋閲歲。一日，真夫歸，形狀悉同，不可辯。兩人各争真僞。妻及鄰里皆不能明，乃白於縣。縣逮兩人至，亦無如之何，皆寘之獄。一小卒聞其事，以語其妻。妻曰：「是不難辯，先歸者殆犬精也。欲驗之，當視其婦胸乳間，有爪傷、血紋，即是矣。蓋犬與人交，常自後以爪按其胸，故也。」卒以白令。令召其婦，問：「爾家常有犬乎？」曰：「有一白犬，前隨夫出矣。」裸而視其胸，有血紋甚多。令知爲怪，密使人以血灑其僞夫，即成犬形，立撲殺之。令從容問卒曰：「汝計善矣！何從得之？」謝曰：「吾妻所教也。」令諭之曰：「汝妻不與犬通，何緣知此？汝歸家，密察之。」卒歸，視妻之胸乳，其血紋更多。卒以令語語之。妻辭澁吐實〔一〕，乃知亦與犬通。妻自慚，經死。其時陳都御史璠〔二〕，時奉使彼中，得其案牘。

按：本篇出明陸粲撰《庚巳編》卷九。

【校記】

〔一〕「辭澁」，《庚巳編》作「窮」。

〔二〕「其時」，《庚巳編》作「吾鄉」。

袁氏傳

廣德中，有孫恪秀才者，因下第，遊於洛中。至魏王池側，忽有一大宅，土木壯麗〔一〕，路人指云：「斯袁氏之第也。」恪徑往扣扉，無有應者。户側有小房，簾帷頗潔〔二〕，謂伺客之所。恪遂褰簾而入。良久，忽聞啓關者，一女子光容鑒物，艷麗驚人；珠初滌其月華，柳乍含其煙媚；蘭芳靈濯，玉瑩塵清。恪疑主人之處子，但潛窺而已。女摘庭中之萱草，凝思久立，遂製詩曰：

彼見是忘憂，此看同腐草。青山與白雲，方展我懷抱。

吟諷既畢，容色慘然〔三〕，因來褰簾，忽覩恪，遂驚慙入户，使青衣詰之曰：「子何人，而夕向於此〔四〕？」乃語是税居之士〔五〕，曰：「不幸衝突，頗益慙駭。幸望陳達於小娘子。」青衣具以告。女曰：「某之醜拙，況不修容，郎君久盻簾帷，當盡所覩，豈敢更迴避？願郎君少頓内廳，當暫裝飾而出。」恪慕其容美，喜不自勝。語青衣曰：「誰氏之子？」曰：「故袁長官之女。少孤，更無姻戚，唯與妾輩三五人據此第耳。小娘子見未適人，且求售也〔六〕。」良久，乃出見恪，美艷愈於向者所覩。命侍婢進茶〔七〕，曰：「郎君既無第舍，便遷囊橐於此廳院中。」指青衣謂恪曰：「小有所須，但告此婢〔八〕。」恪愧荷而已。恪未室，又覩女子之婉麗如是，乃進媒而請之。女亦欣然相受。遂納爲室。袁氏贍足，巨有金繒。而恪久貧，忽車馬煥赫，服玩華麗，頗爲親友之疑訝，多來詰恪。恪竟不實對。恪因驕倨，不求名第，日洽豪富，縱酒狂歌，如此三四歲，不離洛中。忽遇表兄張閑雲處士，恪謂曰：「既久暌間，頗思從容。願携衾綃，一永宵話〔九〕。」張士如其所約。及夜深將寢，張生握恪手，密謂之曰：「老兄於道門，曾有所授。適觀弟詞色，妖氣頗濃。未審别有何所遇。事之周細，必願見陳，不然者，當受禍耳。」恪曰：「不肖未有所遇〔一〇〕。」張生又曰：「夫人稟陽精，妖受陰氣。魂掩魄盡，人則長生〔一一〕；魄掩魂消，人則立死。故鬼怪無形而全陰也，仙人無影而全陽也。陰陽之盛衰，魂魄之交戰，在體而微有失位，莫不表白於氣色。向觀弟神彩，陰侵陽位，邪干正府，真精已耗，識用漸隳，津液傾輸，根蔕浮動，骨將化土，顔非渥丹，必爲怪異所鑠，何堅隱而不剖其由也？」恪方驚悟，遂陳娶納之由。張生大駭曰：「即此是也，其奈之何？」恪曰〔一二〕：「弟之忖度，何以爲異〔一三〕？」張曰〔一四〕：「豈有袁氏海内無瓜葛之親哉？又辨慧多能，如是爲驗〔一五〕。」遂告張生曰：「某一生遭迍，久處凍餒。因兹婚娶，頗似蘇息，不能負意，何以爲計？」張生怒曰：「大丈夫未能事人，焉能事鬼？傳曰：妖由人興。人無妖焉，妖不自作，且義與身孰親？身受其災，而顧其鬼怪之恩義，三尺童子尚以爲不可，何況大丈夫乎！」張又曰：「吾有寶劍，亦干將之儔亞也。凡有魍魎，見者滅没，前後神奇不可備數。詰朝奉借，儻携密室，必覩其狼狽，不下昔日王君携寶鏡而照鸚鵡也。不然者，則必被恩愛所迷耳〔一六〕。」明日，恪遂受劍。張生告去，執手曰：「善伺其便。」恪遂携劍，隱於室内，而終有難色。袁氏俄覺，大怒而謂恪曰：「子之窮愁，我使暢泰。不顧恩義，遂興非爲，如此用心，且犬彘不食其餘，豈能立節行於人世也？」恪既被責，慙顔息慮，叩頭曰：「受教於表兄，非宿心也。願以歃血爲盟〔一七〕，更不敢有他意矣。」因雨泣伏地〔一八〕。袁氏遂搜得其劍，寸折之，若斷輕藕耳。恪愈懼，似欲奔迸〔一九〕。袁氏乃大笑曰：「張生一小子，不能以道義誨其表弟，使行其兇毒，來當辱之。然觀子之心，的應不如是。然吾匹君已數歲也，子何慮哉？」恪方稍安。後數日，因出遇張生，曰：「柰何使我撩虎鬚，幾不脱虎口耳！」張生問劍之所在，具以實對。張生大駭曰：「非吾所知也。」深懼而不敢來。其後十餘年，袁氏已鞠育二子，治家甚嚴，不喜參雜。後恪之長安，謁舊友王相國縉，遂薦於南康張萬頃大夫，爲經略判官〔二〇〕，挈家而往。袁氏每遇青松高山，凝睇久之，若有不快意。到瑞州，袁氏曰：「此去半程，江濡有決山寺〔二一〕，我家舊有門徒僧惠幽，居於此寺，別來數年，僧行夏臘極高〔二二〕，能別形骸，善出塵垢，倘經彼設食，頗益南行之福。」恪曰：「然。」遂辦齋蔬之具。及抵寺，袁氏欣然，易服理鬟，携二子，詣老僧院，若熟其逕者。恪頗異之。遂持碧玉環而獻僧曰：「此是院中舊物。」僧亦不曉。及齋罷，有野猿數十，連臂下於高松，而食於臺上，復悲嘯捫蘿而躍。袁氏惻然，俄命筆題僧壁上曰〔二三〕：

剖破恩情役此心〔二四〕，無端變化幾湮沉。不如逐伴歸山去，長嘯一聲烟霧深。

乃擲筆於地，撫二子咽泣數聲，語恪曰：「好住，好住！吾當永訣矣。」遂變化爲老猿〔二五〕，追嘯者躍樹而去，將抵深山而復反視。恪乃驚怛〔二六〕，魂飛神喪。良久，撫二子一慟。乃詢於老僧，僧方悟：「此猿是貧道爲沙彌時所養。開元中，有天使高力士經過此，憐其慧黠，以束帛而易之。聞抵洛京，獻於天子。時有天使來往〔二七〕，多說其慧黠過人。常馴擾於上陽宫内。聞安史之亂，即不知所之。於戲！不圖今日更覩其怪異耳。碧玉環者，本訶陵胡人所施，當時亦隨猿頸而往，今方悟矣。」恪遂惆悵，艤舟數日〔二八〕，攜二子而迴棹，更不能之任矣。

按：本篇出唐裴鉶撰《傳奇》。亦見《太平廣記》卷四四五，題《孫恪》；《艷異編》卷三二、《一見賞心編》卷十三、《古今説海》説淵部十三、《逸史搜奇》乙集十、《緑窗女史》卷八。《類説》卷三二《傳奇》，有目無文。《古今清談萬選》卷三《洛中袁氏》據此删節成文。

【校　記】

〔一〕「壯麗」，《太平廣記》、《一見賞心編》、《逸史搜奇》作「皆新」。

〔二〕「帷」，據《太平廣記》、《一見賞心編》、《逸史搜奇》補。

〔三〕「既畢容色慘然」，《太平廣記》作「慘容，後」。

〔四〕「夕」，據《太平廣記》、《一見賞心編》補。

〔五〕「乃語是稅居之士」，《太平廣記》作「恪乃語以稅居之事」。

〔六〕「未適人且求售也」，《太平廣記》作「求適人，但未售也」。

〔七〕「茶」下《太平廣記》、《一見賞心編》、《逸史搜奇》有「果」字。

〔八〕「婢」，《太平廣記》、《一見賞心編》、《逸史搜奇》作「輩」。

〔九〕「永」，《太平廣記》、《一見賞心編》作「來」。

〔一〇〕《太平廣記》無「不肖」二字。

〔一一〕「長生」，原作「生長」，據《太平廣記》、《一見賞心編》、《逸史搜奇》互乙。

〔一二〕「恪」，原作「又」，據《太平廣記》改。

〔一三〕「何以爲異」，《太平廣記》作「有何異焉」，《一見賞心編》作「有何怪祟」。

〔一四〕「張」，原作「恪」，據《太平廣記》改。

〔一五〕「如是爲驗」，《太平廣記》、《一見賞心編》作「足爲可異矣」。

〔一六〕「必被恩愛所迷耳」，《太平廣記》作「不斷恩愛耳」。

〔一七〕「歃」，原作「軟」，《太平廣記》作「飲」，據文意改。

〔一八〕「因雨泣」，《太平廣記》作「汗落」，《一見賞心編》作「泣下」。

〔一九〕「迸」，《太平廣記》作「迸」，誤。

〔二〇〕「經略」，原作「經絡」，據《太平廣記》、《一見賞心編》、《逸史搜奇》改。

〔二一〕「瑞州」，《艷異編》、《古今説海》刻本和四庫本、《逸史搜奇》、《古今清談萬選》、《緑窗女史》、《太平廣記》四庫本同，《太平廣記》談愷本、《太平廣記詳節》作「端州」；「決山寺」，《艷異編》、《古今説海》刻本、《逸史搜奇》、《古今清談萬選》、《緑窗女史》同，《太平廣記》談愷本和四庫本、《古今説海》四庫本、《太平廣記詳節》作「峽山寺」。按：《廣東通志》卷十二《山川志》三「肇慶府·高要縣·羚羊峽」：「在城東三十里，高百餘丈，延袤二十里，夾束江流，爲郡之鎖鑰。相傳山有羊化石，因名。又名靈羊，一名高峽山。古有峽山寺，今名靈山寺。」若上文作「端州」，下文當作「峽山寺」。但《古今説海》四庫本、《太平廣記》四庫本作「瑞州峽山寺」，前後失應，應有一誤。孫恪自長安赴廣州經略使幕府任，應非一塗，亦可經「瑞州」（決山寺）而至。異文當二存。

〔二二〕「夏臘」，《一見賞心編》作「誼」。

〔二三〕「筆」，據《太平廣記》、《一見賞心編》、《逸史搜奇》補。

〔二四〕「剖破」，《太平廣記》作「剛被」。

〔二五〕「變化」，《太平廣記》、《一見賞心編》、《逸史搜奇》作「裂衣化」。

〔二六〕「怛」，《太平廣記》、《一見賞心編》作「懼若」，「若」屬下句。

〔二七〕「高力士經過此憐其慧黠以束帛而易之聞抵洛京獻於天子時有天使來」據《太平廣記》、《一見賞心編》、《逸史搜奇》等補，疑爲跳行而脱。

〔二八〕「數日」，《太平廣記》、《一見賞心編》、《逸史搜奇》作「六七日」。

懶堂女子

舒信道中丞，宅在明州。負城瀕湖，繞宅皆古木茂竹〔一〕，蕭森如山麓間。其中便坐，曰「懶堂」，背有大池。子弟群處講習，外客不得至。方盛秋，秋夜月佳〔二〕，舒呼燈讀書。忽見女子揭簾入，素衣淡粧，舉動嫵媚，而微有悲涕容，緩步而前曰：「竊慕君子少年高致，欲以冥夜相奔，願容駐片時，使奉款曲。」舒迷蒙恍惚，不疑爲異物，即相與語。扣其姓氏所居，女曰：「妾本丘氏，父作商賈，死於湖南。但與繼母居於茅茨小室，相去只一二里。母殘忍猛暴，不能見存。又不使媒妁議婚姻。無故捶擊，以刀相嚇，急走逃命，勢難復歸。倘畜爲婢子，固所大願。」舒甚喜曰：「留爾固吾所樂，倘事泄漏，柰何？」女曰：「姑置此慮，續爲之圖。」俄一小青衣携酒肴來，即促膝笑飲。酒三行，女斂袵起致辭曰：「奴雖小家女，頗能綴辭，輙作一闋，叙兹夕邂逅相遇之意。」顧青衣舉手代拍而歌曰：

緑净湖光，淺寒先到芙蓉島。謝池幽夢屬才郎，幾度生春草。塵世多情易老，更那堪、秋風嫋嫋。曉來羞對，白芷汀洲〔三〕，枯荷池沼。恨鎖横波，遠山淺黛無心掃。湘江人去嘆無依，此意從誰表。喜趁良宵月皎〔四〕，難逢人意兩好。莫愁，醉入屏山，吴歌天曉〔五〕。

詞寄《燭影摇紅》也，舒愈愛感。女令青衣歸，遂留共寢，宛然處子爾。將曉別去，間一夕復來。珍果異饌，亦時時致及。又懷縑帛之屬，親爲舒治衣，工製敏妙，相從月餘日。守僮僕聞其户内與人言，謂必挾倡優淫昵，它時且累己。密以告老姨媪，展轉漏泄，家人悉知之。掩其不備，遣弟妹乘夜佯爲問訊，排户直前。女忙奔斜竄，投室傍空轎中。秉燭索之，轉入他轎，垂手於外，潔白如玉。度事急，穿竹躍赴池，躭然而没。舒悵然掩泣，謂無有再會期。衆遂散扃户。女蓬首喘顫，舉體淋漓，足無履襪，至室中。言：「墜處得孤嶼，且水不甚深，踐濘而出，免葬魚腹，亦云天幸。」舒憐而撫之，自爲燒湯洗濯，夜分始就枕。自是情好愈密，而意緒常恍惚如癡，或時食不舉箸，家人驗其妖怪，潛具狀請符於丹溪朱彦成法師〔六〕。朱讀狀大駭，曰：「是鱗介之精耶！毒入肝脾裏，病深矣，非符水可療，當躬往治之。」朱未及門，女慘慽嗟喟，爲惘然可憐之色，舒問之，不對。久乃云：「朱法師明日來，壞我好事也。因緣竟止於是乎！」嗚咽告去，力挽不肯留。既旦而朱至，舒父母再拜炷香，祈救其子命。朱曰：「請假僧寺一巨鑊，煎油數十斤〔七〕，吾當施法攝其至，令君闔族見之。」乃即地邊焚符檄數道，召將吏，彈訣噀水，叱曰：「速驅來！」俄頃水面潰湧一物，露背突兀如簑衣〔八〕，浮游中央，翹首四顧〔九〕，乃大白鼈也。若爲物所拘，跛曳至庭下，頓足唅呀〔一〇〕，尤若向人作乞命態，鑊油正沸，自匍匐投其中，糜潰而死。覘者駭懼流汗，舒子獨號呼追惜，曰：「烹我麗人。」朱戒其家：「俟油冷，以斧破鼈，剖骨并肉，暴日中。須極乾，入人參、茯苓、龍骨，爲末成丸，託爲補藥。命病者晨夕服之〔一一〕，勿使知之，知之將不肯服。」如其言，丸盡病愈。後遇陰雨，於沮洳，聞哭聲云：「殺我大姐，苦事苦事。」蓋遺種類尚多云〔一二〕。

按：本篇出宋洪邁撰《夷堅志補》卷二二。亦見《艷異編》卷三四，題《舒信道》；《情史類略》卷二十一，題《鼈精》；余公仁編《燕居筆記》卷八，題《舒信道白鼈記》；《古今奇聞類紀》卷八，題《朱法師除鼈妖》。《夷堅志補》葉本、《艷異編》、余公仁編《燕居筆記》、《情史類略》幾乎同，與明鈔本《夷堅志》近。

【校　記】

〔一〕「宅」，《夷堅志》作「屋」。

〔二〕「月佳」，《夷堅志》作「佳月」。

〔三〕「白」，涵芬樓本《夷堅志》作「香」。

〔四〕「趁」，原作「稱」，據文意改。

〔五〕「難逢人意兩好。莫愁，醉入屏山，吴歌天曉」句，《夷堅志》、《情史》作「況難逢人間（《艷異編》、余公仁編《燕居筆記》作「世」）兩好。莫辭沉醉，醉入屏山，只愁天曉」。

〔六〕「丹」，《夷堅志》作「小」。

〔七〕「數十斤」，《夷堅志》作「二十斤」。

〔八〕「簑衣」，原作「裝衣」，據《夷堅志》改。

〔九〕「翹首」，《夷堅志》作「闖首」，誤。

〔一〇〕「唅呀」，《夷堅志》作「呀口」。

〔一一〕「服」，《夷堅志》作「餌」。

〔一二〕「遺種類尚多」，《夷堅志》作「尚遺種類」。

陳巖

潁川陳巖，字什夢〔一〕，舞陽人，僑居東吴〔二〕。景龍末舉孝廉，如京師，至渭之南，見一婦人貌甚姝，衣白衣，立於路隅，以袂蒙口而哭，若負冤抑之狀。生訊之，婦人哭而對曰：

「妾楚人也，侯其氏，家於弋陽縣。先父以高尚聞於湘楚間，由是隱迹山林，未嘗肯謁王侯。妾雖女子，亦有箕、潁之志，方將栖踪蓬瀛、崑閬，以遂其好，適遇沛國劉君者尉弋陽，與妾先人爲忘形之交，先人慕劉君高誼，遂以妾歸劉。自爲劉婦，且十年矣，未嘗有纖毫過失。前春劉君補調宜源尉〔三〕，未一年而免，盡室歸渭上。劉君無行，又娶一盧氏者，濮上人，性極悍戾，每以唇齒相及，妾不勝其憤，故逃而至此。且妾常慕神仙，欲高蹈烟霞、安巖壑，自甘淡薄〔四〕，今分不歸劉矣。」已而，嚬容悲咽，若不自解。巖性端慤，聞言甚信，又問曰：「今何所歸乎？」婦人曰：「妾一窮人，安問所歸？雖然，君之見問，其有意耶？果如是，妾又焉敢逆君之命？」巖喜，即以後乘駕而偕焉，如京師，居於永崇里。其始甚謹，後漸不恭，往往詰怒若發狂之狀。巖惡之，甚悔。明日巖出，婦人即闔扉，鍵其門，以衣囊置庭中，毀裂殆盡。至夕巖歸，婦人拒而不納。巖怒，即破户而入。見己之衣資，悉已毁裂〔五〕，巖因詬而責之，婦人忽發怒，毁巖衣襟、佩帶，殆無完縷。又爪其面，囓其肌，一身盡傷，血沾於地，已而嘷叫者移時。巖患之，不可制。於是里中民俱來觀，簇其門。時有郝居士者，在里中善視鬼，有符籙呵禁之術，聞婦人哭音，顧謂里民曰：「此婦人非人，乃山獸也，寓形以惑於世。」里民告於巖，巖即延居士至家。婦人見之甚懼，居士出墨符一道，向空擲之，婦人大呼一聲，忽躍而去，立於瓦屋上。巖怪之。居士又出丹符一道，擲之，婦人遂委身於地，化爲猿而死。巖甚怖悸。後一日，至渭上，詢其居人，果有劉君尉於弋陽，得一猿，且十年矣。今一旦失去，想爲怪云〔六〕。

按：本篇出唐張讀撰《宣室志》卷八，題《猿化婦人》。亦見《太平廣記》卷四四四、《廣艷異編》卷二七。

【校記】

〔一〕「什夢」，《太平廣記》、《太平廣記詳節》、《宣室志》、《廣艷異編》作「叶夢」。

〔二〕「僑居東吳」四字據《太平廣記》、《太平廣記詳節》、《宣室志》、《廣艷異編》補。

〔三〕「宜源」，《太平廣記》、《宣室志》、《廣艷異編》作「真源」。

〔四〕「自甘淡薄」，《太平廣記》、《太平廣記詳節》、《宣室志》、《廣艷異編》作「甘橡栗之味，亦足以終老，豈徒擾于塵世，適足爲累」。

〔五〕「巖怒即破户而入見己之衣資悉已毀裂」據《太平廣記》、《太平廣記詳節》、《宣室志》、《廣艷異編》補。

〔六〕「巖甚怖悸」至「想爲怪云」，《太平廣記》、《太平廣記詳節》、《宣室志》作：巖既悟其妖異，心頗怪悸。後一日，遂至渭南，訊其居人，果有劉君，廬于郊外。巖即謁而問焉。劉曰：「吾常尉于弋陽，弋陽多猿狖，遂求得其一，近兹且十年矣。適遇有故人自濮上來，以一黑犬見惠，其猿爲犬所齧，因而遁去。」竟不窮其事，因録以傳之。巖後以明經入仕，終于秦州上邽尉。客有遊于太原者，偶于銅鍋店精舍解鞍憩焉。于精舍佛書中，得劉君所傳之事，而文甚鄙，後亡其本。客爲余道之如是。

謝翺

陳郡謝翺者，嘗舉進士。好爲七言詩〔一〕。寓居長安昇道里〔二〕，所居庭中多牡丹。一日晚霽，出其居南行百步〔三〕，眺終南峰。佇立久之，見一騎自西馳來，繡繢髣髴〔四〕，及近，乃雙鬟高髻，静粧雅服〔五〕，色甚姝麗。至翺所，因駐謂翺曰：「郎非見待耶？」翺曰：「步此，徒望山耳。」雙環笑，降拜曰：「願郎歸所居。」翺不測，即迴望其居，見青衣三四人，偕立其門外。翺益駭異。入門，青衣俱前拜。既入，見堂中設茵毯，張帳幃，錦綉輝映，異香馥郁。翺愕然且懼，不敢問。一人前曰：「郎何懼？固不爲損耳。」頃之，有金車至門，見一美人，年十六七，丰貌閑麗，代所未識。降車入門，與翺相見，坐於西軒，謂翺曰：「此地有名花，故來與君相酌耳。」翺懼稍釋。美人即命設饌同食。其器用食物，莫不珍豐潔浄。因請之〔六〕，出玉盃，命酒遞酌。翺因問曰：「女郎何爲者，得不爲他怪乎？」美人笑而不答。因乃曰：「君但知非人則已，安用問也？」夜闌，謂翺曰：「某家甚遠，今將歸，不可久留此矣。

聞君善爲七言詩，願見贈。」翱悵然，因命筆賦詩曰：

陽臺後會杳無期，碧樹烟深玉漏遲。半夜香風滿庭月，花前竟發楚王詩〔七〕。

美人覽之，淚數行下，曰：「某亦嘗爲詩，欲答來贈〔八〕，幸不見誚。」翱喜而請。美人求絳箋，翱視笥中，惟碧箋一幅，因與之。美人題曰：

相思無路莫相思，風裏花開只片時。惆悵金閨却歸去，曉鶯啼斷緑楊枝。

其筆札甚工。翱嗟賞良久。美人遂顧左右撤帳帟，命燭登車〔九〕。翱送至門，揮涕而別。未數十步，車與人物俱無見矣。翱異其事，因貯美人詩於笥中〔一〇〕。明年春，下第東歸。至新豐，久舍逆旅。因步月長望，追感前事，又爲詩曰：

一紙華箋繞麗雲〔一一〕，餘香猶在墨猶新。空添滿目凄涼景〔一二〕，不見三山縹緲人。斜月照衣今夜夢，落花啼雨去年春。深閨更有堪悲處〔一三〕，窗上蟲絲鏡上塵。

既而朗吟之。忽聞數百步外，有車音西來甚急。俄見金車，從數騎，視其從者，乃前時雙環也。驚問之，雙環遽前告，即駐車〔一四〕，謂翱曰：「通衢中恨不得一見。」翱請其舍逆旅，固不可。又問所適，答曰：「將之弘農。」翱因曰：「某今亦歸洛陽，願借後乘同行〔一五〕，可乎？」曰：「吾行甚迫，不可〔一六〕。」美人即褰車簾，謂翱曰：「感君勤厚，故一面耳。」言竟，嗚咽不自勝。翺亦爲之悲泣，因誦所製之詩。美人曰：「不意君之垂念如是耶，幸何厚焉？」又曰：「願更酬一篇。」翺即以紙筆與之，俄頃而成，曰：

惆悵佳期一夢中，武陵春色盡成空。欲知離別偏堪恨，只爲音塵兩不通。
愁態上眉凝淺緑，淚痕侵臉落輕紅。雙輪暫與王孫駐，明日西馳又向東。

翺謝之。良久，别去。纔百餘步，又無所見。翺雖知其爲怪，眷然不能忘。及至陝西，遂下道至弘農。留數日，冀一見，竟絶音響。乃還洛陽，出二詩，話與友人。數日，結怨而卒〔一七〕。

按：本篇出唐張讀撰《宣室志》卷八，亦見《太平廣記》卷三六四、《艷異編》卷三五；《一見賞心編》卷八，題《牡丹女》。《古今清談萬選》卷四《西顧金車》據此改編。

【校記】

〔一〕「言」，《太平廣記》作「字」。

〔二〕「寓」上《太平廣記》有「其先」二字。「昇」，原作「Ⅲ」，據《太平廣記》、《一見賞心編》改。

〔三〕「出其居」三字據《太平廣記》補。

〔四〕「繡繢髣髴」四字據《太平廣記》補。

〔五〕「静粧雅服」，《太平廣記》作「靚糚」。

〔六〕「因」，《太平廣記》作「固」。
〔七〕「詩」，《太平廣記》作「時」。
〔八〕「來贈」，原作「未能」，據《太平廣記》改。
〔九〕「翱嗟賞良久美人遂顧左右撤帳帟命燭登車」，據《太平廣記》補。
〔一〇〕「貯」，原作「記」，據《太平廣記》改。
〔一一〕「繞麗雲」，《太平廣記》作「麗碧雲」。
〔一二〕「景」，《太平廣記》作「事」。
〔一三〕「深」，《太平廣記》作「紅」。
〔一四〕「遽前告即」四字據《太平廣記》補。
〔一五〕「借後乘同行」，《太平廣記》作「偕東」。
〔一六〕「不可」二字據《太平廣記》補。
〔一七〕「數日結怨而卒」句，《一見賞心編》無，《太平廣記》作「不數月，以怨結遂卒」。

公署妖狐

鈞州馬少師，諱文升，當弘治間，官御史，按部外省。郡邑有山縣某縣一察院爲妖狐所據，久無人居。馬臨縣，必欲居之。官吏率以前事進諫，馬不聽，毅然啓鑰，居其間。暮獨坐室中，以巨觥自酌，因謾興一律，詩曰：

淹淹羈病已經年，極目西風望楚天。不任風光欺鬢髮，獨憐秋色换山川。功名寂寞巫雲外〔一〕，世事支離漢水邊。憶昔故人相話别，昨宵雨過淚潸然。

吟餘再酌，略無難色，監吏皆惴惴然蹲屏後，寂不敢聲息。馬坐久，酒微酣，旋繞室前後，燈燭中見一屏，圖繪老松樹狀，奇崛蒼古，即揮筆對燭光題之，曰：

倚空高樹冷無塵，往事閑徵夢欲分。翠色本宜霜後見，寒聲偏向月中聞。啼猿想帶蒼山雨，歸鶴應和紫府雲。莫向東園競桃李，春光還是不容君〔二〕。

復就室中酌飲，至一鼓後，陰風颯颯，有物在梁，惟見其口，磨牙張吻，大與棟並。馬視之若無。少頃自梁下，更爲人形，狰獰極可恠惡。顧馬曰：「公獨酌，寧無涓滴飲予？」馬取器酌授恠，接飲數次。馬屹然不動。將四鼓，其形漸小，俄而見本形，乃一老狐也。馬即縛而納諸巾箱，監吏言：「是恠久爲害，公既獲，宜亟斃之。」狐在箱内泣言：「吾雖得罪，非公一代名臣，百神擁佑，奚能免予之啖？公自今禄位名壽，卓冠一時，特顯達中有蹉躓，當蹉躓時必有奇建〔三〕，方聳群望。斯時有人以某姓名來謁者，即予，予言公從，斯獲奇建，是予所以報公也。」馬曰：「汝惟去斯地，吾方釋汝，余非所計也。」狐言：「謹受公教。」馬乃啓箱，解縛縱之。監吏猶以爲言，謂公不宜輕釋。狐乃復人形，言：「予不敢肆毒者，以有名臣在爾，不然，噬若輩充腹何難？公既縱予，若輩復譊譊，予當示若輩以舊形。」即跳入梁上，見其狀復與前同，少頃化去。吏監始悔失言，時東窗欲曙。馬更吟一詩曰：

宦離孤館一燈殘，牢落星河欲曙天。鷄唱未沉函谷月，鴈聲新渡灞陵烟。
浮生已悟莊周夢，壯志仍輸祖逖鞭。當道豺狼令屏迹，老狐何敢任流連。〔四〕

天明，官吏驚服，恠遂絶。馬後爲江直所陷，謫戍重慶衛。俄蜀省有征夷役〔五〕，督兵者以馬望重中朝，請與偕行。至某地，有人以某姓名上謁者，謂馬：「明日師至某地，夷有劫營謀，宜備之爲上策。」言已即去，馬知其爲院狐，告諸督兵者，爲奇設按伏。至夜夷來，俱遭挫衂。馬望由是益重，召還後，官冢宰，歷三孤，果爲一代名臣。

按：本篇亦見《古今清談萬選》卷三《公署妖狐》。

【校記】

〔一〕「巫雲」，《古今清談萬選》作「浮雲」。

〔二〕此詩見《全唐詩》卷七六八韓溉《松》。

〔三〕「當蹉躓」三字，據《古今清談萬選》補。

〔四〕此詩見《全唐詩》卷七四二張泌《長安道中早行》。「宦」，《全唐詩》作「客」，尾聯《全唐詩》作「何事悠悠策羸馬，此中辛苦過流年」。

〔五〕「蜀」，據《古今清談萬選》補。

拜月美人

盱眙竇明，字晦之，年二十餘，美姿容，善詩賦。然而冰人滯阻，紅葉沉淪，尚未有室也。洪武中携貲殖貨商以遨遊。一日，長江順流，孤帆掛日，乘風而輕颺數百里，過三山，趨留都，暮泊瓜步口。是夜，久雨新霽，微月淡淡映孤舟，四聽闃然，益覺清耿。久之，風聲撼竹木號號，鳴犬聲狺狺而苦。明不成寐，舍舟披襟閑行，遂吟一絶曰：

荇帶蒲芽望欲迷，白鷗來往傍人飛。水邊苔石青青色，明月蘆花滿釣磯。

吟訖，復行。聞遠寺小大鼓聲淵淵不絶。忽有懷，復吟一律曰：

生涯擾擾竟何成，幾欲幽居隱姓名。遠鴈臨空翻夕照，殘雲帶雨轉春晴。

花枝入户渾多影，泉水侵堦覺有聲。虛度年華不相見，離鄉懷土并關情。〔一〕

吟已再行，俄見一美人望月而拜，拜罷而吟曰：

拜月下高堂，滿身風露涼。曲闌人語静，銀鴨自焚香。

昨宵拜月月似鐮，今宵拜月月始弦。直須拜得月兒滿，應與嫦娥得相見。

嫦娥孤栖妾亦孤，娑羅涼影墮冰壺。年年空習《羽衣曲》，不省三更再遇無〔二〕。

明見其貌，不能自禁，更謂暮夜無知者，遂趨前而問之曰：「娘子何爲而拜月乎？」美人從容笑而言曰：「欲得佳婿，拜祝月老耳。」明曰：「娘子所願何如佳婿？」美人曰：「得君足矣。」明曰：「世之姻緣有難遇而易合者，今宵是也。請偕至予舟而合卺焉。」美人無難色，欣然從之。携手登舟，相與對月而酌。既而與生交會，極盡歡娱。翌日促舟還盱眙，明以美人見於父母宗族，紿曰「娶於瓜步某鉅氏者」。美人入竇門，勤紡績，調饋餉，舅姑曰孝，宗族曰睦，妯娌曰義，鄰里婢侍曰和曰恕。上下内外，翕然稱得賢内助焉。時嗣天師張真人朝京，道之盱眙，指竇氏之宅曰：「此間有妖氣，當往除之。」衆聞駭異，不甚信。先是美人泣謂明曰：「日後大難已迫，妾其死矣。」明驚問其故，美人蔽而不言，惟曰：「君無忘妾此情，即死九泉猶含笑也。」計四日後而天師倏至，仗劍登門，觀者如市。美人錯愕失措，將欲趁避之。天師叱曰：「妖狐復安往？」美人遂俯伏於地，泣吟一律，曰：

一自當年假虎威，山中百獸莫能欺。聽冰肅肅玄冬沍，走野茫茫黑夜遲。
千歲變時成美女，五更啼處學嬰兒。方今聖主無爲治，九尾呈祥定有期。

天師揮劍，乃一狐耳。明禮謝之。

按：本篇亦見《古今清談萬選》卷三；《狐媚叢談》卷五，題《張明遇狐》。《幽怪詩譚》卷六《瓜步娶偶》據此改編。《百家公案》第三回《訪察除妖狐之怪》據此改編，但基本上是照抄。

【校　記】

〔一〕此詩見《全唐詩》第三一七卷武元衡《南徐別業早春有懷》。

〔二〕此詩出《清風亭稿》卷二《拜月詞》。「三更」，《清風亭稿》作「三郎」。

燈妖夜話

嘉興張翼者，字南翔，簞瓢晏如，篤學好古，博極群家言。雖負魁天下志，而時恒不逮。至元秋，方夜讀書，忽燈花一穗，飛落書間。張急拂去，再三復至，若燭蛾之投焰者。張自念曰：「是矣，是矣！爾之與我相助有年，今不得一展文光而猶羈身齋館，寒宵冷落，中心灰者幾矣，無怪其有是也。吾當作詩謝之，何勞激我爲耶？」遂作詩云：

一點長明意獨親，幾年伴我夜論文。寒窗細焰和烟展，破壁香膏帶雨焚。
揭罷殘編神獨對，乞將新火手先分。時來光彩成消漫，争若隨漁泛水雲。

半世相知不厭貧，寒幃燦燦引孤吟。占花浪喜無真意，戀主空憐有熱心。
一味齏鹽燒已徹，幾宵鐘鼓聽殊深。清光猶可資勤讀，何必勞勞鑿壁尋？

照劍鳴琴亂拂屏，儒家風味汝知真。梅窗閃爍雨初歇，竹户微茫月正新。
學薄未酬吹杖老，時窮番感聚螢人。可憐懶伴笙歌席，只戀咿唔聲裏春。

三律既成，將敲四韻，神思頗倦，方欲假枕於肱，寄夢於蝶。忽一女子從燈後展出，綽約多姿，爲像恍惚。張起而叱曰：「何方妖孽，敢唐突君子乎！」美人啓首答曰：「妾與君有故，已非一夕之雅。今君苦吟，榮及鄙拙，故來側聽，何訝之深也？」張復謂曰：「幽居僻寂，性復踈庸，荆識無因，胡得妄言行詐？」美人撫掌笑曰：「君忘之乎？親昵日久，而一旦自諱，誠亦異矣。」張倉皇不能憶，姑應曰：「既爾，子知我何爲者？」美人顰跽而言曰：「噫吁嗟哉！熟君之行久矣。今言若此，似以所執自誇，豈知功名兩字，魔人魅耳。君之業，君之累也，於我何多？」張益忿惑，竊念空齋中，且當暮夜，有此美人，必祟也。陰挾利劍以俟，且謂之曰：「精詳其寔，可乎？果當理則爾，否將有說。」美人從容言曰：「今之操觚之士〔一〕，孰不欲梯雲霄、紆青紫哉？但其文衡在有司，窮達由人命，所以壯年勤苦，迄老無成者恒多。求其朱衣暗點，於百中能幾人也？我嘗習見誤儒冠者，懸鶉敝履，席户繩牀，食不當飢，衣不勝冷，仰無所給，俯莫能周，嗟怨啼號之聲，牽心逼耳，舍之無所事事，安之難以自存，進退不能，志力俱困，英雄束手，告乞無門，古人謂『飢來一字不堪煮』，可哀也已！間有寄食富貴，教授生徒者，書館如囚，無繩自鎖。仰主人之意以爲屈伸，揣弟子之情以行喜怒。勤惰關心，出入難便。成矣則父當其榮，廢矣則師任其咎。至若炎窗早起，雪案無眠，小帳棲神，寒燈吊影。鳥啼花落，徒增萬斛之愁；水緑山青，誰遣一林之興？家園萬里，僅憑夢寐以相通；風雨半窗，徒爾吁嗟而自惜。勞苦凄涼，心嘗身歷。嗚呼！此雖重有所得，猶不足以自償，而況館禄有常，卒難以供家給之費。古人謂『滿腹文章不療貧』，可哀也已！又有年富學優，選列上等者，大言侈服，傲貌輕人，獵譽射名，奇才自負。柰何棘圍屢厄，荐外孫山；點額年還，伴人登第。由是時焉漸失，事焉漸改，志衰氣阻，故態盡消。一旦寒暑且迫其飢膚，衣食又撓其念慮，伶仃運蹇〔二〕，愁病交侵。傭作，則礙乎衣冠；盜賊，則奪乎廉恥。壯心磨滅，風望成空。此時議笑任人〔三〕，途窮身老，日將待瘠溝中，古人謂『富貴不來年又去』，悲夫！君又不見余生乎？美少年也，父性偏愛，課督甚嚴，晝夜勤劬，致成癆瘵，學未竟而先亡，悔悼無及。君又不見許生乎？力學人也，家儲貧窶〔四〕，玉粒桂薪，每告空乏，書札充几，何救飢寒？其當艱迫無措時，則與妻子向隅對泣，以致憂忿攢心，抱鬱而死，遺孤及寡，至今凍餒無依。君又不見馮生乎？富家子也，因文師歲校，名第失意，掩淚頓足，嘔血數口，歸家日吐不止，巫醫滿堂，百計罔效，病亟之夕，取平日筆硯文章，悉焚於前，召其子指示曰：『此奪命物也，汝其慎之！』言訖而逝。之三子者，未足死也，而儒卒死之。君業類三子，妾將謂君虞之不暇，君足誇耶？不惟是，又有功成名就，挽銅章，立當路，赫赫然迹三子外累矣，謂可以榮矣。一旦有忤君者，則死於朝；有犯事者，則死於獄；有冒風霜、涉險害者，則死於官。此其死時，豈愛身不若三子哉？求爲田舍翁不可得耳，是赫赫與陸沉同也。儒又可恃耶？故與其執筆而饑寒，孰若操鉏而飽暖？與其明經而取禍，孰若就藝而遺安？況人以百年爲期，七十則古稀矣，今君春秋過半，機會尚未逢，寒氈久戀，縱有所遇，妾恐此身不能有待矣。嗚呼悲哉！以有窮之歲月，博難望之功名；以不足之精神，易未來之富貴，竊爲君不取也。且功名富貴，傀儡一場，過眼成空，徒令人老。試觀今日丘中之骨，俱是當年鬬智之人。君試思之，何不自愛而自苦耶？」張聽訖，大怒曰：「丈夫家反爲妖女子所數！」密揮劍砍之，美人應手連燈傾滅。呼童秉燭而視〔五〕，但見几上之燈，斬爲兩截矣。張因悟曰：「此燈祖父所傳，幾二百年，物久能化，固如此夫！」因備記之。

按：本篇出明釣鴛湖客評述《鴛渚誌餘雪窗談異》帙下，源出《嘉興府圖記》。《鴛渚誌餘雪窗談異》目録有《燈妖夜話録》一篇，但缺佚不存，應即此篇。亦見《古今清談萬選》卷三《燈神夜話》。

【校記】

〔一〕「觚」，原作「瓢」，據文意改。

〔二〕「運」，《古今清談萬選》作「淹」。

〔三〕「議」，《古今清談萬選》作「譏」。

〔四〕「窶」，原作「屢」，據文意改。

〔五〕「視」，原作「逝」，據文意改。

梅妖

景泰初，石總兵諱亨，西征振旅而還。舟次綏德官河，維時息兵休士，捲甲偃旗，從容停駐，而不知日之西、天之暝矣。亨獨坐舟中，無可對談論者，因扣舷，朗吟二律。曰：

大明一統承平日，海宇蒼生敢不毛。天馬銜花開苜蓿，野人獻酒熟葡萄。
九重雨過江山潤，萬里雲收日月高。稽首犬戎應恐後，西行大將捲征袍。

上呑巴漢控瀟湘，怒似連山净鏡光。已識縫囊真戲劇，應知投筆更荒唐。
千秋釣舸歌明月，萬里沙鷗弄夕陽。范蠡清塵何寂寞，好風惟屬往來商〔一〕。

吟罷，有自得狀。忽見一女子泝流啼哭而來，連呼救人者三。亨亟命軍士拯之，視其顔色窈窕非常態，問其故。女泣曰：「妾姓梅氏，芳華其名也。原許字同里之尹家，邇年伊家淩替，父母厭其貧，逼妾改字。妾不從，父母怒而箠撻甚至，弗克自存活，是故赴水。幸蒙公相憐而救之，此蓋生死而骨肉也。」亨詰之曰：「汝欲歸寧乎？將爲吾之側室乎？」女曰：「歸寧非所願也，願爲公相箕箒妾。」亨大悦，易以新服，載之後車而還。迨至石府中，以至恭事夫人，以至誠待媵妾，處童僕以恩，延賓客以禮。凡公私筵宴，大小饔飧，中饋之事，悉以任之，無不中節。亨甚嬖愛之，内外競稱其能且賢，咸思一見其容色。即王孫公子、達官貴人，至其第者，亨輒令出見。芳華唯唯如命。人愈贊美，而亨愈寵幸。是年冬，兵部尚書太子少保于公諱謙偶至亨第，亨欲誇耀于公，爲設盛宴，因令芳華濃飾出見。芳華聞命，獨異于昔者，頓覺有難色。亨固命之，不從。亨命侍婢輩督催之，督催者絡繹于道，芳華竟不出。于公乃辭歸。亨負慙沮，復自召之，芳華亦執不出。亨不得已，送于公歸。既退，大怒，責之曰：「汝於吾府中，凡往來尊貴，所見者多矣，何至于公而獨不肯見耶？」芳華垂泣而已，不出一言。亨武人也，怒甚，拔劍斫之。芳華遂走入壁中，言曰：「妾聞邪不勝正，僞不得亂真。妾非世人，乃梅花之精，偶竊日月之精華，故成人類於大塊。今于公棟梁之材，社稷之器，正人君子，神人所欽，妾安敢見之？君不聞唐之愛妾不見狄梁公之事乎？妾亦於此永別。」而乃長吟一詩曰：

老幹槎牙傍水涯，年年先占百花魁。冰梢得煖知春早，雪色淩寒破臘開。
踈影夜隨明月轉，暗香時逐好風來。到頭結實歸廊廟，始信調羹有大材。

女自是不復見矣。

按：本篇受袁郊《甘澤謡·素娥》影響，疑源出祝允明《祝子志怪録·柏妖》或侯甸《西樵野記·桂花著異》。亦見《艷異編》卷三五，題《桂花著異》；《古今清談萬選》卷四，題《綏德梅華》；《一見賞心編》卷八，題《桂花女》。《古今奇聞類紀》卷八節選，題《于謙辟桂花之妖》，注出《西樵野記》。《百家公案》第四回《止狄青家之花妖》和《幽怪詩譚》卷六《媚戲介胄》，均據此改編。

【校　記】

〔一〕此詩見《全唐詩》卷五二二杜牧《西江懷古》，三四句原爲「魏帝縫囊真戲劇，苻堅投箠更荒涼」。《古今清談萬選》題《懷古》。

尹縱之

尹縱之，元和四年八月，肄業中條山西峰，月朗風清，必吟嘯鼓琴以怡中。一夕，聞簷外步履之聲，若女子行者。縱之遥謂曰：「行者何人？」曰：「妾山下王氏女，所居不遠，每聞郎君吟咏鼓琴之聲，未嘗不傾耳向風，凝思于蓬户。以父母訓嚴，不敢來聽。今夕因親有適人者，父母俱往，妾乃獨止。復聞久慕之聲，故來潛聽，不期郎之聞也。」縱之曰：「居止接近，相見是常。既來聽琴，何不入坐？」縱之出迎，女子乃拜。縱之略復之，引以入户，設榻命坐。儀貌風態，綽約異常，但耳稍黑。縱之以爲真村女之尤者也。山居閒寂，頗積愁思，得此甚愜心也。命僕夫具果煮茗，彈琴以怡之。山深景静，琴思清遠，女意歡極。因留宿，女辭曰：「父母知何？」縱之曰：「喜會是赴，固不夜歸。五更潛復閉户爲獨宿者，父母曙到，亦何覺之？」女笑而止。相得之歡，誓將白首，綢繆之意，無不備盡。天欲曙，衣服將歸，縱之深念，慮其得歸而難召也，思留質以繫之。顧床前有青花氈履，遽起取一隻鎖於櫃中。女泣曰：「妾貧，無他履，所以承足止此耳。郎若留之，當跣足而去。父母召問，何以説告焉？杖固不辭，絶將來之望也。」縱之不聽，女泣曰：「妾父母嚴，聞此惡聲，不復存命。豈以承歡一宵，遂令死謝？繾綣之言聲未絶矣〔一〕，必忘陋拙〔二〕，許再侍枕席，每夕尊長寢後，猶可潛來。若終留之，終將殺妾，非深念之道也。綢繆之歡，棄不旋踵耳，且信誓安在？」又拜乞曰：「但請與之，一夕不至，任言於鄰里。」自五更至曉，泣拜床前，言辭萬端。縱之以其辭懇，益疑，堅留之。將明，又不敢住，又泣曰：「是妾前生負郎君，送命於此。然郎之用心，神理所殛〔三〕。修文求名，終無成矣！」收淚而去。縱之以通宵之倦，忽寢熟，日及窗方覺，聞床前腥氣，起而視之，則一方凝血在地，點點而去。開櫃驗氈履，乃猪蹄殼也。遽策杖尋血而行，至山下王朝猪圈，血踪入焉。乃視之，一大母猪無後右蹄殼，血引檣下，見縱之，怒目而走。縱之告王朝，朝執弓矢逐之，一矢而斃。其年縱之下山求貢，雖聲華籍甚，然終無成，豈負豕之罪歟？

按：本篇出唐牛僧孺撰《玄怪録》。亦見《廣艶異編》卷二六、《逸史搜奇》庚集四。《類説》卷十一節選，題《女留青花履》。

【校　記】

〔一〕「矣」，陳本《玄怪録》同，高本《玄怪録》、《廣艷異編》作「耳」。

〔二〕「必忘」，陳本《玄怪録》同，高本《玄怪録》、《逸史搜奇》、《廣艷異編》作「不忘」。

〔三〕「殛」，原訛作「極」，據高本《玄怪録》等改。

老樹懸針記

天順丁丑歲中，安陸州民人吕姓者，生子潤，幼而父母識其命夭，乃捨於本郡龍山報恩寺爲僧，法名宗潤。及長，聰明過人，一切經文，覽而悉記，但年輕放蕩，惑於女色。寺西利涉橋邊乃麗春園也，潤常宿一歌妓家，其師老耄而不知，夜去明來，如是者一載。一日，客有蘇州張容者，因與其妓會飲，歌唱至晚，欲止宿焉。妓以其故告，容因起行，見壁間所畫《三美人蹴踘圖》，乃援筆戲題曰：

翠袖紅裙窈窕娘，當場一箇大圓光〔一〕。何時遭遇張容手，一下教他嘆氣亡〔二〕。

至夜二鼓，潤涉水又至，燈燭下乃見是詩〔三〕，蒼忙奔走回寺。自疑圓光指和尚爲題也。恐其害己，於是經月不敢復往矣。寺墻内有一皂莢樹，其地頗高，潤因失佳期，終日倚樹流涕，目望麗春之園，久而成疾。一日〔四〕，夜二鼓時，忽聞窗外人行，潤開門，問其爲誰，言未發，一美人隨入，燈燭下見其美貌，非世人比。向潤拜之曰〔五〕：「連日見君倚樹懸望，不知所望爲誰，若爲妾耶，便當奉侍。若他望耶，妾當速回。」潤曰：「娘子是誰家美人？」曰：「妾乃坡下李家園邊余六姐。」潤乃跪言曰：「我心非在一日專望六姐，今蒙不棄，實僥倖耳。」乃與之交歡。天明而去，至晚復來。來則燈下專攻女工，或以紅羅，或以緑羅縫製鞋履，二三更方就枕，顔貌愈盛，而潤形骸日漸消滅矣。一日，其師怪其形瘦，至晚穴壁窺之，不能得見，但聞婦女聲。次日以杖杖之，潤不勝其苦，乃以實告。其師以針穿五色線授潤，教之曰：「今夜若來，汝當以此置諸鬢後，勿令知之，不然，吾不爾恕。」潤應之曰：「諾。」鐘罷時，美人復來，手持一白綾荷包以贈潤，潤謝收之，歡會如昨，黎明求去。乃以針插鬢後，美人不知也。天曉報其師，師與之尋訪，及坡下李家園内，果有余六姐，其姿容行動不相等類，始疑爲祟。回視寺牆邊，皂莢樹頭懸五色之線。師謂之曰：「此線何得在此？」潤知實爲其所魅，驚仆在地，久而方甦。師乃鳴鐘擊鼓以聚大衆，唪經伐樹，血水交流。是後斷絶。潤取視荷包履鞋，皆梧、楓葉、草茵之類也。然潤終惑於此，逾月亦死，可不懼哉〔六〕！

按：本篇亦見《廣艷異編》卷二三。

【校記】

〔一〕「一箇大」，《廣艷異編》作「忽露一」。

〔二〕「一下教他嘆氣亡」，《廣艷異編》作「氣散風前頃刻亡」。

〔三〕「詩」，原作「時」，據《廣艷異編》改。

〔四〕《廣艷異編》無「日」字。

〔五〕「向」，原作「而」，據《廣艷異編》改。

〔六〕《廣艷異編》無「可不懼哉」四字。

景德幽瀾傳

嘉善爲府屬邑，離城三十六里，即古魏唐鎮也。治東寺曰景德者，剏自宋雍熙間。至景德中，殿後僧房常見一姝色女子，每於月白風清之夕，或獨立庭中，或行吟窗外。僧有詰問之者，從容對答，笑語猶人，若近而狎之，則飄然去矣，雖健足無能及也。衆僧苦其將孽也，乃符驅之，咒遣之，甚至兵刃叱逐之。一時雖避，越日復來，略不爲懼。又且隱見無常，前後恍惚，欲踪迹其處而計較之，竟莫能得。遠近傳聞，咸異其事。一日，有胡僧過寺，長身大眼，勇力絶人。叩其術，能降魔伏鬼。衆僧喜曰：「山門之幸也。」因以女子事請焉。胡僧曰：「既不惑人，且不爲孽，必非祟也。試觀其狀，而徐處之。」時蓋連雨，是夜適晴霽。衆度必至。胡僧乃杖鐵錫端坐中堂，以伺動静。二鼓餘，聞庭中有聲，密於窗隙窺之，果一女子，媚質雅粧，從西北冉冉而出，將至中庭，回旋徐步，對月長吟〔一〕。胡僧從容喝曰：「窗外誰家女？」女即應聲曰：「堂中何處僧？」胡僧曰：「好敏捷佳人！」女子又曰：「真風流長老！」胡僧怒曰：「吾豈與爾辯舌耶〔二〕？」遂開窗趣之。女子欲走匿，胡僧急以鐵錫追擊，中其肩，即投入地。胡僧遂插錫爲識，呼衆僧掘視，無所得。至五六尺深，惟清泉一泓，湛若停注，涓潔且甚可愛。衆因取啖，甘洌勝常。遂以石甃其傍，立亭於上，扁曰「幽瀾」。一時往觀之人，相接於道。好事者有詩詠之。今寺雖存，而所謂「幽瀾」者，漸已湮没，無能一表揭之，可惜也夫！

按：本篇出明釣鴛湖客評述《鴛渚誌餘雪窗談異》帙上，源出《嘉興府圖記》。

【校　記】

〔一〕「吟」，《鴛渚誌餘雪窗談異》作「吁」。

〔二〕「舌」，《鴛渚誌餘雪窗談異》作「口」。

稗家粹編卷八

禽獸部

白犬報讐記

永樂初，淮安秦邦，字本民，家業饒裕，夫妻相敬如賓，止生一子，尚在襁褓，然好貨殖四方以獲厚利。其妻許氏亦聰敏能詩。邦時年四十餘，將買舟貿易于京師，卜之不利。許氏苦諫之，邦笑曰：「卜所以决疑耳。吾經營四方，垂二十年矣，未嘗挫衂。今事在不疑，何卜之有？」許氏曰：「蓍所以筮，龜所以卜，乃聖人開物成務之深意，所以趨吉而避凶也。奈何不信？妾聞千金之子不垂堂，今居積致富，家事倥偬，胡爲冒風波之險而不自愛重耶？」邦不聽，决意欲行，許氏口占《踏莎行》詞一闋以贈之，曰：

巫峽雲迷，武陵春早，東風開遍閑花草。梁園豈若故園高，他鄉争似家鄉好。

別恨重重，離情杳杳，樂昌破鏡羞重照。心内縈牽萬恨長，閨中難畫雙眉巧。

邦之家畜一白犬，已經數年，相隨出入，甚有靈性。是日，解纜開舟之際，犬忽呼號躑躅，躍入舟内，銜邦衣裾，若有徘徊阻行之意。邦不悟，麾之令返。犬俯伏不去，遂挈之偕行。舟次張家灣，日光墜影，月色生輝，邦令舟人羅列酒饌，酣歌流連。本處水寇有王甲、王乙者，偵知之，見邦案上皆金銀器用，盜心聿興，俟至更深，酒闌人静，邦與舟人醉臥於蓬底，二王潛率兇徒各執利刃，鼓譟登舟。邦沉醉不知所爲，方欲欠伸而起，已被王甲拉其胸殺之。王乙將舟人、僕從刺殺於水。白犬從後艙躍出，王甲被嚙右手，幾至殞絶。王乙持刃逐犬，犬急赴水而遁。二賊悉擄家貲，將邦屍埋於水滸，鑿舟沉之。白犬潛尾二賊到家。默認其處，晝則遍遊寺觀以食餘齋，夜則復還水次以守邦屍，如是者數月，人以爲神，不忍捶擊，多有畀之食者。未幾，巡河監察御史吕希望駐節之頃，忽見白犬號呼岸傍，以足跑地，如有泣訴之狀。希望異之，曰：「此處必有冤枉。」令吏卒召所在居民，將犬跑處掘開，見一伏屍儼然，而無其首。犬悲號屍傍，逐之不去。希望厲聲曰：「此必故主被人謀害，但不知兇身何在。犬能指其處，吾與汝報讎也。」犬聞其言，摇尾遂行，希望命吏卒隨之而去，觀者爲之罷市。不二里許，殆至一室，二賊方與衆親會飲，犬徑入，先銜王甲衣裙，次嚙王乙足履。吏卒執縛二人，親友一時駭散。吏卒驅至案前，白犬伏於堦下，希望縱市民聚觀，勘問是事，考掠數次，尚未承服，又不知被害者姓名。希望狐疑之際，忽衆中一人啼哭而出，希望問爲誰。其人訴曰：「某乃淮安秦邦僕也。吾主今年貿易於此，被二賊劫擄家財，謀害故主，某亦被刺於水，幸而不死。此屍即吾主也。」二賊相顧愕然，遂皆伏辜。希望各責供詞，問成案牘，奏聞朝廷，秋後處斬，尋追贓給主，遐邇神之。其僕扶舁主柩，迤邐還鄉。白犬亦隨到家，入見。許氏痛絶於地，久之乃甦，泣曰：「天乎！不聽良言，果有此厄！」停喪在堂，哀毁踰禮。白犬晝夜跧伏柩側，未嘗暫離，時或悲號，見者墮淚。士人有詩一律以贊之，云：

神犬伸冤事可奇，冥冥果報亦無私。贈環受蔭聞黄雀，濟險逃生賴白黿。
蛇啣銜珠來異域，鴈翎寄簡到邊陲。由來禽獸能全義，愧殺人間不義兒。

許氏卜夫宅兆，將安厝之。白犬隨柩至於墳所，營葬甫畢，犬忽顛狂，觸樹而死。許氏義之，令埋塚傍，遠近嘆異。

按：本篇出處待考。

華山客

党超元者，同州郃陽縣人〔一〕。元和二年隱居華山羅敷水南。明年十二月十六日，夜近二更，天清月朗〔二〕，風景甚好，忽聞扣門之聲，令童候之，云：「一女子，年可十七八，容色絶代，異香滿路。」超元邀之而入，與坐，言詞清辯，風韻甚高，固非人世之材。良久，曰：「君識妾何人也？」超元曰：「夫人非神仙，即必非尋常人也。」女曰：「非也。」又曰：「君知妾此來何欲？」超元曰：「不以陋愚，特垂枕席之懽耳。」女笑曰：「殊不然也。妾非神仙，乃南塚之妖狐也。學道多年，遂成仙業。今者業滿願足，須從凡例，祈君活之耳。枕席之娱，笑言之會，不置心中有年矣，乞不以此懷疑，若狥微情，願以命託。」超元唯唯。又曰：「妾命後日當死於五坊箭下。來晚獵徒有過者，宜備酒食以待之。彼必問其所須，即曰：『親愛有疾，要一臘狐〔三〕，能遂私誠，必有殊贈。』以此懇請，其人必從。贈禮所須，今便留獻。」因出束素與党，曰：「得妾之屍，請夜送舊穴。道成之後，奉報不輕。」乃拜泣而去。至明，乃鬻束素以市酒肉，爲待賓之具。其夕，果有五坊獵騎十人來求宿，遂厚遇之。十人相謂曰：「我獵徒也，宜爲衣冠所惡。今党郎傾蓋如此，何以報之？」因問所須，超元曰：

「親戚有疾，醫籍臘狐，其疾見困，非此不愈。乃祈於諸人，幸得而見惠，願奉五素爲酒樓費。」十人許諾而去。南行百餘步，有狐突走遶大塚者，作圍圍之，一箭而斃。其徒喜曰：「昨夜党人固求，今日果獲。」乃持來與超元，奉之五素。既去，超元洗其血，卧於寢床，覆以衣衾。至夜分人寂，潛送穴中，以土封之。後七日夜半，復有扣門者，超元出視，乃前女子也，又延入。泣謝曰：「道業雖成，准例當死，爲人所食，無計復生。今蒙深恩，特全斃質，倏理得活，以證此身。磨頂至踵，無以奉報。人塵已去，雲駕有期，仙路遥遥，難期會面。請從此辭。藥金五十斤，收充贈謝。此金每兩值四十緡，非胡客勿示。」乃出其金，再拜而去，且曰：「金烏未分〔四〕，有青雲出於塚上者，妾去之候也。火宅之中，愁焰方熾，能思靜理，少思俗心〔五〕，亦可一念之間，暫臻涼地。勉之！勉之！」言訖而去。明晨專視〔六〕，果有青雲出於塚上，良久方散。人驗其金〔七〕，真奇寶也。即日携入市，市人只酬常價。後數年，忽有胡客來詣〔八〕，曰：「知君有異金，願一觀之。」超元出示，胡笑曰：「此乃九天掖金〔九〕，君何以致之？」於是每兩酬四十緡，收之而去。後不知其所在耳。

按：本篇出唐牛僧孺撰《玄怪録》。亦見《逸史搜奇》壬集七；《廣艷異編》卷二十九、《狐媚叢談》卷三，題《狐仙》；《類説》卷十一節選，題《塚狐學道成仙》。

【校記】

〔一〕「同州」，除《逸史搜奇》外，所見版本均作「司州」。據《元和郡縣圖志》，郃陽屬同州，「司」應爲「同」字相近致誤。

〔二〕「清」，原作「晴」，據高承埏本《玄怪録》改。

〔三〕「臘」，陳應翔本《玄怪録》、《逸史搜奇》作「獵」。

〔四〕「未」，高承埏本《玄怪録》作「乍」。

〔五〕「思」，高承埏本《玄怪録》作「滌」，陳應翔本《玄怪録》、《廣艷異編》、《逸史搜奇》、《類説》作「息」。

〔六〕「專」，高承埏本《玄怪録》作「往」。

〔七〕「人」，高承埏本《玄怪録》作「及」。

〔八〕「詣」，高承埏本《玄怪録》作「請」。

〔九〕「掖」，高承埏本《玄怪録》、《類説》作「液」。

報應部

錢長者陰德傳

成化初，毘陵有錢姓名富者，資財甲於一郡。好行善事，鄉里以長者稱之。夫妻不惑之年，未有箕裘之託，其妻勸之多畜側室以繼宗祧者。翁曰：「妾媵之多，教人以亂，且貴賤有等，一夫一婦，庶人之職也。矧夫婦反目，皆由於此，吾不忍效而尤之焉。」或又勸其多建琳宮佛刹以應多男之祥，翁笑曰：「異端虛無寂滅之教，所以惑世誣民，充塞仁義者，聖賢之所不取也。俾老佛覬作宮室而降福於我，利心也；吾欲作宮室而求福於老佛，亦利心也。彼此以利相接，是危道焉。善惡禍福，惟人所召，善人爲善，惟日不足，凶人爲不善，亦惟日不足。《書》曰：『作善，降之百祥；作不善，降之百殃。』《易》曰：『積善之家，必有餘慶；積不善之家，必有餘殃。』未聞佞老佛而致災祥者也，吾寧不得嗣息，決不自欺其心耳。世人燭理不明，而有此弊，吾何以蹈其覆轍哉？」或者唯唯而退。乃書二律於座右云：

《流水》《高山》聽者稀，平心不用費心機。鄧攸莫計傳家窘，伯玉應知往事非。
出岫無心雲欲返，倦飛有意鳥思歸。生來頗厭塵勞態，且向滄溟問釣磯。

一生心事合蒼天，無黨無偏出自然。不作虛無趨老氏，肯爲寂寞佞金仙。
行行罔涉風波險，步步平耕方寸田。陰德冥中須有待，馮商豈乏子孫傳。

郡之縉紳士夫聞其丰采，覩其製作，皆以爲學有守之士目之。其鄉有喻老者，家素貧窶，爲勢家所索逋，負械繫於官，連歲不决；妻女凍餒，日不聊生。其妻往告錢翁，求貸緡物，翁不計文券，如數應之。喻得出獄，挈其妻女，重謝之。值翁他出，婦見女有殊色，將買之爲側室，且謂喻曰：「吾家貲鉅萬，所乏子嗣，汝女倘生一男，則富貴共之也。」喻夫妻泣謝曰：「長者是吾再生父母，無恩可報，不嫌弱息輕微，願爲箕箒之妾。」錢婦大悅，聘留在室。翌日翁歸，婦具以此事白之，且言其女貞淑，堪爲緑衣黄裳之需。翁紿曰：「諾。」卜日設宴爲合巹之期，遣人請宗族鄰友及女父母畢至，喻女盛粧而出，花燭交輝，觥籌遞勸，翁舉觴先敬宗族，次及鄰友，以逮女之父母，從容言曰：「吾聞利人之危，不仁；乘人之難，不義。鄉叟喻者，爲事繫獄，吾以貲財救拔之，鄰里鄉黨有相周之義也。今有弱息，年已及笄，桃夭以時，正宜擇配，俾吾掠之以爲媵，不惟女有枯楊生華之嘆，而吾亦昧未見好德之戒矣。吾寧不得嗣子，不忍負不義之名，謹以奉還，自當他適。」喻夫妻泣曰：「長者大恩，生死骨肉，小女卑陋，願薦衾枕，何見拒之深邪？」翁曰：「士君子不以昭昭飾節，不爲冥冥墮行，吾之所施，安望報乎？」喻夫妻拜謝而還，翁命肩輿還其女，并隨身首飾、衣服悉畀之，遠近嘆異。其婦一夕夢神人星冠絳衣，謂之曰：「汝夫陰德隆重，當降生貴子，以光厥後。汝其勉之。」因忽不見。已而果有娠，明年誕生一子。儀表異常，七歲能詩。讀書過目即成誦，命名天錫。令習舉子業，春秋十八，中鄉試，踰年賜進士及第。王侍郎以女妻之，爲詩報其父母曰：

久違定省遠尊顔，目斷孤雲萬里山。名逐群英題虎榜，身隨多士列鵷班。
青霄得路恩波重，詩禮趨庭教育艱。會待他年榮晝錦，歸來重整綵衣斑。

父母得緘，不勝欣悦，翁乃踵韻以答之云：

惜别天涯遊子顔，倚門凝望隔關山。旌旗露滴承新誥，劍珮花迎肅舊班。
黼黻皇猷匡世運，經綸事業濟時艱。功名早向青年建，堂上嚴慈鬢已斑。

自是翁婦愈修善事，周貧恤困，吊死問孤，郡邑無不蒙其惠者。天錫由刑部主事陞湖廣按察司僉事，便道還鄉參謁父母。及之任辭親，翁諭之曰：「祖宗積德百餘年，始發於汝。汝身爲命官，出僉藩憲，汝宜上忠朝廷，下撫黎庶，伸冤理枉，徇公忘私，斯不負讀書之名也。苟惑貪財作弊，蠹政害民，一旦禍作，亡其身以及其親，近世此夫多罹此厄。汝其戒之！」天錫再拜曰：「謹受教。」及抵憲司，公道存心，廉勤處事，發奸擿伏，肅若神明。污吏貪官，望風解印；公衙晝掩，秋毫無犯，人不敢干以私。未踰年，陞本司廉使，政聲洋溢，尋陞都察院右副都御史。父母皆叨封贈，隨宦京師，享年七十有五，無疾而終，婦亦年八十餘而卒。天錫扶柩歸葬，廬於墓側，三年服闋，遂致政不仕。子五人，皆讀書好禮。幹父之蠱，家益饒富。人以爲翁陰德所致云。

按：本篇出處待考。

佞人傳

宋澄海門外，今改迎薰〔一〕，地名施搭里。有施八耆者，爲鄉中保正〔二〕，專務吞併人業，攘奪人財，一稱貸其門，則雖息倍所直，而券紙猶可不拔。以故鄉民力作、勤勞之資，悉塡於無厭之壑。家遂大豐，而奸術益可肆矣。且性便給，好發人陰私，談人過短〔三〕。至於人有不愜意者，則造言詆毀，幾不能堪。證事指時，如出真寔。某人有兄，則曰：此負盜嫂之行者也；某人有父，則曰：此懷分羹之心者也；某人貧，則曰：此以酒色廢業者也；某人富，則曰：此以鼠狗成家者也。其孀居，施必誣爲失節；其閨處，彼必詆爲不貞。某本善人，若彼其論成惡子；某素廉士，一經其口爲貪夫。傲物輕世，盡人而視，皆下愚不檢之徒，鼓惑遥傳〔四〕，陰受其害者無筭。又能計餂李客之言，送於張氏之耳；復探張氏之說，悅乎李客之心。顛倒是非，變亂黑白。可謂舞戈矛於牙齒之上，行砒鴆於非刺之中矣。及其彼此搆仇，言争訟鬬，施且取事於中，掠恩覬利〔五〕，曾不知作俑者誰，面之汗而顔之赧也。八耆自壯至暮〔六〕，悉以此術行鄉。鄉民畏其口舌之禍，才力之雄也，斂手者有之，孰敢撩虎鬚、批龍鱗，與之抗哉〔七〕？至乾道八年秋一日，黄冠化齋堂下，八耆吝不與，求懇愈勤，則呵叱愈至。黄冠徐徐啓曰：「主人無惜一碗飰，完爾一家。」八耆大怒曰：「乞途野道，能禍我耶？」喝人牽出使去，不爾將以妖妄送治。黄冠且咲且行，有一人從西廡向前啓首曰：「主人適以他事不樂，遷於真人，非性然也。敬備小齋，爲主人代，望真人咲嘗，勝主人侍祭於真人也。」黄冠者揮拂太息曰：「以廉來之室，而有冉閔之心者存，何其異歟？」言畢出户，人復堅請不已。黄冠咲曰：「我豈果歉於食者耶？主人罪深，試一挽解，今且怙甚，不能救矣。汝意誠，當持吾瓢去，能寔以米，猶夫齋也。」人即奉瓢於家，滿其米，迨欲持還，極力不能舉。益以一人，亦然。至三四人，亦然。喧傳怪異，報於八耆。八耆自走視之，始以指爪，繼以錐鑿，又繼以刀鋸，難舉如初。八耆遂驚駭不寧，急使追求黄冠，遍無覓矣。正鬧嚷間，忽雲霧陡黑，風雨暴至。俄有火光一道，起自場中。須臾穿屋，漸碎漸大，遠見灰白二龍，奮擊奔馳，衝擾其室。又有跣足神人數十餘，或紅巾，或青巾，出没於火光之内，若導引其二龍者，震電轟雷，聲聞數里，堂軒傾仆，桁柱俱裂，舍中斗斛、文書、衣食、器玩〔八〕，二龍捲掠殆盡。其五穀、麻縷、絲絮及床廚、卓椅等物，悉成焦炭。獨留齋之人家室，依然無恙。天之報人，豈誣也哉！灰龍乘雲南飛，白龍入鴛鴦湖中。兩日後，風雨大作，人見其去云。

按：本篇出明鈞鴛湖客評述《鴛渚誌餘雪窗談異》帙下，源出《嘉興府圖記》。亦見《繡谷春容》卷八、《游覽粹編》卷二、余公仁編《燕居筆記》卷九、《游翰稗編》卷二。

【校記】

〔一〕《鴛渚誌餘雪窗談異》無「今改迎薰」四字。

〔二〕「爲鄉中保正」，《游翰稗編》作「雄霸一方」。

〔三〕「發人陰私談人過短」，《游翰稗編》作「談人過短，發人陰私」，文字乙調。

〔四〕「惑」，原作「或」，但書寫特別，似缺「心」旁。

〔五〕「利」下《游翰稗編》有「賈禍逞兇」四字。

〔六〕「自壯至暮」，《游翰稗編》作「自少及壯」。

〔七〕「鄉民……抗哉」，《游翰稗編》作「鄉民畏其口舌之禍，鉗口不敢與抗，而其惡日甚。」

〔八〕「衣食」，《鴛渚誌餘雪窗談異》作「衣飾」，誤。

董生惡心

廣南祝天應與董惟吉爲友，然祝富董貧，每貸以貲財，俾其貨殖以贍妻子，家頗温飽。元貞初，董復多置廣貲，來往大都，獲利數倍，貪心遽生，遂僑居於彼，多娶美妾，竟忘歸計，馳書報祝，詐稱被盜，餘貲罄然，羞還故里，因遂淹留。祝信之不疑，嗟嘆而已。然猶勸其還家，再謀生理。奈何祝運迍邅，連遭官事，田園蓄積，一旦俱空。祝自念舊居燕薊，素善經營，不若往訪，别議後事，庶彼此兼盡也。乃收拾餘贐，買舟起行。時在在盜梗，艱楚萬狀，始至京師，物色其處。董方交結貴官，門户烜赫。祝衣衫藍縷，容顔憔悴，足將進而踏蹴，口將言而囁嚅。祝付拜帖，閽者入報，頃之出曰：「主翁已往張右丞家飲酒矣。」翌日至門，則又曰：「主翁已往李平章府議事矣。」如是半月，竟不得見。一日，祝少憩於門，董方外至，輕裘肥馬，後擁前呼，氣象雄偉。及門下馬，見祝訝曰：「祝兄在此，胡不早參。」遂握手而入，賓主而坐，茶畢而繼之以酒，董曰：「祝兄一寒如此，何也？」祝備述其故，董變色曰：「蒙貸貲本，失之中途，深感貴人提挈至此，兄之厚恩，尚容補報也。」自是不交一語，朝出暮歸，清茶淡飯而已。祝知負心，遂大悔恨，乃書二律於所寓之壁曰：

驅馳千里到神京，豈意恩仇竟不明。請粟既違心友願，綈袍何吝故交盟。
只期道義如山重，誰料人情似紙輕。惆悵幾番嗟薄倖，麥舟空負惜年名。

昔時富貴此時貧，舉目相看不可聞。世態翻騰如海浪，人情輕薄似秋雲。
陳雷自已終身好，吴越誰知一旦分。貴賤交情容易見，從今難學孟嘗君。

祝吟畢，自思盤纏罄盡，無以自資，欲告官司，恐終不勝，乃投城隍廟，泣訴董生負義之由，望爲昭報。是夜宿於廟中，祈神覭祝，方就寢，忽夢黄巾力士追至廟庭。主者玄袍幞頭，據案而坐，左右排列，緋緑判官各持文簿，侍立甚肅。祝拜稽首，俯伏堦下，主者曰：「汝祝天應耶？董生負心，吾已知悉，兹特奪其天年，削其頑福，彼之家貲悉以畀汝，因以戒世之朋友不義者也。」詰旦，祝回客館，苟且度日。踰月，董舉家瘟疫，醫弗能愈，急召祝，泣曰：「吾之薄倖，實負尊兄，奉還家貲，從此永别。」言訖，董卒，一家老小相繼而亡。祝買棺斂葬，哭之盡哀。席捲董貲，復還故里，仍厚撫其家，待之如舊。祝以董貲取贖鬻産，家復饒裕，比前尤加。子孫相承，富貴榮華累世，而董無噍類焉。

按：本篇出處待考。主要情節與《覓燈因話》卷一《桂遷感夢録》相關。

陳氏妬悍

至元十八年，江州馮叟家頗饒裕。其妻陳氏美而無子，側室褚氏生二兒。陳自思己無所出，一旦色衰愛弛，不貲之産皆妾所有，心懷不平，每存妬害，無釁可乘。一日，馮有遠行，囑妻善視二子，陳唯唯而已。時值中秋，陳詒賞月之故，設宴南樓，召褚及二子會飲，寘鴆酒中，舉盃囑褚曰：「我無所出，幸汝有子，則家業興與汝共也。他日年老，皆托維持，故此一盃之酒，預爲身後之私焉。」褚辭謝不敢當，於是母子痛飲，盡歡而罷。是夜藥發，母子七竅流血，相繼而死。時褚年二十，長子四歲，次子三歲而已。陳以暴疾聞，哭之盡哀，以禮送葬。已而馮叟在外，夢褚氏引二子泣訴其故，且信且疑。馮回抵家，陳哭候於門，僞欲自盡。馮將細詰之。忽一侍婢疾走陳前，以手揪陳之髮，以拳毆陳之面，大罵曰：「獠狗奴，殺吾母子，安肯相捨？」馮叱曰：「汝何唐突若是？」婢泣曰：「妾，褚氏母子也。陳氏中秋寘酖殺妾三人。冤魂不散，故索償命耳。」馮乃驚悸，股慄失决。是夕，陳亦流血而死。閱五載，馮畜母彘，歲生數子，獲利數倍，將欲售之於屠，忽作人言曰：「我即君之妻陳氏也。平日妬忌，殺妾母子，況受君之恩，絶君之嗣，上天罪罰作爲母彘。今償君債將滿，未免千刀之報。爲我傳與世婦：孝奉舅姑，和睦妯娌，勿專家事，抗拒夫子，勿存妬悍，欺制妾媵。否則他日之報即我之報也。大抵陰性吝嗇，因見自身無子，妾婢有子，家之所有，彼獨占享，遂懷疾忌，潛蓄不仁。殊不知『不孝有三，無後爲大』，損妾之子，乃絶夫之嗣也。婦人但顧目前，不思身後，其得罪天地不亦大乎！故爲母彘，警省世人，毋效我之所爲而貽臭於世耳。」遠近聞之，肩摩踵接，皆欲競觀，其門如市。當時有歌一篇以紀之，曰：

江州陳氏馮家婦，鷙悍狐綏恣嫉妬。勞勞長舌牝鷄晨，廢弛三綱全不顧。
一身無子可柰何？徐卿有慶偏房多。不思無後絶夫祀，閨中旦夕操干戈。
景屆中秋月輪皎，南樓賞翫存姦狡。金盃傾鴆裂肺腸，玉山頃刻房中倒。
熒惑親鄰暴疾亡，夫君況見居他鄉。一旦歸來添寂寞，麝蘭冷落羅衣裳。
詎意冤魂託家婢，將陳痛責高聲詈。殺妾母子有何辜，陰空報應今難避。
陳氏自作還自承，七竅流血死幽冥。數年罰得一母彘，終朝償債馮門庭。
忽作人言勸世俗，婦人切莫存姦毒。我因妬悍欲專房，至今尚是糟糠畜。
聊作短歌列異聞，事雖虛誕終還真。爲惡不如爲善好，丁寧告戒閨中人。

按：本篇出處待考。《百家公案》第六回《判妒婦殺妾子之冤》據此改編。

李岳州

岳州刺史李公俊〔一〕，興元中舉進士，連不中第。次年〔二〕，有故人國子祭酒通春官包結者拔成之〔三〕。牓前一日，例以名聞執政。初五更，俊將候祭酒，至門未開，立馬門側。傍有鬻糕者，其氣煌煌，有一吏若外郡之公差者，小囊氈帽，坐於其側，欲糕之色盈面。俊顧曰：「此甚賤，何不以錢易之。」客曰：「囊中無錢耳！」俊曰：「俊有錢，願獻一飽，多少惟意。」客甚喜，啗數片。俄而至門開，徃來競出。客獨附俊馬曰：「少故，願請少問。」俊下路聽之。曰：「某乃冥吏之送進士名者，君非其徒耶？」俊曰：「然。」曰：「送堂之牓在此，可自尋之。」因出視，俊無名，垂泣曰：「苦心筆硯二十餘年，偕計而歷試者亦僅十年，心破魂斷，以望斯舉，今復無名，豈不終無成乎？」曰：「君之成在一年一年之外，成名祿位甚盛〔四〕。今欲求之，亦非難，但於本祿耗半，且多屯剥，纔獲一郡，如何？」俊曰：「所求者名，名得足矣。」客曰：「能行少賂於冥吏，即於此取其同姓者去其名，而自書其名，可乎？」俊曰：「幾賂可？」曰：「陰錢三萬貫。某感恩而以誠告，其錢非某敢取，將遺牘吏。來日午時送可也。」復授倰自注。從上有故太子少師李公夷簡名，倰欲揩之，客遽曰：「不可，此人禄重，未易動也。」又其下有李温名，客曰：「可矣。」倰乃揩去「温」字，注「倰」字。客遽卷而行曰：「無違約。」既而倰詣祭酒，祭酒未冠，聞倰來，怒目延坐，徐出曰：「吾與主司分深，一言姓名，狀頭可致。公何躁甚相疑，頻頻見問，吾豈輕諾者耶？」倰再拜對曰：「倰懈於名者，若思決此一朝〔五〕。今當呈牓之晨，冒責奉謁。」祭酒曰：「唯唯。」其聲甚不平。倰見其責，憂疑愈極，乃變服伺祭酒出，之到子城東北隅，逢春官懷其牓將赴中書。祭酒揖問曰：「前言遂否？」春官曰：「誠知獲罪，負荆不足以謝。然迫於大權，難副高命。」祭酒自以交春官深，意謂無阻，待倰之怒色甚峻，今乃不成，何面相見，因曰：「季布所以名重天下者，能立然諾。今君不副然諾，移妄於某，蓋以某官閑也。平生交契，今日絶矣。」不揖而行，春官遽追曰：「迫於豪權，留之不得。切恃深顧〔六〕，外於形骸，見責如此，寧得罪於權右耳。請同尋牓，揩名填之〔七〕。」祭酒開牓，見李公夷簡，欲揩，春官急曰：「此人宰相處分，不可去。」指其下李温，曰：「可矣。」遂揩去「温」字，注「倰」字。及牓出，倰字果在己前所揩處。其日午時，隨衆參謝，不及即糕客之約。迫暮將歸〔八〕，道逢糕客，泣示之背曰：「爲君所誤，得杖矣。牘吏將舉勘某更他，祈共止之。」其背實有重杖者，倰驚謝之。且曰：

「當如何？」客曰：「既而勿復道也。來日午時，送五萬緡，亦可無追勘之厄。」俊曰：「諾。」及到時焚之，遂不復見。然俊筮士之後，追勑貶降，不歇於道，才得岳州刺史，未幾而終。人生之窮達，皆自陰隲，豈虛乎哉！

按：本篇出唐李復言撰《續玄怪録》卷二。亦見《廣艷異編》卷三十四、《逸史搜奇》庚集九；《太平廣記》卷三四一，題《李俊》。

【校記】

〔一〕「李公俊」，《太平廣記》作「李俊」。

〔二〕「次年」，《太平廣記》作「貞元二年」。

〔三〕「包結」，《太平廣記》作「包佶」。

〔四〕「君之成在一年一年之外成名」，《太平廣記》作「君之成名在十年之外」。

〔五〕「若思」，《太平廣記》作「受恩」。

〔六〕「切持」，尹家本《續幽怪録》、《太平廣記》作「竊恃」。

〔七〕「揩」，原作「偕」，據《太平廣記》改。

〔八〕「迫」，尹家本《續幽怪録》作「追」。

賣婦化蛇記

秀水人張鑑，落魄無羈，不事生産。日惟買咲纏頭，縱情麴蘖，家計爲之一空。其妻績紡自給，略無怨意。鑑則反生薄倖，謀諸牙婆，賣妻於江南人，得重價焉。妻負死不往，江南人驅迫下船。載至一處，四面都水鄉，茂林中崇垣疊屋。扣門，有老嫗出，喜曰：「行貨至矣。」須臾，捽鑑妻入一室，木柵旋繞，不異囹圄間。中婦十餘，有顰眉而坐者，有揮涕而立者。鑑妻與俱終日不食，達旦不睡，惟號泣以求死。守者怒究其故，鑑妻紿之曰：「妾有金飾一匣，乃亡母所貽者，因夫浪費，不與知之，寄在舅家，自以不忍舍去也。」守者聞言，告於主人，欲利所有，不逆其詐也，遂復載之回，至則鑑妻疾走叫冤，鄰衆俱聚。江南人被擒到官。比及拘鑑，先已遁去矣，情竟不白。余適遇鑑妻，道掠人之事，因作《賣婦歎》一篇，欲獻執政而不果，併載此集以警世，云：

西家有女少且妍，嫁與東鄰惡少年。可憐一旦成反目，寶刀擬絶瑶琴絃。
西南有等掠人虎，潛令牙嫗來吾所。百金無吝買佳人，落花已被風爲主。
悠悠夜抵武林村，有舍無鄰牢閉門。其中坐卧多女伴，彼此泣下難相存。

置身如在囹圄内，鵲寡鸞孤不成對。掠人更待掠人來，此時計財寧計類。
晨昏逼逐下江船，江水茫茫恨接天。回首鄉關雲樹隔，未知落在阿誰邊。
假令賣作良人婦，以順相從苟如故。若教爲妾得專房，負妬招嫌恩不固。
又或賣爲富家奴，汲水負薪歷苦途。供承少錯即凌虐，有路難歸空怨夫。
無端墮落風塵裏，向人强以悲爲喜。知心日少惡交多，送舊迎新徒免死。
人間情愛莫妻孥，忍賣何異吴起徒。寄言併致買臣婦，貧賤相守當永圖。

江南人深恨鑑妻之詐〔一〕，不吝揮金贖之，繫以鐵紐，恣加捶楚，不勝痛苦。過江時議必賣與娼家〔二〕。詎料受責頗多，絶粒又久，卧病竟不起矣。一日，忽長吁而逝。黑氣瀰漫，口有巨蛇躍出。居人甚駭，買棺貯而瘞之。時遇醫人經其處，草際見蛇蜕一條，腮紅鱗白，異而收於囊，將爲藥餌之料。是夜，即夢少婦拜於前曰：「妾，秀水人也，被夫賣至此地，不願忍辱偷生，已致沉珠碎玉。但關山迢遞，冤魄趦趄。今公有龍舌之遊，妾敢效驥尾之托，萬弗疑拒爲幸！」言訖大慟。醫人遂覺，反覆思之，莫曉夢婦所謂。及至嘉興東栅外，少憩白蓮寺前，藥囊中聞閣閣之聲，極力不能舉。怪而啓之，見蛇蜕化爲白蛇，奮迅越湖而去。佇望間，隔岸車水人倏然擁沸，急往其處，則蛇將一人噬其咽喉，絞結而難釋，久之，人蛇俱死矣。審知其人即張鑑，昔嘗賣妻於江南，其地即龍舌頭上。始悟夢婦變幻之靈，報復之速。嗚呼！可不懼哉！

按：本篇出明釣鴛湖客評述《鴛渚誌餘雪窗談異》帙上。亦見《國色天香》卷七，題《賣妻果報録》；《萬錦情林》卷三、林近陽編《燕居筆記》卷五、余公仁編《燕居筆記》卷七，俱題《賣婦化蛇記》。

【校記】

〔一〕「江南人」，《鴛渚誌餘雪窗談異》作「江人」。

〔二〕「必」，《鴛渚誌餘雪窗談異》作「欲」。

録事化犬記

宋時華亭陳生者，爲秀州録事，性貪婪稔惡。民間事不問情理曲直，惟冒賄自樂。身常帶一便袋，有事至，即納其中。行財者以硃抹之，聽斷時探名剖決。不然，雖枉無白也。及考績，資累萬金，欲歸爲家世計，不料以暴疾卒於途。子且不肖，所遺之物，不三年，已蕩然空矣。衣縷衣，躡破履，居頹垣敗物中。一夕，雨雪凄其，飢寒切體，與其媳相對而泣。移時，倦疲似夢睡狀。見父陳生厲聲囑曰：「我爲汝故，勞心殫力，冒不美之名，日積月尅，豐其殖以遺汝。意汝或能守，我雖死無憾也。今汝一旦窮困〔一〕，我又以生前過惡，冥司罰我爲湖州歇山寺犬〔二〕，三年於彼矣。披毛曳尾，匍匐奔奔，饑則喂臭，渴則飲濁，昏守晨嗷，無時休息。我想坐堂呼喏時，欲積財以榮身，而身且墮下道。計貪饕以富子，而子且苦啼號。悔不作一好人，寧茹芝飲水，父子相保之爲愈乎！汝可以我爲戒，言於世人，慎勿若我然也。」囑畢，悲泣不勝。子亦帶淚問曰：「寺犬頗多，何以相別？」陳生復曰：「但腹下垂一瘤，四圍皮帶周匝者，即我幻體也。蓋亦爲生時便袋報耳。」子聽其言，驚汗而醒。即詣寺，遍訪其犬，俱無狀。越日，有一犬望見陳子，趨伏於老僧榻下，呻吟婉展，不肯出見，若羞赧意者。視其腹，果垂一物如袋。子即明訴其夢，乞歸珍養，僅月餘而死。嗚呼！天道昭然，報應如嚮，可不慎歟！

按：本篇出明釣鴛湖客評述《鴛渚誌餘雪窗談異》帙下，題《録事化犬説》，據宋洪邁撰《夷堅甲志》卷一一「大録爲犬」改編。

【校記】

〔一〕「旦窮困」三字，《鴛渚誌餘雪窗談異》闕。

〔二〕《鴛渚誌餘雪窗談異》無「湖州」二字；「歇山寺」，《夷堅志》作「顯山寺」。

許女雪冤

弘治壬戌，雲南監察御史上官守忠，持身以正，絶迹於權倖之門；處人以公，彈壓奸雄之勢。聽訟而曲直頓分，决疑則幽明具見。時觀風於雲南藩省，道途迢遞，無任倥偬。一夕宿於公驛，明燭獨坐，無以遣懷，遂放吟一律，詩曰：

廢驛年深草亦深，敗垣頹壁倚危岑。牀頭塵滿伊威集，簾外風淒絡緯吟。
孤枕不堪香夢斷，敝衾殊覺早寒侵。獨憐幾樹梅花月，識我平生一片心〔一〕。

又吟一律曰：

幾年薄宦走邊陲，鏡裏西風兩鬢絲。山館月明鷄唱早，海天雲冷鴈歸遲。
半生事業交窮日，萬里關山客倦時。愁絶小窗殘夢斷，子規啼上最高枝〔二〕。

吟畢，忽爾窗外微風拂拂，暗霧濛濛。静聽之，似有人語，漸成聲響，乃吟曰：

夜月懸金鑑，春風颺錦帆。江花如有意，飛點繡衣衫〔三〕。

未及發問，彼又吟《芳樹曲》，曰：

旭日轉洪鈞，園林萬樹新。圓屏朝弄色，彩檻夜移春。

野徑俱堪望，鄰家盡不貧。獨怜寒谷底，黃葉尚凝塵〔四〕。

上官公聽之，稔知其爲娼人之聲也，且詳其詩句，復有不平之意。公知其必沉冤無以自白者，遂宣言曰：「汝婦人有何不平，可進言否？」窗外乃泣曰：「妾非陽間人也，乃幽陰之質，久辭人間，抱負冤屈，其來尚矣。將面訴衷情，伏乞詳察。」須臾見一美婦跪於燈下，項次則擁一羅巾，泣而言曰：「妾本欽州許巡檢女也。不幸於五年前同父赴任所，行次是邑。驛夫見妾貌美，遽起謀心，將吾父酖死，沉尸河中。尋欲犯妾，妾固不從，羅巾縊死，將尸殯於後園假山下。嗚呼！好生惡死，人心同然。賞善罰惡，天道宜爾。妾之父奉命往官，罪何所出？妾之身，隨父之任，死復何名？鄙夫惡黨，滅理害人，是宜陽法所必誅，陰司所不赦者，迺爾平居無恙，質之理法何存。惟冀效張侯之決獄無疑，尚當期于公高門有慶，俾妾父子死而不死，妾父子冤枉沉而不沉，惟今日也。」言訖，忽化風而去，杳無蹤迹之可追。公詳聽之，亦不勝憤激，恨不即呼至而入其罪。心懷懸切，坐以待旦。公復自慮，罪之則無狀，鞫之則無因，於是畫策于心。及翌晨，驛夫畢集。公令之曰：「五年前有一巡檢姓許者，有犯憲條，合應死罪，被伊逃脱至此。吾奉聖旨，有能誅之者，賞銀百兩，汝輩曾知之乎？」驛夫齊聲應曰：「已曾殺之，沉尸於河矣。」守忠公大悅，各取供詞，收繫於獄。申奏朝廷，皆斬於市，遠近異之。

按：本篇源出明王同軌撰《耳談》卷二《許巡檢女》。見《古今清談萬選》卷二，題《驛女冤雪》。《幽怪詩譚》卷三《驛女鳴冤》據此改編。《海公案》卷一第十八回《許巡檢女鳴冤》據此改編。

【校　記】

〔一〕此詩出《清風亭稿》卷六《宿新田驛》。「香」《清風亭稿》作「鄉」。

〔二〕此詩出《清風亭稿》卷六《秋月行司有成》。「邊陲」《清風亭稿》作「天涯」；「早」《清風亭稿》作「去」；「歸」《清風亭稿》作「書」。

〔三〕此詩出《清風亭稿》卷二《春江花月夜》。「颸」原作「颲」，據《清風亭稿》改。「春風」《清風亭稿》作「春流」。

〔四〕此詩出《清風亭稿》卷二《芳樹曲》。「野徑俱堪望，鄰家盡不貧」句，《耳談》卷二《許巡檢女》、《海公案》第十八回《許巡檢女鳴冤》作「巢雀俱堪託，人家盡不貧。」

雷生遇寶

成化辛卯，永平府雷生，名起蟄，早失怙恃，從事儒業，坐寒氊，操彤管，足不履户外，生殖無資，日久家益窘迫。將杜門自守，如此身之餒，何將仰面告人；如此心之愧，何乃至不能存活。城西有一古廟，往往妖魅出入，至廟投宿者，骸肢無自而覓，遠近憚之。而愛身君子，未嘗一失足於其地。起蟄自恨艱苦，惟求所以速死，乃夜宿於廟，因禱祝於神之前，曰：「起蟄，城中居民，如草茅賤士，一芥儒生，冬一裘，夏一葛，未嘗有望外之求；渴則飲，饑則食，安敢有出位之想？奈何命途多舛，貧窶弗堪〔一〕。甑生塵而弗破，釜遊魚而將穿。冬則煖矣，而兒之號寒者如常；年則豐矣，而妻之啼飢者若故。乞垂日月之明，指示可生之路，則起蟄幸甚。如其終身困乏，寧早歸於九原，目猶先自瞑也。」祝罷，淚覺潸潸，更復自吟曰：

昔云遺壽耇，稽謀無自天。如何鮐背者，徒抱犬羊年。
賈生洛陽少，叔度漢室賢。高風灑六合，古今無間言。
荆山產奇璞，不惜屢獻之。苟懷刖足憂，至寶橫路岐。
如何南陽卧，謳吟梁父餘〔二〕。終然致三顧，可使大名垂〔三〕。

吟訖伏於神案下，心既憤惋，體復箕踞，鬱鬱不克成寐。但見有四人從外來，一人黃袍幞頭，一人白袍紅巾，一人紫袍束帶，一人素服道巾。黃袍者入廟，疑有生人氣，紫袍者亟止之，曰：「吾主人在，勿多言。」素衣人首倡曰：「某先請吟一律，若輩毋隱。」詩曰：

數顆圓明寶氣祥，鮫人捧出貴非常。若非老蚌胎中産，應是驪龍頷下藏。
粲粲媚淵朝吐采，煌煌照乘夜生光。還歸合浦無求索，廉潔存心效孟嘗。

白衣人吟曰：

名爲至寶德温然，無玷無瑕素質堅。荆石鑿時輝映日，藍田種處煖生烟。
連城價重求無配，韞匵深藏已待年。尤憶楚人曾泣獻，遭刑刖足境堪憐。

紫袍人吟曰：

麗水生來色燦然，雙南價重世相傳。沙中揀出形何異，爐内鎔成質愈堅。
孟子受時因被戒，燕王置處爲招賢。埋兒郭巨天應錫，青簡留名幾萬年。

黄袍人吟曰：

方圓製出可通神，不似黄金不似銀。自古習錢名學士，只今白水號真人。
方兄積聚堪爲富，母子收藏不患貧。若使如泉流徧地，普天之下足吾民。

吟畢，四人偕行，至東牆而没。起蟄發之，得珠數斛，玉數匣，金百錠，錢一窖。後至富甲郡邑，至今尚稱頌之云。

按：本篇亦見《古今清談萬選》卷三，題《東牆遇寶》。《幽怪詩譚》卷三《財富福人》據此改編。

【校　記】

〔一〕「寠」，原作「屢」，據文意改。

〔二〕「梁」，原作「桀」，據文意改。

〔三〕此詩出《清風亭稿》卷三《感寓》，作二詩。

唐珏狗義録

會稽唐珏，優於文藝，郡之簪纓胄也。家素貧，爲鄉之學究，濟人利物，恒切於心。景炎三年冬十二月，端宗崩於海南，江左皆屬蒙古。有西僧楊璉真加總攝江南釋教，利宋攢宫金玉，發諸陵在紹興者及大臣塚墓，凡一百所，又欲裒諸陵骨雜牛馬枯骼爲鎮南浮屠〔一〕。唐珏獨痛憤，乃貨家具行貲，得白銀，爲酒食，陰召諸惡少，泣曰：「爾輩皆宋人，吾不忍陵骨之暴露，欲以他骨易之。已造石函六，刻紀年一字爲號，自思陵以下隨號收殯。」衆如珏言，夜往取遺骸，葬蘭亭山後。又移宋故宫冬青樹，植其上以識。聞者悲之。珏乃作《金菊對芙蓉詞》一闋，以記之云：

仁義傳家，衣冠建國，歷年三百，太平中。恨一朝胡羯，大播腥風。長蛇封豕污金闕，嘆黍離，遍滿郊東。五國朔風，諸陵春雨，荆棘叢叢。可憐禍及攢宫，把牛馬枯骼，混雜螭龍。任教盜竊金和玉，罪滔天，天地難容。蘭亭山後，冬青樹上，絡緯吟風。

珏一夕夢中見黄巾力士二人，揖進曰：「奉邀義士，請勿遲延。」珏隨力士行數里餘，見宫殿嵬峩，迥出人表，入門三重，始至殿下。遥覩座上赭袍冕旒者十餘人，堦下列黄巾綉襖者數十輩。力士引珏俯伏丹墀，復命曰：「奉請唐義士已至。」王者降堦，揖曰：「義士請起，少叙衷曲。」珏頓首起立，力士引至殿上。王者致敬曰：「多蒙義士培葬陵骨，陰德隆重，感恩非淺。今已聞奏天庭，延壽三紀，賜貴子二人矣。」屈致義士，少伸謝忱耳。」珏再拜辭謝，始坐席末。俄頃見力士押胡僧數十人，皆跣足裸體，身被桎梏，匍匐堦下。力士曰：「奉追發陵賊僧已至。」王者各命痛箠一百，流血滿地。復將楊璉真加再箠一百，厲聲叱曰：「爾爲佛家弟子，不思慈悲爲本，方便爲門，輒起盜心，發掘陵寢。我宋在天之靈，何負於汝而遽懷惡意邪？恩讐分明，理宜報復。所有佛門刑法，令汝知之。」尋命力士將群僧縛於銅柱，縱犬囓之，血肉狼籍，謂之「捨身喂虎」；復以利刀割肉以飼鷙鳥，謂之「割肉喂鷹」；又剖其腹以沸湯沃之，名曰「羅漢洗心」；又焚其身皆爲煨燼，名曰「觀音煉體」。如此數十度，無復人形，仍以神水洒之，肢體如故。群僧哀號乞命，主者笑曰：「仲尼不爲已甚，姑容汝爲畜類，以償業報，然後別議也。」力士取衆獸之皮，披於群僧之身，少焉皆變異相，躑躅傍徨。楊僧爲牛。王者贈詩云：

頭角峥嶸大力王，披緇削髮坐僧房。他年緑野耕田倦，細草春香卧柳塘。

一僧爲馬。王者贈詩云：

五戒無遵只愛錢，耳邊削竹四蹄堅。他年驛道行途穩，莫待騷人痛著鞭。

一僧爲猪。王者贈詩云：

誦經遊食遍多方，證果今爲黑面郎。祭享充庖時未至，曲欄深處飽糟糠。

一僧爲犬。王者贈詩云：

貪饕鎮日出山門，今作韓盧在遠村。飽食廁中人不潔，殷勤警吠度晨昏。

一僧爲羊。王者贈詩云：

不悟真如愛受私，長鬚主簿正當時。倘然幸免蒸嘗苦，收斂身心莫觸籬。

一僧爲驢。王者贈詩云：

浮屠善果不能修，身被皮毛豈自由。他日背馱詩叟去，灞橋春雪恣遨遊。

其餘鷄鵝鳧鴨，種類不一，各贈以詩，不可殫記。王者顧謂珏曰：「子，文士也。何不亦贈以詩乎？」珏辭不獲已，乃共贈詩一律曰：

盜劫皇陵罪逆深，今爲畜類脱塵襟。虎皮誰想爲羊質，人面應知是獸心。
地府誅奸緣有自，天曹罰惡豈無因。這遭打箇翻觔斗，莫向無邊苦海沉。

王者閲之，深加歎賞，尋命力士押群僧赴轉輪司投胎，衆獸號呼而去。珏曰：「彼爲六畜，庸有已乎？」王者笑曰：「彼罪惡深重，殺而復生，雖萬劫不可已也。善惡幽冥，皆有報應，如響應聲，如影隨形，不可泯也。子儒者，固知善惡之理，今夕特請觀之，以識報應焉。」珏再拜，辭歸，王者命力士復送還家，失足仆地，欠伸而覺，時漏下五鼓矣。珏急起，識其事，徧白諸友，且勸勉之。乃於杭州訪楊僧徒衆，果於是夕，七竅流血，相繼而死。珏所生二子，皆中魁名，仕元爲顯宦，富貴冠絶於當時。珏優游家居，亦受封贈。讀書談道，從容林下，詩酒徜徉，康寧無恙。享年九十有三，忽正襟危坐，無疾而終，人以爲狥義之感云。

按：唐珏故事見於明陶宗儀撰《南村輟耕録》卷四「發宋陵寢」、邵景詹撰《覓燈因話》卷二《唐義士傳》、周清原《西湖二集》卷二十六《會稽道中義士》等，但與本篇均有異。

【校　記】

〔一〕「衰」，原作「褎」，據文意改。

稗家粹編跋

仁和莊汝敬修甫撰

嘗觀稗官野史與夫諸家小説之流，非徒好奇語怪者爲悦，即博學好古之士，往往從而藉記之。何以故？謂其足以媮心而昭世教也。顧作者駢臻雲集，不可屈指，而計其煩雜，誠可厭也。□集蒐諸各集，得當意者若干篇，雖不無近於諧謔，然亦有即事垂戒、對景陶情、觸物寓勸者，又皆種種生益。觀者果能以藝圃目之，則溢氣忿詞〔一〕，未必非反觀之一鑑也。詎曰媮心悦目而已哉！是爲跋。

【校記】

〔一〕「忿」，原作「坌」，據文意改。

主要參校書目

一、據校書目

稗家粹編　明胡文焕編，明萬曆文會堂刻本；《北京圖書館古籍珍本叢刊》第八十册，書目文獻出版社一九八八年影印本。

百家公案　明安遇時撰，《古本小説叢刊》第二輯，中華書局一九九〇年影印本。

啖蔗　朝鮮闕名選編，《朝鮮所刊中國珍本小説叢刊》，上海古籍出版社二〇一四年影印本。

都公談纂　明都穆撰，《明代筆記小説大觀》，上海古籍出版社二〇〇五年排印本。

庚巳編　明陸粲撰，中華書局一九八七年排印本。

古今奇聞類紀　明施顯卿輯，南京圖書館藏萬曆四年刻本，《四庫全書存目叢書》子部第二四七册，齊魯書社一九九五年影印本。

古今清談萬選　明泰華山人編選，《明清善本小説叢刊》初編第八十五册影印，臺北天一出版社一九八五年影印本；陳國軍輯校，文物出版社二〇一八年排印本。

古今説海　明陸楫等編，嘉靖二十三年雲山書院刊本；巴蜀書社一九八八年排印本。

顧氏文房小説四十種　明顧元慶編，《北京圖書館古籍珍本叢刊》第八十四册，書目文獻出版社一九八八年影印本。

廣艷異編　明吴大震編，《古本小説集成》，上海古籍出版社一九九一年影印本。

國色天香　明吴敬所編輯，《古本小説集成》，上海古籍出版社一九九一年影印本。

花影集　明陶輔撰，《朝鮮所刊中國珍本小説叢刊》，上海古籍出版社二〇一四年影印本；程毅中點校，中華書局一九九七年排印本。

剪燈新話　明瞿佑撰，國家圖書館藏章甫言刻本；清江書堂刻本；上海圖書館藏殘本；日本早稻田大學藏黄正位校本；虞淳熙序本，《明清善本小説叢刊》初編，天一出版社一九八五年影印本；朝鮮尹春年訂正、林芑集釋，《剪燈新話句解》，《古本小説集成》，上海古籍出版社一九九四年影印本；周楞伽校注，上海古籍出版社一九八一年排印本；向志柱點校，中華書局二〇二〇年排印本。

剪燈餘話　明李昌祺撰，國家圖書館藏章甫言刻本；清江書堂刻本；上海圖書館藏殘本；日本早稻田大學藏黄正位校本；周楞伽校注，上海古籍出版社一九八一年排印本。

劍俠傳　明佚名撰，《四庫全書存目叢書》子部第二四五册，齊魯書社一九九五年影印本。

開元天寶遺事　五代王仁裕撰，丁如明輯校，上海古籍出版社一九九五年排印本。

類説　宋曾慥編，《北京圖書館古籍珍本叢刊》第六十二册，書目文獻出版社一九八八年影印本。

歷世真仙體道通鑑　元趙道一撰，明正統道藏本，上海古籍出版社一九八九年影印本。

奇女子傳　明吴震元編，《明清善本小説叢刊》初編第二輯，臺北天一出版社一九八五年影印本。

清風亭稿　明童軒撰，《景印文淵閣四庫全書》第一二四七册，臺灣商務印書館一九八六年影印本。

清平山堂話本　明洪楩撰，《古本小説集成》，上海古籍出版社一九九一年影印本。

情史類略（情史）　明詹詹外史撰，《古本小説集成》，上海古籍出版社一九九四年影印本。

删補文苑楂橘　朝鮮闕名選編，《朝鮮所刊中國珍本小説叢刊》，上海古籍出版社二〇一四年影印本。

太平廣記　宋李昉等編，明談愷刻本，國家圖書館出版社二〇〇九年影印本；汪紹楹點校，中華書局一九六一年排印本。

太平廣記會校　張國風會校，北京燕山出版社二〇一一年排印本。

太平廣記詳節（殘本）　朝鮮成任編，《朝鮮所刊中國珍本小説叢刊》，上海古籍出版社二〇一四年影印本。

太平廣記鈔　明馮夢龍編，《馮夢龍全集》第三十一册至第三十四册，上海古籍出版社一九九三年影印本。

太平通載（殘本）　朝鮮成任編，《朝鮮所刊中國珍本小説叢刊》，上海古籍出版社二〇一四年影印本。

萬錦情林　明余象斗撰，《古本小説集成》，上海古籍出版社一九九四年影印本。

我儂纂削　明末無名氏，抄本，《四庫未收書輯刊》子部第八輯第十五册，北京出版社二〇〇〇年影印本。

效顰集　明趙弼撰，《朝鮮所刊中國珍本小説叢刊》，上海古籍出版社二〇一四年影印本。

醒世恒言　明馮夢龍撰，《古本小説集成》，上海古籍出版社一九九一年影印本。

熊龍峰四種小説　明熊龍峰編，《古本小説集成》，上海古籍出版社一九九四年影印本。

繡谷春容　明起北赤心子輯，《古本小説集成》，上海古籍出版社一九九一年影印本。

續玄怪録　唐李復言撰，高承埏稽古堂《群書祕簡》本，北京圖書館藏；程毅中點校，中華書局二〇〇六年排印本；《四庫全書存目叢書》子部第二四五册，齊魯書社一九九五年影印本。

續夷堅志　金元好問撰，《續修四庫全書》子部第一二六五至第一二六六册，上海古籍出版社二〇〇二年影印本；常振國點校，中華書局二〇〇六年第二版排印本。

續艷異編　明闕名編，《古本小説集成》，上海古籍出版社一九九一年影印本。

玄怪録　唐牛僧孺撰，高承埏稽古堂《群書祕簡》本，北京圖書館藏；陳應翔刻本，《四庫全書存目叢書》子部第二四五册，齊魯書社一九九五年影印本；程毅中點校，中華書局二〇〇六年排印本。

雪窗談異　明楊循吉（舊僞題）撰，宋文等點校，山西人民出版社一九九二年排印本。

燕居筆記　明林近陽編，《古本小説集成》，上海古籍出版社一九九一年影印本。

燕居筆記　明何大掄編，《古本小説集成》，上海古籍出版社一九九一年影印本。

燕居筆記　明余公仁編，《古本小説集成》，上海古籍出版社一九九一年影印本。

艷異編　明王世貞編，《古本小説集成》，上海古籍出版社一九九一年影印本。

一見賞心編　明鳩茲洛源子編撰，萬曆三十三年刻本，《明清善本小説叢刊》初編，天一出版社一九八五年影印本。

夷堅志　宋洪邁撰，《續修四庫全書》子部第一二六四至一二六六册，上海古籍出版社二〇〇二年影印本；何卓點校，中華書局二〇〇六年排印本。

逸史搜奇　明汪雲程編，《四庫全書存目叢書》子部第二四九册，齊魯書社一九九五年影印本。

異聞集校證　唐陳翰編，李小龍校證，中華書局二〇一九年。

幽怪詩譚　明碧山卧樵撰，國家圖書館、南京大學圖書館藏明刻本；南京大學圖書館一九八三年油印本；國家圖書館、北京大學圖書館藏手抄本；任明華校注，齊魯書社二〇一一年排印本。

游翰稗編　明談修（舊題梁溪無名生）撰，《北京圖書館古籍珍本叢刊》第六十五册，書目文獻出版社一九八八年影印本。

游覽粹編　明胡文焕編，國家圖書館藏萬曆文會堂刻本；《北京圖書館古籍珍本叢刊》第八十册影印，書目文獻出版社一九八八年影印本。
虞初志　明陸采撰，國家圖書館藏明刻本三種；湯顯祖序本，《四庫全書存目叢書》子部第二四六册，齊魯書社一九九五年影印本。
鴛渚誌餘雪窗談異　明釣鴛湖客撰，于文藻點校，中華書局二〇〇八年排印本。
醉翁談録　宋羅燁編，《續修四庫全書》第一二六六册，上海古籍出版社二〇〇二年影印本。

二、參考書目

史記（修訂本）　中華書局二〇一四年排印本。
舊唐書　中華書局一九七五年排印本。
新唐書　中華書局一九七五年排印本。
宋史　中華書局一九七七年排印本。
元史　中華書局一九七六年排印本。
明史　中華書局一九七四年排印本。
通典　唐杜佑撰，王文錦等點校，中華書局一九八八年排印本。
文苑英華　宋李昉等編，中華書局一九六六年影印本。

唐詩紀事校箋　宋計有功撰，王仲鏞校箋，中華書局二〇〇七年排印本。
武林舊事　宋周密撰，文化藝術出版社一九九八年排印本。
永樂大典　明解縉、姚廣孝等編，中華書局一九八六年影印本。
蟫精雋　明徐伯齡撰，文淵閣四庫全書本，上海古籍出版社一九八七年影印本。
西湖遊覽志　明田汝成輯撰，上海古籍出版社一九九八年排印本。
西湖遊覽志餘　明田汝成輯撰，上海古籍出版社一九九八年排印本。
萬曆野獲編　明沈德符撰，中華書局一九五九年排印本。
魯迅輯録古籍叢編　魯迅輯録，人民文學出版社一九九九年。
全唐五代小説　李時人編校，何滿子審訂，詹緒左覆校，中華書局二〇一四年。
唐五代傳奇集　李劍國輯校，中華書局二〇一五年。
宋代傳奇集　李劍國輯校，中華書局二〇一八年。
古體小説鈔（宋元卷）　程毅中編，中華書局一九九五年。
唐宋傳奇選　張友鶴選注，人民文學出版社一九六四年。
唐五代志怪傳奇叙録（增訂本）　李劍國著，中華書局二〇一七年。
宋代志怪傳奇叙録（增訂本）　李劍國著，中華書局二〇一八年。

明代志怪傳奇小説叙録　陳國軍著，商務印書館國際有限公司二〇一五年。
程毅中文存　程毅中著，中華書局二〇〇六年。
程毅中文存續編　程毅中著，中華書局二〇一〇年。
《稗家粹編》與中國古代小説研究　向志柱著，商務印書館二〇一八年。

附録

《稗家粹編》整理與研究的新發現
——兼談古代小説的校讎學

程毅中

《稗家粹編》是一種罕見的古體小説選本，屬於明代胡文焕所編的《胡氏粹編五種》之一。向志柱先生于二〇〇六年「發現」了這部孤本，進行仔細研究，陸續發表了多篇文章，並對此書作了精心整理，交中華書局出版（二〇一〇年），從此孤本不孤，有了一個更爲精善的版本。向志柱先生「十年磨一劍」，又在廣泛他校的基礎上，對《稗家粹編》的文獻價值和研究價值作了深入探討，整合成《〈稗家粹編〉與中國古代小説研究》（以下簡稱「向著」），又有許多新的發現。

一、廣校他書，觸類旁通

《稗家粹編》收入的一百四十六篇古代小説中，有十八篇未見他書，當然是新資料；而互見他書的又有許多異文。向著從異文中發現了不少問題，有的可以用於校勘、輯佚，有的則可以研究、解決一些小説史上的新問題。

比較明顯的如書中引自《剪燈新話》的篇章，與多種通行版本有不同的異文，特別是瞿佑自傳性的《秋香亭記》，成爲兩種不同版本。早期刻本體現了瞿佑早年的心態，而晚年改筆則體現了瞿佑晚年的追憶和思考，不像是後人所能擬改的。向著把《稗家粹編》的異文與晚年的改筆相比較，得出一些新的見解，從而推進了《剪燈新話》和瞿佑生平的研究。

還有《裴珙》，出自唐薛用弱的《集異記》。《稗家粹編》卷六所引與《太平廣記》卷三五八所引相差很大，少了一百多字，而與《顧氏文房小説》本大體相同，但也有一段文字不同，形成「三種版本兩種類型」。這種現象罕見，要不是仔細比勘是很難發現的。《稗家粹編》似無必要和可能作這樣的修改，可能在明代還有一種較全的《集異記》版本，因爲《顧氏文房小説》雖説據「宋本重刻」，但實際上是不全的節本，《太平廣記》所保存的佚文就很多，其中《王維》一條就有大段缺文。

比較重要的還有書名與内容的異同，湯顯祖《牡丹亭》的本事，《稗家粹編》所收的《杜麗娘記》與何大掄本《燕居筆記》所收的《杜麗娘慕色還魂》，詳略不同。哪個是《寶文堂書目》著録的《杜麗娘記》，研究者曾有不同意見。現據《杜麗娘記》與《杜麗娘慕色還魂》的對比，確認後者是話本體的小説，改編者無論根據《杜麗娘記》還是《牡丹亭還魂記》，都在其後。經過對比，後者編得粗糙混亂，可以説明《寶文堂書目》著録的《杜麗娘記》不像是後者（我也曾誤認爲是後者）。亡友劉輝兄曾提出過《杜麗娘慕色還魂》出於戲曲之後的論斷，現在向著提出了不少新的佐證，包括《杜麗娘記》結尾的送别詞及截取《征播奏捷傳》裏面的一段情節，就差不多可以作爲定論了。

再如《稗家粹編》所收《孔淑芳記》，亦見《古今清談萬選》卷二《孔惑景春》，但後者有插增的詩詞。經過認真他校，詩詞竟出自《剪燈新話》中的《田洙遇薛濤聯句記》，大概是《古今清談萬選》編者移植的。《熊龍峰小説四種》中的《孔淑芳雙魚扇墜傳》也是根據《孔淑芳記》改編的話本，但有「雙魚扇墜」的信物，卻與《西湖遊覽志餘》中的《幽怪傳疑》相同，年代更早。而《孔淑芳雙魚扇墜傳》還移植了《剪燈新話》的許多片段，特别是與《牡丹燈記》有諸多相似之處。向著用《剪燈新話》與《雙魚扇墜傳》相校，發現了其間的秘密，特别是雙魚扇墜這個信物亦見於《渭塘奇遇記》，又爲《寶文堂書目》著録的《孔淑芳記》提供了新的旁證，這就是廣校他書的長處，正是觸類旁通的新成果。

二、綜合研究，得到新結論

向志柱先生以《稗家粹編》爲中心，對其他古代小説選本與話本、擬話本以及書目進行了綜合研究，取得了許多新的成就。從中國小説的演化史來看，他爲我們開闢了一些新的領域，最重要的是在古籍整理上運用了綜合研究的方法：首先是在版本學上注意了年代先後的差異，如《剪燈新話》的早期刻本；其次是在校勘學上注意了跨類文獻的他校，如古體小説與近體小説的關係；再次是在目録學上注意了類目和年代的異同，如專立一章討論《稗家粹編》與《寶文堂書目》等書目著録研究，就是跨類文獻的校勘。

我們從中可以得到一些啓示。明代小説的發展，也包括了對古代小説的傳播。選本層出不窮，版本增多，但是校勘不精，因此魯迅有「明人刻書而古書亡」的概歎。前人對胡文煥刻的叢書，也頗有詬病。《稗家粹編》是一個孤本，只能用他書來他校。經過細校，發覺它還有不少優點。同時發現，各種選本異文情況複雜。有的勝於早期版本，但也要分析。有的採用的底本確是古本，接近原著；有的是理校臆改。有的改好了，也有的改壞了，不能一概而論。明代人校勘不嚴謹，改字不出校記，因此改對了也不知誰的功勞，改錯了也不知誰的責任，因此造成了許多疑案。例如談刻本的《太平廣記》，根據前人校宋本的異文，宋本也並非都對。談刻本較勝的文字又有什麽依據，很難追究。幸有古本可以對校，如《集異記》《博異志》兩書，現存《顧氏文房小説》版本，但只是一個節本，文字也不一定全對。李復言《續玄怪録》有南宋書棚本，但也非全本，而且錯誤也很多，還不如明末高承埏刻本好，可惜只存兩卷。《稗家粹編》所引《玄怪録》有與高刻本不同的異文，是否另有古本依據，也難以判斷。但向先生點校本列出了異文，寫出校記，可以參證，這是今人借鑒前人經驗而進步的地方。

明人選本有許多臆改和插增的地方，這是不能認可的。向著作了精細校勘，得出新的發現，如果不是認真地對比，就不能發現後來選録者移植的部分，實際上就是一種有意的抄襲。而《稗家粹編》有確切的刻印年代，起到了承先啓後的作用。因而其後一些選本的異文真僞，就可以得到較多的旁證。

向著的貢獻，主要在於使我們對明代的小説選本，有了進一步的瞭解。明代小説選本既有利於傳播的積極作用，也有隨意妄改、混淆是非的消極作用。向著爲我們提供了古籍整理的新思路，對於未得確證的文獻資料，一定要小心求證，除了直接證據，還要多方尋求旁證。如《杜麗娘記》與《杜麗娘慕色還魂》的關係，就是多方求證才得到新的結論的。

三、精校精注，建立新校讎學

近年來我有一點新的體會，有些古籍，没有别本可以對校，就要儘可能利用他校和旁證，把文字校勘擴展到綜合整理，即前人所説的「校讎學」的層面。從廣求版本到綜合校勘，經過精校精注，做成張之洞所要求的「善本」，然後進入新的書目，補充古籍的目録學，再建立現代的新校讎學。例如周勛初先生的《唐語林校證》就是在校勘的基礎上，對所收各書進行深入的考證，再做出全書的箋注和輯佚，從而又寫出了《唐代筆記小説叙録》。許逸民先生的《酉陽雜俎校箋》，也是在他校、理校之外，再運用箋證的方法，改正了原書的許多錯誤，輯録了原書的一些佚文。這種古籍整理不同於單純的點校，也不限於四種校勘法，可以説是劉向所開創的校讎學的新發展。有些學者提倡廣義的校讎學，把校勘和版本、目録、典藏綜合起來研究，把研究和整理結合起來，這是傳統文獻學的一種創新。

古代作者，往往會不斷修改自己的書稿，如李善注的《昭明文選》，據説有好幾個版本，現在通行的是不是最後的定本，也有待研究。特別是小説、戲曲，在抄本流傳中，異文很多。直到清代，《紅樓夢》就有多種抄本，是不是曹雪芹自己改的，改得好還是壞，就造成了疑案。出了刻本，還有人改，有人認爲程乙本最好，但不能説是曹雪芹自己改的吧。明代以至清代的選家、出版家喜歡改動古書，尤其是小説、戲曲，可能有改得好的，但不是原書的真面目。當代古籍整理者就難以處理「求真」還是「擇善」，又陷入了困境。這就需要進行新校讎學的研究和實踐了。

向志柱先生對古代小説的傳承和傳播作了新的探索，發現了許多新問題，取得了不小的成績。我知道他還在繼續努力，奮進不已。因此對書中的一些不足之處，也願意提出來商討。如第二章中篇目來源第一一九條，考出了《鴛渚誌餘雪窗談異》的《招提琴精記》，但未指出其更早出處爲元郭霄鳳《江湖紀聞》的《琴聲哀怨》（我曾把它附録于《古體小説鈔·明代卷》第二四七頁）。原始出處未明而見於他書的第一一六條《畫工》，未能找到原始出處應爲《太平廣記》卷二百六引《聞異録》的《真真》，這是常爲人引用的典故。第五章考證《鴛渚誌餘雪窗談異》的影響，列表顯示，大體上以年代先後爲序，但是把《廣艷異編》誤作了《艷異編》（第八五頁），就先後倒置，混淆了兩種書的關係。其實，《稗家粹編》晚於《艷異編》，顯然受其影響，向著在第九章裏已作了明確論斷。如果把它放到《鴛渚誌餘雪窗談異》前面來談，可能效果更好。我相信此書一定會有重版的機會，因此提點意見供作者修訂時考慮。

說明：本文原載《光明日報》二〇一九年一月二十六日第九版，原係程毅中先生爲向志柱著《〈稗家粹編〉與中國古代小説研究》（商務印書館二〇一八年）所作的專題書評，兼及《稗家粹編》點校本並古籍整理的經驗方法，特此附録。